Rosemarie Marschner

Nacht der Engel

Roman

Deutscher Taschenbuch Verlag

Originalausgabe
April 1998
2. Auflage Juni 1998
© 1998 Deutscher Taschenbuch Verlag GmbH & KG,
München
Umschlagkonzept: Balk & Brumshagen
Umschlaggestaltung unter Verwendung eines Werkes von Sandro Botticelli
(›Weibliches Brustbild‹, Städelsches Kunstinstitut Frankfurt,
© Artothek Peißenberg) und einer Wandmalerei von Domenico Ghirlandaio
Satz: Fotosatz Amann, Aichstetten
Gesetzt aus der Aldus 11/12,5˙ (QuarkXPress)
Druck und Bindung: Kösel, Kempten
Gedruckt auf säurefreiem, chlorfrei gebleichtem Papier
Printed in Germany · ISBN 3-423-24126-8

Erstes Buch
Die fremde Braut

I. Die Hochzeit

1

Die Trauung war zu Ende. Der feierliche Zug der Hochzeitsgäste schob sich durch die engen Gassen, bedrängt von den Schaulustigen, die sich nach vorne zwängten, um einen Blick auf die Braut zu erhaschen, die einzige Tochter des reichen Lanfredini, der sie mit einem Fremden verheiratete, einem Kaufmann aus Florenz, wahrscheinlich – so vermutete man am Straßenrand – um sich damit bei den Toskanern ein Standbein für sein Handelshaus zu sichern nach Art der Vermögenden, die sich jeden – auch den privatesten – Umstand für ihre Geschäfte zunutze machten. Wer aber hätte nicht aus eigener leidvoller Erfahrung gewußt, daß Töchter in der Familienbilanz einen Negativposten darstellten? Es kostete Geld, sie großzuziehen, und es kostete noch viel mehr Geld, sie an den Mann zu bringen. Wenn man sich schon dafür verausgabte, sie auszusteuern, sollte sich die Verbindung wenigstens zur Anbahnung lohnender Geschäftsbeziehungen bezahlt machen.

Die Braut ritt auf einem zierlichen Schimmel, der unter dem durchdringenden Getöse der Trommeln, Trompeten und Pfeifen, die ihn begleiteten, immer wieder nervös zusammenzuckte und scheute. Einmal schien es sogar, als wollte er ausbrechen und blindlings in die Menge stürmen, doch die Braut zog die Zügel energisch an und hielt ihn in Zaum. Dabei veränderte sie kaum ihre Miene, als wäre ihr Auftritt an diesem Tag für sie eine Rolle, die sie ohne Makel bewältigen wollte. Ein gutaussehendes junges Mädchen, lautete das Urteil der Menge, fast noch ein Kind, aber das konnte für den Bräutigam nur von Vorteil sein. Die Begeisterungsfähigeren bezeichneten sie sogar als schön oder hinreißend und riefen ihr unter allgemeinem Gelächter anzügliche Bemerkungen nach, als könnten sie damit selbst einen Anteil an der bevorstehenden Hochzeitsnacht erwirken.

Die Braut lächelte nicht. Wie ein Bild in Öl gemalt sah sie aus in ihrem karmesinroten Kleid aus golddurchwirktem Seidensamt mit einer pompösen Schleppe und einem runden Kinderkragen aus weißem Hermelin. Ein breiter Goldgürtel mit einer prächtigen Schließe aus französischem Email bändigte die Stoffülle und pries die Zartheit der Taille. Ein gepolsterter Haarreif im gleichen Rot wie das Kleid hielt die hellbraunen Locken im Zaum und trug den kunstvollen Kopfputz, der nur Bräuten am Tag ihrer Hochzeit zustand: ein Diadem aus mehr als zweihundert vergoldeten Holzperlen zwischen frühlingshaft bunten Blättern und Blüten aus Email. Die rechte Hand klammerte sich um die Zügel, die linke, die ebenfalls immer wieder nach den Zügeln zuckte, hielt ein Gebetbuch in einer bestickten Seidenhülle.

Der Bräutigam war nicht weniger kostbar gekleidet, doch ihn beachtete man kaum. Man stellte nur anerkennend fest, daß er stattlich aussah und überaus beglückt. Dann aber wandte sich die Neugier unverzüglich wieder der Braut zu, weil sie diejenige war, deren Zustand sich durch die Hochzeit verändern würde. Sie war die Königin des Tages und das Opfer. Man bewunderte sie, ließ sich von ihrer Verletzlichkeit anrühren oder begehrte sie vielleicht, weil sie heute nacht – wenn auch einem anderen – zur Verfügung stehen würde.

Sechs junge Mädchen begleiteten das Hochzeitspaar als Brautjungfern. Sie trugen blaue, trügerisch einfache Samtkleider und waren diejenigen, die das Fest am unbeschwertesten genossen. Nur mit Mühe unterdrückten sie ihr geschmeicheltes Lächeln und gaben vor, die frivolen Zurufe, die sie einander später hundertfach wiederholen würden, nicht verstanden zu haben. Hinter ihnen ritten ernst und gemessen der Vater der Braut und der des Bräutigams. Die Mutter der Braut lebte nicht mehr, und die des jungen Mannes hatte es abgelehnt, an dieser Hochzeit teilzunehmen.

Den Vätern folgten die drei Brüder der Braut mit ihren Ehefrauen und zahlreichen unruhigen Kindern und dahinter in buntem, immer ungeordneter werdendem Gemisch Verwandte und Freunde der Lanfredini. Zwar schrieben die Luxusgesetze des Herzogs theoretisch vor, daß von jeder der beiden Familien nur je fünfzig Gäste teilnehmen dürften, doch in der Praxis legte man die Weisungen locker aus und sagte sich, jeder Gast dürfe wohl noch einen Begleiter mitbringen, ein Richter oder ein Doktor ihrer Stellung gemäß zwei und ein Ritter sogar vier. Bei dieser Hochzeit allerdings war von der Seite des Bräutigams nur der Vater zugegen und als Zufallsgäste die Reisegefährten, denen er sich auf dem Weg von Florenz angeschlossen hatte, um in ihrer Gesellschaft sicherer zu sein vor Straßenräubern und wilden Tieren.

Kurz bevor der Hochzeitszug das Haus der Lanfredini erreichte, fing es an zu regnen. Besorgt um ihre kostbaren Gewänder suchten die Gäste an den Hauswänden Schutz und stießen dabei mit den Gaffern zusammen, fingen an zu streiten und um sich zu schlagen und rannten schließlich mit gerafften Röcken und wehenden Umhängen zum schützenden Hauseingang, vorbei am Brautpaar, Marco und Francesca, das in der Menge festgekeilt war und sich nicht befreien konnte. Als die beiden endlich am Tor anlangten und vergeblich nach den Pferdeknechten Ausschau hielten, waren sie bereits bis auf die Haut durchnäßt. Erst jetzt löste sich Francescas angespannte Miene in jenes Lachen auf, das Marco so gut kannte und das einer der Gründe war, die ihn sein Lebtag an sie fesseln würden.

Die Musik spielte noch immer aus Leibeskräften. Vor dem Haus wurde gestritten, gejammert und gelacht. Marco suchte nach einem Wandring, um die Pferde festzubinden, aber die Menge drängte ihn ab. Ein abgerissener Landstreicher nutzte die Gelegenheit, umarmte Francesca und versuchte, sie auf den

Mund zu küssen. Nur mit Mühe machte sie sich los. Da ließ Marco die Pferde einfach stehen, bedrohte den flüchtenden Landstreicher mit tausend Toden, legte den Arm um seine junge Frau und drängte sich gewaltsam mit ihr ins Haus, wo die Gäste den Dienern die Hölle heiß machten um trockene Tücher und Haarkämme.

Als endlich alle bei Tisch saßen, sahen sie viel weniger vornehm und vollkommen aus als noch vor einer Stunde bei der Messe. Der Stimmung allerdings hatte die Aufregung gutgetan. Der Regen hatte den aufgesetzten Firnis abgewaschen. Ungezwungener als zuvor kam man ins Gespräch. Das erlesene Festmahl erhöhte noch das Vergnügen.

Für die Hochzeit seiner einzigen Tochter hatte Baldassare Lanfredini einen eigenen Koch eingestellt, der landauf, landab für seine Kunst berühmt war und als Entgelt den halben Jahreslohn einer Magd verlangen konnte. Auch zusätzliche Diener hatte man angeheuert und in elegante, scharlachrote Röcke und Hosen gesteckt. Mit den gravitätischen Bewegungen von Schauspielern in Königsrollen servierten sie die drei Gänge des Festmenüs – mehr durften es nach den Gesetzen nicht sein. Trotzdem wurden alle Gäste mehr als satt, denn der Koch verstand sich darauf, in den einfachen Teigmantel einer Pastete alles hineinzupacken, was ein Feinschmecker nur begehren konnte. Als Baldassare Lanfredini am nächsten Tag die Rechnungen prüfte, waren da nicht weniger als dreihundert Pfund Fische aus dem See aufgeführt, dazu Kalbfleisch, Kapaune, Gänse, Hähnchen und Tauben, Schweinefleisch, Schinken und Eier; vielerlei kostbare Gewürze, Mandeln und Zuckerzeug. Den Steuerbehörden meldete man bescheiden Ravioli, gemischte Pastete und Kuchen.

Die einzige, die nichts von alldem essen durfte, war Francesca. Sie trug noch immer ihr nasses Kleid, weil es Unglück gebracht hätte, es vor der Nacht abzulegen. Noch während man ihr die triefenden Haare trockenrieb, hatte man sie mit Brot und Käse vollgestopft, damit sie nur ja nicht in Versuchung käme, bei Tisch zuzugreifen. Es gehörte sich nicht für ein ehrbares Mädchen, an diesem Tag vor fremden Augen zu essen und sich die Hände mit Speisen zu beflecken. Wenn eine Braut die Finger in die silberne Wasserschale vor ihrem unberührten Teller tauchte, mußte das Wasser klar und rein bleiben wie Kristall und wie die Unschuld, die das höchste Gut war vor Gott dem Herrn und vor der Welt.

Man übergab die Hochzeitsgeschenke und kommentierte sie mit launigen, sentimentalen oder pathetischen Worten. Die Musikanten spielten zierliche Weisen, die Damen naschten ganz offen vom Zuckerwerk und manche Herren heimlich, und die Brautjungfern hielten Ausschau, wann die Diener endlich mit dem Abräumen der Tische fertig wären, damit der Tanz beginnen konnte.

Es wurde still im Saal. Auch die Musik verstummte. Die Tür nach draußen öffnete sich und mit einem Säugling an der Brust kam eine Amme herein. Sie reichte ihn Isotta, der Ehefrau von Francescas ältestem Bruder, die mit dem Kind vor Francesca hintrat und es ihr entgegenhielt, damit die Ehe mit Fruchtbarkeit gesegnet würde. Francesca nahm das Kind in den Arm und ließ sich von Isotta den nassen Schuh ausziehen und einen Goldgulden hineinlegen, der dem jungen Paar Reichtum bringen sollte.

Francesca hielt das Kind, ihren Neffen Paolo, im Arm. Sie spürte den warmen kleinen Körper, den sie schon oft zuvor herumgetragen hatte. Doch diesmal war es anders. In diesem Augenblick war Paolo mehr als nur ein liebenswerter Säugling. Er symbolisierte, was in Zukunft von ihr erwartet wurde. Die Kindheit war zu Ende. Francesca war nicht mehr als erstes die Tochter von Baldassare Lanfredini. Sie war nun Monna Francesca, eine erwachsene Frau, der Respekt gebührte und die Verantwortung zu tragen hatte: für ihre Ehe, die sie sich noch nicht vorstellen konnte; für das Haus im fernen Florenz, das sie noch nie gesehen hatte, und für die Kinder, die sie gebären würde und die an ihrer Brust liegen würden wie jetzt der kleine Paolo, nur daß sie ihn wieder zurückgeben und dem

Schutz anderer anvertrauen konnte, während die eigenen Kinder mit Leib und Leben von ihr und Marco abhängen würden. Das war es, dachte sie, was dieser Tag bedeutete, den sie bisher nicht als Anfang begriffen hatte, sondern als glückseligen Endpunkt der heimlichen Blicke, die sie mit Marco gewechselt hatte, seit sie ihm zum ersten Mal begegnet war: ein verstohlenes Lächeln hier und da. Später ein paar gewisperte Worte im Vorübergehen. Seine bebende Hand auf der ihren. Ungestüm, das sie nicht erschreckte. Gedanken, die nur noch um Marco kreisten. Und dann ihr Vater, der ihr sagte, der junge Del Bene habe um ihre Hand angehalten, und wenn sie es wolle, sei er als Vater mit dieser Heirat einverstanden. Glückseligkeit. Sie hatte nicht gefragt, wie es weitergehen würde nach diesem Tag, der nun fast schon zu Ende war. Immer nur Marco hatte sie gesehen in ihren süßen Träumen von der Zukunft, als wären sie von der Trauung an allein auf der Welt wie Adam und Eva im Paradies.

Und nun lag dieses Kind in ihrem Arm. Es maunzte leise, und seine Lider zitterten im Schlaf. Francesca kam es vor, als würde der Säugling plötzlich so zentnerschwer wie die Zukunft, die auf einmal nur noch bedrohlich war, nach den behüteten Tagen im Haus des Vaters. Francesca wagte nicht, das Kind jetzt schon zurückzureichen. Wie abschußbereite Pfeile sah sie die fordernden Blicke der Gäste auf sich gerichtet. Sie warteten darauf, daß sie ein Zeichen gab, aus dem man erkannte, daß sie bereit war, eine gute Mutter zu sein. Sie brauchte Paolo nur ein wenig zu streicheln, wie sie es schon oft genug freiwillig getan hatte, dann würden alle zufrieden sein, und das Fest konnte fortschreiten und auch die Zeit, die plötzlich stillzustehen schien.

Francesca wandte sich zu ihrem Vater, der sie freundlich musterte. Wie schmal und hinfällig er geworden war! Dabei hatte sie ihn nie jung gesehen. Als sie geboren wurde, war er bereits alt, und seine Söhne, die sie mieden, hätten ihre Väter sein können.

Warum haben Sie meine Wünsche ernstgenommen, Vater!

hätte sie am liebsten gerufen. Die heimlichen Liebkosungen des schönen Jungen aus Florenz bedeuteten ihr auf einmal nichts mehr, verglichen mit der vertrauten Wärme ihrer Kindheit. – Warum lassen Sie zu, Vater, daß ich in die Fremde gehe? Hier in Ferrara bin ich zu Hause! Was soll ich in Florenz, wo keiner mich kennt und keiner mit mir sprechen wird wie Sie; mir zuhören wird wie Sie; mir die Welt erklären wird wie Sie!

Baldassare Lanfredini blickte sie noch immer geduldig und abwartend an. Da senkte Francesca den Kopf, beugte sich über das Kind, streichelte es und küßte es auf die Stirn. Erst jetzt löste sich die Spannung. Die Gäste jubelten entzückt auf, klatschten, lachten und riefen Marco aufmunternde Zweideutigkeiten zu. Isotta befreite Francesca von dem Kind. Marco nahm seine junge Frau in die Arme und küßte sie zärtlich vor aller Augen. Sie ließ es geschehen und verbarg danach ihr Gesicht an seiner Schulter. – Aus Scham! sagten die Gäste anerkennend und schritten zum Tanz. Francesca lächelte erleichtert und bemerkte, daß sie im Tumult vor dem Haus ihr Gebetbuch verloren hatte.

2

Der junge Ehemann hieß Marco del Bene. Als Kind hielt er diesen Gutes verheißenden Namen für eine Art von angeborenem Lebensprogramm, gespendet nicht bloß vom Zufall sondern von einer höheren Macht, was nur bedeuten konnte, vom Herrgott selbst, *Messer Domeneddio,* der damit garantierte, daß der Träger dieses Namens zeitlebens vom Schicksal bevorzugt wurde – ein Glückskind, wohlversorgt mit den Dingen der Welt und der Aussicht auf einen dereinst geraden, mühelosen Weg in ein selig machendes Jenseits.

Geboren wurde Marco im Jahre des Herrn 1457, drei Jahre nach dem furchtbaren Erdbeben, das die Menschen in Florenz aufgescheucht und verängstigt hatte – ganz besonders Monna Ghirigora, später Marcos Mutter, die just zum Zeitpunkt des Be-

bens ihre Hochzeitsnacht verlebte. Sie nahm die objektive Katastrophe der Natur so persönlich, daß ihre körperliche Empfänglichkeit für mehr als zwei Jahre unterbunden wurde, obwohl die Toskana von jeher dafür bekannt war, daß sie Schwangerschaften förderte, und auch obwohl Marcos künftiger Vater, von allen Seiten wohlberaten, das alte, tapfere Sprichwort beherzigte: Plage dich noch ein wenig, dann wird's ein Junge!

Der Schock saß so tief in Monna Ghirigoras Seele, daß ihr weder eine Wallfahrt nach Signa half, noch die Erfüllung eines langjährigen Herzenswunsches, als Messer Ermanno, ihr Gemahl, eine junge Dogge als Geschenk ins Haus brachte. Dabei verabscheute er Hunde und namentlich diese Rasse, die sich vom halbblinden, putzigen Spielzeug zum schwarzen Monstrum auswuchs, das die stillen, schattigen Räume des Hauses mit seinem kehligen Gebell erfüllte und des Nachts sogar Anspruch auf einen Schlafplatz im ehelichen Bett erhob.

Das Leben im Hause der jungen Eheleute kehrte erst wieder zur Normalität zurück, als der Hund, Amato hatte Ghirigora ihn benannt, eines Morgens aus unerfindlichen Gründen aus dem sorgfältig verschlossenen Haus entkam und auf der Straße von einem unbekannten Soldaten brutal niedergeritten wurde. Ermanno schickte dem Hundemörder, dessen Namen er als einziger kannte, ein Fäßchen mit rot funkelndem Carmignano und einen Eimer mit Aalen. Danach ging er daran, Ghirigora in ihrer Trauer beizustehen – so verständnisvoll, daß sich der Knoten in ihrer verletzten Seele endlich löste und zur gegebenen Zeit Marco geboren wurde. Zu Ermannos Kummer blieb er ihr einziges Kind, denn durch eine Indiskretion enthüllten sich Ghirigora die wahren Hintergründe von Amatos Ableben. Da beschloß etwas in ihr, den Anstifter der Untat zu bestrafen, indem sie ihm den Stall voller Söhne versagte, den er sich erträumte. Zwar pilgerte sie weiterhin alljährlich im Mai nach Signa und flehte gutwillig jeden Abend die Jungfrau an, ihr noch recht viele gesunde Söhne zu schenken, doch der versteckte Knoten in ihrem Herzen war zu fest gezurrt, als daß sich ihr Leib hätte entfalten mögen.

So wuchs Marco als unumstrittener Kronprinz im wohlbestellten Bürgerhaus seiner Eltern heran: umhätschelt und bewundert; bekrittelt und bedrängt. Alles nur zu seinem Besten. Es gab keine Konkurrenz für ihn, und er lernte, sich alles zuzutrauen in dieser Stadt, die den Erfolg, den Profit und den Luxus so sehr liebte, daß sie zum Vorbild wurde über die Grenzen und Jahrhunderte hinweg.

Seit Marco begonnen hatte, über sich selbst und seine Vorstellung von einem wünschenswerten Leben nachzudenken, schien es ihm das höchste und wunderbarste aller Ziele, reich zu sein. Mitten in der Stadt in einem weitläufigen Haus zu wohnen aus schweren Steinquadern und mit hohen Räumen, in deren beschaulicher Abgeschiedenheit man sich verlor. In strahlenden Farben an den Wänden Malereien, die die beiden Herren rühmten: jenen oben im Himmel und diesen hier auf Erden, Besitzer seines Hauses, seiner Familie und seiner wohlgenährten, eilfertigen Dienstboten und der demütigen, heidnischen Sklaven, die für Ordnung und Sauberkeit sorgten und ihren Herrn und seine Familie zweimal am Tag mit erlesenen Speisen verwöhnten. Ein Landgut für die heißen Tage. Ein paar edle Pferde, um Männlichkeit und Mobilität zu demonstrieren, und zwei, drei fügsame Maultiere, um bequem über Land reisen zu können. Kostbare Pelze und kunstreich gefertigte Kleider aus Samt, die auf den ersten Blick zeigten, daß ihr Träger ein Mann von Geschmack war und von Stil, und nicht etwa nur der Enkel eines ungebildeten Weinbauern.

Marcos Vater Ermanno war ein Goldschmied, der jüngste von acht Söhnen eines Weinbauern aus dem Contado. Da sich alle Brüder bereit gezeigt hatten, die Familientradition weiterzuführen, gewährte man dem kleinen Ermanno die Narrenfreiheit, seiner abnormen Neigung zum Zeichnen und zu erlesenen Gegenständen nachzugeben. Für einen Weinbauern hätte er ohnedies nicht getaugt, klein und schwächlich wie er war und außerdem ein Stubenhocker.

»Möchtest du Goldschmied werden?« fragte ihn sein Vater

eines Frühlingsabends, als Ermanno gerade zehn Jahre alt geworden war. Zwei Tage später saß der Knabe an einem sonnenwarmen Arbeitstisch in der Via degli Angeli in der großen, fremden Stadt Florenz, von der er monatelang nichts kannte als den kurzen Weg vom Stadttor zum Haus seines Meisters, den nicht enden wollenden Strom rufender, gestikulierender Menschen, die sich vorbeidrängten, und das Läuten einer Unzahl von Kirchenglocken, das sich von morgens bis abends von allen Seiten über ihn ergoß, als wäre er Mittelpunkt einer dröhnenden Welt von Klängen.

Lange wagte Ermanno nicht, den Umkreis der Werkstatt zu verlassen, als zerrisse damit endgültig der wunderbare, unsichtbare Faden, der ihn an seine Familie band. »Ich muß noch zur Gilde«, hatte sein Vater beim Abschied gesagt, »den Vertrag für dich unterzeichnen.« Dann hatte er dem Goldschmied für das erste Lehrjahr sechs Gulden auf den Tisch gezählt und sich den Weg zu den Tavernen erklären lassen, wo es die besten Weine zu verkosten gab. Vor Sonnenuntergang mußte er wohl Florenz verlassen haben, denn danach wurden die Stadttore geschlossen.

Ermanno an seinem viel zu hohen Tisch am Rande der Straße wartete, daß der Vater zurückkäme, und auf einmal erschien ihm nichts herrlicher und erstrebenswerter, als daheim im Contado ein Weinbauer zu werden, immer nur inmitten der Familie zu leben, geneckt von den älteren Brüdern und von allen Frauen im Hause verwöhnt. Das Herz zerriß ihm fast, und auch später, als er längst die stämmige kleine Ghirigora geheiratet hatte, die etwas zu behaarte Tochter seines Lehrherrn, und er als angesehener Mann auf eigenen Füßen stand, träumte er noch manchmal, er säße verlassen an seinem riesigen Holztisch, umtost von den Wogen der unbekannten Stadt, und keiner sähe ihn. Man habe ihn abgeschrieben und einfach vergessen. Vielleicht war er der einzige, der verstand, warum Francesca Lanfredini am Abend ihrer Hochzeit so still war.

3

Die beschwichtigende Hilfeleistung der Rituale: Francesca wußte genau, was es bedeutete, als Vincenzo, ihr ältester Bruder, Marco auf die Schulter tippte und ihn mit aufgesetzter Ungezwungenheit um eine Unterredung bat. Im ganzen Saal verstummten die Gespräche; sogar die Musikanten gerieten aus dem Takt. Die Gäste starrten zum Ehrentisch, reckten die Hälse; schmunzelten, kicherten, lachten; nickten in eigener Erinnerung oder dachten ein wenig betreten an das, was ihnen selbst einmal bevorstand.

»Wollen Sie das junge Glück wirklich auseinanderreißen?« fragte Ermanno, jovial vom Wein, und auch Marco zögerte, als wäre es eine Zumutung, Francesca auch nur einen Augenblick lang allein zu lassen.

»Geh nur!« sagte Francesca. Da die Musik aussetzte, gab es im ganzen Saal niemanden, der ihre Worte nicht gehört hätte.

»Ja, geh nur, Del Bene!« ermunterte man Marco und konnte sich ausschütten vor Lachen. »Sei versichert, du wirst es nicht bereuen.«

Marco begriff, daß er Teil einer Komödie war, die alle hier kannten. Nur er selbst und Ermanno durchschauten die Regeln nicht. Er erhob sich zögernd und grinste verlegen. Francesca senkte den Kopf. »Es ist ein Brauch!« erklärte sie und war auf einmal ärgerlich auf sich selbst, auf Marco und auf die ganze Welt. Marco zuckte gutmütig die Achseln und folgte Vincenzo, den er um einen Kopf überragte. An der Tür drehte er sich noch einmal fragend um, doch alles lachte nur, und Vincenzo drängte ihn mit theatralischer Gebärde hinaus. Francesca spürte, daß sie errötete, und dachte gleichzeitig, daß man genau dieses Zugeständnis jetzt von ihr erwartete. Trotzdem fühlte sie sich bloßgestellt. Die Musikanten begannen wieder zu spielen. Einige Paare tanzten nach einem Rhythmus, der gravitätischer war als ihre Stimmung.

»Mein liebes Kind!« Die Stimme des alten Lanfredini. Sein Gesicht war ruhig und gelassen. »Ich bin stolz auf dich!« Er beugte sich zu Francesca, so daß nur sie es hören konnte, und reichte ihr einen Becher mit Wein. Sie tranken einander zu. »Auf daß du immer mit dir selbst im reinen sein mögest!« Francesca hätte am liebsten geweint.

»Auf ein glückliches Leben!« mischte sich Isotta mit ihrer herrischen Stimme ein, und alle am Tisch riefen das gleiche.

»Auf daß du immer mit dir selbst im reinen sein mögest!« beharrte Lanfredini, wie um die anderen auszuschließen.

Voll Zärtlichkeit und Trauer war sich Francesca seiner Liebe bewußt. Von Geburt an war sie sein liebstes Kind gewesen. Die Söhne, humorlos und penibel, waren ihm immer fremd geblieben. »Ich hatte zu wenig Zeit, mich mit ihnen abzugeben!« entschuldigte er sich ein einziges Mal, doch noch während er es aussprach, stockte er schon, weil dies nicht der Grund für seine Interesselosigkeit war. In Wahrheit hatte er schon in den ersten Tagen, als sie von der Amme ins Elternhaus zurückkamen, gespürt, wie sehr sie ihrer Mutter glichen, deren Anmaßung und Beschränktheit er nur widerwillig ertrug. »Man sollte in diesem Hause nicht vergessen, daß ich von Adel bin!« pflegte sie zu sagen, wenn Argumente sie verließen, und erst als der Tod sein schwärendes Mal auf ihre Brust drückte, fing sie an nachzudenken. Doch da war es schon zu spät. Ihre Zeit lief ab, und Angst und Schmerz begrenzten ihre Überlegungen wie vorher Dünkel und Selbstgefälligkeit. Es tröstete sie, daß sie drei gesunde Söhne geboren hatte, und sie verzieh Francesca nie, daß sie allein die Liebe des Vaters auf sich zog. Francesca merkte schon als kleines Kind, daß Monna Beatrice nicht auf ihrer Seite war. Sie weinte manchmal, weil ihr die Mutter mit ihren prächtigen Gewändern und ihrem stolzen Auftreten so bewunderswert und zugleich so unerreichbar erschien. Vor dem Einschlafen betete Francesca zu Gott, er möge die Mutter veranlassen, sie in den Arm zu nehmen und zärtlich auf die Stirn zu küssen, wie es einst die Amme getan hatte und wie ein Vater es bei aller Liebe nicht konnte. Doch Gott versagte sich ihr, und einmal, als Monna Beatrice aus einem Anlaß, den keiner mehr wußte, ärgerlich auf Francesca war, schlug sie sie ins Gesicht und rief: »Du wirst noch mein Tod sein! Mach, daß du hinauskommst! Ich will dich nicht sehen!«

»Deine Mutter ist sehr krank!« tröstete Baldassare Lanfredini das schluchzende Kind, doch Francesca spürte nur die brennende Wange. Wann immer sie sich in ihrem späteren Leben zurückgestoßen fühlte, fing die Wange wieder an zu brennen, und die harte, verletzen wollende Stimme der Mutter gellte in ihren Ohren.

Du wirst noch mein Tod sein! – Das kalte Tier aus dem tiefen Meer fraß der Mutter das Leben aus der Brust. Das reiche, stolze Haus der Lanfredini war erfüllt vom Schmerz der Kranken. »Mamma!« flehte Francesca, als es zu Ende ging, und bei aller Trauer weinte sie vor Glück, als ihr Monna Beatrice in ihrer letzten Stunde die Hand auf den gesenkten Scheitel legte: auch dies ein Gefühl, das Francesca nie vergaß und das sie mit den unzähligen Gesten der Kälte versöhnte. Vielleicht hat sie mich doch geliebt! dachte sie manchmal, und einmal sagte sie es sogar zu ihrem Vater. Der schwieg nur und nickte, um ihr nicht weh zu tun.

»Auf daß du immer mit dir selbst im reinen sein mögest!« Francesca trank ihr Glas leer. Dann sah sie, daß Vincenzo in den Saal zurückkehrte: ohne Marco, aber sie kannte ja den Brauch und wartete darauf, daß die kleinen Brautjungfern sie abholten und zum Brautgemach begleiteten. »Dein Bräutigam ist fortgegangen!« würden sie versichern. »Du brauchst keine Angst zu haben.« Dann würden sie sie zurücklassen, allein im Brautgemach mit den geschlossenen Fensterläden, den flackernden Kerzen und dem großen aufgeschlagenen Bett, das ihr angst machte, weil darin schon so viele Lanfredini geboren worden waren, geliebt und Leben geschenkt hatten, um es schließlich freizumachen für die nächste Generation, verkörpert in einer jungen Frau, die wie jetzt Francesca davorstand und die weiße Fläche als Aufforderung begriff und als Bedrängnis.

Sie horchte auf die Schritte ihrer Freundinnen, die sich entfernten. Ein Flüstern noch, ein kleines Lachen. Dann fiel draußen, weit, weit weg, eine Tür zu. Das Flackern der Kerzen kam zur Ruhe. Die Schatten an den weißen Wänden bewegten sich nicht mehr. Francesca hörte nur noch den eigenen Atem und ganz laut in ihrem Kopf das rasche Pochen ihres Herzens. Sie hatte das Gefühl, die Zeit anhalten zu können, wenn sie nur nicht atmete und sich nicht bewegte. Doch je mehr sie sich um innere Distanz bemühte, um so lauter klopfte ihr Herz und um so rascher ging ihr Atem, und auf einmal sah sie, daß die Kerzen wieder flackerten im Luftzug der Tür, die sich hinter ihr geöffnet hatte, und sie spürte zwei Hände, die sich um ihre Taille legten, eine Wärme, so wohltuend und süß, daß sie am liebsten für immer so geblieben wäre, unbeweglich in der Zeit, die sich unendlich lange zu dehnen schien.

Erst nach einer Ewigkeit drehte sie sich langsam um. Marcos blasses Gesicht mit den dunklen Augen war dem ihren ganz nah. Aus seinem unverwandten Blick schien Leben auf sie zuzuströmen. Sie wollte etwas sagen, doch sie wußte nicht, was. Ihm erging es wohl ebenso, denn plötzlich räusperte er sich. Nie vergaß Francesca dieses leise, verlegene Räuspern in der Stille des halbdunklen Raumes. Wenn sie sich im Laufe ihrer langen Ehe manchmal verdrossen vor Marco zurückzog, entwaffnete sie immer wieder die plötzliche, den Atem raubende Erinnerung an dieses Räuspern: Ich bin nicht so furchtlos, wie ich mich gebe! sagte es. Ein junger Prahlhans aus Florenz: Mein Gott, ich bin gerade zwanzig Jahre alt und weiß nicht, wie ich dich behandeln soll, damit du nicht aufhörst, mich zu lieben! ... Zwei unsichere Kinder allein in der riesengroßen Welt: Während sie Marco in die Augen blickte und dem leisen Zugeständnis seiner Beklommenheit nachhorchte, fühlte Francesca plötzlich die eigene Stärke. Wir sind frei! dachte sie verwundert. Wir können tun und lassen, was wir für richtig halten. Man hat uns in diesen Raum gesperrt, allein, und wir sind keinem da draußen mehr verantwortlich.

Marcos warme Hände umschlossen immer noch Francescas Taille. »Na?« fragte Francesca. Da lachte Marco, und das finstere Zimmer wurde hell.

II. Ermanno

1

Ermanno hatte vielerlei Gründe, mit dem Ergebnis seiner Reise nach Ferrara zufrieden zu sein. »Eine rothaarige Hexe!« hatte seine Gemahlin Ghirigora weinend gerufen, als er ihr das Schreiben vorlas, in dem Marco ankündigte, daß er ein Mädchen aus Ferrara zu heiraten gedenke. Keine Bitte um Erlaubnis, kein Flehen um den Segen der Eltern. Er schien sich seines Schrittes ganz sicher zu sein. So sicher, wie ein gehorsamer Sohn es niemals sein durfte. Eine rothaarige Hexe, die ihn verzaubert und seinen Eltern entfremdet hatte: so sah es seine Mutter. Eine Frau aus Ferrara: als ob es in Florenz keine guten Mädchen gegeben hätte! Mädchen, deren Herkunft man kannte über Generationen hinweg. Mädchen, die wußten, was sich ziemte – vor allem, daß die Ehrfurcht vor den Eltern das oberste aller Gebote war. Eine Frau aus Ferrara: als ob nicht alle Welt davon geredet hätte, wie es um die Sitten dieser Stadt bestellt war, die vor ihren Toren Hanf säte und ihn erntete dem Teufel zur Freude! Eine rothaarige Hexe: sie mußte rothaarig sein, und wenn sie sprach, verstand man sie kaum, so fremd klang es aus ihren blutroten Lippen! Fremd, fremd, fremd... In ihrem Inneren verfluchte Ghirigora die neue Tochter, und sie ging in den Dom und betete um Erlösung von dem Übel durch einen Zwischenfall auf der Reise oder durch eine plötzliche Krankheit.

Francescas angekündigte Mitgift bewirkte, daß Ermanno, seiner beleidigten Würde zum Trotz, beschloß, die beschwerliche Reise nach Ferrara auf sich zu nehmen. Dreitausend Gulden, die Marco in absichtlich geschäftsmäßigem Ton avisierte, übertrafen alles, was ein Familienvater vom Stande Ermannos für seinen Sohn erhoffen durfte. Sechshundertfünfzig bis höchstens achthundert, damit hatte er gerechnet. Im Fall von eklatanter Häßlichkeit der Braut vielleicht sogar tausend, aber das wäre schon ein ganz besonderer Glückstreffer gewesen.

Niemals vergaß Ermanno, daß ihn nur Ghirigoras Erbe vor der erstickenden Last der Armut bewahrt hatte und vor einem Leben als ewiger Prügelknabe am Arbeitstisch vor der Werkstatt und des Nachts auf der Pritsche hinten im Lager ohne Aussicht auf ein eigenes Heim oder gar eine Familie. Kein Wunder, daß ihm der Gedanke gefiel, sein Sohn würde nun eine Frau heiraten, die eine Mitgift einbrachte wie eine Aristokratin! Was bedeutete es da noch, daß sie aus Ferrara stammte und wahrscheinlich mit einem abstoßenden Makel behaftet war – denn sonst hätte sich ihre Familie gewiß niemals auf einen solchen Handel eingelassen!

So schloß sich Ermanno nach kurzem Bedenken einer Gruppe von Florentiner Kaufleuten an, die ebenfalls nach Ferrara wollten. Dreitausend Gulden – was für ein Geschäft!

Als Ermanno älter wurde und sanfter, sprach er immer öfter von dieser Reise, die ihn verändert hatte. Sein Groll über Marcos Eigenmächtigkeit verflüchtigte sich, je weiter er sich mit der kleinen, betriebsamen Schar der Kaufleute von dem engen Steinhaus in der Via degli Angeli entfernte und von Ghirigoras Drängen und Klagen. Vorbei an vereinzelten Weilern, Bauernhöfen, Villen und Klöstern; auf steilen Wegen hinauf zu bewaldeten Bergkämmen und hinunter in tiefe, seufzende Täler. Silbrige Olivenbäume und dunkle Zypressen, die zur Nacht in graphitblauer Dämmerung versanken. Eine Schafherde, die wie eine weiße Schaumwolke über die schrägen, saftiggrünen Wiesen schwappte. Über allem ein Frühlingshimmel, jauchzend blau wie auf dem Jesusbild über dem Familientisch in Ermannos verlorenem Elternhaus: Der Sohn des Herrn unterwegs mit seinen Jüngern zwischen Weizenfeldern und Weinbergen... Nie in all seinen Florentiner Jahren hatte Ermanno an dieses Bild gedacht. Nun, plötzlich, inmitten der plaudernden, lachenden, wetteifernden Reisegruppe, brach seine Erinnerung auf und machte ihn sehend für den sehnsüchtigen Zauber des Landes, in dem er aufgewachsen war. Das Herz tat ihm weh von der Erkenntnis, daß der Goldschmied aus der Via degli Angeli in Wahrheit immer noch der Weinbauernjunge aus dem Contado war und daß ihn die große, leuchtende Stadt nur verführt, aber nicht erobert hatte.

In der ersten Nacht, die sie in einer Herberge am Rande der Straße nach Bologna verbrachten, weinte Ermanno, ohne es zu merken, und er sehnte den nächsten Morgen herbei, wenn es weitergehen würde unter Gottes weitem Himmel, der einzigen gemeinsamen Heimat aller Menschen auf ihrer mühsamen Reise von der Geburt ins Vergessen.

Ferrara. Viel größer, als er es erwartet hatte. Eine Stadt in der Ebene. Die Farben ganz anders als in Florenz. Ziegeldächer in allen Schattierungen von Rosa bis zu rötlichem Braun. Alles fremd, sogar das Pflaster der Straßen aus silbergrauen Flußkieseln, die Ermannos toskanischem Ordnungssinn den beruhigenden Rückhalt am Anblick des rechten Winkels verweigerten und ihm die beiläufigen, unruhigen Rundungen der Natur aufzwangen. Alles fremd. Vor allem das Licht in dieser Stadt: ganz hell und durchsichtig, allzu schwerelos und indiskret ohne den diesigen Trost der morgendlichen Nebelschleier vom Arno herauf. Dazu wie ein akustisches Pendant die Sprache der Menschen: Hunderte, Tausende von Stimmen, die Ermanno in den Straßen entgegenschallten und ihm mehr als alles andere bewußt machten, daß er sich in der Fremde befand. Nicht volltönend und angriffslustig klang diese Sprache in seinen Ohren, sondern spitz und defensiv. Bisher war er immer Ermanno, der Goldschmied gewesen. Nun war er auf einmal Ermanno, der Zugereiste aus der fernen Toskana.

Anstatt sich im Hause Lanfredini zu melden, stieg er in einer Herberge im Zentrum der Stadt ab. Er war sicher, daß die

Familie der Braut und vor allem sein unbotmäßiger Sohn ungeduldig auf ihn warteten. Doch ihm, Ermanno, war Unrecht geschehen. Er war übergangen worden und hatte damit das Recht erwirkt, sich zu entziehen und die erlittene Mißachtung nun seinerseits durch Geringschätzung zu beantworten. Es tat ihm wohl, dieses Recht zu beanspruchen, indem er die Wartenden noch länger warten ließ.

Ermanno wäre ein schlechter Geschäftsmann gewesen, hätte ihn die erlittene Kränkung davon abgehalten, jede nur erdenkliche Möglichkeit zu erwägen, aus der Reise in eine fremde Stadt auch pekuniären Gewinn zu ziehen. Schon seit Jahren verwahrte er unter einer losen Diele hinter seinem Arbeitstisch in einem unauffälligen Leinenbeutel ein kleines Kunstwerk, das er selbst als sein wahres Meisterstück ansah und das in seiner Schönheit und Kostbarkeit alles übertraf, was man von einem Goldschmied oder Juwelier seines mittleren Ranges erwartet hätte: ein Rosenkranz, bestehend aus hohlen Perlen, die man aufklappen konnte und die in ihrem Inneren auf winzigen Reliefs aus bemaltem Email religiöse Darstellungen zeigten. Neunundfünfzig Kugelperlen aus Goldfiligran und Email mit Szenen zur Hälfte aus dem Alten, zur Hälfte aus dem Neuen Testament. Ermannos liebstes Bild, er wußte nicht, warum, war Absalom, wie er an seinem prächtigen Haarschopf hilflos vom Baume hing.

Niemand hatte den Rosenkranz in Auftrag gegeben und niemand, nicht einmal Ghirigora, wußte überhaupt, daß es ihn gab. Sein *Juwel* nannte Ermanno ihn heimlich. Er hatte ihn während der Juli- und Augustwochen vieler Jahre entworfen und ausgeführt, wenn er mit seiner kleinen Familie vor der Hitze der Stadt nach La Pineta geflüchtet war in die Weinberge seines Clans, wo die Sonne nicht weniger heiß brannte als auf die Dächer von Florenz, doch wo die Landschaft sich zum Himmel öffnete und ein leiser Windhauch die Seele erfrischte. Zur Mittagszeit, während alle schliefen, hatte Ermanno das grelle Licht genützt, um die ewigen Bilder der Heiligen Schrift in kleine goldene Sphären einzuschließen, Jahr um Jahr, Sonnentag um Sonnentag, Perle um Perle, und niemand hatte es bemerkt.

Schon in Florenz hatte ihm die Sorge den Schlaf geraubt, wie er den Rosenkranz sicher und unbemerkt nach Ferrara schaffen sollte. Er erwog alle möglichen Verstecke, vom Sattel seines Maultiers bis zu intimsten Kleidungsstücken. Am biblischsten wäre es ihm vorgekommen, das Kleinod in den Saum des Reiseumhangs einzunähen, doch das war wohl der Platz, wo Diebe als erstes suchten. So entschloß er sich zuletzt für das dem Körper nähere Wams als Hort seines heimlichen Schatzes. Eigenhändig trennte er die Steppnaht an der Vorderseite auf, zupfte die Baumwollfüllung heraus und schob den Rosenkranz hinein: flach zusammengerollt, so daß er wenig Platz beanspruchte und von außen nichts zu erkennen war, zumal Ermanno das Schmuckstück zur Gänze mit der Baumwollfüllung umhüllte und die Nähte sorgsam wieder verschloß – ein aufreibendes Problem für ihn, von der Beschaffung des passenden Seidengarns bis zur Kleinfingerei des Nähens selbst, mit dem er sich bisher noch nie befaßt hatte. Die Nähte zu verschließen erforderte, nüchtern betrachtet, viel weniger filigranes Geschick als die Arbeit an den Perlen. Trotzdem trieb ihm der Umgang mit dem nachgiebigen Werkstoff den Schweiß auf die Stirn. Künstlerhände – Männerhände. Näharbeit – Weiberarbeit.

Während der ganzen Reise tastete Ermanno immer wieder nach der Stelle, an der er den Rosenkranz wußte. Seine Finger glitten vorsichtig darüber hinweg und drückten prüfend, bis er die Perlen spürte. Dann atmete er erleichtert auf und wandte sich wieder den Reisegefährten zu.

Er meinte, niemand hätte je seine sorgenvolle Kontrolle bemerkt, und sein Herz hörte fast auf zu schlagen, als ihm nach der Ankunft in Ferrara einer der Florentiner Kaufleute, Duccio Lamberti, arglos eine baldige Besserung seines Leidens wünschte. Sei es die Milz oder der Magen? Ja, das Essen auf Reisen sei eben nicht wie daheim, und wenn die Gesundheit erst einmal angeschlagen war, litt man doppelt und dreifach unter der schweren Kost in den elenden Herbergen. Duccio importierte Rinderdärme aus Lyon und war wohl deshalb besonders feinfühlig für Anfälligkeiten der inneren Organe.

Erst nach einer Woche vergeblicher Bemühungen stand Ermanno vor Ercole d'Este, dem Herrscher der Stadt Ferrara. Je länger er sich um einen Passierschein zur Audienz bemüht und je beängstigender sich seine Reisekasse durch die erforderlichen Bestechungen dezimiert hatte, um so schmerzlicher war ihm bewußt geworden, daß er sich von dem Rosenkranz eigentlich gar nicht trennen wollte. Alle Schmuckstücke, die er in seinem bisherigen Leben angefertigt hatte, verdankten ihr Entstehen der wechselseitigen Idee der Arbeit und des Handels: Ich, der Handwerker oder Künstler, stelle etwas her, das du, der Käufer, brauchen kannst. Du willst dich damit schmücken oder einen anderen damit gewinnen: eine Frau, die du begehrst oder die du besänftigen möchtest. Einen Beamten, der dir nützlich sein soll. Gott im Himmel als Dank für seinen Schutz und seine Hilfe – oder auch nur seine Statthalter auf Erden mit ihrem hohen geistlichen Anspruch und ihren niedrigen weltlichen Begierden.

Mit dem Rosenkranz war es anders: Ohne Berechnung war er entstanden. Mit zärtlichen Händen und ohne Eile hatte Ermanno ihn geschaffen im hellsten Licht des Mittags, voll ernster Behutsamkeit und Sanftmut. In Einsamkeit und Stille war er gewachsen zum Lobe nicht nur Gottes, sondern vor allem seiner köstlichsten Gabe: des Augenblicks und seiner Selbstvergessenheit. Als Ermanno den Rosenkranz fertiggestellt hatte und seine Augen am Abend fast blind waren, wußte er plötzlich, daß er zum Künstler geworden war und daß Kunst nur im einsamen Licht der Stille entstehen kann. Ermanno del Bene aus Florenz: kein Handwerker mehr, dem man auftrug, was er zu tun habe, sondern ein Mann, der vom Reichtum in seinem Inneren zehrte und ihm Gestalt gab.

Man führte ihn in den Wartesaal und empfahl ihm in ironischem Ton Geduld. Ermanno holte den Seidenbeutel mit dem Rosenkranz aus seiner Brusttasche und trat ganz nahe an die Tür zum Audienzsaal heran, um gleich eintreten zu können, wenn sie sich öffnete. Doch nichts geschah. Endlos dehnten sich die Minuten, wurden zu Stunden. Ermanno zog sich von der Tür zurück, ging auf und ab. Er blickte durchs Fenster hinunter auf einen engen Hof, in dem zwei Pferde angebunden waren und hin und wieder Bedienstete von einer Seite zur anderen liefen. Der Hof war so eng und so tief unten, daß Ermanno die Türen nicht sehen konnte, aus denen sie kamen oder durch die sie wieder verschwanden wie auf einer Bühne in einem Stück ohne Sinn.

Ermanno wurde müde. Vom Warten und Stehen wurden seine Schultern immer schwerer. Sein Körper schien in sich zusammenzuschrumpfen. Erst war Ermanno noch ungeduldig. Dann ärgerlich. Zuletzt nur noch resigniert. Er fing an, auf die Geräusche zu horchen, die aus den umgebenden Sälen und Korridoren schwach zu ihm herüberdrangen: Türenschlagen; rasche Schritte auf Stein; kurze, militärische Befehle; das Lachen einer Frau – unerwartet in dieser steinernen Umgebung, deren alleinige Aufgabe es schien, einzuschüchtern und sich über andere zu erheben.

Ermanno blieb stehen. Die Milch, die er zum Frühstück getrunken hatte, machte ihm zu schaffen. Zugleich mit dieser rasch wachsenden Pein schien ihm der Handel mit Ercole d'Este immer unwichtiger. Am liebsten wäre er im Laufschritt aus dem Palast geflohen, doch die Tür, durch die man ihn hereingeführt hatte, hatte nach innen zu keine Klinke, und Ermannos Qual war noch nicht stark genug, daß er gewagt hätte, zu klopfen. Er lehnte sich an die Wand wie ein Todeskandidat und konzentrierte sich auf das Bild neben dem Eingang, das ihm auf den ersten Blick heiter und festlich vorgekommen war, dessen drohende Bedeutung sich ihm jetzt aber nach und nach enthüllte. Es erinnerte ihn an die schlüpfrigen Erzählungen der Kaufleute auf der Reise über Ercoles Vorgänger Borso, seinen älteren Bruder, von dessen eigenwilligen Vergnügungen ganz Italien redete, vor allem von dem Wettrennen, das er alljährlich im April am Tag des heiligen Georg abhalten ließ. Ganz offenkundig stellte das Bild neben der Tür dieses Ereignis dar. Wahrscheinlich – so dachte Ermanno plötzlich – sollte es dem Wartenden die eigene Bedeutungslosigkeit vor Augen führen und die Macht dessen, der ihn warten ließ.

Es zeigte den Palast des Herzogs von Ferrara. Ein braunrotes, strenges Gebäude. Wohl durchdacht und fest gefügt: hohe, schlanke Säulen im übergangslosen Wechsel mit wuchtigen Rundbögen. Ein Abbild der Herrschaft des Borso selbst, zwischen elegantem Lebensgenuß und der unerbittlichen Faust seiner Machtausübung. Im Freien, vor dem Palast, standen, saßen, wandelten rot, braun, grün gewandete Höflinge. Mitten unter ihnen, ganz zwanglos, der hohe Herr persönlich. Besänftigend tätschelte er den unruhigen Rappen eines Edelmannes und sprach zugleich einem zweifelnden Richter Mut zu. Entscheidungskraft: Wer wußte, welchem Herrn er zu dienen hatte, dem fiel es nicht schwer, zu unterscheiden, was recht war und was unrecht.

Oben im Bild, auf den vielen kleinen Balkons im ersten Stockwerk, die Damen des Hofes. Nur für zwei, höchstens drei von ihnen war jeweils Platz. Sie konnten sich nicht frei aufeinander zu oder voneinander fort bewegen wie ihre Ehegatten unten vor dem Palast. Was dem Rang nach zusammenpaßte, stand beieinander. Es gehörte sich nicht, von einem Balkon zum nächsten zu plaudern, auch wenn man nur die Hand auszustrecken brauchte, um einander zu berühren, so nahe waren die architektonischen Schächtelchen aneinandergereiht... Zarte, weiße Hände stützten sich auf teppichgeschmückte Brüstungen. Zart und weiß wie die fließenden Gewänder und die engen, hohen Hauben, die das zurückgestrichene Haar versteckten. Bewunderte, entrückte Wesen: verklärt und ausgeschlossen.

Eine dritte Ebene gab es noch im festlichen Spiel des mächtigen Borso: das Niveau der Straße, eine Menschenhöhe zu Füßen der großen Herren, die darauf hinunterschauten, wie auch die Blicke der Damen mehr und mehr an ihren Herrn vorbeiglitten zur Straße, wo sich eine seltsame, bizarre Schar näherte. Torkelnd, rasend, keuchend, schwitzend.

Das *Demütigungsspiel des Borso d'Este* hatten die Kaufleute, die Ermanno davon erzählten, diese Schaustellung genannt. Ein Wettrennen zu Ehren des heiligen Georg: Dirnen und Dorftrottel, zusammengetrieben und ihrer Kleider beraubt, wurden auf Esel gesetzt oder rannten zu Fuß unter dem Hohn des Volkes und den Spötteleien der Adeligen am Palast vorbei. Um ihr Leben, so schien es ihnen wohl, denn wie sollten sie wissen, von welcher Laune sich ihre Quälgeister als nächstes fortreißen lassen würden? Die Niedrigsten der Niedrigen, angetrieben durch die eleganten Reiter des Herzogs: die besten Pferde, die feinsten Gewänder, das überheblichste Lachen. Der Schnellste von allen sollte Sieger sein und den Preis des Borso empfangen.

Und so rannten sie und rannten oder krampften sich fest an den klapprigen, scheuenden Tieren, deren Panik der ihren glich. Mitten unter ihnen zur besonderen Belustigung der Zuschauer ein paar jüdische Geldverleiher, die man aus ihren Häusern herbeigezerrt und gezwungen hatte, nackt mitzulaufen. Welch eine Genugtuung für das Volk am Rande der Straße, das sich als ungefährdeten Teil einer grandiosen Selbstdarstellung fühlen durfte in einem Staat, der die Gehorsamen und die Gesunden schützte und jene verhöhnte und ausstieß, die anders waren, auf welche Weise auch immer. Kein Wunder, daß der Ruhm des Herzogs Borso weit über die Grenzen seines kleinen Landes hinwegreichte und weit über seine Lebenszeit hinaus.

»Was wollen Sie dafür?« fragte Ercole d'Este mit diesem spitzen Akzent, den Ermanno nicht mochte. Auch Borsos Bruder Ercole, der ihm nachgefolgt war, regierte als großer, weiser Herrscher, dem es zukam, die edelsten und ausgefallensten

Schmuckstücke zu besitzen, solche wie diesen Rosenkranz aus aufklappbaren Perlen, den Ermanno ihm zögernd reichte.
»Was wollen Sie dafür?«

Ermanno sah, wie sich das Werk seiner liebevollen Hände um die gepflegten, weißen Finger des Este schmiegte. Eifersucht ergriff ihn. Ärger, fast Zorn, daß dieser Mann sich etwas aneignen konnte, an das er, Ermanno aus Florenz, seine Seele verschwendet hatte. »Dreitausend!« sagte er ohne zu überlegen. »Dreitausend Gulden!« Die körperliche Bedrängnis machte ihn gleichgültig für die Autorität seines Gegenübers.

Ercole hob den Blick. Für einen Augenblick ringelte sich der Rosenkranz wie eine Schlange um seine Hände. Ein paar Höflinge lachten. »Und wie ließe sich ein solcher Preis begründen?« Die Stimme des Herzogs klang gleichmütig wie zuvor.

Ermanno schwieg. »Mit der Einmaligkeit des Kunstwerks«, sagte er dann. »Und damit, verzeihen Sie, Herr, damit, daß ich es eigentlich gar nicht verkaufen möchte.«

»Warum haben Sie sich dann so sehr um diese Audienz bemüht?«

»Ich flehe Sie um Verzeihung an, Herr! Ich war mir meiner Gefühle nicht bewußt.«

»Haben Sie die Kette auch dem Medici angeboten?«

»Nein, Herr.«

»Sind Sie ein Gegner der Medici?«

»Nein, Herr.«

»Sie können ruhig offen sprechen.«

»Ich bin kein Gegner der Medici, Herr. Ich verehre den großen Lorenzo.«

»Warum kommen Sie dann zu mir und nicht erst zu ihm?«

»Vielleicht weil es uns Florentiner in die Fremde zieht, Herr. Ein Geschäft in der Ferne lockt uns mehr als eines zu Hause.«

»Und jetzt wollen Sie dieses Geschmeide wieder nach Florenz zurückschaffen? Möchten Sie es nun doch Lorenzo verkaufen?«

»Vielleicht sollte ich es niemandem verkaufen, Herr.« Ermanno konnte kaum sprechen. All die kostbaren Sommermonate seines Lebens, das seine Mitte bereits überschritten hatte – das begriff er plötzlich! Unwiederholbares Glück, versunken im kalten Meer der Zeit. Ghirigora, die die Fensterläden geschlossen hatte und leise schnarchend schlief. Der dunkle Flaum auf ihrer Oberlippe. Marco, der sich irgendwo mit seinen Spielkameraden herumtrieb und später mit der einen oder anderen kichernden Dienstmagd. Der Friede über allem, was Ermanno teuer war! Sein Leben – all die inbrünstigen Gefühle seines mittelmäßigen Lebens – eingeschlossen in diesen goldenen Perlen in der kühlen Hand des mächtigen Mannes...

Der Herzog trat ans Fenster und setzte sich an einen kleinen Tisch. Vorsichtig strich er mit den Fingerspitzen über das Filigrangespinst auf den Kugelflächen der Perlen mit den stilisierten Blüten und den Blattranken in grünem und blauem Email. Eine nach der anderen öffnete er jede der Perlen und betrachtete aufmerksam die winzigen Bilder. Die Zeit stand still. Die Höflinge traten von einem Fuß auf den anderen und tauschten Blicke. Ermanno spürte ihre Feindseligkeit und kämpfte einen Augenblick lang mit der Versuchung, dem Herzog die Kette einfach zu schenken – einzig für die Erlaubnis, den Palast unverzüglich verlassen zu dürfen und nie wieder betreten zu müssen.

Ein Hund winselte, und irgendwo im Inneren des Palastes schrie ein Mensch. Der Herzog ließ sich eine Lupe bringen und wiederholte die Prüfung. Eine Ewigkeit schien verstrichen zu sein, als Ercole die Perlen endlich wieder schloß, die Kette in beiden Händen wog und sie dann vorsichtig auf den Tisch gleiten ließ. Er blickte Ermanno prüfend an, nachdenklich. »Dreitausend!« sagte er dann ruhig und winkte mit zwei Fingern über die Schultern hinweg einem der Höflinge zu, der hinter ihm stand. »Warten Sie draußen! Man wird Ihnen das Geld bringen.«

Ermanno war entlassen. Wie betäubt zog er sich zurück, Kopf und Schultern höflich gebeugt. Ein Lakai öffnete ihm die Tür, das blasse Gesicht zuckend ob der Ungeheuerlichkeit, die er miterlebt hatte und die er sich nur damit erklären konnte, daß es dem hohen Herrn ein elegantes kleines Vergnügen bereitete, eine noch nie dagewesene Dreistigkeit mit Achselzucken durchgehen zu lassen und den Unverschämten nicht mit der Macht des Herrschers zu unterwerfen, sondern mit der Macht des Geldes – vielleicht das passende Vorgehen einem Mann gegenüber, der aus Florenz kam, der Stadt des Mammons und der stolzen Prahler.

»Sie lieben diese Kette, nicht wahr?« Ercole d'Este, Herr dieser fremden Stadt, Nachfolger des großen Borso, den keiner je durchschaut hatte!

»Ja, Herr.« Ermanno, auf der Türschwelle und doch schon ganz weit weg.

»Gut!« Die Stimme des Herzogs verriet nicht, was er dachte. Vor ihm auf dem Tischchen lag der Rosenkranz. Ermanno konnte ihn auf die Entfernung gar nicht mehr erkennen. Er spürte, daß seine Augen feucht waren. Dann drehte er sich um und eilte an dem Lakaien, der ihn führen sollte, vorbei zum Ausgang. Erst als er das Palasttor schon erreicht hatte, fiel ihm ein, daß er sein Geld noch abholen mußte.

2

Es ging gegen Abend. Die Via degli Angeli quoll über von Menschen und Tieren: Bauern, die mit ihren Karren vom Markt zurückkehrten; Händler aus den Nachbarstädten mit ihren Packpferden; ein paar respektable Damen, die sich für die Schmuckstücke der Goldschmiede interessierten; bettelnde Jammergestalten, entstellt durch wahre oder vorgetäuschte Gebrechen; Taschendiebe; geschminkte Frauen, an den Handschuhen Glöckchen, die zierlich bimmelnd das Gewerbe ihrer Trägerinnen verkündeten; dahinter aufgeputzte Zuhälter oder Kupplerinnen mit raffgierigen Augen. Zwei junge Aristokraten, die auf teuren Pferden dahersprengten, die Beine weit auseinandergespreizt, um die Fußgänger zur Seite zu scheuchen. Wer sich nicht rechtzeitig in Sicherheit brachte, wurde von den spitzen Schuhen der Reiter in den Leib getroffen und trug mit seinem Jammern zum Amüsement der edlen Jünglinge bei. *Schuhe putzen* nannten sie es... Handwerker jeder Art, Händler, Bankherren, Priester und Mönche. Doktoren mit überdimensionalen schwarzen Brillen; Kinder, Hunde, streunende Katzen; Sklaven mit dunklen Gesichtern. Und über allem die drückende Hitze, die die Reisenden schon den ganzen Tag gepeinigt hatte und sich in den engen Straßen mit den vorspringenden Obergeschossen immer mehr verdichtete, als lastete eine schwere Dunstglocke über der Stadt, die doch als die schönste der Welt gerühmt wurde. Tausend Gerüche, tausend Geräusche, tausend Farben.

Francesca, selbst in einer Stadt aufgewachsen, ließ sich nicht einschüchtern. Die Reise von Ferrara nach Florenz hatte sie angeregt und selbständig gemacht. »Erlaube keinem Menschen und keiner Situation, dich aus dem Gleichgewicht zu bringen!« hatte ihr Vater noch beim Abschied gesagt und ihr aufgetragen, ihm jede dritte Woche einen Brief zu schreiben, damit er wisse, wie es ihr ergehe, und damit er eingreifen könne, wenn ihr Unrecht geschehe. Indem sie schreibend ihre Lage überdenke, sagte er, werde sie zugleich auch Abstand von sich selbst gewinnen und sich nicht von jedem Problem aus der Bahn werfen lassen. »Mein liebes, liebes Kind!«

»In einem Jahr werde ich Sie besuchen!« versprach Francesca und unterdrückte die Bitte, er möge auf seine Gesundheit achten.

»Wir sind angekommen!« erklärte Ermanno erleichtert und half Francesca beim Absteigen von dem behäbigen Maultier, das sie während des Auf und Ab durch die bergige Landschaft der Toskana gegen die Unbequemlichkeit ihres eigenen Pferdes eingetauscht hatte. »Hier ist von jetzt an deine Heimat, liebe Tochter!«

Francesca blickte nach oben. Sie bemühte sich, vom Strom der Passanten nicht fortgerissen zu werden. Ein hohes, schmales Haus wie ein Turm, die Mauern dunkel vom Alter, kleine

Fenster und im oberen Stockwerk eine Loggia mit ein paar ausgetrockneten Blumentöpfen. Auf dem Gehsteig vor dem Haus ein langer Tisch, hinter dem ein kahlköpfiger junger Mann stand und mit einer vornehmen Dame um den Preis eines Schmuckstücks feilschte.

Francesca drehte sich um zu Marco, der stolz und glücklich auf ihre Begeisterung wartete. Sein ganzes Leben hatte er ihr anvertraut in den langen Nächten auf der Reise. Seine kleine Familie hatte er geschildert, seine Freunde, sein Elternhaus, seine Heimatstadt und die alltäglichen Belanglosigkeiten seiner Jugend. Nun erwartete er, daß sie das gleiche liebte und bewunderte wie er selbst.

»Schön!« lobte Francesca und lächelte verlegen, um ihm die Freude nicht zu verderben. Beklommen dachte sie daran, daß sie in wenigen Minuten seiner Mutter gegenüberstehen würde, Monna Ghirigora, von der er am allerwenigsten erzählt hatte, nur mit Achselzucken: »Man kann sie nicht beschreiben. Sie ist heute so und morgen ganz anders. Aber als ich ein Kind war, hat sie mich sehr verwöhnt.«

Francesca strich sich das Haar zurück und zupfte an ihrem verdrückten Kleid. Ein kleingewachsener älterer Mann, offensichtlich ein Geselle aus der Goldschmiede, nahm ihr die Zügel aus der Hand. Marco begrüßte ihn und nannte ihn Lupino. Der junge Mann mit der Glatze wimmelte die unschlüssige Kundin ab. Er rief zwei Lehrjungen aus der Werkstatt und befahl ihnen, die Tiere zu versorgen und das Gepäck ins Haus zu schaffen. Dann zog er Ermanno beiseite und flüsterte ihm ins Ohr. Francesca sah, daß ihr Schwiegervater erschrak, nachfragte und nur mit Mühe seine Fassung bewahrte.

»Laß uns hineingehen und Monna Madre begrüßen!« rief Marco ungeduldig und legte den Arm um Francescas Schultern. Doch Ermanno hielt ihn zurück. »Deine Mutter ist nicht da. Sie ist nach La Pineta gereist.« Er zögerte und zwang sich zu einem Lächeln für Francesca. »Der Hitze wegen. Ihre Gesundheit ist nicht die beste. Ich glaube, ich sollte ihr folgen.

Vielleicht kann ich sie noch einholen. Sie ist erst vor zwei Stunden aufgebrochen.«

»Und sie wollte nicht auf uns warten?« fragte Francesca. Ihre Wange brannte.

Ermanno senkte den Kopf. »Ich bringe das schon in Ordnung.« Er schloß Francesca in die Arme. »Verzeih uns, mein Kind!« Er malte ein Kreuzzeichen auf ihre Stirn. »Gott schütze dich und deine Ehe!« Dann ließ er sich sein Pferd bringen und sein Reisegepäck. Ohne sich noch einmal umzudrehen, verschwand er im Menschengewühl. »Er muß sich beeilen!« sagte der kahlköpfige junge Mann mit sanfter, mitleidiger Stimme. »Die Stadttore werden bald geschlossen.«

Marco zitterte vor Enttäuschung und Zorn. »Ich begreife das nicht!« rief er so laut, daß sich die Passanten nach ihm umdrehten. »Sie haßt La Pineta. In ihrem ganzen Leben war sie nur ein einziges Mal dort, und das auch nur, weil Vaters Familie darauf bestand!« Sein Gesicht war rot vor Zorn. »Wie konnte sie dir das antun? Das wirst du ihr nie vergeben können.« Er blickte sich verzweifelt um. Der Menschenstrom in der Via degli Angeli war ins Stocken geraten. Niemand wollte sich die Familientragödie entgehen lassen, die sich offenbar anbahnte.

»Laß uns hineingehen, Marco!« Francesca nahm ihn an der Hand und zog ihn ins Haus. Ihre Wange brannte noch immer, doch als sie in dem vernachlässigten, schlecht gelüfteten Vorhaus stand, fiel plötzlich aller Ärger von ihr ab. – Wer weiß, wofür es gut ist! dachte sie in der nüchternen, geschäftsmäßigen Weise ihres Vaters. Das unselige Beispiel ihrer Mutter erinnerte sie daran, daß Liebe nicht erzwungen werden kann. »Es macht nichts!« Ihr fiel ein, daß es eigentlich Brauch war, eine Braut über die Schwelle zu tragen, und sie erinnerte Marco an diese Pflicht. Da beruhigte er sich und lachte sogar ein wenig, dankbar, daß sie seine Schande überspielte. So gingen sie noch einmal hinaus auf die Straße, und unter dem Beifall der Umstehenden trug Marco del Bene seine junge Frau über die Schwelle in das Haus, in dem er fortan mit ihr leben wollte.

3

Wäre das Leben ein Lied, so wäre das Lied von Marco und Francesca in jenen Sonnentagen des Jahres 1477 ein einziger Jubelruf gewesen. Selbstvergessenes Entzücken aneinander und an allem, was sie umgab. Laß uns die Welt umarmen! Sie gehört uns. Der Himmel gehört uns. Wir beide, wir allein von allen ungezählten, unzählbaren Menschen auf dieser großen Erde haben das Paradies gekostet, seine süße Frucht ohne den Nachgeschmack der Bitterkeit! Wir sind jung, so jung! und werden es immer bleiben. Nichts wird sich je verändern. Bis in alle Ewigkeit werden unsere Augen strahlen und unsere Körper einander zustreben. Keine Krankheit wird uns treffen, kein Leid uns bedrücken. Wir allein, die Liebenden, sind auserwählt, der verletzlichen Welt zu beweisen, daß Vollkommenheit möglich ist, daß Gott die Liebe ist und die Liebe Gott.

Tage und Nächte voller Freude. Voll des Lachens und der Ergriffenheit. Dunkle Blicke, ineinander versenkt im Morgengrauen. Tränen. Glück, so überwältigend, daß es weh tat. Süßer Schmerz – erster, unerkannter Bote des Zweifels. Ermattung, die sich im Schlaf verlor und im Erwachen vergessen war. »Niemand hat je so geliebt wie wir!«

Marco setzte keinen Fuß in die Werkstatt, für die er verantwortlich war, und Francesca schob es immer wieder hinaus, ihrem Vater zu schreiben. Wenn ihr Gewissen sie daran erinnerte, tröstete sie sich damit, daß er sie schon verstehen würde und daß es auf einen oder zwei Tage nicht ankäme. Danach würde sie sich Zeit nehmen und genau berichten – aber worüber, da sie doch an nichts anderes denken konnte als an Marco und die Verzauberung, die sie beide ergriffen hatte? Sie erinnerte sich an die strenge Zurückhaltung in ihrem Elternhaus; an die Distanz, die jeder wahrte, sogar – bei all seiner Liebe – ihr Vater, und die kahlen, dumpfen Räume in der Via degli Angeli kamen ihr vor wie das Paradies. Mochte Ghirigora auch ihre Pflichten vernachlässigt haben – Francesca nahm sich vor, dieses Haus, dieses wunderbare, häßliche Haus! in ein Schmuckkästchen zu verwandeln, voller Licht und Harmonie. Geld dafür war reichlich vorhanden, und manchmal holten Marco und Francesca die dreißig Lederbeutel, in denen sie die Mitgift verwahrten, aus der Truhe und ließen die goldenen Münzen wie Sterne auf ihre Körper herabregnen.

Ein leeres Haus, eine leere Welt wie am ersten Tag nach der Schöpfung. Zukunft, die nur darauf wartete, mit Freude gefüllt zu werden. Die Goldschmiede unten in der Werkstatt arbeiteten noch ohne die Anweisungen des jungen Herrn. Das Material lag bereit. Die Aufträge für die nächsten Wochen waren erteilt. Die Entrückten oben in den Wohnräumen konnten vorerst noch unbehelligt bleiben. Außerhalb der Realität. Im Schweiße deines Angesichts sollst du dein Brot essen? – Nicht Marco und Francesca mit ihren dreitausend Gulden, ihren süßen Gelüsten und ihrer glückseligen Verblendung!

In jenen ersten Wochen schien es, daß sogar Gott ihnen fremd geworden war. Der Gott aus der Wüste. Der unerbittliche Gott der Strenge, der am Ende aller Tage die Spreu vom Weizen trennen würde: Sie hatten ihn vergessen, und hätten sie an ihn gedacht, wären sie sicher gewesen, ein Lächeln auf seinen Lippen zu entdecken. Christus, der Sohn. Der Sanfte, Verzeihende. Der Gott der Liebe und der Liebenden, die sie waren. Aber auch um ihn kümmerten sie sich nicht. Sie dachten aneinander und sonst an nichts.

In der Frühe dann, wenn durch die Ritzen der Fensterläden mit schmalen Fingern die Sonne griff, schien es zu spät für die Messe, und sie verschoben den ersten Kirchgang als Eheleute auf den nächsten Tag und dann wieder auf den nächsten und immer so fort, bis es eines Morgens nicht hell zu werden schien. Besorgt kippten sie die Läden auf und sahen, daß es regnete. Ein grauer Morgen mitten im Sommer. Oder doch schon an seinem Ende? Die Zeit, die sie vergessen hatten, holte sie ein. Der Gedanke an ihre Pflichten holte sie ein. Die Sorge holte sie ein. Auf einmal erinnerten sie sich wieder, daß es da draußen eine Welt gab, der sie sich nicht auf immer entziehen konnten. Der sanfte, verzeihende Gott veränderte seine Miene. Auch die eheliche, durch das Sakrament geheiligte Liebe durfte ihr Maß nicht überschreiten, sonst geriet sie zur Sünde wie alles, was dem Übermaß verfällt. Marco erinnerte sich plötzlich an einen Satz, den sein Vater ihm eingeschärft hatte: »Sei der Kirche nicht fremd, sonst wird einst Gott dir fremd sein!« – und auch Francesca fühlte sich schuldig, ohne zu wissen, warum. »Wir sollten zur Messe gehen!« sagte sie beklommen, und doch war sie sicher, daß Gott ihr verzeihen würde und daß nichts ihr Glück stören konnte.

Eine Woche später stand der Notar Elio Corsini mit seinem Schreiber vor der Tür, in der Hand einen Vertrag, den er nach Ermannos Anweisungen erstellt hatte: Der Goldschmied und Juwelier Ermanno del Bene verpachte sein Wohnhaus in der Via degli Angeli an seinen leiblichen Sohn Marco; ebenso die Goldschmiedewerkstatt und das dazugehörige Ladengeschäft. Dauer des Pachtvertrags: ein Jahr. Danach habe der Pächter mit dem Notar am Wohnsitz des Ermanno del Bene – die Villa La Pineta bei Prato – zu erscheinen, Rechenschaft abzulegen über den Fortgang seiner Geschäfte und den Pachtzins zu überbringen: fünfzig Prozent des Gewinns aus der Goldschmiede. Andere Gewinne, zum Beispiel aus diversen Handelsgeschäften, seien davon nicht betroffen. Ermanno del Bene werde entscheiden, ob er sich seinen Gewinn auszahlen lasse oder ihn wieder in das Geschäft investiere. Wenn er den Vertrag nicht ausdrücklich kündige, verlängere sich dieser um ein weiteres Jahr. Im Falle des Todes von Ermanno del Bene falle sein ganzer Besitz – in Florenz wie auch in Prato – an seinen Sohn Marco, mit der christlichen Verpflichtung, seine geliebte Mutter, Ghirigora Rondinelli, bis zu ihrem Ableben angemessen zu versorgen und alles nur Mögliche für ihr Wohlbefinden zu tun.

III. Marco

1

»In der Jugend«, so sagte man in Florenz, »beherrschen den Mann seine Sinne, in der Blüte seiner Jahre der Mammon, im Alter kehrt er sich zu Gott.«

Marco: ein junger Mann von zwanzig Jahren; gesund, kräftig; von heute auf morgen Herr über ein eigenes, nicht allzu bescheidenes Geschäft; Mitglied einer Gilde; allein auf sich gestellt; nicht mehr abgelenkt durch die Suche nach einer Lebensgefährtin; die erste Reise seines Lebens ein Erfolg; um ihn herum das laute, rücksichtslose Treiben einer Stadt in ihrer höchsten Blüte. So viele Fürsten wie Haushalte. Reichtum, Luxus, Lebensfreude, Bildung, Geschmack. Und Ehrgeiz. Vor allem Ehrgeiz. Jeder möchte besser sein als der andere. Mächtiger. Reicher. Eleganter. Ein prächtigeres Haus. Eine schönere Frau. Gebildetere Kinder. Und mehr Macht. Immer mehr Macht. Macht nicht nur im begrenzten Rahmen einer Provinzstadt, so unabhängig und bestimmend sie sich auch gebärden mag. Nein, Macht weit darüber hinaus. Macht: die Macht des Geldes in einer von Tag zu Tag kleiner werdenden Welt.

Tag für Tag sah Marco sie in den Straßen von Florenz: die großen Herren der Stadt in ihren vornehmen Gewändern, umschwänzelt von einer eifrigen Schar dienstfertiger Begleiter, deren Funktion sich Marco nicht erklären konnte, die aber Teil des mitreißenden Spektakels waren, das sich um die Beneideten herum abspielte. Wie sie aufrecht dahinschritten, Tribunen gleich, den einen Arm leicht angewinkelt, um den Umhang festzuhalten, die Strozzi, Ridolfi, Tornabuoni und wie sie alle hießen, vor allem aber, ja, vor allem er, Lorenzo, das eine Mal streng und abweisend nach vorne blickend auf irgendein fernes, allen anderen unsichtbares Ziel, während aufdringliche Lippen sich seinem Ohr näherten, um Aufmerksamkeit zu erzwingen! Oder das andere Mal leutselig lächelnd hin und her grüßend, nach links und nach rechts, wo alles sich verneigte und sich geschmeichelt fühlte, wenn die kleine Karawane anhielt für ein paar aufmunternde, lobende Worte, die den Angesprochenen gleich danach ins Haus stürzen ließen, um der aufgeschreckten Ehefrau von der hohen Ehre zu berichten. Marcos Mutter – er vergaß es nie! – fiel bei einer solchen Gelegenheit vor Ergriffenheit in Ohnmacht und konnte sich zwei Wochen lang nur von Hühnerbrühe ernähren.

Schon als Kind bewunderte Marco diese Männer. Wie alle anderen umlauerte er sie, erkundigte sich nach ihren Lebensumständen und nahm sich vor, es ihnen später gleichzutun. Vor dem trüben Spiegel im Laden übte er den erhabenen Blick und das distanzierte Lächeln, und wenn er sich unbeobachtet fühlte, schritt er im Kontor, das sich ohne eine Tür an den Laden anschloß und deshalb den längsten Laufsteg bot, auf und ab und winkte majestätisch den Deckenbalken zu, als wären sie Florentiner Bürger, die ihn von ihren Fenstern aus begrüßten.

Einmal erwischte ihn sein Vater, als er huldvoll »Ich werde darüber nachdenken, mein Freund!« sprach, und er rechnete es Ermanno hoch an, daß er weder lachte noch ihn tadelte, sondern am folgenden Abend an sein Bett kam und ihn fragte, was ihm vom Herzen her lieber wäre: Goldschmied zu werden oder die Werkstatt – »später einmal, wenn ich nicht mehr bin« – nur noch nebenher zu betreiben und sich in der Hauptsache dem Handel zu widmen.

Damals fiel die Entscheidung, daß Marco Kaufmann werden sollte, auch wenn sein Vater darauf bestand, daß er zur Sicherheit erst sein Handwerk lernte, wie es sich für einen Sohn gehörte. Danach sollte er nach Ferrara gehen, um bei *Lanfredini und Biagio* in die Geheimnisse von Handel und Finanzen eingeführt zu werden, und vor allem, um die Buchführung zu lernen, die berühmte doppelte – *metodo italiano*, wie sie draußen in der Welt genannt wurde, weil nur die italienischen Kaufleute sie wirklich beherrschten.

Baldassare Lanfredini hatte dafür gesorgt, daß auch Francesca in dieser Kunst zu Hause war. Dieses Wissen kam ihr nun zugute, und Marco mußte ihr widerwillig zugestehen, daß sie mit Zahlen genauso flink jonglierte wie er – was seiner Männlichkeit allerdings keinen Abbruch tat, da er die Ansicht vertrat, Geschäfte würden außer Haus gemacht, von Mann zu Mann, und die Buchführung sei nur eine Art Nachbereitung und Chronik der wirklichen Betätigung eines Kaufmanns. Dennoch gewöhnte er sich an, sich mit Francesca abzusprechen, und manchmal, wenn sie abends bei Tisch saßen, den Wein vom Abendessen noch vor sich, dachten sie beide fast gleichzeitig, wie gut sie es doch getroffen hätten.

»Ein Zufall, daß ich nach Ferrara ging!« sagte Marco dann mit beiläufiger Miene. »Es hätte ebensogut Bologna sein können. Dann wäre ich jetzt bestimmt mit einer Bologneserin verheiratet. Die sollen übrigens viel sanfter und fügsamer sein!« Und er sprang schnell auf und rannte aus dem Zimmer, denn er hatte allen Grund, sich vor seiner nicht ganz so fügsamen Ferraresin in Sicherheit zu bringen.

2

Welche Worte könnten ausreichen, um Baldo zu rühmen? Es wäre Marco und Francesca schwergefallen, ihn zu beschreiben, so selbstverständlich war ihnen seine stetige Dienstbarkeit und Loyalität. Als Baldo elf Jahre alt war und noch Filippo genannt wurde, nahm ihn Marcos Großvater als Lehrling auf – ein schmächtiges Bürschchen mit so dichten schwarzen Locken, daß keiner an ihm vorbeigehen konnte, ohne ungläubig in die üppige Pracht hineinzufassen. Marcos Großmutter versuchte immer wieder, den unangemessenen Luxus mit der Schere in Zaum zu halten. Einmal ging sie sogar so weit, den Kopf des Jungen spiegelblank zu scheren, doch das war ihre letzte Maßnahme, denn innerhalb weniger Wochen standen die glänzenden Locken schon wieder ungezähmt zu Berge wie das Haar der Medusa. Ein hübsches Kind, ein kleiner Engel und dabei fleißig und gutwillig wie kein anderer.

Eines Tages besuchte ihn sein Vater. Als er in die Werkstatt trat – es war Winter, und man hatte die Tische ins Haus geholt – starrten ihm die Gesellen und der Lehrling verblüfft entgegen und brachen dann in Gelächter aus. Was sie sahen, war das Gesicht des kleinen Filippo als Erwachsener, doch darüber statt des haarigen Dschungels die glatte Wüste absoluter Kahlheit. Von diesem Tag an rief man das Kind nur noch Baldo, der Glatzkopf.

Baldo wurde Ermannos Erster Geselle. Er überwachte die Arbeit in der Werkstatt; bildete die Lehrlinge aus; bediente in Abwesenheit seines Herrn die Kunden und hütete die Handkasse. Er lebte in der Werkstatt, schlief nachts in Arbeitskleidern auf einer Pritsche in einer Ecke des Kontors und wusch sich am Morgen am Brunnen im Hof. Er besaß drei Hemden – zwei für die Arbeit und eines für die Kirche; eine Arbeitshose und eine aus feinerem Stoff; zwei Paar Schuhe, ein Paar Wollsocken, eine warme Joppe, einen Umhang für den Winter und einen Schal. Für einen Gesellen war er gut ausgestattet, aber er war ja eigentlich auch schon mehr als nur ein Geselle.

Als er sich mit fünfundzwanzig Jahren bis zum Wahnsinn in Ghirigoras muslimische Sklavin verliebte, erlaubte ihm Ermanno, das Mädchen nachts zu sich ins Kontor zu holen. Für ein paar Monate lebten die beiden wie ein Ehepaar, bis die junge Frau an einer Fehlgeburt starb. Keiner hörte Baldo jemals klagen oder sah ihn weinen, aber ein halbes Jahr nach dem Tod seiner Geliebten war er kahl wie sein Vater. Nie wieder betrat eine Frau nachts die Werkstatt, und Baldo vergalt seinem Herrn das kurze Glück mit bedingungsloser Treue. Er verdiente im Jahr fünfundzwanzig Gulden, von denen ihm Ermanno auch nichts abzog, als er seinetwegen die Sklavin verlor. Später erhöhte er den Lohn sogar auf dreißig Gulden.

»Das Rechnungsbuch!« Mit der gemessenen Geste eines Großwesirs seinem erlauchten Herrn gegenüber legte Baldo das schmale Buch mit dem abgegriffenen grünen Pergamenteinband auf Marcos Pult. Seine Hände erinnerten Marco an Francescas Vater, der zu sagen pflegte, der verantwortungsvolle Kaufmann gäbe sich durch seine tintenbefleckten Finger zu erkennen.

Niemals vor seiner Reise nach Ferrara hatte Ermanno irgend jemandem Einblick in sein Rechnungsbuch erlaubt. Nicht einmal Baldo durfte es öffnen, und Marco erschien ohnedies noch zu jung und unerfahren. Das Rechnungsbuch war das *libro segreto* seines Vaters. Sogar vor den Steuerbeamten der Stadtkommune berief er sich auf das überkommene Recht eines Kaufmanns, seine Bücher nicht offenlegen zu müssen, sondern seine Steuern selbst einzuschätzen. Er tat dies aus Stolz und nicht, um sich seiner Pflicht zu entziehen.

Wie Marco und Francesca später herausfanden, notierte Ermanno von jedem Geschäftsvorgang nur das Ergebnis, nie den Verlauf. Den behielt er im Kopf wie ein Fuhrmann, der auf seinem beschwerlichen Weg die Posten der Abrechnung nach jeder Lieferung neu zusammenrechnet. Trotzdem konnte Ermanno selbst nach Jahren noch über jedes Werkstück, das er entwarf, herstellte und veräußerte, genau Auskunft erteilen. Das Rechnungsbuch aber war das Dokument für das Schaffen und Handeln des Christenmenschen und Goldschmieds Ermanno del Bene, der sichtbare Nachweis seines Wirkens auf Erden. Die Rechtfertigung eines Daseins, dargestellt durch Zahlen.

Seit sich Ermanno entschlossen hatte, seiner unzufriedenen Gattin in sein Heimatdorf zu folgen, hatte Baldo die Eintragungen fortgesetzt. Er wußte die Ehre zu schätzen.

Im Namen Gottes und der heiligen Jungfrau Maria, stand auf der ersten Seite und darunter in Ermannos Zierschrift die

Zehn Gebote, eines nach dem anderen, wobei das siebte durch farbige Majuskeln hervorgehoben war.

»Ich kenne keinen, der die Ehrlichkeit weiter getrieben hätte als Ihr Vater!« Baldo sandte den Blick zum Himmel und hob verzweifelt die Arme – Handflächen nach oben wie die jüdischen Geldwechsler auf dem Großen Markt, wenn sie wortreich den Ruin ihres Geschäftes beschworen. »Keine Lira Gewinn, die er nicht gewissenhaft versteuerte, und wir haben – weiß Gott! – genügend Abgaben in dieser Stadt! Sogar der Notar der Gilde ermahnte Ihren Vater, nicht päpstlicher zu sein als der Papst, auch nicht mit den Spenden an die Armen. *Quod non capit Fiscus, capit Christus!* pflegte er ihm vorzuhalten. Was die Steuer nicht nimmt, nimmt sich die Kirche... Aber Ihr Vater antwortete immer nur, er wolle des Nachts ruhig schlafen und sich das ewige Leben nicht verscherzen.« Baldo wies auf die Spalte ganz rechts im Rechnungsbuch, die mit *Conto di messer Domeneddio* überschrieben war, Konto Gottes des Herrn, das einen festen Anteil des Grundkapitals für mildtätige Zwecke bestimmte, wobei Ermanno über Einlage und Gewinnbeteiligung des Messer Domeneddio so genau und gewissenhaft Buch führte wie über die Verluste, die ebenfalls proportional zum Anfangskapital verbucht wurden. Bei der Jahresbilanz allerdings erhielt das Konto Gottes die doppelte Dividende. »Bist du reich, ja?« zitierte Ermanno gern den heiligen Bernardino von Siena. »Dann wisse, daß du Gottes Almosenpfleger bist.«

Mein guter Vater! dachte Marco in plötzlicher Rührung. Für einen Augenblick hätte er am liebsten geweint um ihn, daß er aus freien Stücken seinen Platz verlassen hatte. Konnten Kinder jemals die Beweggründe ihrer Eltern begreifen? Und wie stand es umgekehrt? »Und du, Baldo? Wie hast du dieses Buch geführt in den letzten Wochen?«

Baldo zögerte. In seinen dunklen Augen blitzte der Schalk. »Vorsichtig!« antwortete er dann und grinste.

Marco schloß das grüne Buch und schob es ihm zu. »Du bist zehn Jahre älter als ich«, sagte er und hatte das Gefühl, genau das Richtige zu tun. »Du bist ein Goldschmied und verstehst dein Handwerk. Ich vertraue dir, wie mein Vater es tat. Arbeite weiter wie in den vergangenen Wochen, damit ich den Kopf frei habe, mich als Kaufmann zu etablieren. Es wird meine ganze Kraft beanspruchen.«

Baldo errötete. Langsam, feierlich! legte er seine beiden Hände wie zum Schutz über das Buch. Sein Dank war so leise, daß Marco die Worte nicht verstand.

»Besorge mir bis morgen ein großes, in erstklassiges Leder gebundenes Hauptbuch, mehrere einfache Rechnungsbücher wie dieses hier und viele Mappen und Notizbücher, auch für dich!« Bei *Lanfredini und Biagio* hatte Marco gelernt, jeden geschäftlichen Gedanken, jede Idee und jede Kritik ohne Aufschub schriftlich festzuhalten und die gesammelten Notizen jeden Abend am Ende der Arbeit zu prüfen und zu sichten, damit es am nächsten Tag weitergehen konnte und so fort und immer so fort, wie es der Tätigkeit eines Kaufmanns entsprach, der nie aufhörte, seinen Felsblock erneut den Berg hinaufzuwälzen.

Baldo nickte. Marco spürte seine Zuneigung und seine Dankbarkeit. Ein Bruder hätte ihm in dieser Stunde nicht näher sein können. »Wenn sich meine Geschäfte so entwickeln, wie ich es mir vorstelle, werden wir in ein paar Monaten darüber sprechen, dich zu meinem Faktor zu ernennen.« Er hatte diese Ankündigung nicht geplant. Sie kam wie von selbst, doch er hatte nie Grund, sie zu bereuen. So waren oft in seinem Leben die besten Entscheidungen jene, die ohne Überlegung aus sich selbst heraus entstanden.

Die ungewohnte Röte verschwand aus Baldos Gesicht. Er war plötzlich so blaß, wie Marco ihn nur einmal, nach dem Tod seiner Geliebten, gesehen hatte. »Sie werden es nicht bedauern, Messer Marco!« sagte er atemlos. Und dann: »Ob es möglich wäre, hier im Kontor ein zweites Pult aufzustellen, damit wir ungestört nebeneinander arbeiten können?« Er paßte sich der unerwarteten Situation schnell an, aber war das nicht immer schon das Kennzeichen eines tüchtigen Kaufmanns gewesen? »Haben Sie sich schon Gedanken über das Motto für Ihr eigenes Hauptbuch gemacht, Messer Marco?«

Draußen wurde es Abend. In den steinernen Häusern der Via degli Angeli klapperte das Geschirr für das Nachtmahl. Marco dachte, daß es Zeit war, hinaufzugehen zu Francesca, die er tagsüber vergessen hatte. Wie war das nur möglich nach all diesen Wochen, in denen es nur sie gegeben hatte? Sie allein mit ihrem zärtlichen Gesicht, ihrer ruhigen Stimme und ihrem weichen, sanften Körper! Ein ganzer Tag ohne einen Gedanken an sie, die er doch zu lieben glaubte wie sonst nichts auf Erden! Er war zwanzig Jahre alt und wußte noch nichts vom stetigen Fluß der Gefühle, die sich wie eine Landschaft unter dem Licht der Sonne und den Schatten der ziehenden Wolken ununterbrochen verändern. Tag und Nacht ... Wie ein Kind meinte er, jeder Zustand müßte auf ewig erhalten bleiben und könne sich nur verbessern und verstärken. Er ahnte noch nicht die Schauder von Nichtigkeit und Vergeblichkeit, die ihn in späteren Jahren so heftig bedrängten, daß er oft schon am Anfang einer Unternehmung ihr Ende vorausfühlte und ihr Versinken im Nichts, dem gefräßigen Schlußpunkt aller Erfolge und allen Scheiterns.

»Das Motto für Ihr eigenes Hauptbuch?« riß ihn Baldo aus den Gedanken.

Da lachte Marco und schüttelte sich wie ein Hund, der sich von der Nässe des Regens befreit. »Wie wäre es«, sagte er leichthin, und die Welt schien ihm plötzlich wieder zu Füßen zu liegen. »Wie wäre es mit *Im Namen Gottes und des Geldes?*«

3

Die Kaufleute von Florenz: wie wachsame Spinnen hockten sie in ihrer Ecke des dichten Netzes, das sich über den gesamten Kontinent spannte und darüber hinaus nach Süden, Südosten und Osten. Die blauschwarzen Grenzgräben der Meere, in denen einst menschenverschlingende Ungeheuer gehaust hatten, lockten nun mehr als sie erschreckten. Sie waren zu Handelsstraßen geworden, über die die Argonauten der neuen Zeit ungerührt hinwegsegelten, die geräumigen Bäuche ihrer Schiffe vollgestopft mit allem, was Gewinn brachte. Rastlos unterwegs im Wettlauf mit den eigenen Wünschen und den Konkurrenten aus Venedig, Genua und Barcelona begleiteten sie ihre kostbare Fracht von Wolle, Tuch, Waffen und Holz in die Hafenstädte der Levante: Konstantinopel, Alexandria, Famagusta, Antiochia – magische Namen, die sie von Jugend an berauschten und die niemals aufhören würden, in ihren Kaufmannsohren zu singen und zu klingen, auch wenn die Schiffe längst wieder zurückstrebten, dem heimatlichen Kontinent entgegen, vollbeladen nun mit den Schätzen des Südens und Ostens bis zum allerfernsten Kathei, dem schweigenden Reich der Mitte. Antiochia, Famagusta, Alexandria, Konstantinopel – das alte, lockende Lied der fernwehkranken Handelsherrn Europas, die ihre Sehnsucht und ihre Habgier in die Waagschale warfen gegen das Risiko, von Piraten überfallen zu werden und als Sklaven in Ketten auf einem tunesischen Markt zu enden; unterzugehen im Sturm oder von einer unbekannten Krankheit hinweggerafft zu werden, fern von allem, was erst durch die Entfernung oder durch das Alter seinen Wert gewann. Handelsrouten zum Balkan und zum Schwarzen Meer: Schiffsladungen voller Pelze, Gewürze, Wachs und unseliger, ihrer Freiheit beraubter Menschen. Sklaven und Wolle, Leder und Wein auch aus Spanien und Afrika im Austausch gegen Öl, Seide und Salz.

Das unsichtbare Netz überall, bis hinauf auch nach Norden, um auf den betriebsamen Messen in England und Flandern den duftenden, raschelnden, funkelnden Luxus des Südens einzutauschen gegen Wolle und Tuch, gegen Klingen aus Deutschland, gegen Pelze und Erze von der Ostsee. Die halbe Welt als eine Spielwiese von Männern, die die angeborene Scheu vor der Fremde überwanden und lernten, Risiko zu ertragen, bis sie eines Tages seiner bedurften, um sich lebendig zu fühlen. Späte, kommerzielle Erben der Eroberer der Antike und der Kreuzritter. Nomaden aus eigenem Entschluß, die im Alter verstört auf den Marktplätzen und Molen ihrer Heimatstädte standen und nicht mehr wußten, wo sie zu Hause waren: in den Augen noch die Weite des Meeres und die satten Farben des Orients, in der Brust den versteckten Schmerz um verlorene oder niemals geschlossene Bindungen.

Francesca erkannte, daß der Ehrgeiz von Marco Besitz ergriff. Sie fürchtete, daß ihre Ehe sich verändern könnte, und daß alltäglich würde, was als Fest begonnen hatte: Marco verlebte seine Tage im Kontor und in der Stadt, Francesca die ihren hauptsächlich im Hause. Gemeinsam gingen sie am Morgen zur Messe und manchmal zu Einkäufen auf den Markt. Gemeinsam auch verbrachten sie ihre Nächte. In diesen Situationen kannten sie einander, waren einander vertraut. Doch Francesca war nicht dabei, wenn Marco sich in der Gilde nach vorne drängte, um sich bekannt zu machen, oder wenn er vor Baldo die Maske des kühlen Geschäftsmannes fallen ließ und atemlos vor Sorge die Stirn in die Hände stützte, weil er sich seiner Entscheidungen nicht sicher war.

Andererseits war Marco nicht anwesend, wenn Francesca die Mägde zur Eile antrieb; wenn sie – manchmal weinend – die zärtlichen Briefe las, die ihr Vater regelmäßig schickte, oder wenn sie vor dem Spiegel im Schlafzimmer stand und mit dem eigenen Bild redete, um unbeobachtet den Tonfall der Florentinerinnen zu üben, den sie sich in kurzer Zeit aneignete, weil sie nicht als eine Fremde auffallen wollte in einer Stadt, die sich selbst für die kultivierteste der ganzen Welt hielt.

Und doch standen sie noch am Anfang ihrer Ehe, und das bedeutete die Summe aus seinem Leben und dem ihren und den wenigen Stunden miteinander. Aber es war noch viel mehr: die Freude, die ihr fast die Brust zersprengte, als sie Marco eines Morgens ganz zufällig in der Menge zwischen den Marktständen entdeckte und als sein Gesicht, vorher noch ganz ruhig und hochmütig, bei ihrem Anblick aufleuchtete und er mit ausgebreiteten Armen auf sie zurannte, seine Miene auf einmal voller Lachen und voller Liebe. »Mein Mädchen!« rief er voll Zärtlichkeit, hob sie hoch und wirbelte sie in der Luft herum wie ein Kind. »Mein Mädchen!« Er vergaß, daß er Messer Marco del Bene war im langen, karmesinroten Gewand eines vornehmen Kaufmanns und das übermütige Bündel in seinen Armen eine edle Dame, Monna Francesca, vor der man sich verneigte.

Ja, der Ehrgeiz hatte Marco ergriffen, die innere Unruhe, ihnen allen gemeinsam, die sich als Boten verstanden zwischen den Ländern und die ihr Leben danach ausrichteten, die Sehnsüchte und Bedürfnisse anderer zu erraten und Gewinn daraus zu erzielen, daß sie sie erfüllten. Alles, was geschah, und sei es noch so fern, konnte ihre Geschäfte beeinflussen und sie reich machen oder zerstören: Der König im schattigen England, der erkrankte, veranlaßte sie, eilig dunkle Stoffe auszusenden; Pelze in den Farben des künftigen Schmerzes; dezente Juwelen, die den Eitlen helfen würden, das Gebot der Trauer zu umgehen... Die bevorstehende Hochzeit am Hofe des Herrschers von Frankreich ließ sie Karawanen von Maultieren über die Pässe der Alpen senden mit intarsierten oder bemalten Aussteuertruhen in einer Pracht, wie nur toskanische Handwerker sie herstellten; Seide, Brokat, Spitzenschleier, silberne Bestecke und die berauschenden Düfte des Morgenlandes, die die Rosen Frankreichs beschämten... Ein Krieg ging zu Ende? – Sie eilten herbei und kauften die Waffen der Söldner, um sie andernorts mit Gewinn zur neuerlichen Verwendung weiterzureichen... Eine Seuche entvölkerte die Städte? – Die Überlebenden waren froh, zu Bargeld zu kommen, indem sie sich von den Schätzen der Dahingerafften befreiten, zugleich mit der Erinnerung, die das Licht des Neuanfangs verdunkeln würde. Bald würden die Ohrringe einer vergessenen Toten das hoffnungstrahlende Gesicht einer jungen Braut umfunkeln und das verwaiste Collier einer züchtigen Ehefrau den begehrten Hals einer Kurtisane verschönen. Sie, die Kaufleute, sorgten dafür, daß alles weiterging und immer weiter, und auch sie selbst kamen nie zur Ruhe. Das ganze Leben – so erschien es Marco in späteren Jahren, wenn die Erschöpfung den Überdruß weckte – das ganze Leben eines Kaufmanns war nur ein endloses Hin- und Herschieben von Dingen, einem Brettspiel gleich, wo ein jeder den besten Platz für seine Steinchen zu finden suchte.

Doch am Anfang seiner Ehe kannte Marco solche Gedanken noch nicht. Die dreitausend Gulden der Mitgift hoben ihn in die Wolken. Alles war möglich.

»Sie sollten nicht zuviel über das Geld sprechen, das Sie erheiratet haben!« mahnte ihn Baldo. »Hier in Florenz kursieren schon die abenteuerlichsten Gerüchte.«

»Ich muß zu erkennen geben, daß ich Kapital zur Verfügung habe!« wandte Marco ein. »Ich habe noch keine Geschäftsverbindungen und bin darauf angewiesen, mich bei anderen zu beteiligen.«

Und das war auch die Methode, derer er sich in seinem ersten Jahr als Kaufmann bediente: umherzugehen in der Stadt; sich sehen zu lassen in seinem ganzen Eifer und Enthusiasmus; in den Räumlichkeiten der *Arte della Seta*, der Zunft der Seidenhändler und Goldschmiede, das Gespräch zu suchen mit Männern von Erfahrung und Einfluß, deren würdiger Konkurrent, so hoffte er, er einmal sein würde, und die ihn nun unter halb gesenkten Lidern hervor beobachteten, viel zu schlau und abgebrüht, um sich über seine Unerfahrenheit zu belustigen.

Seinen Vater, das merkte er bald, schätzten sie als begabten Goldschmied und Künstler und als Mann von Anstand. Als Kaufmann interessierte er sie nicht. Er war einer, der herstellte und anbot. Ein Handwerker und Einzelhändler, der nie den großen Coup landen würde und es wohl auch gar nicht wollte. Von seiner Audienz bei Ercole d'Este wußte außer seinem Sohn niemand und ebensowenig von den dreitausend Gulden, die er aus Verwirrung und Schmerz erspielt hatte, und nicht mit Geschick erschlichen. Daß er sich so plötzlich aufs Land zurückgezogen hatte, vernahmen sie mit Achselzucken und ohne Verwunderung. Sich derart zu bescheiden, entsprach dem Bild, das sie sich von ihm machten als einem Mann, der ohnedies nie so recht in die Stadt gepaßt hatte, einer, der sich freiwillig beschränkte – vielleicht, weil er auch selber ein wenig beschränkt war.

Dabei besaßen die meisten dieser Männer von Welt selbst noch ihre winzigen Läden in der Stadt, mit Modeartikeln, Nähzeug, Küchengeräten, Schmierseife, Buchschließen und all dem Kleinkram, der nicht viel brachte, sich in der Menge aber summierte und ohne Risiko und Mühe neben den gewichtigen Geschäften einherlief. Und so gewichtig, das erkannte Marco bald, waren diese Geschäfte oft gar nicht. Keiner der würdigen Herren war sich zu gut für schmale Häppchen. Sie alle, das war Marcos größte Überraschung, waren stets bereit, sich mit ihrem Kapital an fremden Unternehmungen zu beteiligen oder, wenn nötig, die eigenen Transaktionen mit dem Geld anderer zu stärken. Geschäfte mit Fürsten und Kardinälen in den Machtzentren der Welt, Spekulationen und Konkurrenzkämpfe an der Grenze der Legalität – daneben aber auch ein bißchen hier, ein bißchen da, und das ging nur, wenn man nie aufhörte, sich offenzuhalten und zuzugreifen, wo sich eine Gelegenheit bot: Das war die erste Lektion, die Marco lernte an den Spätsommertagen, als er anfing, seine Fühler auszustrecken – als Kaufherr verkleidet in seiner eleganten karmesinroten Robe, die er sich eigens hatte anfertigen lassen, das Gewand eines erwachsenen Mannes, während er sich bisher, seinem Alter entsprechend, mit Wams und Beinkleidern begnügt hatte. Er paßte sich an, um akzeptiert zu werden, und die Herren in den Sälen der *Arte della Seta* kniffen die Lider zusammen und ließen ihn reden.

Und er redete, wie man es von ihm erwartete – höflich, ehrerbietig, bescheiden, aber doch mit jenem Funken Begeisterung, der ihnen allen vertraut war und der dann und wann in ihrer aller Augen aufblitzte und sie bei aller Vorsicht wie ein geheimes Codewort einander näherbrachte: Wir sind vom gleichen Holz.

Das Gerücht von Francescas großzügiger Mitgift hatte sich in Florenz herumgesprochen, noch bevor sie die Tore der Stadt erreichten. Ermanno del Benes Sohn habe sich in Ferrara einen Goldfisch geangelt: tugendhaft, hübsch, gescheit, von angesehenem Stand (die Mutter angeblich sogar adelig!) und noch dazu reich. Von einer Mitgift von neunhundert Gulden erzählte man sich, einige tippten sogar auf tausend, was sie allerdings selbst als nicht ganz seriös erscheinen ließ. Aber neunhundert war eindrucksvoll genug. Als durchsickerte, daß Marco gedachte, sie in Geschäften anzulegen, tauchten unverzüglich die ersten Interessenten auf, um sich ihm als Partner zu empfehlen.

Es kitzelte ihm auf der Zunge, seinen Freunden von früher die Wahrheit zu offenbaren und ein wenig zu prahlen, wie sie alle es so gern taten in dieser trefflichen Stadt, aber es gelang ihm jedesmal, das begonnene Geständnis wieder umzubiegen und sein Geheimnis zu wahren. »Sich jemandem anvertrauen, heißt, sich zu seinem Sklaven zu machen!« stand in einem der Bücher, die ihm Francescas Vater zu lesen gegeben hatte, Leitfäden über die Kunst, ein Kaufmann zu sein, mit Ratschlägen, die unliebsame Erfahrungen ersparen sollten. Marco nahm sich vor, diese Werke nach und nach für seinen eigenen Gebrauch kopieren zu lassen, um sich in seinen Mußestunden immer wieder von ihnen belehren und anregen zu lassen. »Bedenke, daß der Neid in mehr Menschenherzen wohnt als man glauben möchte!« hatte er in einem anderen von Lanfredinis Büchern gelesen. »Deshalb kann man nicht fehlgehen, wenn man immer alles, was man tut, geheimhält und nicht damit prahlt und auch nicht in der Öffentlichkeit von seinem Gewinn oder seinem Reichtum schwatzt.«

Baldo meinte besorgt, Marco verstieße gegen dieses Gebot, denn nicht einmal ihm verriet er den wahren Umfang seines Vermögens. Verschiedenen Andeutungen glaubte Baldo zu entnehmen, daß die Heirat tatsächlich tausend Gulden eingebracht hatte, und er riet Marco immer wieder, die Summe anderen gegenüber vorsichtshalber herunterzuspielen. Marco ließ zu, daß Baldo ihm Angeberei unterstellte und ihm riet, auf keinen Fall den gesamten Betrag zu investieren. Irgendwann einmal, dachte er, in späteren Jahren, wenn er reich geworden war, so reich, wie er es sich erträumte, würde er Baldo die Wahrheit sagen, daß sein Risiko geringer gewesen war, als Baldo befürchtete, weil oben im Schlafzimmer, ganz unten in der Truhe neben dem Bett versteckt, noch die braunen Wildlederbeutelchen ruhten, die Francesca und er auch jetzt noch manchmal hervorholten und über den Laken entleerten, um sich am Glanz und am Geklirr zu erfreuen und an der kühlen Berührung auf ihrer bloßen Haut. Nie, niemals fragten sie sich, was Francescas Vater bewogen haben mochte, die geliebte Tochter so weit fort in die Fremde zu verheiraten und sie mit einer so ungewöhnlich hohen Mitgift auszustatten.

4

Marcos erster Geschäftspartner war Duccio Lamberti, der mit seiner Ladung von Rinder- und Hammeldärmen aus Lyon auf Marcos Hochzeitsfahrt von Ferrara nach Florenz immer wieder Heiterkeit erregt hatte. »Im Dienste der Kunst und der Achtsamkeit!« pflegte er achselzuckend zu sagen, wenn sich wieder einmal einer über sein Handelsgut lustig machte. »Meine Waren sind zwar nicht spektakulär, dafür aber äußerst zweckdienlich. Ohne meine feinen Rinderdärme wüßten unsere tüchtigen Florentiner Kunsthandwerker nicht, wie sie ihr Gold und Silber zu hauchfeinen Blättchen hämmern sollten.« Er machte eine wirkungsvolle Pause und zwinkerte. »Ganz zu schweigen von der Nützlichkeit gewisser Reitröcke aus Hammeldarm oder – noch besser! – aus Fischblasen! Seid ehrlich: ihr habt doch alle schon einmal meine kleinen Lümmeltütchen übergestreift! Wenn nicht, dann seid ihr leichtsinnig gewesen.« Und dann mit einem vertraulichen Raunen: »Wißt ihr übrigens, daß sie im fernen Kathei ein Gewand aus Leder oder gar aus Schildpatt verwenden? Wäre euch das lieber? Wenn ja, dann braucht ihr es nur zu sagen. Duccio Lamberti besorgt alles.«

Nie bereute Marco, sich mit Duccio verbündet zu haben, und auch Duccio wußte die gemeinsame Partnerschaft zu schätzen. »Bevor du einem Mann vertraust, reise erst mit ihm!« sagte er gut gelaunt und schritt prüfend durch Marcos Kontor. Wie alle in Florenz liebte er Sentenzen. Welch ein Reichtum von Erfahrung und Reflexion hatte sich doch angesammelt in ihrer aller Gedächtnis! Eigentlich hätte jeder von ihnen vollkommen sein müssen, bei all den weisen Ratschlägen von Religion, Philosophie und Volksmund, die einander mit tausend Zungen widersprachen. »Wenn der Betreffende auf dieser Reise dann auch noch frisch verheiratet ist, kannst du ihn klarer durchschauen als Quellwasser. Weißt du, was ich meine?« Duccio war Mitglied der gleichen Gilde wie Marco, darum duzten sie einander trotz des Altersunterschieds. Er blieb vor Baldos Pult stehen. Baldo schrieb, ohne aufzublicken, in seinem Rechnungsbuch. Die Feder kratzte leise über das Papier. »Mit einem Wort, Marco del Bene, ich habe dich beobachtet, und ich traue dir. Auch um deines Vaters willen. Ich hoffe, seine Milz macht ihm nicht allzusehr zu schaffen.« Baldo blickte erstaunt auf, schrieb aber dann gleich wieder weiter.

Auf der Reise war Duccio Marco zuerst durch seine Körperfülle aufgefallen, die nicht plump wirkte, sondern fast graziös, als wäre sie eigentlich nur eine Verkleidung. Er war aufmerksam, hilfsbereit und freundlich, das Gewinnendste an ihm aber waren seine Ausbrüche von Lebensfreude, die ihn manchmal ganz plötzlich überkamen, ausgelöst durch das bezaubernde Bild einer Landschaft; durch den Blick einer schönen Frau; durch ein Lied, das ihn berührte; durch eine Bedrängnis, deren Komik ihm bewußt wurde; durch einen günstigen Geschäftsabschluß, ein wohlschmeckendes Essen oder auch nur durch das Zusammensein mit anderen, deren Gegenwart ihm wohltat, allein weil sie Menschen waren wie er, dem gleichen Schicksal unterworfen. Brüder im Herrn und in der Unvollkommenheit. Liebe deinen Nächsten: Es war ihm selbstverständlich. Er wußte nichts von seiner Güte, sondern sah sich selbst mit behaglichem Wohlgefallen als ausgekochten Geschäftsmann, dem keine List fremd war. Vielleicht lag das Geheimnis seiner Wesensart in seiner Duldsamkeit und unter dieser noch, so tief in seinem Inneren, daß er es selbst schon nicht mehr wahrnahm, in seiner Liebe zum Leben – ein Gottesgeschenk, auch wenn Marco es damals noch nicht als solches erkannte. Später fragte er sich, ob er selbst auch diese Liebe in sich trug oder zumindest eine Spur davon. Er war sich nicht sicher.

Sie einigten sich darauf, daß Marco sich mit achthundert Gulden an Duccios nächster Geschäftsreise beteiligen würde, die dieser als seine bisher bedeutendste einschätzte und von der er sich den sattesten Gewinn seines Kaufmannslebens erhoffte.

Doch es ging ihm nicht nur um Geld. Schon auf dem gemeinsamen Weg von Ferrara nach Florenz hatte Duccio von seiner Sehnsucht nach der Ferne erzählt, von seiner Bewunderung für die Männer, die die Fremde nicht scheuen und die damit belohnt wurden, daß ihre Augen sahen, was vor ihnen noch kein anderer Europäer erblickt hatte. Sie begegneten Menschen, deren Haut so gelb war wie der Kopf eines Pirols oder schwarz wie die Flügel eines Raben. Sie hörten Sprachen, die keinem Idiom der bekannten Welt glichen; vernahmen Lieder, deren Melodie und Rhythmus so verführerisch klangen, daß sie den ganzen Körper durchdrangen... Da waren Gerüche von Gewürzen, die das Wesen eines Menschen verändern konnten; das Streicheln zärtlicher Finger, ganz anders als von den Händen hiesiger Frauen; Speisen und Getränke, die zugleich abstießen und verlockten; Rauch, der die Seele öffnete zum Himmel oder zur Hölle.

Doch Duccio war Toskaner, kein Venezianer oder Genuese, kein Mann aus den Hafenstädten Spaniens oder Portugals: Kinder der Küste mit Salz im Blut, die in der Brise vom Meer her den Verstand verloren und bereit waren, alles zu gewinnen oder zu sterben. Nein, Duccio kam aus Florenz, Festland, nahe genug dem Meer, daß das Fernweh erwachte, doch weit genug davon entfernt, daß die Füße trocken blieben. Wenn in Florenz die Kaufleute träumten, blieb ein Teil ihrer Vernunft wach, und wenn sie ihre Träume verwirklichten, sorgten sie dafür, daß es nach dem Genuß kein schlimmes Erwachen gab. »Um Kaufmann zu sein«, hieß es in einem von Marcos Lehrbüchern, »muß man vor allem drei Dinge haben, nämlich Verstand, Erfahrung und Geld.« Der Verstand immer an erster Stelle.

Der erste Geschäftspartner, die ersten Schritte in die freie Wildbahn, die erste Ernüchterung. Nein, es war nicht Duccio, der Marco enttäuschte. Für seinen Einsatz und seine Ehrlichkeit gebührten ihm nichts als Lob. Auf sein Wort war immer Verlaß. Erst im Laufe der folgenden Monate begriff Marco, welches Glück er gehabt hatte, daß er sich mit einem Ehrenmann wie ihm zusammengetan hatte und in seiner Eitelkeit und Naivität nicht auf einen Schwindler hereingefallen war.

Was ihn entsetzte, war die magere Ausbeute ihrer Geschäfte. Dabei hatte er es sich so einfach vorgestellt, wie sie von Gewinn zu Gewinn immer reicher werden würden! Doch jetzt rächte es sich, daß sich seine kaufmännische Ausbildung auf ein paar Monate beschränkt hatte, in denen er noch dazu niemals bis ins Herz des Handelshauses *Lanfredini und Biagio* vorgedrungen war. Er wunderte sich nun selbst, daß sein Schwiegervater einem Grünschnabel wie ihm seine Tochter und eine so hohe Mitgift anvertraut hatte.

Vor dem Notar der *Arte della Seta* schlossen Duccio und Marco einen Vertrag zur Gründung des Handelshauses *Lamberti und Del Bene*, eine *compagnia*, wie in der Toskana üblich, befristet auf zwei Jahre, in denen Duccio das Ausland bereisen und dort die Geschäfte abwickeln würde, während Marco in Florenz blieb und von hier aus die Fäden zog. Verglichen mit den Rosinen in ihren Köpfen erschien ihm später ihr damaliges Stammkapital lächerlich gering: zweitausendachthundert Goldgulden, davon achthundert von Marco. Gewinne und Verluste sollten proportional aufgeteilt werden.

Dritten gegenüber haftete jeder voll für alle Schulden, die der andere gemacht hatte. Bei Auflösung der Firma würde jeder den Anteil erhalten, der der Höhe seiner Einlage entsprach. Ein einfacher, klarer Vertrag mit nur noch wenigen Zusätzen bezüglich Fremdgeldern und Zinsen.

Und dann war es soweit: Im Morgennebel verließ Duccio mit seiner Reisegruppe Florenz, um sich und Marco reich zu machen. »Im Vertrauen auf Gott!« rief er Marco zu, der nicht verstand, warum ihm diese Worte plötzlich angst machten. »Im Vertrauen auf Gott!« wiederholte er dennoch. Er bekreuzigte sich verstohlen und winkte Duccio nach, seinem Geschäftspartner und Freund. »Duccio Lamberti besorgt alles!« fügte er mit vorgetäuschter Munterkeit hinzu, aber das hörte Duccio schon nicht mehr.

5

Über Lucca reiste Duccio nach Mailand, auf Saumtieren weiter über die Alpen via Mont Cenis nach Avignon, dann die Rhône hinunter bis Aigues Mortes, um von dort aus die Waren nach Barcelona zu verschiffen; der Rückweg dann direkt über das Meer nach Pisa. Sie hatten alles genau geplant und sich bemüht, nach bewährter Art der Krieger und Kaufleute, alle möglichen Wechselfälle des Schicksals in Gedanken vorwegzunehmen und seine störende Hand festzuhalten: Kriege, Revolten, Streit, Raub, Seuchen, den geschäftsschädigenden oder – fördernden Einfluß der Moden, Zölle und Repressalien im Ausland, wo jeder beliebige Kaufmann für die Schulden, die ein zahlungsunfähiger Landsmann dort gemacht hatte, haftbar gemacht werden konnte... Fallgruben ohne Ende, aber sie kalkulierten ein, was ihnen nur einfiel. Trotzdem versuchten sie, Geld zu sparen, indem sie nicht einmal für die Transporte auf See Versicherungen abschlossen – ein Leichtsinn, der Marco später nur noch schaudern ließ.

Um den Verkauf zu vereinfachen, hatten sie beschlossen, nicht allzu verschiedenartige Güter zu exportieren. Auf dieser ersten Reise bestand Duccios Gepäck in der Hauptsache aus Gegenständen des Luxus und der Religionsausübung: Schmuckkassetten, alle ganz in Gold und edelstem Blau, bemalt mit Rittern und Edelfrauen und mit Seide ausgeschlagen. Weiters ein Posten Schachbretter aus Nußholz und Spielbretter für das Neunerspiel; als wertvollste Ladung mehrere Ballen mit Stickereien aus Lucca für liturgische Gewänder: Sie zeigten die Geburt Christi, die Passionsgeschichte oder das Martyrium der zwölf Apostel.

Da im Ausland die Preise für Kunstwerke aus Florenz in letzter Zeit stark angezogen hatten, hatte sich Duccio mit mehreren Ballen von Andachtsbildern eingedeckt. In Florenz waren sie billig zu haben, weil sich ihr Preis nicht nach dem Können des Künstlers richtete, sondern nach der Größe des Bildes. Die Farben waren es, die Geld kosteten, nicht das Genie. Auf künstlerische Freiheit wollten sich Marco und Duccio ohnedies nicht einlassen. Die Erfahrung hatte gezeigt, was den Käufern gefiel, und danach richteten sie ihre Aufträge, in denen sie den Malern das Thema und die Anzahl der Figuren genau vorschrieben und die Abmessungen verbindlich festlegten. Am beliebtesten waren Tafelbilder auf Goldgrund mit zwei Altarflügeln. Die Mitte zeigte Christus am Kreuz oder Unsere Liebe Frau mit mehreren Heiligen. Nach Marcos Ermittlungen würden diese Bilder in Spanien einen hübschen Gewinn einbringen, wahrscheinlich das Drei- oder Vierfache der Investition.

Und dann gingen die Briefe hin und her zwischen Duccio, dem Reisenden, und Marco, der Spinne im Netz. Von jeder Station seiner Reise erstattete Duccio Bericht und sparte nicht mit launigen Schilderungen seiner Reisegefährten und der Landschaften auf seinem Weg. Marco bewahrte alle diese Briefe auf. Später einmal, wenn ihm das Alter die Muße verschaffte, die er sich jetzt kaum noch vorstellen konnte, würde er die Mappe mit Duccios Briefen vom Regal holen – von ganz oben, wo unter einer dicken Staubschicht die ältesten Dokumente ruhten –

und mit der Lektüre alles noch einmal durchleben, was seine Jugend ausgemacht hatte. In seiner Erinnerung sah er stets den Kurier von damals, Anichino, der aus Köln in Deutschland stammte, wo sie ihn Hänschen nannten, und den ein paar Jahre später in der Nähe von Bologna die Pest ereilte. Er hörte den schwerfälligen Akzent von Hänschens germanischer Zunge, während der Bote mit flinken Händen Marcos Briefe in wasserdichten Kanevas steckte und in seine Gürteltasche packte: »In meiner *scarsella* sind Ihre Nachrichten sicher wie in Abrahams Schoß, Messer Marco!«

Täglich eilten zwei Boten von Florenz nach Norden, aber Anichino war der einzige, der Marco in Erinnerung blieb. Er und, unter seinen eigenen ungeduldigen Fingern, das Gefühl der knisternden Papierbögen, wenn er sie zusammenfaltete, in jeder Richtung drei Mal, wie er es bei *Lanfredini und Biagio* gelernt hatte; wenn er sie mit einer dünnen Kordel verschloß, die er durch die Löcher an den Briefrändern gezogen hatte. An jedem Ende ein Siegel. Auf der Vorderseite die Adresse mit der Handelsmarke von *Lamberti und Del Bene*: ein stilisierter Engel, nach dem Sitz des Handelshauses in der Via degli Angeli, was ja bekanntlich Straße der Engel heißt. Geh mit Gott, Anichino!

Schon unterwegs, so teilte Duccio mit, hatte er sechs Schmuckschatullen und den Ballen mit den zwölf Aposteln losgeschlagen. Aus alter Gewohnheit kaufte er dafür Rinderdärme und sandte sie per Fuhrunternehmer an Marco. (»Grüße auch deinen verehrten Vater herzlich von mir! Gott schütze seine Gesundheit!«) Außerdem erwarb er in Aigues Mortes einen Satz feiner Pariser Emailarbeiten, in Golddraht gefaßt, die er nach Barcelona mitnehmen wollte, ebenso wie zwei Ballen flämischer Bettvorhänge.

Er genoß die Reise, das bewies jeder seiner Briefe, nach denen Marco schon bald süchtig war. Er beneidete Duccio um diese Erfahrung und nahm sich vor, beim nächsten Mal selbst fortzuziehen. Den Gedanken, was Francesca zu einem solchen Vorhaben sagen würde, schob er beiseite.

Auch die Messe in Barcelona erfüllte ihre Erwartungen. Innerhalb weniger Tage waren Duccios gesamte Bestände verkauft, und er bereitete die Schiffsladung vor, mit der er nach Pisa zurückkehren würde. Welch eine Anhäufung von Schätzen wie in den Märchen des Morgenlandes! Von Einheitlichkeit konnte keine Rede mehr sein. Allein nach dem Gefühl hatte Duccio eingekauft, oft nur geringe Mengen einer Ware, aber mit dem richtigen Händchen fürs Geschäft und einer feinen Spürnase für die geheimen Sehnsüchte seiner Kunden: Spanische Juwelen: Rubine, Diamanten und Perlen, die Baldo den Atem raubten und ihn unverzüglich ans Skizzenpapier trieben, und die er seinem früheren Herrn Ermanno in einem ausführlichen Brief genau beschrieb, damit sie diesen vielleicht zu einem seiner Kunstwerke anregten, nach denen die Florentiner Damen immer süchtiger wurden... Duftende Seife aus Valencia. Straußenfedern aus Afrika. Tierhäute aus Cordoba, die die Florentiner Lederspezialisten weiterverarbeiten würden. Toledaner Klingen in zwei Ballen zusammengepackt, die so schwer waren, daß man sie kaum über die Schwelle brachte. Ein paar Fässer Meersalz aus Ibiza gegen Schwellungen des Halses. Und das Kostbarste von allem: aus Barcelona zwei Landkarten der ganzen Welt, gezeichnet vom besten aller Kartographen, der für jede von ihnen sage und schreibe hundertfünfundzwanzig Gulden verlangt hatte! Tagelang wagte Marco nicht einmal, sie auszupacken. Als sie dann vor ihm auf dem Pult lagen, beschloß er, die größere davon für sich zu behalten und sie in seinem Kontor aufzuhängen. Die Faszination ging nie verloren: Jedes Mal, wenn er von seinem Pult aufblickte und die Karte sah, war ihm, als ob er sich mit ihr Gottes Welt selbst angeeignet hätte. Zu wissen heißt besitzen, und als er älter wurde, träumte er davon, sich eine neue Weltkarte zeichnen zu lassen, exakt und kostbar wie die erste, aber mit all den neuen Entdeckungen, die während der kurzen Spanne seines Lebens gemacht wurden, so wie auch er selbst immer wieder Neues entdeckt und begriffen hatte, das ebenfalls aufgezeichnet war auf der unsichtbaren, sterblichen Landkarte seines Menschengedächtnisses.

In der letzten Kiste, die sie öffneten, befanden sich fünf Setzlinge eines Baumes aus dem Süden des fernen Kathei: Zitrone hieß er oder so ähnlich. Francesca behielt gleich einen für sich und grub ihn eigenhändig im Garten neben der Treppe zum Haus ein. »Unser Baum!« sagte sie lächelnd zu Marco. »Er wird wachsen und gedeihen wie unsere Liebe.«

Marcos Ernüchterung: Im Durchschnitt betrug der Gewinn der Unternehmung je nach Ware trotz der beschwerlichen Reise nur zweiundzwanzig Prozent, die Juwelen nicht mit eingerechnet, denn die sollten erst in Florenz verarbeitet werden. Kein schlechter Schnitt, aber auch kein Riesenschritt zum Reichtum. Erst jetzt begann Marco zu begreifen, woher die müden, angestrengten Mienen der Kaufherren stammten, die er in der *Arte della Seta* als Vorbilder bewundert hatte. Sie alle waren Teilhaber mehrerer Handelshäuser, um das Risiko zu streuen und an möglichst viele verschiedene Transaktionen zu gelangen. Wollten sie ihr Niveau halten, mußten sie jede sich bietende Gelegenheit erkennen und packen. Jäger in Samt, immer wach, immer unterwegs, die nicht müde werden durften oder satt, selbst dann nicht, wenn das Glück sie für kurze Zeit verwöhnte.

»Die Sorge ist das Kreuz der Kaufleute«, sagte Lorenzo de' Medici zu Marco, als dieser die Ehre hatte, im Palazzo de' Medici zu Gast zu sein, »doch ohne dieses Kreuz, das uns wachsam hält, könnten wir nicht überleben.«

»Auch nicht ohne die Ungeduld und die Rastlosigkeit!« vervollständigte Marco und verneigte sich höflich. Er hielt sich für einen Philosophen, der trotz seiner Jugend die Welt durchschaute, und freute sich über Lorenzos Lächeln. In späteren Jahren hätte er wohl noch die Habgier hinzugefügt, den Eigennutz und das Mißtrauen, die sie alle irgendwann verformten, auch wenn sie sich dagegen wehrten. Doch bedurften sie ihrer nicht als Ansporn und Stütze?... Ermanno war aufs Land zurückgekehrt, in die Weinberge seiner Vorfahren. Unter seinen behutsamen Händen wuchsen filigrane Kunstwerke, die seine Augen zum Leuchten brachten. Doch wo, das konnte der Kaufmann in Marco nicht unterlassen zu fragen, wäre Ermanno geblieben ohne die Geldbeutel des Herzogs von Ferrara?

IV. Francesca

1

Francesca erstaunte ihn. Von seiner Mutter her glaubte Marco genau zu wissen, wie Frauen lebten. Ehefrauen von Bürgern wohlgemerkt, denn daß die Mägde und Sklavinnen eine ganz andere Kategorie von Frauen darstellten, verstand sich von selbst. Sie rochen nach Schweiß, benahmen sich laut und grob, achteten bis zur Hinterhältigkeit auf ihren Vorteil, und obwohl sie doch zur Arbeit geboren waren, suchten sie sich ihr bei jeder Gelegenheit zu entziehen. Ghirigora hatte ständig über ihr Gesinde zu klagen. Als Marco noch ein Kind war, glaubte er sie zu verstehen, denn er sah selbst, daß die Mädchen hinter ihrem Rücken Grimassen schnitten und sie nachäfften. Mindestens einmal im Monat gab es eine peinliche Untersuchung, weil irgend etwas gestohlen worden war. Wenn es sich fand – was nicht immer vorkam – wurde die Diebin verprügelt und je nach Wert des entwendeten Gegenstandes auf die Straße gesetzt oder ein letztes Mal streng verwarnt. Verwarnungen kamen häufiger vor als Kündigungen, denn es war mühsam, Ersatz zu finden.

Als kleiner Junge hielt er sich oft in Küche und Keller auf und erlebte dort selbst das dreiste Benehmen der Mägde. Vertraulich kichernd zogen sie ihn beiseite und erzählten ihm wirre und vulgäre Geschichten von einer gewissen *Monna Pigra*, Frau Faul, einer lächerlichen Figur, die sie alle zu hassen schienen. Monna Pigra lag den ganzen Tag im Bett, naschte Süßigkeiten und vernachlässigte ihre Familie. Daß ihr Haushalt nicht zusammenbrach, verdankte sie ihren tüchtigen, fleißigen, sauberen und ehrlichen Mägden, die von früh bis spät nichts als schufteten. Doch Monna Pigra lohnte ihnen ihre Treue nicht, sondern sann auf ihrem Faulbett ununterbrochen über neue Schikanen nach, um ihr armes Gesinde herumzuscheuchen. Aber die Strafe ereilte sie – und wenn die Erzählung der Mägde an diesem Punkt angelangt war, konnten sie sich gar nicht genug ausschütten vor Lachen: Eines Morgens erwachte Monna Pigra und war an ihrem Bett festgewachsen. Sie konnte sich nicht befreien und rief laut um Hilfe. Doch die Mägde hatten so viel zu tun, daß sie nichts hörten, und der Ehemann der Dame, *Messer Frollo*, Herr Schlappschwanz, befand sich auf dem Lande bei seiner vertrottelten Verwandtschaft. So kam es, daß Monna Pigra schließlich von Efeu überwuchert auf ihrem Lotterbett klebte und eines elenden Todes starb.

Wenn die Erzählung so weit gediehen war, kreischten die Mägde vor Vergnügen und fragten Marco anzüglich, ob ihm die Geschichte denn gefallen habe und ob er nicht auch fände, daß es dem faulen Luder recht geschehen sei. Zu Beginn – er war vielleicht vier Jahre alt – antwortete er noch gehorsam ja, was die Mägde fast zum Ersticken brachte. Ihre Gesichter liefen puterrot an und sie wiederholten unersättlich ihre Frage, um sich an seiner immer betretener und ängstlicher werdenden Zustimmung zu ergötzen. Später ging er diesen Geschichten aus dem Weg, auch wenn er manchmal im Vorbeigehen hörte, daß sie immer weiter ins Kraut schossen und bald schon von Monna Pigra handelten, wie sie sogar den Teufel in der Hölle mit ihrer Trägheit zum Wahnsinn trieb.

Als Marco und Francesca nach Florenz kamen, hatte Ghirigora die meisten ihrer Dienstboten nach La Pineta mitgenommen. Nur die alten und die ganz dreisten oder begriffsstutzigen hatte sie im Haus zurückgelassen, zusammen mit einem glückbringenden kleinen Hausgeist, der sich nicht verpflanzen ließ und sich durch rasche Flucht ihrem Zugriff entzogen hatte: eine Äskulapnatter, die kaum einmal jemand zu Gesicht bekam, so scheu und gewandt war sie. Man wußte, daß sie da war, irgendwo in einem Winkel an der Treppe, einer Ritze zwischen den Dielenbalken oder einem anderen Versteck, von dem die übrigen Bewohner des Hauses nichts ahnten, weil ihre Maße der Wahrnehmung viel gröber waren und sie auch nur selten über den umsichtigen Hausgenossen nachdachten, der – ohne Spuren zu hinterlassen – die Mäuseplage in Schach hielt und somit den Segen der Gesundheit über seine Menschen breitete. Zum Dank dafür duldeten sie ihn liebevoll, weil jeder wußte, daß sich die freundlichen Kreaturen nur in guten Häusern einnisteten, wie kleine Zauberinnen, geheimnisvoll, eigenständig und unaufdringlich. Keine Gefahr für den Menschen wie die giftigen, kaltäugigen Vipern draußen zwischen den Stauden und im Gestrüpp, sondern ein Geschenk der Natur an die Zivilisation, Bindeglied zu einer uralten Lebensweise.

Francesca freute sich, als Marco ihr von der Schlange erzählte. Immer wieder hielt sie nach ihr Ausschau. Oft glaubte sie ein Augenzwinkern lang, sie aufgespürt zu haben, dann schien es aber doch wieder nur eine Sinnestäuschung gewesen zu sein, als triebe das Tierchen sein Spiel mit ihr und zeigte sich flüchtig, um ihr dann wieder zu entwischen. »Es ist keine Schlange im Haus!« sagte Francesca enttäuscht zu Marco, doch genau am Morgen danach, als sie allein in der Küche stand, glitt plötzlich ein kleiner Schatten gemächlich die Wand in ihrer ganzen Breite entlang, als wollte er damit endlich sein Geheimnis vor Francesca lüften und sich ihr bekannt machen.

Francesca hielt den Atem an und stand ganz still, bis die Natter mit der unerwarteten Bewegung einer Tänzerin hinter dem Geschirrschrank verschwand. Francesca wagte nicht, ihr nachzuspüren und sie damit zu erschrecken oder gar zu verscheuchen. Von nun an aber stellte sie jeden Abend ein Schälchen mit süßer Milch vor den Schrank, und am Morgen war das Gefäß leer. »Das ist ein gutes Haus!« sagte Francesca zu Marco. »Trotz allem!« Und sie schwiegen beide verlegen, weil sie wußten, daß ihnen dieses Haus wohl zugefallen war, sie es sich aber noch nicht angeeignet hatten.

Als Marco nach dem Honigmond wieder ins Kontor ging

und Francesca sich in ihrem neuen Heim umsah, mußte sie erst erfragen, wie viele Mitglieder ihre *famiglia* noch umfaßte und welches Inventar zum Haushalt gehörte. Was während ihrer pflichtvergessenen Flitterwochen gestohlen worden war, ließ sich nicht mehr feststellen, doch Francesca war entschlossen, von nun an die Zügel fest in die Hand zu nehmen. Überraschend rief sie alle Dienstboten zusammen und ließ sich jeden Winkel des Hauses zeigen, ohne daß einer der Spitzbuben Gelegenheit gehabt hätte, beiseite zu schleichen, um seine Beute noch hastig in Sicherheit zu bringen. Wie ein Kommissär der Signoria zog Francesca mit dem Rattenschwanz der maulenden Knechte und Mägde durchs Haus und ließ weder freche Worte durchgehen noch verstohlene Blicke, mit denen die diebischen Elstern einander Zeichen sandten, um die wildgewordene Herrin an den Verstecken des Diebesguts vorbeizulotsen. Marco war nicht dabei, aber im ganzen Viertel klatschte man noch wochenlang über die veränderte Stimme der sanften jungen Ehefrau von Marco del Bene, die plötzlich ganz andere Charakterseiten zu erkennen gab.

»Eine Hexe! Eine richtige Hexe, die gute Monna Ghirigora sagte es schon immer!« heulten Nadda und Agnoletta, bisher unumschränkte Königinnen der Küche, die sich von einer Minute zur nächsten mit ihrem schmalen Bündel bei strömendem Regen auf der Straße wiederfanden und sich fluchend die Haare rauften, weil sie Ghirigoras Silberzeug, das sie hinter der Holzverschalung in der Küche verborgen hatten, nicht mehr hervorholen konnten.

Noch blaß von den Beschwerlichkeiten der ersten Schwangerschaft gestattete sich Francesca keinen Augenblick der Unachtsamkeit mehr. Sie war die erste, die am Morgen aufstand und die letzte, die sich zur Ruhe legte. Bevor sie nicht fertig angekleidet war, durfte das Eingangstor nicht geöffnet werden. Keiner verließ in dieser Zeit das Haus und keiner betrat es. Wie der Säbel eines Generals hingen die Schlüssel des ganzen Hauses an ihrem Gürtel, Machtinsignien, die sie nicht einmal Marco überließ.

Als die ersten Wochen der Übelkeit vorbei waren, schien Francesca nur noch auf einen Zeitpunkt hinzuarbeiten: auf die Geburt ihres ersten Kindes. Wenn dieses Kind erst in seinen Kissen aus feinstem Leinen lag, sollte im Hause alles vollkommen sein. Francesca schickte fast die gesamte verbliebene Dienerschaft Ghirigoras fort. Nur den alten Hausknecht Lupino behielt sie, den Ghirigora gehaßt hatte, weil er Widerworte gab. Es dauerte lange, bis Francesca Ersatz fand, der ihren Ansprüchen genügte. »Es ist unser Heim, Marco!« beharrte sie, als er ihr zuredete, es sich doch nicht unnötig schwerzumachen. Dienstboten seien nun einmal unverläßlich und verlogen. Kinder eben, die man im Zaum halten mußte. Wer mehr verlange, verkenne die menschliche Natur. Pflicht einer Hausfrau sei es nur, den Schaden in Grenzen zu halten. »Du mußt dich schonen!« beschwor er sie und hatte Angst um ihr Leben. »Du bist so blaß! Leg dich nieder und ruh dich aus!«

Doch Francesca hörte nicht auf ihn. Wie ein aufgescheuchter Nachtfalter flatterte sie weiter hierhin und dorthin; verhandelte mit diesem und jenem, der Marco unbekannt war, sich aber benahm, als wäre dies sein Haus und nicht das Marcos; bestellte mögliche neue Dienstboten zu sich und schickte sie mit einem unbarmherzigen Kopfschütteln wieder fort; ließ sich unzählige Stoffballen präsentieren für Vorhänge und Wäsche für Tische und Betten und beauftragte emsige Hände damit, sie anzufertigen. Den ganzen Tag über standen die Fensterläden sperrangelweit offen. Die Sonne enthüllte schonungslos die Versäumnisse von Jahrzehnten. Dumpf und kühl war das Haus der Del Bene immer gewesen, als Zufluchtsort gedacht vor allem vor der Hitze des Sommers, doch die Wände – getränkt mit dem Essensdunst und der Atemluft dreier Generationen – erfrischten nicht mehr. Jedes Haus hat seinen eigenen Geruch, sagt man. Marco hatte den des seinen noch nie wahrgenommen. Er wurde ihm erst bewußt, als er nach einer viertägigen Geschäftsreise, die ihn bis nach Bologna geführt hatte, nicht mehr vorhanden war, und er alle Räume weiß gekalkt und vor Frische duftend vorfand. Einzig sein Kontor hatte Francesca mit grüner Farbe ausmalen lassen, um seine ermüdeten Augen zu erquicken.

Er gewöhnte sich daran, jeden Abend mit einer neuen Entwicklung konfrontiert zu werden. In einem Anflug von Galgenhumor bat er Francesca, doch wenigstens Buch zu führen über die Unmenge ihrer Ausgaben, die ihn womöglich an den Bettelstab bringen würden. Doch Francesca lachte nur und schleppte einen riesigen, grünledernen Band herbei: das exakte Pendant zu seinem Rechnungsbuch im Kontor. Baldo habe ihn ihr beschafft, erklärte sie maliziös, und er sei dick genug, um für ihr ganzes Leben auszureichen. Später einmal, wenn »unsere Kinder – und danach deren Kinder!« – dieses Haus bewohnten, würden sie genau nachlesen können, wofür ihr »hochberühmter Ahnherr Messer Marco del Bene«, sein Geld ausgegeben habe. »Nicht er!« murmelte er düster und verbarg seine Genugtuung.

Im Haus wirbelte das Leben. Von irgendwoher hörte Marco immer Francescas Stimme und ihr Lachen. Auf den Treppen und Fluren kamen ihm sauber gekleidete Mägde entgegen, die wohlerzogen vor ihm knicksten und dann mit ihren Wäschekörben und Blumentöpfen weitereilten, kichernd, als hätte er ein liederliches Ansinnen an sie gestellt. In den Zimmern und auf den Treppen knieten schwitzend und schrubbend kräftige Zugehfrauen vom Land, und draußen im Hof und im angrenzenden Gärtchen beschnitten wildfremde, wie Freibeuter aussehende Männer den Dschungelwuchs der Bäume und Sträucher und pflanzten neues Grün, das nach nichts aussah, sich aber dank der liebevollen Pflege durch Floras Piraten zu Blumenrabatten und Gemüsebeeten entwickelten, die Francescas Vasen oder ihre Kochtöpfe bereicherten ... Alles war anders als zu Ghirigoras Zeiten, und Marco fragte sich, ob nicht genau das Francescas heimliche Rache dafür war, daß die Schwiegermutter sie zurückgewiesen hatte, die vielleicht – *vice versa* – genau diese Entwicklung vorausgeahnt und befürchtet hatte. Jetzt erst recht! sagte Francescas mutwilliges Lächeln, und er küßte sie, weil ihm auf einmal bewußt wurde, daß außer ihrem

Vater wahrscheinlich er der einzige Mensch war, der sie liebte, und weil wir doch alle der Liebe bedürfen. Wie viele Menschen gab es eigentlich, die ihn liebten?

Francesca machte ihm Ehre in dieser Stadt, die trotz allen Prunks immer bürgerlich genug geblieben war, um Tüchtigkeit zu schätzen. Alle Florentiner Familien, selbst die großen Medici, kamen ursprünglich vom Lande. In ihren blassen Städteradern strömte noch das ungestüme, rote Bauernblut und erinnerte sie daran, daß man sich bewegen muß, um zu überleben – auch wenn sie zu satten Bürgern wurden und der Reichtum in ihre Häuser einzog, die immer mehr Palästen glichen, und auch wenn immer mehr von ihnen in den Kategorien der Aristokratie zu denken begannen, die der demokratischen Gesinnung von Florenz fremd war und fremd zu sein hatte. Ja, Francesca machte ihm Ehre, auch mit ihrer Eleganz und ihrer Liebenswürdigkeit, mit der sie die Frauen und Mädchen aus den goldenen Familien der *Arte della Seta* bei sich empfing. Bisher hatten sie sich wenig um die Del Bene gekümmert. Nun aber suchten sie Francescas Gesellschaft, und tags darauf bekam Marco in der Gilde das Wohlwollen ihrer Väter, Brüder und Ehemänner zu spüren und lernte das warme, kosende Gefühl kennen, dazuzugehören. In einem Anfall poetischer Verzückung notierte er es auf der letzten Seite seines Rechnungsbuches. Schon während die Feder über das Papier kratzte, schämte er sich für seine Sentimentalität. Er hoffte, daß nie jemand die schweren Seiten so weit zurückblättern würde, um ihn in der Verletzbarkeit des Glücklichen zu ertappen. Nur seine Korrektheit hinderte ihn daran, die Seite herauszureißen und so das Buch zu verunstalten.

Ich esse Kastanien am Morgen und Kapaune am Abend.
Man neigt sich vor mir, grüßt mich und hört mir zu.
Des Nachts fühle ich die süßeste Frau an meiner Seite.
Oft bin ich so glücklich, daß mir das Herz weh tut.
Das ist das erste Jahr meiner Ehe.

Jahre später war es ihm ein Trost, im schwachen Licht der nächtlichen Kerzen diese letzte Seite des Buchs aufzublättern und mit sanften Fingern dem mühelosen Glück nachzuforschen, und der Gedanke erfreute ihn, daß die Berechnungen und Kalkulationen seines Lebens nicht in Zahlen enden würden, sondern daß ihre letzte Summe das Resümee seiner Geborgenheit und seiner Liebe war.

2

Jedes kleine Kind wußte, daß es Menschen gab, die schon durch ihre bloße Gegenwart Unglück brachten. Vielleicht hatten sie den bösen Blick, doch nicht immer war er zu erkennen, so daß nichts vor ihnen warnte. Dennoch zogen sie das Unheil an und reichten es wie eine heimtückische Krankheit weiter an die, die unvorsichtig genug waren, sie an sich heranzulassen. Teodora: nur Francesca nannte sie bei diesem Namen, auf dem die Unselige in unziemlicher Weise bestand, obwohl alle Welt sie nur Dora rief, weil Teodora zu lang war und zu prätentiös für eine Sklavin.

Nie würde Marco die Gebärde vergessen, mit der Francesca ihr erstes Kind, seinen – ihren! – Sohn Giuliano in Teodoras Arme legte, damit sie ihn als seine Nähramme an die Brust nehme und stille. Marco stand am Fußende des Bettes, in dem seine Liebste zwei Tage lang gelitten hatte, als hätte der Herr sie dazu verdammt, die Martern der Hölle vorwegzunehmen. Wenn sie später davon sprach, sie habe Giuliano ›geboren‹ oder ›ihm das Leben geschenkt‹, erschauerte Marco in der Erinnerung an diese fünfzig endlosen Stunden, die kein Gebären waren und kein Lebenschenken, sondern im gnädigsten Fall ein Entbundenwerden oder etwas noch viel Qualvolleres, für das seine Männersprache keinen Namen fand.

Die Kerzen, überall im Raum verteilt, wie Francesca es gern hatte, flackerten in der kühlen Abendluft, die durchs offene Fenster hereinwehte – sehr zum Verdruß der Hebamme,

Monna Sofonisba, die nicht aufhörte zu grollen, daß frische Luft für Kranke und speziell für Gebärende tödlich sei, weil sie die eisigen Miasmen des Weltalls ins Zimmer strömen lasse und die Kranken in ihrer Schwäche diesem Übel nichts entgegenzusetzen hätten.

Doch der Arzt, Maestro Tedaldo Tedaldi, den Marco in seiner Angst und Verzweiflung herbeigerufen hatte, ließ Francesca gewähren. Monna Sofonisba, in ihrer Ehre zutiefst gekränkt, hätte am liebsten unter Protest das Haus verlassen, als der Arzt ins Zimmer trat und feierlich seine Doktorenbrille aufsetzte. Nur die Sorge um ihr Honorar hielt Sofonisba zurück. Geburten waren keine Krankheiten. Sie waren einzig und allein Sache der Frauen. Männer hatten nichts damit zu schaffen. Auch Ärzte nicht, selbst wenn sie wie Maestro Tedaldo weithin berühmt waren als Schüler des begnadeten Doktors Michele Savonarola von der Universität Padua, der für die Hebammen seiner Heimatstadt Ferrara ein Traktat verfaßt hatte, in dem er sein gynäkologisches Wissen weiterreichte.

Es wäre unter der Würde einer erfahrenen florentinischen Hebamme wie Monna Sofonisba gewesen, ein solches Machwerk auch nur eines Blickes zu würdigen. Wahrscheinlich hätte sie es auch gar nicht entziffern können. Doch wozu auch? Hatte sie nicht ihr Handwerk von der eigenen Mutter gelernt und diese wieder von der ihren und immer so weiter bis hinauf zur Urmutter Eva nach der Vertreibung aus dem Paradies? Mit einer solchen Tradition brauchte man keine Männer, die sich aufspielten, als läge es in ihrer Hand, das Leben Gebärender zu retten. Niemand vermochte das. Im Kindbett zu sterben gehörte zu den Risiken eines Frauenlebens. Eine Frau zu sein bedeutete, die Erde nur als flüchtiger Gast zu bewohnen und mit der Empfängnis die Hand nach dem betäubenden Trank der Lethe auszustrecken, der die Schmerzen der Geburt vergeßbar machte oder ganz von ihnen erlöste, wenn sie das erträgliche Maß überschritten. Hätte Gott es anders gewollt, ließe er die Kinder auf Bäumen wachsen oder auf dem Arno daherschwimmen. »Sie ist zu schmal gebaut!« erklärte Monna Sofonisba entschieden und wischte sich den Schweiß von der Stirn. »So ist es nun einmal.«

Erst jetzt begriff Marco, daß sie Francesca längst aufgegeben hatte, auch wenn sie noch den Schein wahrte und Dienstbereitschaft vortäuschte. Sie band sich das Kopftuch, das beim Kampf um das Kind zu Boden geglitten war, umständlich wieder um und setzte sich mit trotziger Miene auf einen Stuhl, als wäre ihre Arbeit beendet.

Ein heftiges Schluchzen zerschnitt Marcos Kehle. Wie oft hatte er diesen Körper, der nun so litt, liebevoll umfangen und für eben die Zartheit gerühmt, die nun auf einmal den Tod bringen sollte!

Maestro Tedaldo ließ sich von seinem Gehilfen eine Zange reichen, deren Ausmaß Marco kalten Schweiß ausbrechen ließ. Der Gehilfe drängte ihn wortlos aus dem Zimmer und schob von innen den Riegel vor. Marco stand draußen mit den fassungslosen Mägden und trank in schweren, schmerzhaften Schlucken den großen Becher Traubenschnaps, den Baldo ihm einflößte. Baldo war der einzige, den Marco an sich heranließ. Hatte Baldo nicht vor Jahren das gleiche durchlitten?

Aus dem Raum drangen entsetzliche Schreie, die Marco nie vergessen würde und die er auch später nicht mit Francesca in Verbindung bringen konnte. Alles war unwirklich und dunkel. Kein Freudentag, wie er erwartet hatte, sondern ein endloser, schleppender Gang durch die Unterwelt, wie der große Poet Dante ihn beschrieben hatte. Ein fetter Franziskaner kam die Stufen heraufgewatschelt, bat um eine Erfrischung und bot seine Dienste für die Letzte Ölung an. Marco hätte ihn die Treppe hinuntergeworfen, wenn es Baldo nicht gelungen wäre, ihn zu bändigen.

Plötzlich wurde es drinnen still. Marco verlor jede Hoffnung, doch dann ertönte ein Schrei, ganz anders als die Schmerzensrufe davor. Der Druck von Baldos Händen auf Marcos Schulter lockerte sich. Baldo lächelte nicht, aber sein Gesicht hellte sich auf. Der kleine, hilfesuchende Schrei im Zimmer wiederholte sich. Eine halbe Ewigkeit standen sie mit angehaltenem Atem da und warteten wie auf eine Erscheinung des Herrn. Dann wurde der Riegel zurückgeschoben. Die Tür sprang auf, und Monna Sofonisba, noch immer schmollend, hielt Marco ein Bündel entgegen. »Ein Sohn!« sagte sie beleidigt und wartete auf sein Lob. Doch er stieß sie beiseite. Auch wenn es hieß, alle Männer sehnten sich nach einem Sohn, bedeutete ihm das Kind in diesem Augenblick nichts. Er stürzte hin zu Francescas Lager. »Sie schläft!« sagte Maestro Tedaldo und packte ihn am Arm, um ihn zu zügeln. An seinen Fingernägeln sah Marco eingetrocknete Reste von Blut. »Keine Angst! Bald geht es ihr wieder besser. Ihre Gemahlin hat eine kräftige Natur, sonst hätte sie das alles nicht überstanden.«

Francesca war kaum zu erkennen. Marco wußte nicht, wie lange er dastand und sie betrachtete, während alles um ihn herum rannte, lachte und erleichtert schwatzte. Dann gingen sie hinaus, und im Zimmer kehrte Ruhe ein. Francesca öffnete langsam die Augen, nach all der Folter nicht imstande, Lärm wahrzunehmen, wohl aber die Stille. Suchend blickte sie um sich. Erst jetzt bemerkte Marco, daß Monna Sofonisba das Kind in die Wiege neben dem Bett gelegt hatte. Mit wieviel Zärtlichkeit hatte Francesca die kleine Schlafstelle vorbereitet, in der nun dieses Kind ruhte, das sie beinahe ins Grab gebracht hätte!

Er zog die Wiege näher heran. Francesca versuchte, sich aufzusetzen, doch sie war zu schwach. Er mußte ihr helfen. Dann nahm er das Kind und legte es ihr auf den Schoß. Sie konnte es kaum halten, doch sie lächelte in das kleine rote Gesicht, in dem der Kerzenschein widerflackerte, und strich mit blutleeren Fingerspitzen über das schwarzgelockte Köpfchen, das von der lebensrettenden Zange grotesk in die Länge gezogen worden war, als säße eine Narrenkappe darauf. Mit Verwunderung spürte Marco, wie fremd ihm das Kind war. Er hatte keinen Wunsch, es aufzunehmen. Francesca, die eine schwache Bewegung machte, es ihm zu reichen, hielt inne. Er erschrak, als wäre er bei einer Sünde ertappt worden, und er beeilte sich, die Hände nach dem Kind auszustrecken. Doch Francesca schüttelte den Kopf und lächelte. Da begriff er, daß sie verstand, wie ihm zumute war, und daß sie ihm verzieh. »Teodora!« sagte sie leise aber mit klarer Stimme. Ihr erstes Wort als Mutter.

Marco folgte ihrem Blick und sah die Sklavin, die Duccio als Amme empfohlen hatte. Sie hockte auf dem Boden in der Fensternische, blaß wie ihre neue Herrin. Vor drei Tagen erst hatte sie selbst eine Tochter geboren. Sie war allein und ohne Hilfe gewesen, und als man sie fand – neben dem Brunnen, draußen im Hof von Duccios Haus –, weigerte sie sich, das Kind anzusehen. Monna Micaela, Duccios Ehefrau, brachte es eigenhändig ins Findelhaus Santa Maria Nuova und hinterlegte fünf Gulden für seine Pflege. Duccio und Micaela hatten immer eine Schwäche für Teodora gehabt, die nach Duccios Worten das härteste Schicksal der Welt ertragen hatte. Sie überlegten sogar, das Kind bei sich im Hause zu behalten und es mit den eigenen Kindern aufwachsen zu lassen. Dann aber gaben sie es doch fort, weil es nur ein Mädchen war.

Langsam stand Teodora auf und trat an Francescas Bett. Alles in Marco sträubte sich, diese Frau als Amme seines Erstgeborenen zu akzeptieren. Eine fröhliche junge Person vom Lande hätte er sich gewünscht, eine mit einem unbeschwerten Lachen und runden weißen Brüsten, die aber auch nicht zu üppig sein sollten, um dem Kind nicht die Nase platt zu drücken... Doch schon vor der Geburt hatte sich Francesca geweigert, das Kind für die ersten beiden Lebensjahre zu Bauersleuten zu schicken, wie es üblich war. »Sie ziehen immer die eigenen Kinder vor! Du kannst nie wissen, was sie deinem Kind antun, auch wenn sie dir noch so freundlich und unterwürfig ins Gesicht reden.«

Marco beharrte, denn in Florenz war es Sache des Ehemannes, die Nähramme zu besorgen. Aber wann wäre es ihm je gelungen, sich durchzusetzen, wenn Francesca etwas wirklich wollte? Außerdem drängten sich zufällige Beobachtungen in seine Gedanken von festgeschnürten, bewegungslosen kleinen Bündeln, mit denen die Ammen die Stadt verließen und von winzigen Särgen, mit denen sie allzu häufig zurückkehrten. Fieber, ein Brand im Hause, ertrunken im Teich, erstickt im

Schlaf, einfach nicht mehr aufgewacht; erdrückt im Bett, weil zu viele darin schliefen. ›Verliegen‹ nannten sie es gleichmütig, und es erschien ihnen ein verzeihlicher Unfall.

Marco gab nach. Teodora, die Sklavin, würde im Hause bleiben. Sein Sohn würde unter ihrer Obhut heranwachsen, aber auch unter der seiner Mutter. Nie würde die Trauer um die versäumte Intimität der Kindheit in seiner kleinen Seele ihren Schatten werfen.

So kam Teodora, von der sie so wenig wußten, als Nähramme in ihr Haus. Marco bezahlte für sie siebenundvierzig Gulden an Duccio – viel zuviel, wie er meinte, wenn er seine Antipathie bedachte, aber ein fairer Preis, wenn sie ihre Pflichten gewissenhaft erfüllte. Nach Marcos Rechnung würde sie sich in acht Jahren amortisiert haben, was kein schlechtes Geschäft war, da sie ja auch danach noch in seinem Besitz bleiben würde. Trotzdem war sie Marco sein Leben lang unheimlich. Doch Francesca liebte sie. Als sich Teodora über sie beugte, lächelte Francesca, wie sie ihn nicht angelächelt hatte. Sie hob das Kind hoch und reichte es der Sklavin. Sanft und behutsam nahm Teodora es entgegen. Marco stand außerhalb. Es war, als beobachtete er ein Schauspiel, in dem er keine Rolle hatte. Aber er spürte, daß Teodora das Kind beschützen würde.

»Ist deine Milch auch gesund und so, wie sie sein soll?« fragte er streng, um sein Gesicht zu wahren. Jedermann wußte, daß die Milch für den Säugling mehr war als nur materielle Nahrung. Sie quoll direkt aus dem Blut der Amme und war voll von ihrem Charakter. Das Kind, das sie in sich aufnahm, wurde von ihr geprägt. Schön weiß mußte die Milch sein und süß im Geschmack; nicht zu dickflüssig und nicht zu wässrig, und wenn man sie über einen Fingernagel fließen ließ, mußte der Tropfen leicht rollen, aber seine Form behalten.

»Mach dir keine Sorgen, Marco!« sagte Francesca, ohne die Augen von dem Kind zu lassen. Einen Moment lang fühlte er sich in seiner Ehre gekränkt wie zuvor Monna Sofonisba.

»Wie soll er heißen?« fragte Maestro Tedaldo, der ins Zimmer getreten war.

»Ich weiß es nicht!« murmelte Marco verwirrt. »Welchen Heiligen haben wir heute?«

»Nennen Sie ihn Giuliano!« sagte der Arzt mit sorgenvoller Miene. »Heute mittag hat man versucht, die Medici zu stürzen. Lorenzo hat überlebt, aber Giuliano ist tot. Ermordet im Dom. Wie Cäsar von Dolchstichen durchbohrt. Einundzwanzig!«

Marco begriff kaum, wovon Tedaldo redete. Wohl hatte er bemerkt, daß es während der endlosen Stunden von Francescas Leiden draußen auf der Straße lauter zugegangen war als sonst. Endloses Glockengeläute. Geschrei. Gejohle. Gejammer. »*Palle! Palle!*« hatte er vernommen – den Ruf der Medicianhänger. Doch was seine Ohren hörten, hatten seine Gedanken nicht erfaßt. Auch jetzt noch wußte er kaum, was er tat, als er ohne weitere Überlegung zustimmte: »Nun gut, so nennen wir ihn Giuliano!« Er konnte nur an eines denken: daß Francesca am Leben war und wieder gesund werden würde. Erst als er endlich in seinem Bett lag und fast schon eingeschlafen war, fiel ihm ein, daß er seinem Sohn den Namen eines Toten gegeben hatte. Schnell aber beruhigten sich seine Bedenken wieder, weil doch alle Menschen die Namen von Toten trugen über die Jahrhunderte hinweg und weil der Name eines Medici immer ein ehrenvoller Name sein würde in der prächtigen Stadt Florenz.

Während er schon einschlief, hätte er am liebsten geweint vor Erschütterung, Erschöpfung und einer Mischung aus tausend Gefühlen, die sich nicht zu erkennen gaben und sich in seiner verwirrten Seele miteinander verbündeten und gegeneinander stritten. Immer wieder glaubte er – schon halb im Traum – die Gebärde zu sehen, mit der Francesca der Amme das Kind anvertraut hatte. Giuliano, sein erster Sohn. Ein schutzloses kleines Wesen, unter Schmerzen zur Welt gebracht von einer schutzlosen jungen Frau. Giuliano del Bene, geboren an einem Sonntag und doch kein Kind des Glücks. Es war der 26. April 1478.

V. Der Aufstand der Pazzi

1

»Gott bewahre euch und meinen kleinen Enkel davor, in interessanten Zeiten leben zu müssen!« schrieb Baldassare Lanfredini in seinem Gratulationsbrief zu Giulianos Geburt. Zugleich beglückwünschte er Francesca, daß es ihr so leichtgefallen sei, ihr erstes Kind zur Welt zu bringen. »Deiner lieben Mutter war dieses Glück nicht vergönnt!« fügte er hinzu. Francesca stand auf, um vor Marco ihre Verlegenheit zu verbergen. »Ich wollte nicht, daß er sich sorgt«, murmelte sie und nestelte vor dem Spiegel an ihren Stirnlocken.

Sie schrieb ihrem Vater jede dritte Woche einen Brief, und jede dritte Woche brachte ihr Anichino einen zur Antwort. »Wer weiß, wie lange Vater noch lebt!« entschuldigte sie sich fast und glaubte kein Wort seiner Beteuerungen, er sei inzwischen zum gesündesten Mann von Ferrara geworden. Jedesmal wenn der Bote ans Tor pochte, verschlug es ihr den Atem vor Freude darauf, aus den geschriebenen Buchstaben die Stimme des Vaters aufleben zu lassen, und zugleich aus Angst vor einer schlechten Nachricht über seine Gesundheit. »Achten Sie auf sich!« beschwor sie ihn, wohl wissend, daß mit seinem Tod, der unausweichlich war, die letzte Verbindung zu ihrer Kindheit und Jugend zerreißen würde und damit zur bisher längsten Spanne ihres Lebens. Sie weinte, als sie das Geschenk auspackte, das seinen letzten Brief begleitete: das persönlichste, liebevollste, das er ihr geben konnte – den eigenen Siegelring aus schwerem Gold mit seinen Initialen. Kein Geschenk eigentlich für eine Tochter, sondern für den ältesten Sohn, und in dem

Augenblick, als sie den Ring über ihren Mittelfinger schob, wußte sie, daß dies gar kein Geschenk war, sondern ein Erbe.

In der Woche darauf kam die Nachricht von seinem Tode und zugleich auch schon von seiner Beerdigung. Der Sekretär ihres ältesten Bruders hatte den Brief verfaßt, weil sein Herr durch die Ereignisse zu sehr in Anspruch genommen sei. Messer Lanfredini habe nicht gelitten, so viel wenigstens teilte man Francesca mit, aber sie wußte, daß dies eine Phrase war, die zutreffen konnte oder auch nicht.

Sie weinte nicht mehr, als sie den Brief gelesen hatte. Sie nahm den Ring aus dem Schmuckkästchen neben ihrem Bett, steckte ihn wortlos an den Mittelfinger und begab sich zu Marco ins Kontor. Er lächelte, als sie eintrat, und nannte sie scherzhaft »Mamma«, doch als sie die Hand mit dem Ring auf sein Pult legte, wußte er, was geschehen war und nahm sie in die Arme. »Wer wird mir jetzt zuhören?« fragte sie wie ein Kind, und ihr Tonfall war nicht der einer Florentinerin, sondern der eines kleinen Mädchens aus Ferrara, das seine Heimatstadt niemals verlassen hat. »Und wer wird mich jetzt noch *Bambolina* nennen?«

Die Tröstungen einer Familientrauer blieben ihr versagt. Kein gemeinsames Stehen am Grab mit dem körperlichen Empfinden der Nähe der anderen. Keine Gnade der Erschöpfung durch den Ansturm der Gäste. Der Tag heute war nicht anders als der Tag gestern. Nur durch ihre schwarze Kleidung und den Schleier der Trauernden konnte sie den Verlust nach außen kehren. Eine Woche lang ließ sie jeden Morgen eine Messe für die Seele des Vaters lesen. Wenn sie mit Marco von der Kirche nach Hause ging, spürte sie das fremde Pflaster unter ihren Füßen und die Gegenwart der großen Häuser und der vielen, anmaßenden Türme wie Borsten über den roten Ziegeldächern. Es kam ihr vor, als wäre sie ganz allein auf der Welt, trotz Marco, der sie liebte, trotz des Kindes, das die Arme nach ihr ausstreckte, und trotz des eingespielten Lebens als Ehefrau, das ihr bisher doch so gut gefallen hatte. Konnte es sein, daß ihre Heimat bisher kein Ort gewesen war, sondern die Geborgenheit in der Liebe eines alten, kranken Mannes, der gar nicht selbst zugegen sein brauchte?

»Der Herr hat's gegeben, der Herr hat's genommen!« sagte Micaela und reichte Francesca die kleinen Geschenke zur Geburt: feines *pane di confetto*, eine Schachtel mit weißem und roten Mandelkonfekt, ein Bündel Kerzen und mehrere kleine Fackeln. »Er hat eine Seele zu sich geholt und dir eine andere anvertraut. Alles, was er tut, ist im Gleichgewicht. Wir müssen nicht bekümmert sein, wenn wir nur auf ihn bauen.« Sie lächelte und hielt Francesca eine Praline unter die Nase. Francesca drehte den Kopf zur Seite, dann aber gab sie nach und ließ zu, daß ihr Micaela die Süßigkeit in den Mund steckte. »Siehst du!« sagte Micaela zufrieden wie zu einem gehorsamen Kind, und das genau war es, was Francesca tröstete. »Ich werde nicht aufhören, ihm zu schreiben!« versicherte sie mit erstickter Stimme. Micaela nickte und bediente sich aus der Konfektschachtel. »Aber ja!« stimmte sie zu, und tatsächlich verfaßte Francesca wie bisher alle drei Wochen einen Brief an ihren Vater und berichtete, wie sie lebte und was sie bewegte. Sie sammelte die Briefe in einer Schatulle, die sie in dem großen Schrank aufbewahrte, in dem auch ihr Haushaltsbuch lag und die anderen Bücher, die ihr Marco im Laufe der Jahre zum Geschenk machte.

Baldassare Lanfredinis Segenswünsche erfüllten sich nicht: Die Zeiten waren interessanter, als ein Kaufmann wie Marco es sich wünschen konnte, dem daran lag, seine Ware ungefährdet an den Kunden zu bringen, wie ferne er auch sei. Die Welt schien kleiner zu werden. Was vor wenigen Jahren noch exotisch und verlockend gewesen war, zog kaum noch den Blick auf sich. Das Fremde wurde immer alltäglicher, und zugleich wuchs die Unzufriedenheit mit dem Vertrauten – wie bei einem Mann, der die eigene Frau tadelt, weil draußen vor dem Fenster eine andere vorübergeht, die vielleicht nicht besser ist als sie, aber eben ganz anders, so daß er mehr spürt als denkt, wie wenig von der Vielfalt aller Möglichkeiten ihm zugestanden wird und wie kurz sein Leben ist. Begreift er, daß es ohne das Bewußtsein des Todes keine Unzufriedenheit gäbe, weil jeder darauf hoffen könnte, irgendwann einmal auch noch zum Zuge zu kommen? Fürchtet er, daß der Tod der Endpunkt aller Hoffnung ist? Daß darin sein dunkles Wesen liegt und die Begründung und der Antrieb jeder Religion, die aller menschlichen Erfahrung zum Trotz die Hoffnung über das Sterben hinaus verlängern möchte? Mit bedächtigen Schritten näherte sich das Jahrhundert seinem Ende, und was bestand, wurde in Zweifel gezogen. Mehr denn je sehnten sich die Besitzlosen nach dem Reichtum der Vermögenden, und mehr denn je klammerten sich diese an ihr Gold und ihre Macht. Nein, Gott bewahrte Marco del Bene und die Seinen nicht davor, in interessanten Zeiten zu leben.

2

Jeder in Florenz erinnerte sich, wo er sich an jenem Morgen aufgehalten hatte und womit er beschäftigt gewesen war, als der junge Kardinal Raffaello Sansoni Riario, ein Verwandter des Papstes Sixtus, mit allem Prunk der Mutter Kirche ins weite Gewölbe des Doms einzog, um das Hochamt zu feiern. So oft hatte Marco davon gehört, daß er meinte, selbst dabei gewesen zu sein, auch wenn sich über diese Vorstellung der beklemmende Schleier der Erinnerung an Francescas Leiden legte und an die Qualen der eigenen Hilflosigkeit. Später aber, wenn er seinen Söhnen von den Vorfällen erzählte, tat er es mit der Anteilnahme eines Zeugen, so wie sich jeder Florentiner als Zeuge, wenn nicht gar Akteur des Geschehens fühlte, selbst wenn er wie Marco nur die Glocken vernommen hatte und das Geschrei der Menge.

Jeder hatte seine eigene Version der Geschichte. Die einfachste, leidenschaftlichste war die der kleinen Leute in den Gassen. Ein Bild wie eine Kohlezeichnung in Schwarz und Weiß auf blutrotem Untergrund: Im Mittelpunkt in sanften, liebevollen

Strichen, wie es nur Märtyrern und Liebenden zukommt, die beiden Medici-Brüder Lorenzo und Giuliano, leutselige, lebensfrohe junge Männer, vom Volk vergöttert wegen ihrer Freigebigkeit und der Ungezwungenheit, mit der sie jeden behandelten, als wäre er ein Gleicher. Giuliano sollte Papst werden, so hatte es die Familie beschlossen, und Schritt für Schritt bereitete sie seinen Weg nach Rom vor, während Lorenzo – vorsichtig, doch ohne Zugeständnisse – die Zügel der Republik in Händen hielt.

»Nichts vermag die persönliche Ausstrahlung zu ersetzen!« hatte schon Lorenzos Großvater Cosimo erkannt, und anstatt öffentliche Ämter zu übernehmen, verpflichtete er sich von seinem Palast aus der Ergebenheit des größten Teils der Regierungsmitglieder. »Gründe loyale Bündnisse!« war sein zweiter Leitspruch, und er belohnte die Treue seiner Vasallen durch freundliche Aufmerksamkeiten, Protektion und großzügige Kredite seiner Banken.

So schützten sich die Medici seit einem halben Jahrhundert vor ihren zwei erbittertsten Feinden: dem *popolo grasso*, den ›fetten Leuten‹ – der guten Handvoll eingesessener Familien, die die von den Medici manipulierte Freiheit täglich bejammerten und doch nichts sehnlicher begehrten, als selbst die Stelle der Getadelten einzunehmen... und als zweitem Feind vor der öffentlichen Meinung der Stadt, deren Bewohner so launisch und wankelmütig waren, so ermüdbar, stolz, spöttisch, ehrgeizig und voller Neid. Prächtig hatte ein Herrscher wie Lorenzo aufzutreten, um seine auswärtigen Gäste zu beeindrucken und für seine Stadt Ehre einzulegen. Zugleich aber sollte er sich in Bescheidenheit üben, denn immerhin war die Verfassung demokratisch, und keiner hatte das Recht, sich über andere zu erheben. Ein täglicher Seiltanz über einem brodelnden Giftkessel voller Anmaßung, Parteienhader und Rivalität. Es kam darauf an, über alle Strömungen Bescheid zu wissen und Gefahren rechtzeitig zu erkennen: In der Gilde scherzte man über die Allgegenwart der Medici-Spitzel, die die des Heiligen Geistes übertreffe – nicht nur in Florenz, sondern überall in Europa, wo die Macht lockte und Menschen sich nach ihr reckten.

Es ginge um die Freiheit, hieß es, aber in Florenz wußte man längst, daß sich Verschwörer immer auf die Freiheit berufen, denn die Freiheit und der Glaube sind die angesehensten aller Triebfedern und die am meisten mißbrauchten. In Wahrheit war es der Versuch der zweiten Familie der Stadt, die erste zu entmachten und auszulöschen. Der Clan der Pazzi schickte sich an, den Medici ihren Platz an der Spitze streitig zu machen, und man lachte sich ins Fäustchen, als Lorenzo die Gefahr unterschätzte und ausgerechnet Francesco Pazzi, den ehrgeizigsten seiner Feinde, zum Repräsentanten der Medici-Bank in Rom ernannte, der Hausbank des Papstes. Die Feinde an sich zu ziehen und sie sich zu verpflichten – eine riskante Methode und ein Fehler, dem Lorenzo zuneigte.

So vervollständigte sich das Gemälde, das die kleinen Leute von den Ereignissen im Dom entwarfen: Lorenzo und Giuliano, die beiden Lichtgestalten, die den Papstneffen Riario noch am Vorabend festlich bewirtet hatten, diese Schlange an ihrem Busen! Scheinbar gnädig nahm er ihre Gaben entgegen wie ein geistlicher Freund und verbarg hinter seinem falschen Lächeln, daß er längst von den Mörderdolchen wußte, die die Pazzi, in deren Palast er logierte, unter ihrem Rock umklammerten.

Und dann noch der Hintergrund der Illustration, dort, wo sich die Einflüsterer versteckten, die großen Puppenspieler mit ihrer Macht und ihrer Menschenverachtung: der Papst, der König von Neapel und der Erzbischof von Pisa! Sie waren die Schurken in diesem Gemälde, und weil kaum einer sie je erblickt hatte, verwandelten sich ihre unbekannten Gesichtszüge immer mehr zu Fratzen. Noch tausendmal hassenswerter jedoch waren ihre Handlanger: Francesco Pazzi mit seinem Clan und sein verräterischer Freund Bernardo Bandini, Gott verdamme sie! Aus Eigennutz und Neid hatten sie sich mit den fremden Mächten verbündet – absurde Bettgefährten, vereint durch die gemeinsame Gier und um die Medici zu stürzen und damit Florenz zu unterwerfen und auszusaugen... Kein Wunder, daß das Volk danach lechzte, die Verschwörer in Stücke zu reißen. Mit ihnen vernichtete es das Böse an sich, Satan, den Fürsten dieser Welt, der – man sah es, wenn man das Bild aus nächster Nähe betrachtete – seine schwarze Klaue über sie alle hielt.

In der *Arte della Seta* beurteilte man das Ereignis subtiler. Die meisten Kaufleute waren Medici-Anhänger. Was sie sich wünschten, waren Ruhe und Beständigkeit in der eigenen Stadt. An Kriegen und Revolutionen anderswo mochte sich gut verdienen lassen; im eigenen Haus aber sollte Ordnung herrschen und Berechenbarkeit. So eilte man aufgeregt durch das Gewimmel in den Sälen, diskutierte, fragte und versuchte zu verstehen und einzuschätzen. Nie zuvor und niemals danach erlebte Marco eine solche Offenheit untereinander. Bereitwillig gab jeder seine Informationen preis, um im Austausch dafür von anderen vielleicht noch Genaueres zu erfahren. Selbst erbitterte Konkurrenten rückten zusammen und berieten sich untereinander, und indem Marco – unerfahren wie er noch war – unbeachtet von einem Grüppchen zum nächsten huschte und aufmerksam die Ohren spitzte, lernte er in diesen wenigen Tagen mehr über das eigennützige Geschäft der Politik als manch anderer in seinem ganzen Leben. Beschämt begriff er, daß er zwar der Besitzer eines bescheidenen Vermögens und immerhin Vater eines Sohnes war, in Wirklichkeit aber immer noch ein grüner Junge, der – hätte ihn nicht ein günstiger Wind in die Gesellschaft dieser scharfsinnigen, berechnenden Männer geweht – sich in diesen Tagen wahrscheinlich draußen auf der Straße herumgetrieben hätte, zusammen mit all den Gleichaltrigen, denen das Jagdblut in den Ohren rauschte, so daß sie ohne Bedenken die vermeintlichen Verräter aus ihren Häusern zerrten und erschlugen: menschliches Wild und eine Erbitterung, die sie am nächsten Morgen nicht mehr begriffen und die sie sich selbst fremd erscheinen ließ – was ihren Zorn erneut wachrief, damit nicht die Angst die Oberhand gewänne oder gar die Scham.

3

Die Grafschaft Imola war der Zankapfel, der die Ereignisse in Bewegung gebracht hatte. Als bekannt wurde, daß sie zum Verkauf stand, wollte der Papst – Sixtus, der vierte seines Namens auf dem Stuhl Petri – sie für seinen Neffen, um ihm daselbst ein Fürstentum einzurichten. Hausmacht: strebten sie danach nicht alle, die ganz – ganz! – oben angelangt waren und schlecht schliefen, weil sie davor zitterten, in einen Abgrund zu stürzen, sollte ihnen ihr Amt verlorengehen? Sixtus wandte sich an Francesco Pazzi als Repräsentanten der Medici-Bank und verlangte Kredit. Francesco sagte ohne Zögern zu. Seine kühle Miene verriet keinem, was er dabei dachte.

Erst durch einen Boten erfuhr Lorenzo von der Transaktion. In Florenz erzählte man sich tags darauf, Lorenzo, sonst so gelassen und ironisch, habe mit einem einzigen Fausthieb die marmorne Tischplatte zerschlagen, auf der das Schreiben lag. Außer sich beorderte er Francesco Pazzi nach Florenz zurück, schrie ihn an wie einen Hund und warf ihn aus seinem Amt. Nein! Nein! Nein! Kein Geld für den Papst! Kein Geld für Imola! Lorenzo wollte es selbst, um die Macht von Florenz zu vergrößern und zu verhindern, daß in der Emilia ein Staat errichtet wurde, der den seinen bedrohen konnte.

Und nun der Verrat und der Anfang vom Untergang einer glänzenden Familie: Die Pazzi, selbst reiche Bankiers, sagten sich geschlossen von Lorenzo los und kratzten auf eigene Faust die riesige Kaufsumme zusammen, um sie Sixtus zur Verfügung zu stellen. Lorenzo konnte nicht mehr verhindern, daß Girolamo Riario triumphierend in Imola einzog und daß Sixtus süße Rache nahm. Er entzog Lorenzo das Amt des päpstlichen Bankiers und übergab es an die Pazzi, ebenso wie das Monopol für die Alaunherstellung, bisher eine der Quellen für den Reichtum der Medici, denn Alaun war eines der wichtigsten Güter für Florenz, unverzichtbar zur Behandlung der Wolle, in deren Herstellung die Stadt führend war auf den Märkten Europas. Zum letzten Schlag holte Sixtus aus, indem er sich weigerte, das Versprechen zu halten, das er Lorenzo schon vor Jahren gegeben hatte: seinen Bruder Giuliano zum Kardinal zu ernennen und damit die spätere Wahl eines Medici zum Papst vorzubereiten.

Lorenzo erkannte, daß er der Feindschaft des vierten Sixtus nicht gewachsen war. Ohnmächtig mußte er die Sanktionen hinnehmen und wahrte nur mühsam sein Gesicht in Florenz, indem er ein rückwirkendes Erbgesetz durchpeitschen ließ, das die Pazzi fast bis zum Ruin schädigte, weil eine Nichte Francescos dadurch ihren Besitz verlor und die Pazzi – durch den päpstlichen Kredit ohnedies am Rande der Zahlungsunfähigkeit – damit auch ihre restlichen Rücklagen in Florenz einbüßten. Ein Kampf auf Leben und Tod. Sie oder wir. Kain oder Abel. Die Medici oder die Pazzi. Lorenzo oder Francesco. Die eine Sippe oder die andere. Eine Stadt im heimlichen, unerklärten Krieg, der sie vernichten konnte, wenn eines der Gewichte zu schwer nach seiner Seite drückte.

Dennoch war es ein goldenes Zeitalter. Die Geschäfte liefen weiter, und in den Gassen beredete man den Machtkampf, als wäre er ein Stück auf einer Bühne. Man rechnete nicht damit, selbst in den wirbelnden Strom hineingezogen zu werden, der immer schneller dahineilte. Man fühlte sich sicher. Florenz war reich. Die Stadt sah aus wie ein geschmücktes Zimmer. Man rühmte die Schönheit, die Qualität, die Poesie des Lebens. Einer nach dem anderen lernte, die Harmonie der Kunst zu schätzen und sich an ihr zu erfreuen. Florenz sah sich den anderen Städten überlegen, verspottete das vulgäre, überfüllte Rom; bedauerte das unschlüssige Neapel, das keinem gehörte und das jeder begehrte wie eine junge, reiche Witwe ohne den Schutz einer Verwandtschaft. Man lästerte über die Biberstadt Venedig – *Königin der Meere* in der unbarmherzigen Altmännerfaust ihrer Dogen – und zuckte die Achseln über *La Superba*, das fernwehkranke Genua mit seinen gewalttätigen Clans, reich geworden am Handel mit Salz und Getreide, vor allem aber mit Zucker, dem süßen Gift der bitteren Sklaverei.

Man verachtete das protzige Mailand unter der Knute seiner illegitimen Herzöge, die sich mit Dolch und Gift ihre Macht bewahrten und sich in verschuldetem Luxus wälzten, den die Kredite der Medici finanzierten. Und man war sicher, daß Pisa und Siena dazu geschaffen waren, Florenz zu dienen: Florenz, die schönste Stadt der Welt, mit freien, stolzen Bürgern, die das Geld liebten, weil sie seine Macht begriffen hatten. War es da nicht konsequent, daß sie den Reichsten den Vorrang ließen und sie als ihre Besten anerkannten, zumal der Allerreichste ein Mann war, der die Zuneigung der Menschen an sich zog? Lorenzo: nie hatte Marco einen Mann gesehen, der sich mit Lorenzo hätte messen können.

Und dann kam jener Sonntag zu Pfingsten, als Francesca auf den Tod leiden mußte. Im Dom feierte der junge Kardinal aus Rom das Hochamt. Umgeben von seinen Freunden saß Lorenzo auf seinem gewohnten Platz in der ersten Bank. Sein Bruder Giuliano fehlte. Man flüsterte, es sei gestern abend spät geworden und er fühle sich nicht ganz wohl. Deshalb sei er zu Hause geblieben. Nur wenige bemerkten, daß Francesco Pazzi in aller Eile den Dom verließ und wie vom Teufel gehetzt zur Via Larga ritt, um Giuliano zu drängen, doch noch an der Messe teilzunehmen, die ja so etwas sei wie eine Friedensfeier. »Komm doch mit, mein guter Freund!« Und er umarmte Giuliano, um festzustellen, ob er unter seinem Rock ein Kettenhemd trug.

Alle wunderten sich, als Giuliano de' Medici und Francesco Pazzi gemeinsam den Dom betraten, einträchtig nebeneinander nach vorne schritten und bei ihren Familien Platz nahmen, Francesco Pazzi noch immer außer Atem. Der junge Kardinal hielt eine Sekunde lang inne, lächelte kaum merklich und schien sich, so meinten die Gläubigen noch, über die Versöhnung zu freuen. Man flüsterte, raunte und konnte kaum fassen, was man sah.

Und dann plötzlich das Chaos! Von einem Augenblick zum anderen wurde aus Versöhnung Mord, aus Frieden Krieg. Der

Kardinal erhob bei der Wandlung den Kelch – der heiligste Moment: das vereinbarte Zeichen? – und zugleich rissen Francesco Pazzi und Bernardo Bandini ihren Dolch aus dem Wams. Sie stürzten sich auf Giuliano und stachen mit ihren Waffen auf ihn ein wie auf ein wildes Tier. Zu gleicher Zeit warfen sich zwei Priester aus dem Gefolge des Kardinals auf Lorenzo und versuchten, ihm die Kehle durchzuschneiden. Mit bloßen Händen griff er in die Klingen, wehrte sie ab, warf mit blutenden Fäusten die Mörder zu Boden und flüchtete zur Sakristei. Sein Freund Angelo Poliziano stieß ihn hinein, sprang ihm nach und verriegelte von innen die Tür.

Die mörderischen Priester blieben unverletzt auf den heiligen Stufen liegen, an die sie sich in der täglichen Ausführung ihres Amtes so sehr gewöhnt hatten, daß ihnen die Ehrfurcht verlorengegangen war und sie sich nicht scheuten, die ungeheuerlichste aller Taten zu begehen: den Mord am Altar, so lästerlich, daß er nie in Vergessenheit geraten konnte. Mochten sich die Pazzi und Bandini auch als Tyrannenmörder sehen und sich mit Brutus vergleichen: der Ort ihrer Tat allein verurteilte sie schon zu ewiger Verdammnis.

Die Menschen waren aufgesprungen. In Entsetzen und Panik schrien sie durcheinander und und rannten zum Ausgang. Wer stürzte, wurde niedergetreten und kam nicht mehr hoch. Die Glocken fingen an zu läuten. Vor dem Altar kämpften die Anhänger der beiden feindlichen Familien gegeneinander. Einer fiel rücklings über den toten Giuliano, der in einer Lache von Blut lag mit einem Gesicht voller Frieden und Heiterkeit, wären da nicht die Stiche an der Kehle gewesen, die Schnitte am Ohr und an der linken Schläfe.

4

Es zeigte sich, wie genau die Verschwörer den Umsturz geplant hatten. Noch während die Gläubigen in Panik aus dem Dom drängten, als ginge es auch um ihr eigenes Leben, stürmte der Erzbischof von Pisa mit seinen Söldnern den Palazzo della Signoria, um die Prioren der Stadtregierung von ihrem Amtssitz zu vertreiben. »Im Namen des Volkes und der Freiheit!« schrien sich die Aufrührer die Seele aus dem Leibe und duckten sich vergeblich unter den Steinen, mit denen die Palastdiener sie von oben her beherzt bewarfen: »*Palle, palle!*« – der Schlachtruf der Medici, benannt nach den kugelförmigen Pillen im Wappen der einstigen Apothekerdynastie.

Die ersten Zeugen des Mordes im Dom langten atemlos vor dem Palazzo an und viele rannten hinein, um den Prioren beizustehen. »*Palle, palle!*« rief auch das Volk draußen und jubelte begeistert auf, als der erste der Verschwörer aus dem Fenster gestoßen wurde und wie ein Sack Mehl auf dem Pflaster aufprallte; lautlos, so schien es, weil der Lärm auf dem Platz alles übertönte. Ein zweiter folgte, und man konnte sehen, daß er im Fallen noch lebte und daß er wohl schrie.

Keiner der Eindringlinge kam davon. Alle endeten sie mit zerschmetterten Gliedern auf dem Pflaster der Piazza, auf der sich seit jeher das Schicksal der Stadt entschieden hatte. Als letzten hob man sich den Erzbischof von Pisa auf, stemmte ihn in der Öffnung des Fensters hoch wie eine Trophäe und ließ ihn dann fallen. Die Zuschauer stöhnten auf und hielten gleich darauf den Atem an, als sichtbar wurde, daß man dem Erzbischof die Knöchel zusammengebunden und das Seil am Fenster befestigt hatte. Wie eine Puppe baumelte der Verschwörer in vollem Ornat kopfunter vor der Wand des Palastes, dessen Herr er so gerne gewesen wäre.

Stille kroch über den Platz. Man hätte die Stimme des Opfers hören können, und das war es wohl auch, worauf alle warteten. Doch der Körper, erst noch schlenkernd, kam zur Ruhe und hing nun aus dem Fenster, als wäre er immer schon hier gewesen, wie eine der vielen Figuren aus Stein oder Metall überall in der Stadt, die an etwas erinnern sollten, Gutes oder Böses. Nun eben ein Mahnmal aus Fleisch und Blut. Der Erzbischof von Pisa, der Feind der Stadt – oh, wie sie ihn alle haßten! – war tot und betrog damit das Volk ein letztes Mal. Der Umsturz war mißlungen. Nur langsam gewannen die Zuschauer die Sprache zurück.

Keiner ging nach Hause. Jeder behielt seinen Platz, um nur ja nichts zu versäumen. Der Hunger nach Gerechtigkeit und Rache war noch nicht gestillt. Die beiden schlimmsten Verräter fehlten noch. Das Gerücht ging um, Francesco Pazzi sei in den Palast seiner Familie in der Via del Procònsolo geflohen. Es hieß, er habe sich im Dom selbst verwundet, und die Wachen hätten ihn in seinem Bett gefunden, nackt und voller Blut. Sie hätten ihn auf die Straße gezerrt und am Arno entlanggeschleift, um ihn auf der Piazza della Signoria dem Volk auszuliefern. Sie hätten ihn dabei getreten und geschlagen, ohne daß er auch nur einen Laut des Schmerzes von sich gab, obwohl er bei Bewußtsein war und seinen Peinigern immer wieder ins Gesicht blickte. Nur ein einziges Mal, so berichtete später einer der Wachleute, habe Francesco Pazzi geseufzt und den Kopf geschüttelt.

Die Prioren machten kurzen Prozeß mit ihm. Wenig später hing sein Leichnam neben dem des Erzbischofs. Die Zuschauer jubelten und schrien nicht mehr. Sie waren müde geworden. Ein paar fragten nach dem Verbleib des dritten Komplizen, Bernardo Bandini, aber dem war es gelungen, Florenz zu verlassen.

Lorenzos Häscher jagten ihn von Stadt zu Stadt, tagelang, wochenlang, monatelang. Erst in Konstantinopel verwischte sich die Fährte aus Hoffnung und Verzweiflung. Die Jäger wußten nicht mehr, in welcher Richtung sie weitersuchen sollten. Der dumpfe Atem der fremden Stadt lastete auf ihnen und erstickte ihre Energie. Sie meldeten sich beim Sultan und erbaten seine Hilfe. Dann verfaßten sie eine Nachricht an Lorenzo, daß sie die Spur verloren hätten, doch sie wagten nicht, den Brief auf den Weg zu schicken. Sie ahnten nicht, daß – noch während sie die engen Gassen durchstreiften und sich von falschen Informanten betrügen ließen – die Unterhändler des Sultans bereits mit Lorenzo in Verbindung getreten waren, um über die Auslieferungssumme zu verhandeln. Bernardo Bandini wähnte sich noch sicher in seinem Versteck, da wußte man in Florenz längst über seinen Aufenthalt Bescheid, und als sich die hohen Herren über den Preis geeinigt hatten, trommelte es in den frühen Morgenstunden an das Tor der Herberge. Bereitwillig buckelnd ließ der Wirt die Soldaten des Sultans ein und führte sie in die Kammer des aufgespürten Wildes.

Im Hof des Bargello von Florenz – Gerichtsgebäude und Gefängnis – endeten Hoffnung und Resignation des Verschwörers. Es wurde ihm noch gestattet, die zerrissene, verschmutzte Kleidung, in der man ihn nach Florenz geschafft hatte, gegen ein Gewand zu tauschen, das seines Ranges würdig war. Das blasse, zerschundene Gesicht unter einer schmalen, schwarzen Fellkappe; schwarz auch die Weste und das seidene, mit Fuchspelz gefütterte Wams; schwarze Strümpfe und Schuhe: genauso hatte er vorgehabt, den Untergang und Tod der Medici zu feiern und die Morgenröte der eigenen Macht. Lorenzo war nicht zugegen, als man Bandini in seinem eleganten Aufzug an den Füßen aufknüpfte, aber er sandte den Maler Castagno, damit er später die Nachwelt durch ein Bild belehre, wie man in Florenz mit Verbrechern verfuhr, die es nach Revolution gelüstete.

Der Pöbel kostete das Chaos aus. Noch ehe die Woche vorbei war, wurden siebzig Verräter zu Tode gewürgt und an den Füßen an die Mauern des Palazzo della Signoria geknüpft. Der Volkszorn zertrümmerte das Wappen der Pazzi an der Frontseite ihres Palastes, trieb ihre Anhänger – auch die nur vermeintlichen – durch die Straßen und erlaubte einer Bande junger Burschen, daß sie den Leichnam des alten Jacopo Pazzi, des einstigen Familienoberhauptes, aus der geweihten Erde scharrten, ihm das Totenhemd zerrissen und um seinen Hals einen Strick knüpften, an dem sie ihn durch die Straßen schleiften. Als das Spiel seinen Reiz verlor, warfen sie den Leichnam in den Arno. Eine andere Jugendbande sprang ihm nach, zog ihn heraus und wiederholte den Spaß. Vom Morgen bis in die Nacht vergnügten sie sich mit dem geschundenen Körper des alten Mannes, dem sie zu Lebzeiten nicht einmal ins Auge zu blicken gewagt hätten. Es war schon finstere Nacht, als sie ihn zum letzten Mal von der Rubiconte-Brücke in den Arno warfen. Sie hörten seinen Körper aufklatschen und sahen einen Augenblick lang das zerstörte Gesicht des alten Mannes im Mondschein aufleuchten. Dann trugen die Wellen den Leichnam fort bis Pisa, wo es immer noch welche gab, die ihn mit Schmutz bewarfen, weil dem Toten der Ruf vorausgeeilt war, er habe in der letzten Minute seines Lebens nach dem Teufel gerufen, aber nicht einmal der habe ihn noch gewollt.

Am nächsten Morgen erwachte Florenz in Frieden. Die Geschäfte konnten weitergehen. Die Freiheit, um die es ja wohl gegangen war, blieb je nach Standpunkt unangetastet oder unerreicht. Als Marco in die *Arte della Seta* kam, antwortete man kaum auf seinen Gruß, so viel gab es zu tun, nun, da – Gott sei's gedankt! – alles wieder in Ordnung war.

Lorenzo schickte seine Kinder zum Schutz ins Kloster nach Camaldoli und beauftragte den Maler Botticelli, die Hinrichtung der Schuldigen auch *in effigie* zu vollziehen, um ihre Namen für alle Zeiten mit ihrer Schuld zu beladen. Die Kunst sollte den Schlußpunkt setzen unter die Machenschaften der Politik und den glücklichen Ausgang der Wirrnisse als den Ausdruck göttlichen Willens darstellen. So malte der große Botticelli mit den Mitteln seiner abhängigen Kunst die Verurteilten als würdelose Opfer auf die unbarmherzige Fassade des Bargello, in dem der *Capitano del Popolo* residierte, um das Volk zu vertreten und seinem wahren Herrn zu gehorchen.

Der Maler Verrocchio erhielt den Auftrag, drei lebensgroße Wachsfiguren herzustellen: Lorenzo selbst, so echt, daß es erschreckte. Man glaubte, dem mächtigen Mann persönlich gegenüberzustehen. Gab es je einen Werkstoff, der den Menschen täuschender nachahmen konnte als Wachs? Lorenzo, der lebensfrohe, freundliche, wußte, womit Wirkung zu erzielen war. Die tägliche Sorge um die Erhaltung seiner Macht lag ihm längst im Blut.

Die erste der Figuren stiftete er nach Assisi, der verehrten Stadt des heiligen Franziskus; die beiden anderen blieben in Florenz – eine in einer kleinen, abgelegenen Kirche, die andere in der Patronatskirche der Verschwörerfamilien, die ihre demütige Unterwerfung und künftige Loyalität signalisierten, indem sie Lorenzo um die blutigen, zerrissenen Kleider baten, die er im Dom getragen hatte. Man stellte die Figur im Chor unterhalb des Kruzifixes auf, so daß der leidende Christus von seinem Kreuz herunterblickte auf den leidenden Lorenzo in seinem blutgetränkten Gewand. Der Vergleich drängte sich auf zwischen dem Sohn Gottes, der für die Menschheit gestorben war, und Lorenzo, der seiner Stadt den Bruder geopfert hatte. *Imitatio Christi* – oder nur die Interpretation seiner Widersacher, die Lorenzo Hochmut vorwarfen und ihn zum Gotteslästerer stilisieren wollten? Daß Lorenzo nicht nur christlich dachte, sondern ebensosehr den heidnischen Römern nacheiferte, zeigte sich, als er schon wenige Tage nach dem Attentat Gedenkmedaillen schlagen ließ und sie an seine Anhänger verteilte. Auch Marco erhielt eine dieser Münzen, obwohl seine Sorge an jenem fatalen Morgen nicht den Medici gegolten hatte. Trotzdem fühlte er sich geehrt und hielt die Medaille stets in Ehren, auch später noch, als der Stern der Medici sank.

VI. La Pineta

1

Der Abend dämmerte schon, als sie endlich am Fuß des sanft geneigten Hügels anlangten, an dessen höchstem Punkt, so hatte Marco es Francesca erklärt, sich der Gutshof mit dem Landhaus befand, in dem seine Eltern nun schon seit sechs Jahren lebten: La Pineta, nach den uralten Pinien, die es beschirmten. Vier- oder fünfmal hatte Marco seine Eltern inzwischen hier besucht, zusammen mit Elio Corsini, um seinen Pachtvertrag zu verlängern und Ermanno den Gewinnanteil auszuhändigen. Statt der fünfzig Prozent, die ihm zustanden, hatte Ermanno immer nur zehn Prozent entnommen und den Rest wieder in das Geschäft zurückfließen lassen. »Ich lebe erfolgreicher, als ich es je erwartete!« sagte er zu Marco und meinte damit die edlen Schmuckstücke, die er aus den kostbarsten Steinen herstellte, die Baldo und Duccio beschaffen konnten. Ermannos Kreationen, in Muße und Nachdenklichkeit entstanden, stellten alles in den Schatten, was die besten Goldschmiede von Florenz anzubieten hatten. Die anspruchsvollen Damen der anspruchsvollen Stadt waren verrückt nach Ermannos Schmuckstücken, und Baldo sonnte sich im Renommee der Goldschmiede, die er insgeheim als die seine betrachtete.

Wenn Marco nach Florenz zurückkehrte, brachte er Francesca jedesmal ein Geschenk mit, das Ermanno eigens für sie angefertigt hatte: einen Kamm aus geschnitztem Elfenbein; einen ziselierten Goldring mit einem grünen Smaragd; einen silbernen Gürtel, der auf einem vielfarbigen Band montiert war, und beim nächsten Mal die dazu passenden Knöpfe. Zu

Giulianos Geburt schickte Ermanno eine Perlenkette mit einem Verschluß in Form einer Blume, in der Mitte eines jeden Blütenblatts ein kleiner blauer Saphir. Zwei Jahre später, als Francesca ihr zweites Kind geboren hatte, brachte ein Bote ein Armband, das die Kette ergänzte – und als viel kostbarere Gabe die vertrauliche Mitteilung, Messer Ermanno habe vor Freude geweint, als er von der Geburt dieses zweiten Kindes erfuhr. Monna Ghirigora erwähnte er nicht, und Francesca war zu stolz, um zu fragen. Auch Marco sprach wenig über seine Mutter. Er sagte nur, sie habe kaum ein Wort mit ihm geredet, aber das sei nichts Neues für ihn. Seine Mutter sei immer schon ein Opfer ihrer Stimmungen gewesen. Da fragte Francesca nicht mehr weiter. Sie erinnerte sich an die eigene Mutter, und wenn ihr im Gang dieser Gedanken der Vater einfiel, weinte sie.

Das zweite Kind. Matteo: Er kam genau eine Woche vor dem Termin zur Welt, den Monna Sofonisba errechnet hatte, ganz so, als wollte er durch seine verfrühte Ankunft verhindern, daß sich seine Mutter nach den Erfahrungen ihrer ersten Geburt ängstigte. Tedaldo Tedaldi hatte darauf bestanden, sofort gerufen zu werden, wenn die ersten Wehen auftraten, doch da ihm sein Diener eben das Gesicht eingeseift und erst die rechte Hälfte rasiert hatte, befahl er ihm, sein Werk noch schnell abzuschließen, und das waren genau die zwei Minuten, die Tedaldo zu spät kam, weil das Kind inzwischen seinen Weg gefunden hatte.

Auf dem Eßtisch standen noch die Teller mit den Kastanien vom Frühstück. Marco hatte eben aufstehen wollen, da faßte sich Francesca plötzlich an den Leib und rief nach Teodora. Eine halbe Stunde später traf Monna Sofonisba ein, gerade noch rechtzeitig, um die Nabelschnur zu durchtrennen, so daß sie wenigstens keinen Verdienstausfall hatte. Später schwor sie Stein und Bein darauf, der Säugling habe sie angelächelt, als sie ihn badete, und er sei überhaupt das aufgeweckteste Kind, das sie je betreut habe. Hinter vorgehaltener Hand fügte sie dann noch die Lebensweisheit hinzu, man wisse ja: »Wenn ein Kind seinem Alter voraus ist, wird es nicht lange leben!«

Die junge Amme, Pinuccia, eine Bäuerin, die mit ihrem kleinen Mädchen ins Haus kam, war ebenso heiter und unkompliziert wie der Knabe, den sie stillte. Sie tänzelte durch die Zimmer, als wären sie die ihren, und behandelte die beiden Säuglinge wie ein wunderbares, von Gott geschenktes Spielzeug. »Für jede Brust eines!« sagte sie einmal zu Baldo, der, überrumpelt, sich räusperte und vor weiteren Intimitäten schnell ins Kontor flüchtete.

Pinuccia ließ sich die Laune nicht einmal verderben, wenn ihr verschüchterter Ehemann, der jeden Sonntag zu Besuch kam, sich am Abend heftig schluchzend wieder verabschiedete, um wie ein verlassener Hund auf seinen einsamen kleinen Hof bei Fiesole zurückzukehren. Sie tröstete ihn, daß sie in zwei Jahren doch wieder bei ihm sein würde – dann für immer und noch tausendmal begehrenswerter durch die nachträgliche Mitgift, die sie sich bei den reichen Leuten so mühelos verdient hatte. Sie fühlte sich nicht als Dienerin im Hause, sondern durch die nährende Kraft ihres Körpers als eine Art Muttergöttin, der es zustand, daß man sie respektierte und verwöhnte.

Francesca sah darüber hinweg, daß Pinuccia, während die Kinder schliefen, mit dem verzweifelten Ehemann im Keller verschwand und erst nach einiger Zeit mit hochrotem Gesicht und zerzausten Haaren wieder zurückkehrte. Einmal überraschte sie die beiden in der Küche, wo Pinuccia am Tisch lehnte und bei Francescas Eintreten schnell die geschürzten Röcke herunterstrich und sich vor ihren schon wieder verzweifelten Ehemann stellte. Francesca verzieh Pinuccia alles, denn das ganze Haus schien zu lächeln, seit sie da war. Sie und dieser kleine Knabe, der so fröhlich war und so freundlich. Es war, so sagte Duccios Frau Micaela zu ihren Freundinnen, als wäre mit der Geburt des kleinen Matteo die Sonne aufgegangen in der Via degli Angeli. »Seht nur!« rief sie, als das Kind im Schlaf lächelte. »Seht nur! Jetzt redet er mit den Engeln!«

Nur zwei Hausbewohner gingen Pinuccia aus dem Weg: Giuliano, der Erstgeborene, der unsanft aus seinem Status als Solitär katapultiert worden war, und Teodora, die als seine Amme wie eine zweite Mutter für ihn fühlte und genau wie er an der Ungerechtigkeit litt, daß sich plötzlich alles um den lächelnden Säugling drehte, während das Interesse an dem mürrischen Kleinkind immer nur kurz aufflackerte und sofort wieder enttäuscht erlosch, wenn der Knabe sich schüchtern, mit einer tückisch wirkenden Gebärde abwandte, als wäre ihm die Zuwendung zuwider, obwohl er sie in Wirklichkeit vielleicht nur anstacheln wollte und überprüfen, ob sie seiner Ablehnung standhielt. Ein Jauchzen des kleinen Matteo – und Giuliano war vergessen. Ein Kichern der drallen Pinuccia – und alle erinnerten sich daran, daß Teodora nur eine Sklavin von dunkler Herkunft war und mit einem beunruhigenden Schicksal, von dem niemand etwas wissen wollte.

Francesca war die einzige, die den Schmerz der beiden Verschmähten ahnte und sich um Ausgleich bemühte. Trotzdem erinnerte sich ihr Körper unwillkürlich an die Tortur, die Giulianos Geburt ihm auferlegt hatte, und, ohne es zu wollen, reagierte sie gereizt, wenn Giuliano ihre Zärtlichkeiten brüsk zurückwies und sich in eine Ecke des Zimmers duckte, das Gesicht im Dunkel, während Matteo an ihrem Ärmel zupfte und strahlend »Mamma!« lallte.

Es blieb ein Geheimnis der Familie, von dem nur die Eltern, Baldo und die beiden Ammen wußten, daß Giuliano eines Frühnachmittags verschwunden war und erst nach längerem Suchen im Garten gefunden wurde, wo er sich hinter dem Zitronenbaum versteckte, die Arme um den Stamm geschlungen, das Gesicht so fest gegen die Rinde gedrückt, daß sich die Maserung der Borke blutig in seine Stirn prägte. Weder Francesca noch Teodora konnten ihn bewegen loszulassen, und er schien sich in Stein zu verwandeln, als Pinuccia schreiend aus dem Haus gelaufen kam: Man habe Matteo gestohlen, ihren Liebling, das süße Geschenk Gottes des Herrn. Sie wolle sterben. Sie allein sei schuld, weil sie ihn für kurze Zeit allein gelassen habe.

Nur mit Mühe konnte Baldo sie daran hindern, in den Brunnen zu springen, während Marco und Francesca in die Kinderstube rannten und vor der umgestürzten Wiege erstarrten. Francesca schrie auf wie einst bei Giulianos Geburt, und Marco war zu entsetzt, sie auch nur zu trösten. Er stand da wie ein einzelner Baum auf einer trostlosen Heide und erlebte in diesem Augenblick alle Strafen der Hölle auf einmal.

Sie suchten nicht. Sie überlegten nicht. Sie sahen nur die leere Wiege und das herausgerissene Bettzeug. Am liebsten wären sie gestorben, und ihr Schrecken glich auch wirklich einem kleinen Tod... Die Zeit blieb stehen. Sie wußten nicht, wie lange die Agonie gedauert hatte, eine Minute oder fünf oder mehr, bis Teodora Giuliano ins Zimmer zerrte. Sie rannte zur Kommode, zog wie von Sinnen die mittlere Lade auf – und da lag Matteo und wimmerte leise.

Francesca weinte auf wie ein Kind und riß ihn an sich. Marco sank auf einen Stuhl, weiß wie ein Märtyrer, sein ganzer Körper naß von kaltem Schweiß. Nun kam auch Pinuccia gelaufen. Sie erfaßte sofort, was geschehen war, packte Giuliano an der Schulter, schüttelte ihn, daß sein Kopf hin und her flog und prügelte dann mit aller Kraft auf ihn ein. Sie nannte ihn einen Duckmäuser, einen kleinen Verbrecher und einen Teufel. Giuliano hob abwehrend die Arme und schrie auf, wenn ihn einer der Schläge am Kopf traf. Teodora kam ihm zu Hilfe und zerrte ihn von Pinuccia fort aus dem Zimmer. Dann standen sie draußen auf dem Flur. Teodora starrte auf den winzigen Knaben, der trotzig das Weinen unterdrückte und schüttelte wortlos den Kopf, während drinnen in der Stube Pinuccia ihrem Schützling triumphierend und zärtlich die Brust reichte. Das Kind fing sofort an zu trinken. Aufatmend legte Marco die Arme um Francesca. Baldo, der aus dem Garten kam, starrte hilflos auf den kleinen Duckmäuser, Verbrecher und Teufel hinab, fuhr ihm dann ungelenk mit den Fingern durchs Haar und murmelte, es sei ja Gott sei Dank nichts Ernsthaftes passiert.

Die beiden Kinder waren noch zu jung, um sich den Vorfall zu merken, und keiner der Erwachsenen erinnerte sie später daran, um nicht an etwas zu rühren, das besser vergessen blieb. Giuliano erfuhr nie, daß die kleine, weißglänzende Narbe über seiner Nasenwurzel von der Borke des Zitronenbaums im Garten stammte. Teodora erzählte ihm, er habe sie sich zugezogen, als er mit den anderen Kindern in der Via degli Angeli ausgelassen herumtollte und dabei auf dem glatten Pflaster ausglitt – »wie gesunde kleine Jungen eben so sind!«

2

Rotgoldene Sterne in einem sattgrünen Meer: Unter den letzten Fingerstrichen der Abendsonne funkelten die dem Licht zugewandten, ockergelben Mauern der Bauernhäuser, als wären sie selbst – inmitten der Wiesen – Quellen des Lichts. Sie sogen es in sich auf und warfen es dankbar und verschwenderisch wieder zurück. Die Erfahrung schien sie gelehrt zu haben, daß ihre Pracht nicht von Dauer war. Bald würden sich Schatten über sie breiten, und nur noch die Wärme der Bruchsteine die Erinnerung an den flüchtigen Glanz festhalten, bis auch sie sich in der schwarzen Kälte der Nacht verlor.

Pinien und Zypressen begleiteten ihren Weg, der kurz vor La Pineta plötzlich steiler anstieg. Nach all der Beschaulichkeit hatte es der Erbauer wohl auf einmal eilig gehabt, den Gipfel zu erreichen. Marco und Francesca ritten zu Pferde. Giuliano und Matteo, halb schlafend, hingen mehr als sie saßen auf einem Maultier, behütet von Teodora, die erhitzt und außer Atem neben ihnen hertrottete, die Arme wie ein Priester beim Segen ständig leicht angehoben, um die Kinder aufzufangen, sollten sie ins Rutschen geraten. An einem Seil führte Marco ein zweites Maultier neben sich her, das geduldigste aus seinem Stall, das unter einer roten Wolldecke vollbeladen war mit Reisegepäck, Geschenken und in einem Körbchen Francescas Mitbringsel für ihre Schwiegermutter: eine noch ganz winzige schwarze Dogge, ähnlich jenem Amato, der durch seine empfängnisfördernde Wirkung und seinen mysteriösen Tod in die Familiengeschichte der Del Bene eingegangen war.

Früh am Morgen waren sie in Florenz aufgebrochen, die Kinder noch munter und aufgeregt über die erste Reise ihres Lebens, die schon längst stattgefunden hätte, wäre nicht immer einer der Beteiligten verhindert gewesen: Nach Giulianos Geburt fühlte sich Francesca zu schwach für den beschwerlichen Weg zu den Schwiegereltern. Danach verhinderte ein früher Wintereinbruch den Besuch. Im Jahr darauf mußte Marco in Geschäften nach Mailand reisen, weil Duccio sich ein Bein gebrochen hatte, und danach, als Ermanno sie schon zum Kommen drängte, erwartete Francesca ihr zweites Kind. Als sich im folgenden Frühjahr die kleine Familie endlich auf den Weg machen wollte, bat Ermanno, sie sollten es bleiben lassen. Schon bei ihrer Ankunft in La Pineta habe sich Ghirigora nicht wohl gefühlt, und ihr Zustand habe sich in all den Jahren nicht gebessert. Der Besuch einer ganzen Familie – noch dazu mit kleinen Kindern! – wäre zu anstrengend für sie, denn nicht ihr Körper leide, sondern ihre Seele, was viel schlimmer sei, wie er nun wisse. »Der Arzt sagt, ihr Blut ist schwarz geworden und hat das Herz mit Melancholie erfüllt. Sie spricht nicht mehr und lacht nicht mehr. Kommt später, wenn es ihr wieder besser geht!«

Doch es ging ihr nicht besser. Ermanno gewöhnte sich an ihr Schweigen und an die trostlose Trauer in ihren Augen. Er stellte eine Dienerin ein, die Ghirigora pflegte und zum Essen anhielt. Am Nachmittag, wenn die Sonne über dem Land brütete, hob er Ghirigora behutsam hoch und führte sie, als wäre sie nicht seine Frau, sondern seine Großmutter, hinaus auf die Terrasse, durch deren Bogenfenster ständig ein sanfter, erfrischender Luftzug wehte. Sie gaben den Blick frei auf das wellige Land ringsum mit den vielen smaragdgrünen Hügeln, auf deren Gipfel sich hinter Zypressen Gutshöfe ähnlich dem Ermannos erhoben. Ganz weit weg, in der diesigen und doch das Auge blendenden Ferne, die blauen Züge des Apennin, die mit dem Himmel verschmolzen und mehr zu ahnen waren als zu sehen, wie eine Verheißung von – Ermanno wußte nicht, was.

Da saß Ghirigora dann und blickte unverwandt in die Ferne, während Ermanno weit vorgebeugt an seinem Rosenkranz arbeitete – gleich jenem, der den Herrn von Ferrara bezaubert und zum Leichtsinn verführt hatte. »Geht es dir gut?« fragte Ermanno dann manchmal. Er hoffte, daß irgendwann die undurchdringliche Maske aufbrechen und Ghirigora ihn wie früher kopfschüttelnd ansehen und ihm antworten würde: »Wie soll es mir gutgehen bei dieser Hitze? Nur einem Esel wie dir konnte es einfallen, mich hier herauszuschleppen!«

Doch so sehnsüchtig er auch darauf wartete: Ghirigora antwortete nicht, sondern starrte immer nur in die Ferne, die Schultern vorgebeugt, die Hände hinter den Hüften versteckt, als wäre sie ständig zur Flucht bereit. Den Kopf zur Seite geneigt, schien sie auf etwas zu lauschen, das zu leise war für die anderen. Vielleicht horchte sie auch nur auf das Schweigen in ihrem Inneren, und vielleicht gab es da schon gar nichts mehr, das einer Antwort fähig war. Da konnte es vorkommen, daß Ermanno sein Werkzeug auf den Tisch legte und zu rechnen anfing, daß er jetzt achtundvierzig Jahre alt war und Ghirigora zwei Jahre jünger; daß er nicht wissen konnte, wie lange er noch zu leben habe und wie lange sie. Und lebte sie überhaupt? Lebte er überhaupt trotz seiner ausgefüllten Tage? Was war das: Leben? Was gab es noch, das ihn aus der Fassung brachte? Ihn glücklich machte? Ihn laut lachen ließ oder weinen? Heftig aufschluchzen in einem kurzen, überwältigendem Schmerz – nicht das heimliche Weinen vergraben im Innern, wenn ihm das Herz blutete beim Anblick dieser Frau, in die er nie verliebt gewesen war und die er doch auf einmal liebte, weil sein Mitleid mit ihr so überwältigend geworden war, daß es die Gestalt der Liebe annahm.

Der sanfte Mittagswind bewegte die Löckchen an ihren Schläfen, und Ermanno erinnerte sich an die üppige schwarze Mähne, die sie ihm in der Hochzeitsnacht offenbart hatte. – So viele Haare! hatte er damals gedacht, auch angesichts ihres Körpers, der ihn fast abstieß nach dem idealisierten Anblick der glatten blonden Göttinnen auf den Bildern der großen Maler. Ghirigora war die erste Frau gewesen, die er nackt sah, und sie blieb die letzte. Er hatte gelernt, sich an ihren Körper zu gewöhnen, auch wenn er ihn in Wahrheit nie begehrte. Was aber nie aufhörte, ihn zu verstören, war das ständige Geplapper, mit dem sie ihn in den ersten Ehejahren verfolgte, als ahnte sie, daß einmal eine Zeit kommen würde, in der der Redestrom versiegte.

Damals floh Ermanno in die Werkstatt, um ihrem Gerede und Gezeter zu entgehen; ihren ständigen Ratschlägen, Klatschereien und Klagen. Er sagte sich, daß er diese Frau nun einmal ertragen müsse und daß ihn die Heirat mit ihr immerhin zum angesehenen Bürger gemacht habe. Trotzdem hätte er ihr manchmal am liebsten den Mund zugehalten, damit sie endlich schwieg – ein Wunsch, an den er sich schaudernd erinnerte, als er erfüllt worden war.

Ein Auf und Ab war Ghirigoras Leben immer gewesen, obwohl es nach außen hin ruhig dahinzufließen schien. Auf Zeiten erregter Tätigkeit folgten Wochen der Erschöpfung und des Überdrusses, die mit jedem Mal länger wurden. Zu Anfang war Ermanno erleichtert gewesen, wenn sich Ghirigora wieder einmal zu beruhigen schien, und oft hoffte er sogar, daß es immer so bleiben möge. Erst beim letzten Mal, als sie die Ankunft der Schwiegertochter nicht ertragen wollte und ihn dazu zwang, mit ihr vor der rothaarigen Hexe nach La Pineta auszuweichen, kam ihm der Gedanke, Ghirigora könnte besessen sein. Besessen oder krank: Was für einen Unterschied machte das schon?

Der Beginn ihres Lebens fern von Florenz: Noch bevor Ghirigora La Pineta erreicht hatte, holte Ermanno sie ein, und sie legten das letzte Stück gemeinsam zurück, Ghirigora noch immer atemlos vor Ärger und Haß auf die Fremde, die sie verdrängt hatte. Erst als Ghirigora die Mauern von La Pineta vor sich sah, beruhigte sie sich. Mit langsamen, schleppenden Schritten ging sie in das Haus, das sie erst einmal zuvor betreten hatte. Sie setzte sich auf ihr Bett, als wäre es ihre letzte Ruhestätte und antwortete nicht mehr. Ermanno schob es auf die Müdigkeit nach dem langen Ritt. Er zog ihr die Schuhe aus und dann, als sie immer noch keine Anstalten machte, sich zu rühren, die Kleider. Er legte sie aufs Bett und deckte sie zu.

Am nächsten Morgen wollte sie nicht aufstehen. Sie blickte an ihm vorbei, als er ihr zuredete und sie schließlich entmutigt allein ließ. Als er zurückkam, lag sie noch immer da wie zuvor, und kein Zureden oder Schelten erweckte ihre Vitalität. Ermanno ließ Ärzte holen, die ihr Blutegel setzten, sie mit Brennesseln peitschten und ihr die ausgefallensten Medizinen einflößten. Man verabreichte ihr Klistiere, ließ sie erbrechen und legte sie im Winter hinaus in den Schnee. Ein Exorzist suchte den Teufel in ihr und schrie, brüllte und grunzte so laut, daß die Dienstboten aus dem Haus flüchteten und erst nach drei Tagen wieder bereit waren zurückzukehren.

Ghirigora ließ sich alles gefallen. Nur manchmal jammerte sie leise und weinte. Da entschied sich Ermanno, sein Los anzunehmen. Er warf die Ärzte und Quacksalber, die Priester und Zauberer aus dem Haus und stellte eine tüchtige junge Witwe ein, die Tag und Nacht bei Ghirigora bleiben sollte. Es dauerte sechs Jahre, bis er sich endgültig mit dem gemeinsamen Schicksal abgefunden hatte und beschloß, die Kranke nur noch zu lieben. Als es soweit war, sandte er Marco die Nachricht, nun sei der Zeitpunkt gekommen, da er mit Francesca nach La Pineta kommen könne, um den Großeltern seine beiden Söhne zu zeigen.

3

Das Landhaus dämmerte in der Mittagswärme, das Gurren der Tauben als einziges Geräusch. Francesca richtete sich auf und stützte sich auf den Ellbogen. Marco lag neben ihr und schlief, ganz entspannt, den Mund leicht geöffnet. Der Besuch bei den Eltern tat ihm gut. Dem Vater zu zeigen: Sehen Sie her, mein

Vater! Das ist meine Familie; sie sind alle gesund und wohlgeraten; meine Geschäfte blühen. Was mehr könnte ein Mann sich wünschen?

Die Kinder liebten Ermanno. Sogar Giuliano faßte Zutrauen und griff aus eigenem Antrieb nach der Hand des Großvaters, als dieser ihm und Matteo das Haus zeigte, den üppigen Garten, der sein Stolz war, und zuletzt die *colombaia*, den Taubenturm, von dem aus man das ganze Umland überblicken konnte; ein Spähturm aus alter Zeit, als fremde Soldaten das Land durchstreiften und ausplünderten. Barbarische Jahre. Die Menschen hatten noch nicht gelernt, in Frieden zu leben, wie jetzt auch noch in anderen Gegenden der Welt, die nicht verstanden, das Gleichgewicht zu halten zwischen der eigenen Angst und Gier und der ihrer Nachbarn.

Selbst La Pineta bewahrte Spuren jener Tage. Im vergangenen Herbst, so hatte Ermanno erzählt, hatte er den Boden neben dem Weinkeller ausheben lassen, um die Kellerräume zu erweitern. Dabei war er auf ein Gewölbe gestoßen, in dem ein Dutzend Skelette übereinanderlagen, Gefallene einer Schlacht, die vor mehr als hundert Jahren, so wußte es der Priester im nahen Dorf, hier stattgefunden hatte. Wer die gegnerischen Parteien gewesen waren, daran erinnerte sich niemand mehr, aber die Gebisse der Toten waren noch kräftig und gesund; Zähne junger Männer, die das Abenteuer Krieg gesucht und den Tod gefunden hatten. Vielleicht waren sie auch gegen ihren Willen von den Soldaten verschleppt und zum Kampf gezwungen worden. Ihre Heimat, wo immer sie auch gewesen sein mochte, sahen sie jedenfalls nicht wieder. Wahrscheinlich hatte die Partei, für die sie kämpften, den Sieg davongetragen, sonst hätte man sie nicht beerdigt. Vielleicht hatten aber doch die anderen gewonnen, und die verstümmelten jungen Leiber verrotteten ungeschützt in der glühenden Sonne und im Regen, bis sich endlich jemand ihrer erbarmte oder ihres elenden Anblicks und Geruchs überdrüssig war und sie begrub.

Ermanno bat den Priester um Erlaubnis, die Toten auf dem Dorffriedhof zu bestatten, doch der Priester lehnte ab, weil niemand wissen konnte, ob es sich um Christenmenschen handelte. Man hatte sie wohl ausgeraubt, bevor man sie einscharrte, denn keiner trug ein Kreuz oder einen Rosenkranz bei sich, wie die meisten Soldaten sie doch mit sich führen als Andenken an ihre Mütter, Ehefrauen oder Schwestern. Wenigstens den Segen zu sprechen, dazu war der Priester bereit. Da verzichtete Ermanno auf die Vergrößerung seines Weinkellers und schüttete das Gewölbe wieder zu. Er war sich nicht ganz klar darüber, ob er damit ein gutes Werk tat, das seine Seele entlastete, oder ob er mit dem Soldatengrab in seinem Haus einen dunklen Raum duldete, den der Teufel bewohnte und der die Gemüter der Hausbewohner belastete, weil nicht alles vollkommen war und rein.

Vorsichtig, um Marco nicht zu wecken, erhob sich Francesca. Sie strich ihr Kleid glatt und richtete sich vor dem kleinen Spiegel neben dem Fenster ihr Haar. Unter dem Fußende des Bettes stand das Körbchen mit dem Hund, den sie für ihre Schwiegermutter mitgebracht hatte. Für die Kinder hatte sich Ghirigora nicht interessiert. Als Marco und Francesca die beiden am Vorabend zu ihr hingeführt hatten, lagen ihre Blicke ruhig und gleichmütig auf ihnen, nicht unfreundlich, doch ohne ein Erkennen und das Begreifen, daß dies junge Menschenkinder waren von ihrem Fleisch und Blut, die ihr Leben und das ihrer Eltern und Großeltern weiterführen würden in die unbekannte Ferne der Zukunft, die kein Mensch voraussah und keiner voraussehen durfte, weil die Erkenntnis des Künftigen nicht Menschensache ist, sondern Gott allein zukommt.

Mit einem hilflosen Achselzucken hatte Marco die Seinen aus dem Raum geführt. Ein paar entschuldigende Worte zu den Kindern, die sich weniger wunderten als ihre Eltern, weil sie noch in dem Alter waren, wo man die Welt nimmt, wie sie ist. »Wäre deine Mutter anders, wenn du nicht mich geheiratet hättest?« fragte Francesca zweifelnd, doch Ermanno, der ihre Worte gehört hatte, antwortete, die Melancholie sei niemandes Schuld, wie auch der Frohsinn niemandem zum Verdienst gereiche.

Francesca nahm den Korb, schloß leise die Tür hinter sich, stieg die blaßbraunen Steinstufen hinab und trat hinaus in die Loggia, wo Ermanno an seinem Rosenkranz arbeitete und Ghirigora ihr Leben verrinnen ließ. Francesca blieb stehen. Ermanno ließ die Arbeit sinken, legte sie dann auf den Tisch und ging an Francesca vorbei hinaus.

»Verehrte Mutter!« sagte Francesca leise. Ein warmer Lufthauch, schwer vom Duft nach Rosen und Lavendel, streifte sie. Die Tauben gurrten, und irgendwo im Garten quakte ein Frosch.

Ghirigora rührte sich nicht.

»Ich habe Ihnen einen kleinen Hund mitgebracht«, sagte Francesca sanft wie zu einem leidenden Kind. »Eine junge Dogge.« Sie trat auf Ghirigora zu und hielt ihr das Körbchen hin. Langsam, ganz langsam löste Ghirigora den Blick von der Ferne und sah Francesca ins Gesicht. »Ich dachte, er könnte Amato heißen!« schlug Francesca vor und erschrak fast, weil sie fürchtete, der Kranken damit zu nahe zu treten.

Ghirigoras Blick wanderte zu dem Körbchen. Francesca hielt es ihr noch näher hin. Der kleine Hund schnaufte auf und hob für einen Augenblick die Schnauze aus dem warmen Nest seiner Vorderpfoten. Dann ließ er sich wieder fallen und schlief weiter. »Er träumt!« sagte Francesca und lächelte. Ghirigora blickte zu ihr empor. Zum ersten Mal schien sie Francesca wahrzunehmen. »Ich bin Francesca, die Frau Ihres Sohnes Marco. Sie waren nicht glücklich darüber, daß er mich heiratete, aber wir führen eine gute Ehe. Verzeihen Sie mir, Monna Madre, daß wir Sie übergangen haben!«

Ghirigora antwortete nicht, aber ihr Blick, nicht fern und unbestimmt, hing unverwandt an Francescas Gesicht. »Ich habe auch keine roten Haare, verehrte Mutter!« lächelte Francesca und drehte den Kopf ein wenig zur Seite. »Glauben Sie mir, ich bin eine gute Frau für Ihren Sohn. Er ist zufrieden mit unserem Leben.«

Die Zeit blieb stehen. Lange. Dann hob Ghirigora plötzlich ihre Arme – langsam, so langsam, daß Francesca erst dachte, sie hätte sich getäuscht. Mit einer unsicheren, bittenden Bewegung reichte sie Ghirigora den Korb, bereit, ihn sofort aufzufangen, wenn die Hände der anderen ihn nicht hielten. Doch Ghirigoras eingebogene Finger, die so lange nicht zugepackt hatten, schlossen sich um das Geschenk und nahmen es an. Der kleine Hund hatte seine Herrin gefunden. Das Körbchen stand auf den Knien der Kranken, die es vorsichtig balancierte und immer noch keinen Blick von der fremden Schwiegertochter ließ. »Man muß ihm Milch geben!« sagte Francesca. »Ich habe Ihrer Dienerin schon alles erklärt.«

Ermanno kam aus dem Haus zurück, in der Hand einen Becher mit Limonade. Als er den Korb auf Ghirigoras Schoß sah, wollte er eingreifen, doch dann bemerkte er, daß die blassen Hände, die so lange nichts festgehalten hatten, sich nun sanft um das Weidenkörbchen schlossen. Ungläubig sah er Francesca an. Dann trat er zu Ghirigora und hielt den Becher an ihre Lippen. Ghirigora drückte den Korb mit den Knien ein wenig nach oben, damit er nicht herunterfiel. Mit der einen Hand umfaßte sie ihn, die andere nahm Ermanno den Becher aus der Hand. In bedächtigen Schlucken trank sie ihn leer und gab ihn dann Ermanno zurück.

Francesca verließ die Loggia, um die beiden nicht zu stören und sich nicht in etwas einzudrängen, das sie nichts anging.

4

»*Padrone!*« Der junge Mann verbeugte sich ehrerbietig und ergriff Marcos Hand. Marco erschrak und suchte sich zu befreien, doch der junge Mann führte Marcos Hand an den Mund und küßte sie. Marco fühlte die weichen Lippen auf seinem Handrücken und warf einen betretenen Blick auf Ermanno, der neben ihm stand. Doch Ermanno nickte nur bedächtig. »Das ist Michele. Er bittet dich, ihn in deine *famiglia* in Florenz aufzunehmen.«

Marco zog die Hand zurück. »Er möchte nach Florenz?« Die

Vorstellung einer Karawane von Verwandten überfiel ihn, die unaufhaltsam in Florenz einströmten und erwarteten, daß er sie bei sich wohnen ließ.

»Sprich nicht zu mir, sprich zu ihm!« Ermannos Stimme klang gemessen und streng. Hier auf seinem Landsitz, das war Marco schon während des ganzen Tages aufgefallen, war Ermanno ein anderer als in der schattigen Werkstatt in der Via degli Angeli. Hier war er der große Herr. Der Reichste in der Verwandtschaft. Der *padrone* der Del Bene. Ihn fragte man um Rat. Ihn bat man um Hilfe. Die Pächter auf ihren kleinen Höfen küßten ihm die Hand, wenn er kam, um nach dem Rechten zu sehen. Ihm gehörten das Land und die Gebäude, sie – die Pächter – stellten die Arbeit. Den Gewinn teilten sie sich zur Hälfte. *Mezzadria* hatte Ermanno dieses System genannt, als er es Francesca erklärte, der städtischen Schwiegertochter, die vom Landleben keine Ahnung hatte. Halbpacht – bestehend in diesem Land, so lange die Del Bene sich erinnern konnten.

»Kann ich mit Ihnen allein sprechen, Vater?« In der Abwicklung seiner Geschäfte hatte Marco gelernt, auf die Stimme seines Unbehagens zu hören und Unangenehmes nicht zu verschleppen.

Doch Ermanno schüttelte den Kopf. »Antworte ihm!« befahl er kalt. »Er hat dich um etwas gebeten. Er ist dein Vetter ersten Grades, der jüngste Sohn meiner jüngsten Schwester Cecilia.«

Marco blickte um sich. Der Wohnraum und die Terrasse hatten sich mit Menschen gefüllt, die er nicht kannte, die aber angeblich alle mit ihm verwandt oder verschwägert waren. Manche sahen ihm sogar ähnlich, was ihm als einzigem Kind seiner Eltern besonders ungewohnt und unangenehm war. Alle hatten sie ihn umarmt, hatten ihn angestrahlt mit ihren leuchtenden Del-Bene-Augen, die er bisher als sein eigenes, einzigartiges Markenzeichen betrachtet hatte. Jeder einzelne erklärte ihm lebhaft den Grad ihrer Verwandtschaft, bis ihm der Kopf schwirrte und er meinte, bald würden sie ihn mit ihrer Herzlichkeit erdrückt haben.

Wenn ich dich in mein Haus lasse, werden bald auch deine

Brüder aufkreuzen und deine Vettern und wer weiß, was sich sonst noch hier herumtreibt und nach Florenz möchte! wollte er sagen, doch Ermannos forderndes Schweigen verschloß ihm die Lippen. »Was hast du gelernt?« fragte er schließlich und vernahm mit Staunen die eigene Stimme, die so fremd und streng klang wie die seines Vaters.

Unter den Verwandten erhob sich Jubel. Michele antwortete etwas, das Marco in der allgemeinen Begeisterung nicht verstand, und bemächtigte sich wieder Marcos Hand, um sie zu küssen. Eine schwarzgekleidete Frau – Wahrscheinlich Tante Cecilia! dachte Marco voll resignierter Selbstironie – stürzte sich auf ihn, küßte seine frei werdende Hand und riß ihn dann voll Kraft und Dankbarkeit an sich, bis ihm der Atem verging. Alles lachte, schlug ihm anerkennend auf die Schulter und redete auf ihn ein. Er brauchte gar nicht zu antworten, denn im Sturm des Familientumults hätte ihn sowieso keiner verstanden. So beschränkte er sich auf ein schiefes, höfliches Lächeln, das er selbst als das dämliche Grinsen eines Mannes auslegte, der sich hatte überrumpeln lassen, der schwerste Fehler, der einem Kaufmann unterlaufen konnte, aber was – um Gottes willen, was? – hätte er dieser begeisterten Übermacht entgegensetzen können? Hilfesuchend und vorwurfsvoll zugleich drehte er sich zu Ermanno, der neben ihm stand und ihn beobachtete, und zu seinem Erstaunen begriff er, daß sein Vater stolz auf ihn war.

Ermanno hatte vor dem Haus lange Tische mit Holzbänken aufstellen lassen, damit keiner der Gäste auf einen eigenen Platz verzichten mußte. Da saßen sie nun eng beieinander, vier Generationen der Del Bene, rotwangig und erhitzt von der dampfenden Brühe, für die zwei Dutzend fetter Kapaune ihr Leben gelassen hatten. Dem festlichen Anlaß entsprechend schwammen darin kleine Bällchen aus geriebenen Mandeln, Zimt, Gewürznelken und Ingwer. Die Männer – auf der einen Seite der Tische – streuten sich noch reichlich Käse darüber, während die Frauen – ihnen gegenüber – ein wenig verschämt nach dem Zuckerlöffel griffen und über Ermannos Apothekerrechnung tuschelten, die immens sein mußte, gemessen an den vielen Gewürzen und Süßigkeiten, die in der Küche noch bereitstanden.

Die Mägde kamen kaum nach, die Wünsche der Gäste zu erfüllen und sich ihrer prahlerischen kleinen Anzüglichkeiten zu erwehren. Sie konnten erst aufatmen, als sich Ermanno eine Schürze umband, um unter den anfeuernden Zurufen der Verwandten das Spanferkel anzuschneiden, das sich schon seit Stunden an einem Spieß über dem Freuer drehte, ein neckisches Rosmarinzweiglein im Rüssel, um nach dem üppigen Essen böse Träume zu vertreiben. Die erste Scheibe des Fleisches stellte Ermanno Ghirigora hin, Francesca an ihrer Seite bekam die zweite. Ohne zu fragen schnitt sie ihrer Schwiegermutter wie einem Kind das Fleisch in kleine Stücke, und sie lächelte, als Ghirigora langsam davon aß. Alle sahen es, und sie redeten darüber, denn jeder wußte, daß Ghirigora die junge Frau aus Ferrara so sehr gehaßt hatte, daß sie ihretwegen die eigene Heimatstadt verlassen und den Verstand verloren hatte.

Man trank milden weißen Trebbiano, den Ermanno selbst in seinen Weinbergen zog und der um so köstlicher schmeckte, weil man zwei Jahrgänge miteinander vermischt hatte, damit der stärkere dem anderen seine edlen Eigenschaften mitteilte. So anregend schmeckte der Wein, daß nicht einmal die Ältesten in der Familie bereit waren, ihn mit Wasser zu verdünnen. Auch die Kinder durften daran nippen, damit sie spürten, daß sie dazugehörten und etwas wert waren.

Die Sonne ging schon unter, als die Mägde die mächtigen Scheiben der Apfeltorten auftrugen und in bemalten Keramikschüsseln Marzipan und Mandeln. Die Del Bene waren stiller geworden von der süßen Mühe des gemeinsamen Mahles. Ein paar fingen an, leise zu singen. Francesca und Marco horchten auf, als sich Matteos helle Glockenstimme aus dem allgemeinen Gesang erhob und darüber hinwegzuschweben schien. »Eine Stimme wie ein Engel!« rief einer, und sogar Ghirigora hob den Kopf und blickte auf das Kind, das lächelnd dastand und ohne Scheu weitersang, obwohl alle es anstarrten. Zuletzt sang Matteo alleine. Seine Kinderstimme schien die Sonne zu verabschieden auf ihrem langsamen Weg zum Meer hinüber, zu fern, als das man es sehen konnte, und doch wußte jeder, daß es da war und zum Ende der Welt führte, dorthin, wo alles aufhörte, alles schwarz war und wo Menschen nicht leben konnten.

Als das Lied zu Ende war, wartete Matteo einen Augenblick wie ein kleiner Schauspieler, der sich darüber freut, die Herzen berührt zu haben. Dann trat er zu Ghirigora hin und umarmte sie. Ghirigora blickte auf ihn herab und rührte sich nicht. Francesca streckte den Arm aus, um Matteo zurückzuziehen, doch da sah sie, daß Ghirigora die Umarmung erwiderte und das Kind kaum merklich umfaßte. »Ein glücklicher Tag!« sagte einer der ganz Alten. »Was für ein glücklicher Tag!« Francesca lächelte und suchte den Blick ihres Schwiegervaters, doch der hatte den Kopf gesenkt, als wollte er seine Miene verbergen.

5

Sie waren alle gegangen: die Verwandten, satt und schläfrig vom guten Essen und der lauten Fröhlichkeit; Ermanno und Ghirigora mit zögernden, ratlosen Schritten wie von einer Reise zurückgekehrt; Teodora und die beiden Knaben, die schon im Stehen einnickten. Die Mägde hatten noch schnell das Gröbste fortgeräumt, dann fielen auch sie erschöpft auf ihre Pritschen. Nur Marco und Francesca waren noch geblieben. Sie wußten, daß eine kurze Nacht vor ihnen lag. Schon früh am nächsten Tag würden sie aufbrechen, um die morgendliche Kühle auszunützen. Trotzdem fiel es ihnen schwer, sich von diesem Abend zu trennen, übermannt von der Ahnung, daß ihr Leben dabei war, sich zu verändern, ohne daß sie selbst etwas dazu beigetragen hätten.

Als kleine Familie waren sie nach La Pineta gekommen und sie verließen es mit einem Gefolge junger Verwandter, die sich ihnen anvertrauten, die ihnen gehorchen würden, ihnen dienen, die zugleich aber auch erwarteten, von ihnen unterstützt zu werden in der großen Stadt, in der man sein Glück machen konnte, wenn man nicht allein dastand wie ein wertloser Landstreicher, sondern einem Clan angehörte, dem man sich unterordnete und der dafür half und beschützte.

Marco kannte seine Stadt: die prunkvollen Palazzi der Reichen, um die sich die einfachen Häuser und die schäbigen Hütten der *famiglia* scharten. Keine abgeschlossenen Stadtviertel, in denen sich die Reichen abschotteten oder die Armen zusammengepfercht vegetierten. Nein: was das Blut aneinanderband, das wohnte auch beieinander, selbst wenn der eine Zweig der Familie reich und mächtig war und der andere mittellos und abhängig. Wie in einem Ameisenhaufen hatte jeder seinen Rang und seine Aufgabe, aber der *famiglia*, dem Clan, gehörten sie alle an. Sie beteten in der gleichen Kirche, und die Reichen hoben die Kinder der Armen über das Taufbecken und überwachten ihren beruflichen Weg und ihre Heirat. Starb einer von ihnen, reich oder arm, waren alle dabei, wenn er zu Grabe getragen wurde, und sie alle weinten laut um ihn und trauerten gemeinsam, wie es sich gehörte. Michele del Bene und seine blasse junge Frau, die gegen die Beschwerden der ersten Schwangerschaft kämpfte und deren Namen Francesca vergessen hatte, waren der Grundstein eines neuen Clans, der sich um Marco del Bene und Francesca Lanfredini versammeln würde, Gott beschütze sie alle!

»Ich glaube, es wird ernst!« versuchte Marco zu scherzen. Das gleiche hatte er gesagt, als Baldassare Lanfredini den Hochzeitstermin festgesetzt hatte und als Elio Corsini ihm Ermannos Pachtvertrag vorlas. Das Leben des jungen Marco war kein Spiel mehr. Er trug Verantwortung, und seine Gattin Francesca trug sie mit ihm.

Die Kerzen brannten nieder und verlöschten. Nur ein paar Glutnester waren noch übrig vom Feuer unter dem Spieß. Es roch nach Rauch und immer noch nach Essen, auch wenn der sanfte Abendwind die Erinnerung an das Festmahl immer mehr verwehte. Am Teich hinter den Büschen quakten die Frösche, und die Luft zitterte vom Lärmen der Zikaden. »So viele Tiere hier!« murmelte Francesca, die Stadtbewohnerin, und dachte an die Schafe, die Schweine, Kälber und Hühner; an das morgendliche Gurren der Tauben, an das beängstigende Rumoren der Siebenschläfer auf dem Dachboden; an die Hunde und die Katzen; an die Vogelnester überall; an die Fliegen unter der Zimmerdecke und an die Wespen, die um die Speisen schwirrten. Smaragdgrüne Eidechsen auf heißen Steinen; Bussarde, die drohend über den Wiesen kreisten, und Käuzchen, die Francesca noch nicht einmal erblickt hatte, deren Ruf in der Dämmerung sie aber an arme Seelen erinnerte, die um Erlösung flehten. Glückbringende Schwalben unter dem Dach; ein Eichkätzchen, so flink und so scheu, daß Francesca es sofort liebte wie die kleine Natter zu Hause in der Via degli Angeli. Zu Hause?

Die Nacht war schwer wie ein Mantel. Kein Mond am Himmel, keine Sterne. Wenn man schwieg, war man ganz allein. Nicht einmal die Mauern des Hauses waren zu erkennen, und nur die Erinnerung bewahrte noch das Bild des satten, grünen Landes unter dem Hügel, der blauen Bergkuppen, der Getreidefelder, Weinberge und Olivenhaine. Gehöfte von Menschen, die schliefen, wie alles schlief zu dieser Stunde, nur Marco und Francesca nicht, weil die Veränderung ihres Lebens sie wachhielt und die Ahnung von einer Zukunft, die ungewiß war wie die Zukunft aller Menschen, in der es nur eine Sicherheit gab: den Tod und das Jüngste Gericht, bei dem Gott dereinst die Seelen wiegen würde und die Last der Sünden, die sie sich aufgeladen hatten.

»Hoffentlich machen wir alles richtig!« Francesca dachte an ihren Vater, der immer gewußt hatte, was zu tun war, und an Ghirigora... – Ich habe sie gehaßt! Zum ersten Mal gestand sie es sich ein, und sie atmete auf, weil sie Demut geübt und das Unrecht nicht vergolten hatte. Wie hätte sie dieser Frau auch grollen dürfen, die ein Opfer dunkler Kräfte war, die keiner verstand? Und doch! dachte Francesca. Und doch.

»Vater hat Giuliano vorgezogen!« Erst Marcos Stimme im Dunkel machte Francesca seine Gegenwart wieder bewußt. »Das ist gut!« antwortete sie. Auch das ein Eingeständnis: daß außer Teodora niemand Giuliano liebte und daß es sogar ihr selbst, seiner Mutter, schwerfiel, ihn so anzunehmen, wie er war – die einzige wirkliche Schuld, die ihr Herz belastete und die sie nicht einmal ihren Briefen an den toten Vater anvertraut hatte, weil es zu weh tat, daran auch nur zu denken. Doch wer sollte dieses ablehnende Kind lieben, wenn nicht sie? »Giuliano hat einfach seine Hand genommen!« sagte Marco. Seine Stimme war voller Staunen und Dankbarkeit.

Was für ein glücklicher Tag! hatten die Verwandten gesagt. – Was für ein glücklicher Tag! dachte auch Francesca, und unter dem Schutz der Nacht war sie zugleich voller Wehmut. Der Gesang der Zikaden hallte in ihren Ohren. Dann hörte er plötzlich mit einem Schlag auf, und die Nacht war still und fremd.

Zweites Buch
Der Prächtige

VII. Der Palast in der Via Larga

1

Sie stiegen die Treppe hinauf ins Schlafzimmer, um die schweren, kostbaren Gewänder abzulegen, mit denen sie sich für den Besuch im Palast des hohen Herrn geschmückt hatten: Lorenzo de' Medici, der ungekrönte Herrscher der Republik Florenz, Souverän ohne offiziellen Titel. Als er gerade einundzwanzig Jahre alt geworden war, war sein Vater gestorben, und die Bürger von Florenz hatten dem jungen Mann angetragen, »die Sorge der Stadt auf sich zu nehmen« – der streitlustigsten unter allen Städten Europas, der stolzesten, neidischsten und glänzendsten. Seit drei Generationen schon hatten sich die Florentiner den Medici anvertraut und doch nie einen Zweifel daran gelassen, daß sie sich als freie Bürger betrachteten und daß sie – und nicht die Medici – die letzte Instanz darstellten, die über die Geschicke der Stadt gebot und jeden verjagte oder auslöschte, der die Republik in Frage stellte. Lorenzo nahm das Angebot ohne Zögern an, »denn« – so konnte man später in seinen Aufzeichnungen lesen – »wem viel gegeben ist, von dem wird man viel fordern.« Und: »Den Reichen in Florenz, die nicht regieren, geht es schlecht.«

Giovanni de' Medici, Lorenzos Urgroßvater, hatte seine Familie reich gemacht. Cosimo de' Medici, der Großvater, begründete ihre politische Macht, indem er in Florenz eine verschleierte Diktatur errichtete, die darauf beruhte, alle wichtigen Ämter nur mit eigenen Anhängern zu besetzen. Piero, Lorenzos Vater, den sie *Il Gottoso* nannten, den Gichtigen, hatte bewahrt, was er ererbte, und Lorenzo, sein Sohn, brachte es zum

Blühen. *Il Magnifico* nannten ihn die Florentiner, den Prächtigen, und was zu Anfang nur eine ehrerbietige Anrede gewesen war, wurde bald zum untrennbaren Beinamen – der Prächtige, der mit seinem diplomatischen Geschick und dem Geld seiner Vorfahren eine Politik betrieb, die weit über die kleine Stadt am Arno hinausreichte. Die Fürsten Europas behandelten ihn als Gleichen. Sie erbaten seinen Rat und den Kredit seiner Banken. Er aber wußte mit schlauem Händlergeschick seinen Vorteil zu finden zwischen den Mächtigen der Welt. Er gereichte seiner Stadt zur Ehre und spielte auf ihrer Verfassung wie auf einem Instrument, das keiner so virtuos beherrschte wie er.

Sein Benehmen war freundlich und aufmerksam zu jedermann, ein Musterbeispiel der *civiltà*, der Fähigkeit, als Bürger unter Bürgern zu leben. Dennoch geschah ohne seine Billigung nichts im Palazzo della Signoria, wo die Bürger beschlossen, was Lorenzo entschieden hatte. Sie wußten, daß er *de facto* ihr Fürst war, aber sie wußten zugleich, daß sie ihn *de jure* jederzeit entmachten konnten. So bewahrten sie sich ihren anmaßenden Stolz als freie Bürger, und sie verließen sich darauf, daß er die ungeschriebenen Regeln des gemeinsamen Spiels einhielt und die unsichtbaren Grenzen seiner inoffiziellen Macht nicht überschritt. Als der König von Neapel Lorenzos Sohn Piero einen Adelstitel anbot, untersagte Lorenzo, ihn anzunehmen, wohl wissend, daß Piero in dieser Stadt der stolzen Unabhängigen als Aristokrat nicht überleben würde.

»Ich komme mir vor wie an meinem ersten Tag in der *Arte della Seta!*« sagte Marco kopfschüttelnd zu Francesca, als sie in ihren samtenen Gewändern, geschmückt und aufwendig gekämmt, in der langen Reihe der Gäste standen, die darauf warteten, von Clarice Orsini begrüßt zu werden, Lorenzos Gemahlin, die keiner in Florenz leiden konnte, nicht nur weil sie aus Rom stammte, was an sich schon einem Charakterfehler gleichkam, sondern weil es dem Florentiner Sinn für Gerechtigkeit widersprach, eine so unscheinbare und zugleich so barsche Frau in einer so herausgehobenen Position zu sehen.

Stumpfsinnig nannte man sie, bigott und eingebildet, und man wiederholte tausendfach die boshafte kleine Bemerkung, Lorenzo hätte sich ganz sicher keine tugendhaftere Gefährtin wünschen können, wohl aber eine reizvollere und intelligentere.

»Ich heiße Sie willkommen!« sagte Clarice Orsini mit lauter, harter Stimme. Eine Sekunde lang blickten Marco und Francesca in Monna Clarices blasses, rundes Gesicht, umrahmt von dichtem, rötlichem Haar. Dann verneigten sie sich ehrerbietig und waren in den Palast hinein entlassen. »Ich heiße Sie willkommen!« begrüßte die römische Stimme das nächste Paar. Ich heiße Sie willkommen. Und immer so fort, bis die lästige Verpflichtung überstanden war und die hohe Frau sich endlich wieder in die eigenen Gemächer zurückziehen konnte. »Mit unseren Töchtern kann sie sich nicht vergleichen!« hatte Lorenzos Mutter bedauernd festgestellt, nachdem ihr die junge Clarice in Rom vorgestellt worden war, und Lorenzo selbst trug nach der Hochzeit in sein Tagebuch ein: »Ich, Lorenzo, nahm zur Frau Donna Clarice, Tochter des Herrn Jacopo Orsini. Oder besser gesagt: sie wurde mir im Dezember 1468 zur Verfügung gestellt.« Sie gebar ihm zehn Kinder, und die Liebe, die sie füreinander empfanden, war so heiß wie der Monat ihrer Hochzeit.

Aber darauf kam es nicht an. Die Stadt war voll von Frauen, denen das Herz klopfte, wenn Lorenzo an sie herantrat und sie anblickte mit diesen schwarzen Augen der Medici. Sie wußten nicht, ob seine Macht sie verwirrte oder er selbst ganz allein: Lorenzo. Er hatte es gern, wenn man ihn nur beim Vornamen anredete. Sogar seine Kinder durften es. Daß er der Magnifico war, wußte ohnedies ein jeder, und seine Position war untrennbar verwachsen mit ihm selbst. Daß er nicht nur Respekt erweckte, sondern auch begehrt wurde und sogar geliebt, rührte von dem seltsamen Zauber her, der ihn umgab und der vielleicht darauf beruhte, daß von allem, was ein Mensch sein kann, etwas an ihm war und in ihm: daß er der Mitfühlendste war und der Grausamste; der Fröhlichste und der Traurigste;

der Zärtlichste und der Rücksichtsloseste. Als seine zweitälteste Tochter Maddalena vierzehn Jahre alt wurde, verheiratete er sie mit dem vierzigjährigen Sohn des Papstes und gewann damit die Kardinalswürde für seinen Sohn Giovanni. Kein Augenblick des Mitleids mit der jungen Frau, deren Gatte älter war als ihr Vater. In Reichtum und Luxus würde Maddalena leben, wie es einer Medici gebührte. Wenn sie sich auch noch Glück wünschte oder gar Zufriedenheit, dann mußte sie selbst dafür sorgen, wie auch ihr Vater es getan hatte und immer noch tat. Heiraten, so hatte Lorenzo am eigenen Beispiel gelernt, hatten mit Liebe nichts zu tun. Sie waren eine Frage der Ehre und der Vernunft. Das wußte auch Donna Clarice, die zu den wenigen Frauen in Florenz gehörte, die nie in Lorenzo verliebt gewesen waren.

Es war Marcos und Francescas erster Besuch im Palazzo de' Medici in der Via Larga. Eine hohe Ehre. Wer hier eingeladen war, zählte etwas in Florenz. Marco del Bene zählte etwas in Florenz. *Marco ricco* nannten ihn manche schon, Marco der Reiche. Sein Handelshaus hatte feste Niederlassungen in Avignon, Genua und Venedig, und allein in der Via degli Angeli hatte er fünf Häuser aufgekauft, um die zahlreichen Mitglieder seines Clans unterzubringen. Es war das Jahr 1490, dreizehn Jahre nach seiner Hochzeit. Marco war nun dreiunddreißig Jahre alt. Ja, er zählte etwas in Florenz, und mit dem Besuch im Palast des Prächtigen begann ein neuer Abschnitt seiner Laufbahn. Das war ihm bewußt, und er genoß den Gedanken, auch wenn ihm alles hier noch fremd war und er sich unbehaglich fühlte, wie schon lange nicht mehr.

2

Auf steinernen Wegen, die einander in strengem, rechtem Winkel kreuzten und tiefgrüne Rasenflächen umschlossen, schritten sie durch den Garten des Palastes, zwischen weißen, halbnackten Marmorstatuen und kleinen Bäumchen in riesigen

Tontöpfen. Ein Springbrunnen in einem runden Becken. Auf dem Balkon im ersten Stockwerk die Lockenköpfe kichernder Kinder. Ein Junge, der Anstalten machte, auf die Gäste herunterzuspucken, wurde von einer unsichtbaren Hand energisch von der Brüstung weggerissen. Wie den Hof einer Burg umgaben die Mauern des Palastes den Garten und spendeten der einen Hälfte angenehmen Schatten. Dort sammelten sich die Gäste, standen in Gruppen beieinander, diskutierten, stritten, scherzten und lachten.

Von den adeligen Familien der Stadt war keiner zugegen. Die wurden wohl zu einer anderen Gelegenheit geladen. Aber die Kaufleute waren da und unterschieden sich von den übrigen Gästen allein schon durch die Ungeduld, die sie umgab, und die fahrigen Gesten, mit denen sie zu verstehen gaben, daß ihre Zeit kostbar war. Am Springbrunnen standen die Maler, Lorenzos Lieblinge, elegant und blasiert, und mitten in der prallen Sonne ungerührt die Bildhauer mit ihren gebräunten Gesichtern und groben Händen. Sie sahen aus wie Landarbeiter und legten sichtlich Wert darauf, sich von den parfümierten Malern zu distanzieren oder gar den Philosophen, die dem antiken Vorbild folgten und nicht an einem Platz verharrten, sondern, ohne ihre Gespräche je zu unterbrechen, unaufhörlich auf den Außenwegen um den Garten herummarschierten und die anderen Gruppen zum Ausweichen zwangen. In einer Ecke, in gehörigem Abstand von den nackten Statuen, drängten sich unbehaglich ein paar Mönche, den geschorenen Kopf bescheiden geneigt oder arrogant erhoben in offenem Protest gegen die neue Zeit und ihre Dekadenz, die Männer des Glaubens zwang, mit Freigeistern umzugehen, die im Ruch der Ketzerei standen... Fremde in exotischen Gewändern... Unzählige Diener, die Getränke und Süßigkeiten anboten.

Nur wenige Damen waren geladen; ein paar ältere am höflichen Arm ihrer Ehemänner und ein fröhliches, buntes Grüppchen, das sich eine Bank im Schatten erobert hatte und sich in zierlichen Schlucken mit Limonade erfrischte. Diese Damen, die meisten noch jung, standen den Medici wohl sehr nahe, denn sie redeten laut und ungezwungen und gaben mit jeder Geste zu verstehen, daß sie sich hier zu Hause fühlten. Ein paar junge Herren mit Musikinstrumenten tauchten auf und schlossen sich ihnen an. Einer fing an, zur Laute zu singen, und als er geendet hatte, klatschten alle voll Begeisterung und verlangten nach mehr.

Hätte einer der anwesenden Künstler das Fest gemalt, wären Marco und Francesca auf dem Bild erschienen wie alle anderen: ein schönes, elegantes Paar, jung noch und doch wohl schon in einer Position, die sie über viele andere erhob. Zwei, die dazugehörten zu dieser glänzenden, vielschichtigen Gesellschaft, in der sich der Geist mit der Macht verbrüderte und die Kunst mit dem Geld. In Wahrheit aber fühlten sich Marco und Francesca noch als Fremde hier und wünschten sich zugleich, daß dieser Besuch der erste von vielen sein mochte, weil in Florenz nur zählte, wer in diesem Palast empfangen wurde, und weil sie beide, Marco wie auch Francesca, Genuß daran fanden, jemand zu sein.

Sie sahen, daß andere ins Innere des Palastes traten und folgten ihrem Beispiel. Hohe Säle mit bemalten Wänden, Mosaikböden; in den Nischen Skulpturen; überall Vasen mit duftenden Rosen; in einer Vitrine ein großes, aufgeschlagenes Buch mit bunten Bildern von Heiligen und Heiden und mit Buchstaben, die das gesamte Leben des Schreibenden aufgezehrt hatten und das Licht seiner erschöpften Augen.

»Sie lieben Bücher!«

Francesca schreckte auf. Noch nie hatte sie diese Stimme aus der Nähe gehört, und doch wußte sie genau, wer es war, der sie anredete, sie und Marco. Sie kam sich vor wie ein kleines Mädchen, das sich schutzsuchend an den Bruder drängt, der über ebensowenig Erfahrung verfügt.

Sie drehten sich um, und da stand Lorenzo und begrüßte sie. Freundlich, höflich, aufmerksam. Er freue sich aufrichtig, Messer Marco und seine schöne Gemahlin endlich als Gäste begrüßen zu dürfen. Ob sie sich auch gut unterhielten? Ob alles zu ihrer Zufriedenheit sei? Ob sie schon Bekannte getroffen hätten? Man habe ihm erzählt, daß Monna Francesca eine riesige Holzkiste mit Büchern aus Ferrara mitgebracht habe – Geschenke ihres gelehrten Vaters, nicht wahr? – und daß sie ständig dabei sei, diesen Bestand aufzufüllen. Ob sie seither ihre Familie wieder besucht habe?

»Mein Vater lebt nicht mehr«, antwortete Francesca. »Ich habe keinen Grund, nach Ferrara zurückzukehren.«

»Wir erwarten einen neuen Lektor für das Kloster San Marco. Er stammt aus Ferrara. Er muß heute oder morgen ankommen. Fra Girolamo. Vielleicht ist Ihnen seine Familie bekannt: Savonarola.«

»Ich habe von ihnen gehört.«

»Er war schon vor acht Jahren eine Zeitlang hier in Florenz.«

»Damals war ich noch dabei, mir meinen Akzent abzugewöhnen.« Sie imitierte den Ferrareser Tonfall. »Da hatte ich keine Lust, mir ausgerechnet Fra Girolamo anzuhören.«

Lorenzo lachte amüsiert: »Wissen Sie, wie meine Kinder ihn nennen? Den *Herrn der Feuchtigkeit*, weil alle Welt in Tränen schwimmt, wenn er predigt.« Lorenzo zuckte die Achseln. »Dabei habe ich selbst um seine Versetzung nach Florenz gebeten. Ein paar meiner Freunde können nicht genug von ihm bekommen.« Er winkte einen Diener heran und reichte erst Francesca, dann Marco einen Becher mit kühlem Wein. Auch er selbst bediente sich. »Sie bewundern seine Strenge und Konsequenz!« fuhr er nachdenklich fort. »Es macht ihnen nicht einmal etwas aus, daß sie selbst das Ziel seiner Angriffe sind.« Er trank aus und stellte dann den Becher beiseite. »Wir fühlen uns alle immer ein wenig zu sicher, nicht wahr?«

»Warum holen Sie ihn her, Hoheit, wenn er Ihnen unheimlich ist?« Francesca hatte ihre Schüchternheit überwunden. Es kam ihr vor, als hörte sie ihren Vater reden. Vater und Tochter. Von gleich zu gleich.

Lorenzo blickte sie nachdenklich an. Die berühmten dunklen Augen der Medici. »Ist er das für mich? Unheimlich?«

»Man hat mir erzählt, er lehne alle Bücher ab – außer der Bibel. Mein Vater sagte immer, man müsse sich vor Leuten fürchten, die nur ein einziges Buch lesen.«

»Und sei es auch die Bibel?« fragte Lorenzo. »Sie sind eine scharfsinnige Frau, Monna Francesca aus Ferrara.«

»Aus Florenz jetzt.«

»Kann man seine Heimat einfach abstreifen?«

Sie senkte den Blick. »Meine Heimat ist keine Stadt!« sagte sie leise.

Sie plauderten noch eine Weile über Marcos Geschäftsverbindungen und über die Schwierigkeit, verläßliche Partner zu finden. Dann zog man Lorenzo von ihnen fort. Die Musik wurde lauter, die Dämmerung brach herein, und der Garten der Medici glänzte im Licht von tausend Kerzen.

Die jungen Damen und Herren lachten ausgelassen und verschwanden im Inneren des Palastes. Francesca erinnerte sich an ein Bild aus einem der Bücher ihres Vaters. Es zeigte eine Gruppe junger Mädchen und Männer, die sich in einem Park beim Bade vergnügten. Nackt und mit aufgelösten Haaren saßen sie am Rande eines runden Beckens oder tauchten im Wasser unter. Sie plauderten und tranken roten Wein. Pagen standen bereit, ihre Wünsche zu erfüllen; drei Musikanten spielten auf ihren Holzblasinstrumenten; ein Sänger legte pathetisch beide Hände auf sein Herz, und hinter einem Strauch liebkoste sich ein Pärchen... Francesca fragte sich, ob dies nur der Wunschtraum eines Künstlers gewesen war, oder ob sich hier, in Lorenzos Palast, diese Träume erfüllten.

3

Der Abend war zu Ende. Die Kerzen auf der Truhe am Fußende des Bettes flackerten im Luftzug des halb geöffneten Fensters. Kein Geräusch in der Via degli Angeli. Eine milde, angenehme Nacht. Bald würde der Sommer über die Stadt hereinbrechen und ihr den Atem bedrängen.

»Unsere Wände kommen mir so kahl vor nach der Pracht

heute nachmittag!« sagte Marco, während er sich auszog. »Ich denke schon die ganze Zeit daran, ein Kunstwerk in Auftrag zu geben. Wir könnten es uns leisten.«

Francesca schüttelte ihre Schleppe. *Satansweihrauch* nannten es die Bußprediger, wenn die eleganten Damen von Florenz mit ihren bodenlangen Gewändern den Straßenstaub aufwirbelten und mit nach Hause trugen.

»Ich gehe oft an der Statue meines Namenspatrons vorbei und sehe sie mir an«, fuhr Marco fort. »Ein alter Mann schon, aber mit so viel Würde! Ich hätte gerne ein solches Kunstwerk in der Nische unten im Garten.«

»Eine Kopie?«

»Ich weiß es nicht. Ich werde Lorenzo fragen. Er erlaubt mir sicher, die Bildhauer in seinem Park zu besuchen.«

Lorenzo. Es war, als stünde er mitten im Raum und sähe zu, wie die beiden Menschen über ihn redeten, an ihn dachten und nicht in der Lage waren, sich von der Erinnerung an ihn zu lösen. Einen kleinen Scherz hatte sich Marco ihm gegenüber erlaubt und über die Philosophen gespottet, die sich im Schutze des Magnifico für Götter hielten und in ihrer *Platonischen Akademie* – von Lorenzo finanziert – in luxuriöser Bequemlichkeit alles umstießen, was die Kirche seit Jahrhunderten gelehrt hatte.

»Alles ist Liebe!« verkündeten sie den skeptischen Florentinern, die es schadenfroh genossen, den Ausspruch wörtlich zu nehmen und über die lüsternen Bücherwürmer herzuziehen. »Alles ist Liebe, wie es auch unser verehrter Dante in der letzten Zeile seines *Paradiso* sagt!« Selbst die körperliche Schönheit, so lehrten sie Lorenzos Maler, sei nur eine Ausstrahlung dieser großen, allumfassenden Liebe, deren Ziel es sei, ins Göttliche zu münden.

Welche Enttäuschung! riefen die Spötter und schossen sich auf den Terminus der *Platonischen Liebe* ein als Inbegriff aller Prüderie und Weltfremdheit.

Auch Marco hatte darüber gescherzt. Doch Lorenzo ging nicht darauf ein. Er erwähnte nur wieder – als bereite es ihm eine heimliche, uneingestandene Sorge – den Mönch aus Ferrara, Fra Girolamo, der – »wie gesagt!« – eben jetzt auf dem Weg nach Florenz sei und schärfer als alle anderen Prediger, die am Überkommenen festhielten, gegen die neuen Ideen ins Feld zog. Für ihn sei nur Gott allein der Schöpfer, und das Ziel aller Menschen sei das Jenseits, die *Andere Welt*... Worüber Lorenzos Neuplatoniker nur mitleidig lächelten und kühl erklärten, das sei Milch von vorgestern, und selbstverständlich sei auch der Mensch schöpferisch.

»Wer könnte leugnen«, dozierte Lorenzos Freund Marsiglio Ficino vor der *Akademie*, »daß der Mensch nahezu denselben Genius besitzt wie der Schöpfer des Himmelgewölbes? Und wer könnte leugnen, daß auch der Mensch ein Firmament schaffen könnte, hätte er nur das Werkzeug und die himmlische Materie?« ... Seither nannten ihn die Prediger nur noch einen Humanisten, was nach ihrem Verständnis gleichbedeutend war mit Heide und Selbstvergotter. War es nicht der Ursprung aller Sünde gewesen, daß sich der Mensch im Paradies angemaßt hatte, wie Gott zu sein? Und waren deshalb nicht auch Lorenzos Humanisten und die Schar der Künstler, die ihn umschwänzelten, Heiden? Schlangen im Paradies, ohne Demut; verdammt dazu, in den Flammen der Hölle zu enden?

»Die Gelehrten der *Akademie* sind unvoreingenommen«, hatte Lorenzo zu Marco gesagt und dabei Francesca angesehen. »Keiner denkt wie der andere. Einige vergleichen die hermetischen Schriften der Griechen mit der Kabbala der Juden und den Hieroglyphen und suchen das Gemeinsame. Andere sind davon überzeugt, daß es einmal – vor langer, langer Zeit – eine Urreligion gab, die allen Menschen gemeinsam war und die ihnen verlorenging wie die gemeinsame Sprache. Beides möchten sie wiederfinden zum Wohle von uns allen. Sie träumen von einer *pax philosophorum*, in der sich alle philosophischen Strömungen und Religionen zu einer einzigen versöhnen. Ja, und andere wieder sind fasziniert von der Einfachheit und Askese eines Fra Girolamo. Deshalb möchten sie ihn kennenlernen und mit ihm diskutieren.«

»Und setzen sich eine Laus in den Pelz, wenn Sie meine Offenheit erlauben, Hoheit!« Francesca lächelte, als sie sich an Marcos lakonische Bemerkung erinnerte.

Sie bliesen die Kerzen aus und legten sich schlafen. Marco suchte mit seinen Fingern nach den braunen Locken, die ihm als die schönsten der Welt erschienen, auch wenn ganz Florenz vom goldenen Haar der Venus schwärmte. Nie versteckte Francesca ihr Haar wie alle anderen hier unter einer Nachthaube. Andererseits lachte Marco oft über ihre Gewohnheit, nach Art des Nordens ein Nachthemd zu tragen.

»In Florenz ist das Klima milder als bei euch in Ferrara. Wir brauchen uns nicht anzukleiden für die Nacht!«

Doch wenn Francesca das Nachthemd von den Schultern gleiten ließ, wußte Marco, worauf sie hinauswollte, und er hatte nichts dagegen.

In der Nacht schreckte sie auf. Sie meinte, es müßte schon Morgen sein, aber es war noch dunkel und die Kirchenglocken schlugen nur einmal an: Francesca hatte noch nicht einmal eine halbe Stunde geschlafen. Sie wußte, daß sie geträumt hatte, einen kurzen, heftigen Traum, von dem ihr jetzt noch das Herz klopfte, den sie aber im flüchtigen Augenblick des Erwachens schon wieder vergessen hatte.

»Beunruhigen Sie diese Theorien?« hatte Lorenzo gefragt, als er über die neuen Ideen sprach, die die Philosophen in der *Akademie* diskutierten.

»Verbietet uns die Kirche nicht, so zu denken?« hatte Francesca geantwortet und zugleich gespürt, daß es ihr wohltat, mit diesen Überlegungen konfrontiert zu werden. Ihr war, als glitte sie zurück in die Vergangenheit und schritte unter hohen Bäumen auf einem Kiesweg an der Seite ihres Vaters, der den Luxus genoß, ihren jungen Verstand anzureizen.

»Nichts ist verboten!« sagte Lorenzo. »Hätte Gott nicht gewollt, daß wir denken, hätte er uns die Fähigkeit dazu nicht gegeben. Er hat uns nach seinem Ebenbild geschaffen, weil er wünschte, daß wir ihm nacheifern. Wir sind keine Sklaven der kleinmütigen Prediger. Wir sind die unmittelbaren Geschöpfe des Höchsten: frei und stark wie er.« Er lächelte und zuckte die Achseln.

Francesca senkte den Kopf und schwieg. – Es ist Ketzerei! dachte sie und hätte doch gern noch viel mehr gehört. Auch Baldassare Lanfredini, dessen war sie sicher, hätte es zu schätzen gewußt, mit Lorenzo zu reden und in die schrankenlose Welt seiner Gedanken eingelassen zu werden.

Er hat mich angelächelt! erinnerte sie sich später in der Dunkelheit der Schlafkammer. Natürlich: Lorenzo de' Medici lächelte viele Frauen an. Er liebte Frauen, das wußte jeder. Er liebte so vieles auf der Welt: seine Frauen, seine Kinder, seine Freunde, seine Pferde; die Philosophen in der *Akademie*, die unzähligen Künstler, deren Begabung er förderte; all die Kunstwerke und Bücher, die er besaß; den Luxus seiner Villen; die Melodie der toskanischen Sprache, die ihm näher stand als die kühle Logik des Lateinischen; die Würde feierlicher Zeremonien; das berauschende Gefühl der Macht und die süße Trauer über die Vergänglichkeit aller Dinge. Am meisten aber liebte er das Leben. Niemand liebte es so bewußt wie er. *Guarda e passa!* hatte Vergil dem Dichter Dante geraten, als sie die Vorhölle betraten und Lärm und Chaos sie umgab. Schau und geh vorbei! ... Lorenzo schaute – aber er ging nicht vorbei, sondern blieb stehen, um genauer zu betrachten. Den Tumult ertrug er, weil sein Hunger nach Erkenntnis ebenso groß war wie sein Hunger nach Leben.

Was für ein seltsamer Tag! dachte Francesca. Sie sah Marco vor sich, wie er Lorenzo gegenüberstand und sich bemühte, ihm zu gefallen. Ein wenig eitel und bestrebt, *bella figura* zu machen. Marco, so jung noch trotz seiner dreißig Jahre, so glatt, so ungeduldig! Marco mit seinen prachtvollen, welligen Haaren, die in der Sonne glänzten wie warmes Metall! Marco mit den leuchtenden Augen der Del Bene aus dem Contado; Marco mit dem hungrigen Ehrgeiz seines eben erworbenen Reichtums und dem vorsichtigen Abwägen seines Vaters; Marco mit seinem angenehmen Gesicht und der wohlklingenden Stimme... Und daneben Lorenzo: nicht mehr jung, hager, die Stimme fast schnarrend. Und doch. Und doch...

Was lieben wir? dachte Francesca. Was bringt uns dazu, einen Menschen mehr zu lieben als alle anderen? Und wie viele Menschen gleichzeitig kann man lieben? Wäre es möglich, daß eine Frau zwei Männer lieben könnte und mit ganz unterschiedlichen Gefühlen, die dennoch jedesmal Liebe wären?... Francesca räusperte sich in der Dunkelheit und unterbrach den Fluß ihrer Gedanken, um am nächsten Morgen nicht zur Beichte gehen zu müssen.

Und plötzlich erinnerte sie sich wieder, was sie geträumt hatte: Sie sah eine lange Landstraße vor sich, in der Sonne, trocken und staubig, und eine undeutliche Gestalt, die mit schleppenden Schritten näher kam wie die Pilger, die so weit wandern, daß ihre Seelen leer werden von der Welt und voll von Gott. Nackte, wunde Füße in zerschlissenen braunen Sandalen, bis zu den Knöcheln hinauf von Straßenstaub umwölkt. Der Saum einer abgetragenen Kutte.

Näher und näher bewegte sich die Gestalt, aber Francesca im Traum blickte immer nur auf die Füße, als hätte sie Angst, das Gesicht zu sehen. – Wer ist das? dachte sie, und ihr Herz klopfte vor Beklemmung... Bleib stehen!... Sie drehte sich um, um wegzulaufen, aber hinter ihr war das Haus in der Via degli Angeli, und Marco stand davor mit den beiden Kindern und hinter ihm die Dienstboten und die Freunde. Alle, die zu ihr gehörten. Sie umschlossen Francesca im Halbkreis wie eine Mauer und hinderten sie daran zu fliehen, denn auf der offenen Seite war nichts als diese endlose, staubige Straße, auf der der Pilger – oder was auch immer er sein mochte – ihr entgegenging und sie allein schon durch sein Nicht-Innehalten bedrohte... Wer bist du? fragte sie so laut, daß sie im Traum die eigene Stimme vernahm, aber da verschwand das Bild, und Francesca wachte auf.

VIII. Der Abendschatten

1

Ein Segen lag über dem Haus in der Via degli Angeli. Alle Geschäfte, die Marco in Angriff nahm, schienen sich in Gold zu verwandeln, so daß es notwendig wurde, neben den Niederlassungen in Avignon, Genua und Venedig auch noch eine auf Mallorca zu eröffnen. Der junge Michele del Bene, den Marco als ersten seines Clans nach Florenz mitgenommen hatte, verdiente sich auf der Insel seine Sporen als selbständiger Leiter der Filiale. Wer ihn zu Hause in den Weinbergen seines Vaters gesehen hatte, hätte ihn nicht wiedererkannt, wie er nun in seinem Fondaco auf Mallorca die Geschäfte führte, kaum noch zu unterscheiden von den jüdischen oder maurischen Kaufleuten, die die Insel beherrschten, dennoch aber bereit waren, eine gewisse Anzahl italienischer Kaufleute zu dulden, auch wenn sich Mauren und Italiener draußen auf dem Meer erbitterte Kämpfe lieferten und es als patriotische Pflicht ansahen, sich gegenseitig die Schiffe zu versenken.

Wie eine Trutzburg erhob sich der Del-Bene-Fondaco am Hafen: Kontore und Lagerräume gruppiert um einen weiten Innenhof, in dem die Saumtiere versorgt und getränkt wurden und die Warenballen lagerten. Hier wurde präsentiert, gefeilscht und gehandelt. Hier wurden Messen gelesen, wurde gebetet und zuweilen auch gefeiert. Hier konnte man sich, wenn nötig, vor Angriffen verschanzen. Hier spielten Micheles Töchter, mit deren fünf ihn *Messer Dommeneddio*, der gestrenge Gott im Himmel, inzwischen geschlagen hatte. Hier würde dereinst auch der kleine Sohn und Erbe herumstolzieren, der seinen Eltern irgendwann einmal doch noch geschenkt werden würde, daran bestand kein Zweifel.

Oben im ersten Stock, direkt über dem Laden, befand sich die Wohnung des jungen Kaufmanns: das Reich seiner dünnen, blassen Ehefrau Caterina, deren kräftiger Stimme niemand gewachsen war, vor allem nicht die maurischen Sklaven, die vor ihr zitterten, und hin und wieder die eine oder andere schöne junge Frau, die Michele als Dienerin ins Haus holte, weil er sich nach einer liebevollen Konkubine sehnte. Keine von ihnen hielt sich lange. Sobald die blasse Caterina den Braten roch, hatte Micheles Herrlichkeit ein Ende, und er erfuhr nie, daß einmal eines der Mädchen sogar schon schwanger gewesen war. Vielleicht hätte es ihm den erträumten Sohn geboren – ein Risiko, das Caterina nicht eingehen wollte. So verschwand das Mädchen auf Nimmerwiedersehen, wie so viele auf der grünen Insel zwischen den Kulturen und den Handelswegen.

Alle Del-Bene-Niederlassungen waren reichlich beschäftigt und warfen satte Gewinne ab. Marco plante, sogar in Antwerpen ein Kontor zu etablieren, um neben dem Handel mit dem Süden seine Reichweite auch nach Norden hin auszudehnen. Er war wirklich Marco ricco geworden, und er genoß sein Ansehen und seinen Reichtum. Wenn an den warmen Sommerabenden die Männer schwatzend auf der langen Steinbank am Palazzo Pretorio saßen, redeten sie nicht mehr nur über die Medici, die Acciaiuoli, Strozzi oder die Ridolfi, sondern immer öfter auch über den neuen Stern am Kaufmannshimmel, Marco di Ermanno del Bene, der bewies, daß dies eine Republik war, in der es jeder – jeder! – schaffen konnte, reich zu werden... Wenn Marco jetzt durch die Straßen ging, grüßte man ihn von allen Seiten. Wie er es einst erträumt hatte, winkte er auf seinen Wegen durch die Stadt hinauf zu so manchem Fenster. Erst jetzt merkte er, daß dort oben meist nur Frauen standen, die sich bemühten, ihre Blicke mit den seinen zu verschränken. Alle Tore schienen sich vor ihm zu öffnen. Hätte ihn Francesca nicht manchmal auf die Erde zurückgeholt, hätte er sich für den genialsten Kaufmann aller Zeiten gehalten und für den attraktivsten sowieso.

»Oh, diese Frauen aus Ferrara!« jammerte er dann theatralisch. »Keine Demut! Keine Achtung vor dem Ehemann! Warum bin ich seinerzeit nicht nach Bologna gereist!« Und er zitierte wehmütig das alte Sprichwort: »Habt ihr Weiber im Hause, haltet sie in Furcht und Zittern!« Zugleich aber wurde ihm warm ums Herz vor Stolz, wenn er mit Francesca zur Messe ging und alle sich nach ihnen umdrehten. »Du wirst nicht älter!« sagte er manchmal verwundert. Francesca wiegte den Kopf und antwortete, er merke es nur nicht, weil er ein guter Ehemann sei, der seine Frau mit wohlwollenden Augen betrachte, und außerdem wisse jeder, daß eine Ehefrau ihren Mann im Gesicht trage. »Wir haben Glück miteinander!« gestand Marco da plötzlich ein, und das Herz tat ihm weh, wenn er an seine Eltern dachte, denen ein solches Glück versagt geblieben war.

Ich habe nur zwei Kinder geboren, dachte Francesca dann im geheimen. Auch das hat mich jung erhalten... So viele Frauen, die sie kannte und die zur gleichen Zeit in die Ehe gegangen waren wie sie, waren inzwischen ausgelaugt und verbraucht von den unzähligen Schwangerschaften, die ihr Körper erduldet hatte. Erst jetzt begriff Francesca, daß es keine Erleichterung war, sein Neugeborenes zur Amme aufs Land fortzugeben. Die Mühen des Stillens wurden abgetreten, doch das bedeutete zugleich, daß der Körper bereit wurde für die nächste Schwangerschaft und die nächste und wieder die nächste, bis es zuviel war und ein entkräftetes Leben von einem neu erwachten ausgelöscht wurde. Der Ehemann durfte dann von vorne beginnen wie ein ganz Junger: mit einer Frau, die so alt war wie seine älteren Kinder und mit einer zweiten Mitgift, so daß nicht nur sein Liebesleben neue Impulse bekam, sondern auch sein Vermögen... Das war nun einmal der Lauf der Welt, und wenn Francesca auf der Straße Monna Sofonisba begegnete, buckelte diese schmeichlerisch wie eine Katze und verzog zugleich verächtlich die Mundwinkel vor der feinen, nutzlosen Dame, die nicht in der Lage war, ihrem reichen Ehegatten mehr als zwei Kinder zu schenken. Francesca aber fragte sich, ob sich die Hebamme nicht vielleicht auch ärgerte, im Hause Del Bene ihre Macht nicht mehr ausspielen zu können, die sie zweifellos genoß und die eine Macht über Leben und Tod war.

Marcos Ansehen wirkte sich auch auf seine Söhne aus. Lorenzo de' Medici war es zu Ohren gekommen, daß der erstgeborene Del Bene nach dem ermordeten Giuliano benannt worden war und daß der zweite Sohn gerühmt wurde für seine Engelsstimme und seine frühe Begabung, sich in Versen auszudrücken.

Nach dem Fest im Palast verging ein langer, heißer Sommer, in dem sich – das wußte ganz Florenz – die Medici in ihrer Villa in Careggi erholten. Im September kehrten sie zurück. Gleich am nächsten Tag erschien ein Bote bei Marco im Kontor und lud Giuliano und Matteo ein, die Medici-Kinder zu besuchen.

»Wann?« fragte Marco und überlegte bereits, welche Kleidung er für seine Söhne anfertigen lassen mußte, damit sie sich würdig in den prachtvollen Rahmen einfügten.

»Sofort!« antwortete der Bote und ließ den Kindern nicht einmal mehr Zeit, sich die Hände zu waschen. Francesca lief bis auf die Straße neben ihnen her und kämmte ihre Haare säuberlich auf die Schultern. Für mehr war nicht Zeit.

Als Giuliano und Matteo am Abend zurückkehrten, zog sich Giuliano gleich mürrisch zurück und murmelte nur, die Medici seien alle Prahler. Matteo aber floß über vor Begeisterung. Obwohl er schon elf Jahre alt war, bestand er darauf, daß Francesca ihn in die Schlafkammer hinaufbegleitete, damit er ihr bis zuletzt von den Herrlichkeiten im Palast erzählen konnte und davon, daß man ihn dort hatte singen lassen: »Vor allen, Mamma! Alle haben zugehört und danach geklatscht!« Und dann die Krönung der Erzählung: »Sogar der Magnifico ist gekommen und hat mir den Text seines Lieblingslieds geben lassen. Ich soll es lernen und beim nächsten Mal vortragen. Dabei kann ich es inzwischen doch schon! Es ist leicht ... und so schön!« Matteos Augen strahlten. Er war so glücklich, daß Francesca darüber erschrak. – Ist das mein Kind? dachte sie beklommen. Mein Kind und Marcos Kind? Keiner von uns ist so wie er. Auch keiner der Großeltern. »Ich habe mich gefühlt wie ein König!« murmelte Matteo, während ihm schon die Augen zufielen. »Wie ein König!«

»Könige sollte es gar nicht erst geben!« ertönte plötzlich laut und kalt die Stimme seines Bruders. »Kein Mensch darf sich über andere erheben.«

Francesca legte besänftigend eine Hand auf Giulianos Kissen. »Ist schon gut!« murmelte sie. »Laß Matteo die Freude! Er ist doch noch viel jünger als du.«

Giuliano drehte sich zur Wand. Er antwortete nicht. Francesca hätte ihn gern beruhigt, ihm versichert, daß er doch auch ihr Sohn war und daß sie ihn liebte. Liebte, wie sie Matteo liebte, der darauf wartete, daß sie ihn umarmte. »Gute Nacht, Giuliano!« sagte sie sanft, fast schüchtern. »Gute Nacht, Monna Madre!« murmelte er in die Kissen hinein.

Matteo streckte ihr die Arme entgegen. »Mamma!« sagte er, die Augen schon halb im Schlaf geschlossen. Francesca wagte nicht, ihn in Giulianos Gegenwart zu umarmen. Sie ergriff nur Matteos heiße Kinderhände und drückte sie. Dann ging sie hinunter zu Marco. Sie verstand nicht, was er ihr erzählte, weil sie immer an ihre Söhne denken mußte.

2

Er kam am Nachmittag. Nur zwei auffällig gekleidete Leibwachen begleiteten ihn, durchforschten – als wäre das ihr Recht – Kontor und Werkstatt, stöberten in den Lagerräumen und bezogen schließlich mit steinerner Miene am Eingangstor ihren Posten, den Blick scheinbar nirgendwo, in Wahrheit aber überall.

»Sie verzeihen die Formalitäten, Monna Francesca!« Lorenzo verneigte sich ehrerbietig – ein hoher, dunkler Schatten im sonnenerfüllten Rechteck der offenstehenden Tür. Er trug ein graublaues, fließendes Gewand und um die Hüften einen breiten Gürtel, an dem ein rotsamtener Geldbeutel hing. Trotz des warmen Wetters waren Ärmel und Halsausschnitt mit Aufschlägen aus Leopardenfell eingefaßt. Ein aufwendiges Gewand für einen Besuch an einem Wochentag und im Haus eines Bürgers. Ganz Florenz wußte, daß sich Lorenzo meist nur in Schwarz und Gold kleidete und allein dadurch schon auffiel zwischen den Bürgern der Stadt, die sich mit allen Farben des Regenbogens aufputzten.

»Mein Gemahl ist auf Reisen!« entschuldigte sich Francesca und knickste. »Er wird es sehr bedauern, Ihren Besuch versäumt zu haben.«

Lorenzo blickte sich um. »Ein schönes Kontor!« bemerkte er anerkennend. Er wies mit dem Kinn hinauf zur Decke auf den Spiegel, der die Funktion hatte, das Tageslicht auf Marcos Pult zu reflektieren. »Was für eine raffinierte Idee! Wenn Sie erlauben, werde ich sie bei mir zu Hause übernehmen.« Er stützte sich mit den Ellbogen auf Marcos Pult. »Ich liebe Spiegel!« sagte er nachdenklich. »Zu Zeiten meines Vaters verbarg man sie bei uns hinter dichten Vorhängen. Meine Mutter war der Ansicht, es sei Blasphemie, der Selbstanschauung zu huldigen. Spiegel machten ihr angst. Sie hielt sie für Versucher. Heimliche Sendboten des Teufels.«

»Wir haben einige Spiegel in unserem Haus.«

Lorenzo lächelte. »Ich kann verstehen, daß Sie den Wunsch haben, Ihr Bild zu vervielfachen, Monna Francesca!«

Francesca fühlte sich beklommen. Während der heißen Sommerwochen hatte sie immer wieder an Lorenzo gedacht. Sie hatte die wenigen Worte, die er in seinem Palast an sie gerichtet hatte, hin und her gewendet und versucht, ihren Wert zu ergründen. Sie hatte sich an seine Blicke erinnert – an die kurzen, gesellschaftlichen und an die ein, zwei längeren, in denen sich mehr auszudrücken schien als nur die Höflichkeit des Gastgebers und Kavaliers. Nichts war bestimmt gewesen, nichts gesichert, und doch hatte sie das Gefühl, ihm nahegekommen zu sein; in ihm einem Menschen begegnet zu sein, der dachte, wie sie dachte oder wie sie gerne gedacht hätte; der ihren Hunger nach Austausch teilte und stillte, den ihr Vater geweckt und dann im Stich gelassen hatte.

Und nun dieser Besuch an einem Tag, an dem Marco nicht zugegen war: Fast vier Wochen würde er unterwegs sein, um die Filiale in Avignon zu inspizieren. War es möglich, daß der Herr der Stadt, dem nichts verborgen blieb, von dieser Reise nichts wußte, wenn er doch beabsichtigte, diesem Haus einen Besuch abzustatten? Oder ging es ihm gar nicht um Marco? Francesca gestand sich ein, daß sie sich in ihren heimlichen Stunden genau dies gewünscht hatte: daß Lorenzo zu ihr käme, um mit ihr allein zu sein. Jetzt aber, da er vor ihr stand und sie durch seine stattliche Kleidung ehrte, wurde ihr das Mißverhältnis bewußt zwischen ihren verstohlenen Träumen und dem Sittenkodex, in dem sie aufgewachsen war und der sie umgab. Ein Mann, wer immer es auch sei, hatte nicht das Recht, eine verheiratete Frau zu besuchen, während ihr Gemahl auf Reisen war; und die Frau ihrerseits durfte ihn nicht empfangen, wollte sie ihren Ruf nicht in Frage stellen. Nur allzu bekannt waren die Namen der Frauen, in deren Häusern Lorenzo ein und ausging, als wären sie die seinen. Verheiratete Frauen, die man unterwürfig grüßte, und vielleicht auch beneidete, die aber doch ihre Ehre verwirkt hatten durch den offenkundigen Ehebruch. Bartolomea Nasi, die goldblonde Gemahlin des Donato de Benci, war eine von ihnen oder die kluge Lucrezia Donati, deren Gatte vorgab, von nichts zu wissen, auch wenn die Straßenjungen hinter seinem Rücken das Gehörnt-Zeichen machten. Der Name Francesca Lanfredini hatte auf dieser Liste nichts zu suchen. Wenn Marco del Bene durch die Straßen schritt, sollte sein Anblick nicht an einen anderen erinnern.

Lorenzo bot Francesca nicht an, seinen Besuch abzubrechen, sondern folgte ihrer zögernden Einladung, sich den Garten anzusehen. Sechsunddreißig Braccia in der Länge, fünfzehn in der Breite, voller Pomeranzen, Rosen und Veilchen. In der Mitte ein kleiner Brunnen, in dem das Sonnenlicht blitzte, und an der Treppe zum Haus der Zitronenbaum, den Duccio von seiner ersten Reise als Schößling mitgebracht hatte. In seinem Schatten, einander gegenüber, zwei steinerne Bänke.

Francesca ging voraus. Sie hörte Lorenzos Schritte hinter sich und das Rascheln seines Umhangs. Seine bloße Gegenwart erschien ihr wie eine Berührung, und sie war froh, als sie draußen im Sonnenlicht stand und ihm den Zitronenbaum zeigte: »Ein Baum aus Asien, Hoheit. Sehen Sie diese Früchte!«

»Sind sie süß?«

Francesca lachte nervös. »Nein, Hoheit. Sehr sauer. Man kann mit ihnen nichts anfangen. Sie sind nichts als schön.«

»Und Sie wollen mir keine davon schenken?«

Die Vorstellung, eine Frucht abzubrechen und sie Lorenzo zu reichen, als wäre dies der Baum der Erkenntnis, entsetzte sie. »Sie hätten keine Freude daran, Hoheit.«

Er schwieg. Sie fürchtete, daß er ihre Gedanken erraten hatte, und sie sagte sich, daß es ihre eigene Schuld war, wenn sie sich unbehaglich fühlte. Hätte Lorenzo Duccios Frau Micaela besucht, wäre diese geplatzt vor Begeisterung, Aufregung und Stolz. Sie hätte Lorenzo mit Schmeicheleien und Erfrischungen verwöhnt und das Loblied ihres Gatten gesungen. Danach wäre sie von einer Freundin zur nächsten gelaufen, um haarklein alles zu berichten, wohl wissend, daß sich dieser Besuch nicht wiederholen würde... – Warum also diese Hintergedanken! sagte sich Francesca, und es war ihr, als stünde sie als fremde Beobachterin neben sich selbst und sähe zu, wie Lorenzo de' Medici und Francesca Lanfredini auf den beiden steinernen Gartenbänken Platz nahmen, so weit voneinander entfernt, daß kein Verdacht aufkam, ihre Fußspitzen könnten einander berühren. Ungewollt oder gewollt.

»Darf ich Ihnen eine Erfrischung anbieten, Hoheit?«

»Vielen Dank, Monna Francesca. Ich kann nicht so lange bleiben, daß eine Erfrischung nötig wäre.«

Sie atmete auf. Wurde Lorenzo nicht immer wieder für sein Taktgefühl gerühmt? »Er blieb nicht so lange, daß eine Erfrischung nötig gewesen wäre!« konnte sie nun sagen, wenn Marco nach Lorenzos Besuch fragte ... Es war nur ein flüchtiger Besuch; nicht einmal eine Erfrischung war nötig.

Lorenzo fragte nach Matteo. »Sie müssen sehr glücklich sein, einen Sohn zu haben, der so begabt ist wie dieses Kind!« sagte er. »Wäre es möglich, ihn singen zu hören?«
Erst jetzt bemerkte Francesca, daß Teodora mit den Knaben hinter dem Türspalt stand und lauschte und daß sich oben, in den Ecken der Fenster die neugierigen Gesichter der Dienstboten drängten. Francesca mußte nicht einmal winken, da kam Matteo schon gelaufen und machte vor Lorenzo seinen Kratzfuß – ein zarter, bezaubernder Knabe, hübsch wie ein Mädchen und so voller Lebensfreude und Begeisterung, daß man Angst um ihn bekam.
»Ihr Lied, Hoheit?« fragte er ohne Scheu. Lorenzo stimmte zu. Matteo stellte sich unter den Zitronenbaum. Die tiefgrünen, glänzenden Blätter mit den goldenen Früchten dazwischen umrahmten seine schmale Gestalt wie eine Bühne. Noch nie war Francesca so stolz auf ihn gewesen wie jetzt. Marco hatte ihr einmal von einer Äußerung Lorenzos erzählt, er habe drei Söhne: einer sei dumm, einer gescheit und einer gütig. Der Gescheite war Giovanni, mit fünfzehn Jahren schon Kardinal; Lorenzo plante, ihn zum Papst zu machen. Der Gütige war Giuliano, benannt nach Lorenzos Bruder. Der dumme Sohn war Piero, der Erstgeborene. Wie mußte es Lorenzo schmerzen, daß ausgerechnet dieser Sohn sein Nachfolger werden würde!
Matteo verneigte sich wie ein Schauspieler und fing an zu singen. Seine helle, süße Knabenstimme wehte durch den Garten wie ein goldener Faden, der die Zuhörenden fesselte und betörte.

> Quant'è bella giovinezza,
> Che si fugge tuttavia!
> Chi vuol essere lieto, sia!
> Di doman non c'è certezza.

Jugendzeit, wie schön du bist und wie schnell entfliehst du uns! Wollt ihr fröhlich sein, seid's heute! Niemand weiß, was morgen ist... Es war Lorenzos eigenes Lied. Francesca beobachtete ihn, während er Matteo zuhörte. Sie sah einen Mann von vierzig Jahren. Einen Mann von Würde, der vieles liebte und vieles verbarg; der den Schmerz kannte und die Freude; die Strenge und den Genuß. *Jugendzeit, wie schön du bist und wie schnell entfliehst du uns!* – Lorenzo hatte das Leiden seiner Familie geerbt, die Gicht, die seinen Vater um die Lebensfreude betrogen und frühzeitig ins Grab gebracht hatte. Auch Lorenzo stöhne so manche Nacht vor lauter Schmerzen, erzählte man sich und gönnte es ihm ein wenig, weil er schon allzuviel besaß. Ob sich seine Finger verkrümmen würden wie die seines Vaters? Diese Hände, die so liebevoll über die Skulpturen in seinen Gärten streichelten, über die Flanken seiner Pferde und über die zarte Haut seiner Frauen...

Das Lied war zu Ende. Die letzten Töne schwebten noch in der Luft. Francesca sah Teodora, die blaß und verloren am Türspalt stand. Auch Matteo lächelte nicht mehr. Von der Vergänglichkeit hatte er gesungen und trotz seiner Jugend war er nun von ihrer Wehmut erfüllt.

»Komm her!« sagte Lorenzo. Er holte aus seinem Umhang einen kleinen, metallenen Gegenstand hervor, zwei Spannen lang und dünn wie ein Finger. »Was, glaubst du, ist das?« fragte er.

Matteo nahm den Gegenstand und drehte ihn prüfend hin und her. »Ein Knabe«, sagte er dann. »Ein sehr dünner Knabe.«

Lorenzo nickte. »Man hat ihn in einem meiner Gärten ausgegraben«, erklärte er. »Er ist so alt, daß du dir das gar nicht vorstellen kannst. Darum ist er auch voll Grünspan, doch du darfst ihn nicht säubern. Dieses Zeichen seines Alters ist ein Teil von ihm geworden.«

»Gehört er denn mir?«

»Gelehrte Männer meinen, dies könnte den Schatten eines Knaben darstellen, nicht den Knaben selbst. Den Schatten eines Knaben in der Abendsonne, darum ist er gar so lang und so dünn. Vielleicht. Nichts ist gewiß ... Aber, ja: Er gehört dir.«

Matteo ergriff Lorenzos Hand und küßte sie. Dann zeigte er Francesca die kleine, bezaubernde Gestalt. Sie wog sie in der Hand. »Sie erinnert mich an dich selbst, Matteo!« sagte sie lächelnd. Ihre Befangenheit war verflogen. »Ich danke Ihnen, Hoheit!« sagte sie leise. »Nie wieder wird meinem Sohn ein Geschenk so kostbar sein.«

Lorenzo blieb nicht mehr lange. Matteo wurde wieder ins Haus geschickt, und die Dienstboten spitzten die Ohren. Später konnten sie bezeugen, daß ihre Herrin und der Magnifico einander immer nur gegenübergesessen hatten: ganz weit entfernt voneinander, wie es sich geziemte.

Lorenzo erzählte noch ein wenig von den Bildhauern, die in seinen Gärten arbeiteten und von dem Lächeln, daß die Maler erst nach und nach für ihre Bilder entdeckten. »Es gibt nichts Geheimnisvolleres als das Lächeln, aber mit jedem ihrer Kunstwerke kommen sie ihm ein wenig näher. Ich möchte noch erleben, daß ein Bild gemalt wird, das das Lächeln an sich auffängt. Das absolute Lächeln, das nur es selbst ist.«

»Das Lächeln des Todes?« Francesca wußte selbst nicht, warum sie es gesagt hatte.

Lorenzo sah sie nachdenklich an und schwieg.

»Darf ich Ihnen nicht doch noch eine Erfrischung anbieten?« fragte Francesca, um die Anspannung zu mildern. Doch Lorenzo lehnte dankend ab. Er hörte nicht auf, sie anzusehen, und seine Augen waren die dunkelsten, die sie je erblickt hatte. Dann begleitete sie ihn hinaus. Ihre Schatten auf dem Pflaster der Via degli Angeli waren so lang und schmal wie der des Knaben aus versunkener Zeit.

3

Francesca konnte nicht aufhören, an Lorenzo zu denken. Sie versuchte, sich abzulenken, indem sie das Haus in der Via degli Angeli verschönte. Sie scheuchte die Dienstboten hin und her, ließ jede Woche die Möbel umstellen und überredete Marco, ihr einen großen Bildteppich aus Frankreich zu überlassen, der eigentlich für den Verkauf bestimmt war. »Er ist zu kostbar!« tadelte Marco und rechnete Francesca den Gewinn vor, den der Teppich einbringen würde. Schließlich einigten sie sich darauf, ihn zur Probe aufzuhängen.

Damit war die Entscheidung gefallen. Als Marco den Wohnraum betrat, blieb er ungläubig stehen wie ein Kind und erkannte das eigene Zimmer nicht wieder. Der Teppich bedeckte die ganze Breite der Wand vom Plafond bis zum Boden. Die *Freuden des Paradieses* stelle das Kunstwerk dar, besagten die Papiere. Als Duccio mit der Lieferung gekommen war, hatten die Lehrlinge den Teppich im Lager halb ausgerollt, doch er war zu groß, um ganz entfaltet zu werden, und die matte Beleuchtung erstickte das Feuer seiner Farben. Nun aber, da er an der Wand hing und ihn durch die weit geöffneten Fenster der strahlende Nachmittag überflutete, tat sich vor Marcos und Francescas Augen das Paradies auf mit seinen unzähligen Pflanzen, jede in ihrem eigenen Grün. Blüten überall, Tiere in Frieden vereint und in der Ferne zwei Menschen, die näher kamen.

»Ich könnte es stundenlang betrachten!« gestand Marco, und Francesca freute sich so sehr über seine Begeisterung, daß sie vergaß, was sie bedrückte. Immer wieder kehrten sie in das Zimmer zurück, um den Teppich zu betrachten, das Paradies, nach dem alle Menschen sich doch sehnen.

Es dauerte fast ein Jahr, bis sie sich an den Anblick gewöhnt hatten und den Raum betreten konnten, ohne vor dem Bild zu verharren. Dann aber wurde es ein Teil von ihnen. Sie betrachteten es nicht aufmerksamer als die eigene Hand oder das Gesicht des anderen. Wenn Gäste kamen und das Kunstwerk rühmten, freuten sie sich, als lobte man sie selbst, aber es rührte sie nicht mehr ans Herz. Doch manchmal, wenn Einsamkeit oder Kummer sie überkam, kehrten sie wieder in den Bannkreis des Bildes zurück und suchten in ihm Heimat und Trost.

Matteo hatte geweint, als er den Teppich zum ersten Mal sah. Auf Francescas erschrockene Frage antwortete er verzagt, das sei so schön! Schön wie ein Lied... Immer wieder setzte er sich auf den Boden vor den Teppich und blickte zu ihm auf. Manchmal sang er dabei leise vor sich hin, und eines Tages, als die Knechte der Medici kamen, um ihn und Giuliano zu Lorenzos Söhnen zu geleiten, flüsterte er Francesca beim Hinausgehen zu, heute wolle er Lorenzo das Lied vom Paradies vorsingen, das er sich ausgedacht habe. Francesca hielt ihn zurück und wollte mehr wissen, doch die Knechte hatten es eilig. Am Abend, als die Knaben zurückgebracht wurden, zeigte ihr Matteo eine schmale Goldkette, die ihm Lorenzo als Belohnung geschenkt hatte. Giuliano schwieg dazu, nur einmal erklärte er, eigentlich könne niemand wissen, wie es im Paradies aussehe. Man vermute wohl, daß es sich an einem entlegenen Ort im Orient befände, auf jenem Berg wahrscheinlich, den die Sintflut ausgespart hatte. Dort gebe es auch die beste Luft, rein und klar und ohne Lärm. Welche Pflanzen da aber wüchsen und welche Tiere sich tummelten, das könne keiner sagen. Deshalb sei der Teppich eine Spekulation und diene nicht dem Lobe Gottes.

»Wie willst du Gott denn loben, wenn nicht über die Schönheit seiner Schöpfung?« fragte Francesca ärgerlich, und Giuliano antwortete: »Durch ein gottgefälliges Leben und ein kämpferisches Christentum.«

Francesca erschrak. Marco murrte, Giuliano solle lieber für die Schule lernen, als sich dauernd in San Marco herumzutreiben, wo dieser Spinner aus Ferrara die Jugend aufhetze und immer mehr auch die Erwachsenen. »Du bist alt genug, um bei Baldo in die Lehre zu gehen. Wenn du die Schule vorziehst: gut. Aber keine Verrücktheiten, sonst sitzst du eher in der Werkstatt, als du denkst!«

»Und er?« fragte Giuliano und wies mit dem Kinn auf Matteo. »Ist es ehrenhafter, um die Medici herumzuschwänzeln und sich verdorbene Reden anzuhören? Poliziano sagt, Sokrates habe Knaben geliebt. Das sei ein Teil der alten griechischen Kultur – und die ist doch das Größte für sie alle!« Er stand auf. »Ich will da nicht mehr hingehen! Es ekelt mich an!«

»Du weißt nicht, was du sagst!« Marcos Gesicht hatte sich gerötet. »Ich wünschte, ich hätte eine Rute neben der Tür lehnen, wie andere Familienväter! In dieser Hinsicht habe ich anscheinend einiges versäumt.«

»Verzeihen Sie ihm bitte, Vater!« mischte sich Matteo ein. »Ich kann verstehen, daß sich Giuliano in der Via Larga nicht wohl fühlt. Piero macht sich oft lustig über ihn. Er nennt ihn einen Bauerntölpel und einen Heuler.«

»Einen Heuler?«

»So nennen die Medici-Kinder die Anhänger des Frate.«

»Savonarolas?«

»Sie reden oft über ihn. Er benimmt sich schlecht den Medici gegenüber. Undankbar.«

Giuliano fuhr auf. »Er schuldet ihnen keinen Dank! Er schuldet niemandem Dank. Was er ist, ist er durch Gottes Gnade und durch sich selbst.«

»Was tragt ihr da in unser Haus?« – Jeden Morgen, dachte Francesca, gehe ich zur Messe. Ich meinte, das wäre genug. Ich meinte, ich erwürbe mir dadurch das Recht auf ein angesehenes, zufriedenes Leben und Erlösung nach dem Tode... Und sie dachte an Lorenzo und an ihre Gedanken über ihn und sich selbst. Ihre Träume, die sie keinem gestand. Die Vergleiche, die sie zwischen ihm und Marco angestellt hatte.

Eine wahrhaft gläubige Christin und eine vollkommene Ehefrau – das hatte sie immer sein wollen. Aber lag es in der Macht der Menschen, zu glauben oder nicht? Lag es in ihrer Macht, Gefühle ewig am Glühen zu halten, die alltäglich geworden waren und andere zu ersticken, die sich eindrängten wie unerwünschte Gäste? Mehr und mehr hatte sie mit ihnen gespielt, und von Mal zu Mal war ihr Gewissen stiller geworden, so wie es sie auch nicht mehr bedrückte, wenn sie nicht zur Beichte ging.

Es war das Beispiel ihres Vaters, das wußte sie. Auch er war immer nur ein oberflächlicher Kirchgänger gewesen, ein früher Sohn der neuen Zeit, der im bedingungslosen Glauben keine Geborgenheit mehr fand. Francesca hatte von ihm gelernt und glaubte nicht mehr daran, daß es genüge, allein auf Gott zu vertrauen. Sie wollte ihr Leben aus eigener Kraft gestalten, und bisher war sie sicher gewesen, daß niemand dies besser könne als sie selbst. Das Gebäude ihres Lebens, in dem sie sich eingerichtet hatte, war ihr fest und solide erschienen. Nun zeigte sich auf einmal ein Riß, und sie fragte sich, ob er nicht vielleicht schon immer dagewesen war, weil sie, Francesca Lanfredini aus Ferrara, sich über die ewigen Werte hinweggesetzt hatte, nicht sie brechend, aber immerhin durch ihre Gleichgültigkeit und Laschheit. Lorenzos Philosophen hatten leicht reden, aber hier an diesem Tisch in ihrem Hause saß ihr Ehemann, der sie liebte und begehrte und der ihr – dies vor allem! – vertraute. Er hatte ein Recht darauf, nicht enttäuscht zu werden. Hier am Tisch saßen auch ihre beiden Söhne und strebten auseinander zu unbekannten Zielen, in einer Zukunft, die so ungewiß war wie alles im Leben der Menschen.

»Wir sind doch eine Familie!« sagte Francesca entmutigt. »Ich will nicht, daß Streit und Zwietracht in unser Haus einziehen!« Sie schwor sich, am nächsten Morgen zur Beichte zu gehen und ihre Gedanken von nun an strenger zu kontrollieren.

4

Das Streben nach Schönheit ergriff von Marco und Francesca Besitz – und nicht von ihnen allein: Ganz Florenz taumelte in einem Fieber der Lebensfreude. Noch nie hatte man den Karneval so ausgelassen gefeiert, noch nie so viel Geld ausgegeben für Feste, Kleidung und Schmuck. Noch nie hatte man sich so viele Gedanken gemacht über die Ausstattung der Häuser und

Gärten. Alles schien sich nach außen zu kehren. »Florenz ist das Paradies auf Erden!« beklagte sich der Herrscher von Mailand nach einem Besuch in der Toskana. »Neben den Kunstschätzen des Medici sind meine Kisten voller Gold nur Dreck.« Lorenzo hätte ihm recht gegeben: Gold, Edelsteine, Marmor, ja das menschliche Leben selbst – alles nur Rohstoffe ohne Gemüt. Erst wenn der Mensch sie nach seinem Willen formte und ihnen seine Seele einhauchte, wurde das Material zum Kunstwerk und die Existenz zum erfüllten Dasein.

Jeder wollte sich mit Kunst umgeben. Lange schon hatte Florenz keinen großen Krieg mehr geführt. Sogar die Pest hatte die Stadt verschont. Politik und Krankheit: waren sie nicht der bestimmende Teil dessen, was man Schicksal nannte? Da sie beherrschbar schienen, zog sich die Angst zurück und mit der Angst der Glaube, ihr liebstes Kind. Jeder Bürger fühlte sich als kleiner Philosoph, der über die Theorien der Neu-Platoniker zu diskutieren verstand, Religionen verglich und sie auf die Ebene von Philosophien senkte, die immer beliebiger wurden. Vom finsteren Mittelalter redete man mitleidig und wußte nur, daß man es wohl überstanden hatte. Was aber hatte seine Stelle eingenommen? Wo stand man nun, da ein Jahrhundert sich neigte und die auswärtigen Bußprediger mit immer schrilleren Tönen die Gottlosen verfluchten?

Keine Innigkeit des Herzens, aber großartige Gesten und ein glanzvoller Stil. Die Seele in den Bildern und Statuen ersetzte das eigene Gefühl. Auch Marco leistete sich eine beträchtliche Ausgabe und bestellte eine Kopie der Statue des heiligen Markus, in die der große Donatello alles hineingelegt hatte, was er von Würde wußte: Auf einem zierlichen Kissen aus Stein standen die nackten Füße des Heiligen in abgetragenen Sandalen. Sie erinnerten Francesca an etwas, sie wußte nicht, woran. Doch die Statue in ihrer Wucht und Größe schüchterte sie ein. Als Francesca zum ersten Mal vor ihr stand, meinte sie, der Heilige würde gleich seine schwere Rechte erheben und mit dem Finger auf sie zeigen oder ihr die Hand sogar auf die Schulter legen – eine Last, die sie nicht ertragen hätte.

»Ich möchte nicht, daß du ihn im Garten aufstellen läßt!« bat sie Marco. »Er ist so ernst und unerbittlich. Ich würde nicht einmal wagen, mich vor seinen Augen zurückzulehnen.«

So ließ Marco den Heiligen, der viel größer war als er selbst, in einer Nische neben dem Eingang zum Kontor postieren. Nach einiger Zeit kam ihm aber zu Ohren, daß fremde Geschäftspartner die Statue für ein Bild Gottes selbst hielten und bei ihrem Anblick erschraken. Ihr Unbehagen, so fürchtete Marco, konnte seinen Geschäften schaden. So landete der strenge Heilige mit dem Blick voller Wissen und verhohlener Güte schließlich in der Werkstatt, wo er über die Lehrlinge und Gesellen wachte und dafür sorgte, daß sie nicht übermütig wurden.

Marco gestand sich ein, daß der Auftrag für die Kopie ein Fehlgriff gewesen war, und atmete erst erleichtert auf, als ein Devotionalienhändler aus Rom sich dafür begeisterte und sie als Original zum entsprechenden Preis übernahm, um sie zu Hause mit doppeltem Gewinn an einen spanischen Kardinal zu verkaufen. »Eine Statue des Moses!« erklärte er dem zögernden Käufer. Er zeigte auf das Buch, das Markus in seiner Linken hielt. »Sehen Sie, Eminenz, hier die Tafel mit den zehn Geboten! Ein Werk für die Ewigkeit vom göttlichen Donatello. Der einzige Moses, den er geschaffen hat. Ein Kunstwerk von unschätzbarem Wert!« Als er zum nächsten Mal nach Florenz kam, erkundigte er sich bei Marco nach einem Bildhauer, der ihm noch ein paar solcher Mosesstatuen anfertigen könnte. Für Rom kam keine mehr in Frage, wohl aber für Mailand oder gar Paris. Die einzige Schwierigkeit stelle der Transport dar, aber auch dieses Problem könne man lösen. Eine Geldfrage, wie alles auf der Welt.

Jedes Geschäft, das Marco in Angriff nahm, schien sich in Gold zu verwandeln. Auch Francesca kam wieder zur Ruhe. Wenn sie mit Marco im Palazzo de' Medici eingeladen war, plauderte sie höflich und ohne erkennbare Unsicherheit mit Lorenzo. Auch er spielte nie auf seinen Besuch in der Via degli Angeli an und wiederholte ihn nicht. Nur manchmal, wenn sich ein Fest seinem Ende zuneigte und der Wein die Gedanken befreite, kam es Francesca vor, als blicke Lorenzo von der entgegengesetzten Seite des Saales zu ihr herüber und als wären, während man auf ihn einredete, seine Gedanken bei ihr. Sie wünschte es sich im geheimen, doch dann dachte sie wieder an Marco und an ihre Kinder, und sie fürchtete die Strafe des Himmels und blickte zu Boden. Sie lächelte Marco an und legte ihre Hand auf seinen Arm, daß alle es sehen konnten. Auch Lorenzo. Auch er, damit er abgeschreckt würde und nicht mehr wagte, sie mit einem Blick ohne Lächeln zu verwirren. Daheim, bevor sie schlafen ging, schritt sie dann durchs Haus wie jeden Abend, um zu prüfen. ob alle Türen und Fenster geschlossen seien und alles seine Ordnung habe. Doch sie wußte, daß ihr letzter Gang sie in die Kammer führen würde, in der Matteo und Giuliano schliefen. Sie würde an Matteos Bett treten und nach der kleinen Statue greifen, die Lorenzo ihm geschenkt hatte. In der Dunkelheit konnte sie sie kaum sehen, doch ihren Händen war sie vertraut. Auch Lorenzos Hände hatten sie umschlossen ... – Was mache ich mir vor? dachte Francesca dann in einem Augenblick der Einsicht und floh zurück in ihr eigenes Schlafgemach, wo Marco auf sie wartete. Sie hoffte, daß das Licht des nächsten Tages den Zauber auslöschen würde, den Lorenzo bei jeder Begegnung auf sie ausübte, und daß sie ihm beim nächsten Mal wieder mit scheinbarem Gleichmut gegenübertreten konnte.

IX. Der Blitz in der Kuppel

1

Was ist Glückseligkeit? Wenn sich Marco in späteren Jahren dem Wagnis auslieferte zurückzublicken, sahen seine Augen weit in der Ferne ein Florenz, in dem es immer Sommer zu sein schien. Sommer und Frieden seit dem Tage, da ihn seine Mutter empfangen hatte. Süßer Frieden, der seine ganze Kindheit und Jugend lang andauerte. Kein Marschtritt eines ausländischen Soldaten auf Italiens Straßen, kein Hufschlag fremder, kriegsgerüsteter Pferde. Seine Heimat: das Paradies Europas, von einigen wenigen geschäftig im Gleichgewicht gehalten, voller Selbstvertrauen und dem Glauben an die eigene Würde.

Was ist Glückseligkeit? – Vierzig Jahre Frieden.

Und dann: ein schmaler Spalt in der Zeit, der sich auftat, weil die Wachsamkeit der Satten erschlafft war und sie zuließen, daß sich das empfindliche Gleichgewicht verschob. Nicht von heute auf morgen, sondern ganz allmählich, auch wenn die Anzeichen zu erkennen gewesen wären. Später schien es Marco, daß er die Vorboten sehr wohl bemerkt und sie im Spott sogar richtig ausgelegt hatte, daß er sich jedoch nie die Mühe gemacht hatte, den unbequemen Gedanken zu Ende zu führen, was es bedeuten würde, aus der Sonne hinein in den Schatten zu treten. Ins Dunkel. In die Ungewißheit, die Verwirrung, den Zwang und die Verzweiflung.

Ein schmaler Spalt in der Zeit, ein Abgrund, in dem das Paradies versank. Für wie lange? Ein paar Monate? Jahre? Oder gar das ganze nächste Jahrhundert lang, das sich näherte, langsam, aber unaufhaltsam, nach Art der Pest? Oder war es etwa gar die Macht der Zahlen, die die Angst zur Wehrlosigkeit verkommen ließ, weil ein Jahrhundert alt geworden war und zu Ende ging?

Der Höhepunkt einer Epoche trug bereits den Keim des Verfalls in sich. War das Schöne wirklich nützlicher als das Nützliche? Lorenzos Sammlungen wurden immer prächtiger, Florenz immer noch schöner und schöner. Geld schien keine Rolle mehr zu spielen. Wo sich der alte Cosimo de' Medici noch nach kleinen Münzen gebückt hatte, griffen die Enkel nun mit vollen Händen in die Kassen und tauschten das biedere Gold der Alten gegen die aristokratische Unvergänglichkeit der Kunst. So unerschöpflich reich schien Florenz zu sein, daß die Fürsten Europas zu ihm pilgerten, um Geld zu leihen, das sie nicht zurückzuzahlen gedachten. Lorenzo, unermüdlich damit beschäftigt, das Gleichgewicht des Friedens zu erhalten, konnte seine Gleichgültigkeit gegenüber Bankgeschäften immer weniger verhehlen. Die Quelle schien unversiegbar, auch wenn ein Krieg zwischen Venedig und der Türkei einige der besten florentinischen Handelsverbindungen unterbrach und in England und Frankreich Fabrikanten und Färber gelernt hatten, die feinen Florentiner Tuche nachzuahmen – eine neue, unerwartete Konkurrenz auf dem Weltmarkt. Einige Familien in Florenz hielten ihr nicht stand. Sie mußten Konkurs anmelden und rissen andere mit sich, so daß sich auch die Einnahmen des Staates verringerten und die Steuern erhöht werden mußten. Investitionen wurden immer riskanter. In ganz Europa brachen Banken zusammen. Schließlich mußten sogar die Medici selbst ihre Filialen in London, Brügge und Lyon schließen. Das größte Familienvermögen der Welt schmolz dahin. Die Medici-Bank und Florenz waren *de facto* eins. Wenn öffentliche Aufgaben es erforderten, zögerte Lorenzo nicht, Geld aus der eigenen Bank zu entnehmen. Beim nächsten Mal bezahlte er dann vielleicht ein Schmuckstück mit Mitteln aus der Kasse der Republik. Die Waage blieb letztlich im Gleichgewicht, weil Lorenzo durch die Kraft seiner Person alles zusammenhielt, als könnte es immer so weitergehen und er würde immer da sein, um für Frieden, Wohlstand und Lebenslust zu sorgen. Von Vergänglichkeit sang er in seinen Liedern. Am nächsten Tag stürzte er sich dann wieder wie alle in Florenz in den Karneval, und seine Verse waren die ausgelassensten und diesseitigsten von allen.

Lorenzo war Florenz, und Florenz war Lorenzo. Der Zwiespalt in seiner Seele war auch der Zwiespalt der Bürger seiner Stadt. Weil er es wagte, so ungehemmt zu genießen, taten sie es ihm nach. Wenn er dann nachdenklich wurde, überließen auch sie sich der süßen Trauer, die scheinbar folgenlos blieb und dennoch jedesmal eine kleine Wunde in der Seele zurückließ. Der nächste erfolgreiche Geschäftsabschluß, das nächste Fest oder der nächste Kunstgenuß ließen die Wunde vernarben. Doch Spuren blieben zurück, kaum erkennbar, aber mit jedem Mal tiefer, bis sie sich unmerklich in Angst verwandelten vor dem Verlust des Erreichten und vor dem unausweichlichen Abschied am Ende aller Tage. Die Sonne hatte den Zenit überschritten. Die Zeit war reif für einen strengen Vater, der die süßen Speisen vom Tisch fegte und Verzicht forderte.

Francesca sah ihn zum ersten Mal auf der Piazza della Signoria, als er mit zwei Begleitern – O wie bekannt ihre Namen später werden sollten! – quer über den Platz schritt, immer wieder von Passanten angesprochen, die sich vor ihm verneigten und ehrfurchtsvoll den Saum seiner Kutte berührten. Er gab freundlich Antwort, so schien es, fragte nach und zeichnete das Kreuz auf Stirn, Mund und Herz der Gläubigen, die ihn darum baten. Ein mittelgroßer, hagerer Mann von dunkler Gesichtsfarbe; unter dichten, geraden Brauen: Augen, blaugrün wie das Meer, obwohl später alle Welt behaupten würde, sie seien schwarz gewesen. Eine Hakennase über einem breiten Mund mit kräftiger Unterlippe. In die ausgezehrten Wangen grub die kühle Sonne des Spätwinters tiefe Schatten.

Er bewegte sich leichtfüßig. Wahrscheinlich wäre sein Schritt rasch und mühelos gewesen, wäre er nicht immer wieder angehalten worden. Als er an Francesca vorbeiging, traf sie sein Blick. Aus Ferrara kam er? – Francesca erinnerte sich nicht, ihm dort jemals begegnet zu sein. Was ihr einfiel, war nur eine kleine Klatschgeschichte, die in Florenz die Runde machte, vor allem unter den Gegnern des Frate. Gerüchte und allzu Privates waren in Florenz immer das erste, was von einem Fremden bekannt wurde: Der erste Passant, der ihm auf der Piazza entgegenkam, war das Mißtrauen, und die erste Freundin, die sich seiner annahm, die Fama.

Als Knabe, so hieß es, habe Savonarola eine natürliche Tochter der Florentiner Strozzi-Familie verehrt, deren einer Zweig in Ferrara ansässig war. Von seinem Zimmer aus habe er heimliche Blicke mit ihr gewechselt, denn ihr Fenster lag – nur durch eine enge Gasse getrennt – dem seinen direkt gegenüber. So nah und dennoch unerreichbar! Oder vielleicht doch nicht? – Als die Savonarola-Familie bei den Strozzi um die Hand des Mädchens anhielt – Laudomia hieß es, glaubte sich Francesca zu erinnern –, lehnten die Strozzi den Antrag hochmütig ab: Die mächtigen Strozzi dächten gar nicht daran, eine ihrer Töchter mit den kleinbürgerlichen Savonarola zu verbinden. Schon der Antrag an sich stelle eine Zumutung dar.

Welch eine Beleidigung! Die Savonarola beantworteten sie, indem sie in ganz Ferrara verkündeten, das Ganze sei ein Mißverständnis. Die Mutter des jungen Girolamo stamme aus der berühmten Familie der Bonacossi, der Herren von Mantua. Damit sei Girolamo der legitime Sproß eines angesehenen Hauses. Ein Strozzi-Bastard käme für ihn als Ehefrau niemals in Frage.

Das schmähliche Ende heimlicher Blicke und Hoffnungen. Jugendliche Sehnsucht, niemals ausgesprochen, die nun in Beleidigungen, Peinlichkeit und Scham erstickte. Nie wieder, hieß es, habe sich der junge Girolamo für eine Frau interessiert. Sein Weltbild verengte sich: Seine Leidenschaft galt hinfort erst der Philosophie, dann nur noch der Theologie und zuletzt ausschließlich der Heiligen Schrift, deren erhabene Worte er schon mit achtzehn Jahren auswendig konnte. Sie sollte seine Gedanken und Wege leiten hinauf zur Macht und hinunter ins Verderben. Wo er zuvor in den fremden Augen jenseits der Straße den grenzenlosen Glanz der Liebe erahnt hatte und die Möglichkeit, sich für das ganze Leben auf einen einzigen Menschen einzulassen, sah er nun nur noch die Bosheit, mit der das Schicksal ihn behandelt hatte und in der er die Schlechtigkeit der Welt zu erkennen glaubte: den menschenverachtenden Hof der Este, die Verderbtheit der Päpste, die Lauheit der Priester und Prälaten und die Sittenlosigkeit des Volkes. Eine Welt voller Sünde, der endlich der Spiegel vorgehalten werden mußte, damit sie im eigenen Abbild die Fratze des Teufels erkannte und voller Entsetzen auf den rechten Pfad zurückkehrte.

Wenn sich der junge Girolamo nun aus seinem kleinen Fenster beugte, sah er kein weißes Gesicht mehr und keine zärtlichen Augen, kein nur angedeutetes Lächeln und keine Mädchenhand, die sich kaum merklich hob, um ihn zu grüßen. Jetzt sah er nur noch mit Abscheu den Unrat der Welt, und manchmal träumte er von einem riesigen Feuer, das alles verzehrte, damit die Erde endlich wieder rein wurde wie an dem herrlichen Tag, da Gott sie geschaffen hatte. Liebe? O ja, immer noch – aber eine strenge, fordernde Liebe, die sich nicht scheute zu strafen und die sich nicht an ein schönes, blasses Kind richtete, sondern an nichts weniger als die ganze Menschheit. Der unbedeutende Drittgeborene einer unbedeutenden Familie glaubte genau zu wissen, was der Herrgott oben im Himmel von den kleinen Menschen unten auf der Erde erwartete, und er fühlte sich berufen, das Sprachrohr dieser Erwartungen zu sein und, wenn nötig, auch die Peitsche, die den Worten Nachdruck verlieh. Die Sehnsucht des Knaben nach der Liebe eines Mädchens war nur ein Irrweg gewesen, vielleicht sogar ein letzter Versuch Satans, den künftigen Erzfeind von seiner Berufung abzubringen. Girolamo Savonarola machte sich auf seinen steinigen Weg.

Francesca sah ihn an. Er schien einen Gruß zu erwarten. Ohne es beabsichtigt zu haben, gehorchte Francesca der unausgesprochenen Aufforderung und nickte kurz. Dann eilte sie hastig weiter, ärgerlich, denn alle Welt wußte, daß Savonarola ein Gegner der Medici war. Noch im Vorbeigehen hörte sie ein paar Worte, die Savonarola an seine Begleiter richtete. Sie verstand nicht, was er sagte, aber der Tonfall erinnerte sie nicht an Ferrara. Auch nicht an Florenz. – Er hat wohl zuviel Latein geredet! dachte sie mit Abneigung.

2

War es erst nur ein Spiel gewesen oder von Anfang an schon ein Duell auf Leben und Tod? Begriffen beide Kontrahenten gleichzeitig, worum es ging, oder erst nur der eine? – Der Herausforderer, der in die Stadt gekommen war, um... »Um sie listig an sich zu reißen!« behaupteten seine Gegner. »Um sie zu retten!« seine Sympathisanten. »Um aus ihr ein leuchtendes Beispiel zu machen für alle anderen Städte der Welt!« schwärmten seine Jünger.

Er kam nach Florenz, Girolamo Savonarola, die Füße vereitert und blutig vom jahrelangen Weg durch die Städte Nord- und Mittelitaliens. Ein Bürgerkind, nach der Familientradition bestimmt, Arzt zu werden. Doch der Großvater – Michele Savonarola, hochberühmter Arzt am Hofe der Este und Professor der Universität Ferrara – förderte seinen Geist und gewann ihn erst für Aristoteles. Als der Knabe aber vor Begeisterung glühte, widerlegte der Großvater sämtliche Thesen des Aristoteles und öffnete dem Enkel die Welt Platos. Es war eine Art pädagogischer Plan, der dem Heranwachsenden nach und nach die Idole der Zeit bekannt und dann suspekt machen sollte, um ihn bei Thomas von Aquin ausruhen zu lassen von den Gedankengebäuden der Alten und ihn, als er gar nichts mehr zu verstehen glaubte, zuletzt zu locken: Komm her, Kind Gottes! Such nicht immer an der falschen Stelle! Die Alten sind längst tot. Sie waren selber nur Verirrte auf der Flucht vor ihren Zweifeln. Siehst du denn nicht, wo alle deine Fragen Antwort finden? Öffne es, das Buch der Bücher! Studiere es nicht wie bisher nur mit dem Verstand, sondern schenk ihm dein ganzes Herz! Durchtränke dich mit seiner Verheißung, denn sie ist die Weisheit Gottes selbst! Unterwirf dich, dann wird dir die Stärke gegeben, nach der du dich sehnst! Denn wisse: Das Alte Testament ist der Spiegel der Gegenwart und der Schlüssel zur Zukunft!

Bald darauf starb der Großvater und verhinderte damit jede weitere Frage und jeden Einwand. Er hatte erreicht, daß Girolamo nicht in die Gewohnheit seiner Altersgenossen verfiel, an allen philosophischen Schulen zu nippen und sich von jeder herauszupicken, was ihm in den Kram paßte.

»Eklektizismus? – Einheitsbrei!« hatte Michele Savonarola verächtlich geurteilt. Sein Enkel ging später noch weiter und nannte es Sünde. Es gab nur mehr ein Buch für ihn und nur mehr einen Glauben. Alle Kunst, alle Forschung und alle Lehre hatten im Dienste dieses Glaubens zu stehen. Das Kloster San Marco sollte ein Hort des Wissens sein, doch immer nur in den strengen Grenzen des Christentums. Was darüber hinausging, war überflüssig, schädlich oder gar sündhaft. Keine Forschung allein um des Wissens willen! Kein Wissen allein um der Erkenntnis willen! Gott war das Wissen und das Ziel; die Frage und die Antwort.

»Das ist ein Abschiedslied!« sagte Girolamos Mutter eines Abends beklommen, als sie ihren Sohn auf der Laute spielen hörte. Ihr Herz war schwer. Sie spürte, daß er ihr entglitt.

Am nächsten Morgen war er fort. Er hinterließ keinen Brief, nur ein paar Blätter mit religiösen Meditationen, die die Eltern enttäuscht und verärgert zu Boden flattern ließen. Er wolle kein Arzt des Körpers werden, sondern einer der Seele, war der einzige Hinweis auf seine Pläne.

»Meine Eltern waren Menschen ohne Erleuchtung!« erklärte er, nachdem er in Bologna ins Kloster San Domenico eingetreten war. Waren: Sie schienen ihm tot zu sein. Er hatte sich von ihnen gelöst. Wenn er an sie schrieb, dann waren es Thesen und Predigten, doch nicht die Briefe eines Sohnes. Er war nun ein Diener Gottes und nicht mehr das Kind von Niccolò dalla Savonarola und Elena Bonacossi. Als er sie nach Jahren wiedersah, war er freundlich zu ihnen wie zu allen, die seine Predigten besuchten. Als die Mutter jedoch nach dem Tod ihres Gatten in Not geriet und ihren Sohn um Unterstützung bat, antwortete er, sie solle aufhören, sich zu sorgen – auch nicht um ihre Töchter Beatrice und Chiara, die aus Armut nicht heiraten konnten. Sie solle immer nur Jesus lieben und so fest an ihn glauben, daß sie, wenn nötig, die eigenen Töchter ohne Tränen sterben sehen könne, nach dem Beispiel jener hebräischen Heiligen, deren sieben Kinder vor ihren Augen gekreuzigt wurden und die dennoch nicht weinte.

Girolamo war erschöpft von den Ansprüchen des Großvaters. Er wünschte sich, ein einfaches Mönchsleben zu führen, den Klostergarten zu bearbeiten und die Kleidung der Mitbrüder zu pflegen. Doch die Oberen des Konvents erkannten seine Begabung und bestimmten ihn zum Prediger. Mit vierundzwanzig Jahren stand er zum ersten Mal auf der Kanzel. Noch war seine Stimme rauh und ungeübt und seine Gesten ausladend und fahrig. Im Kern aber sagte er bereits das gleiche, was er bis zu seinen Lebensende wiederholen sollte: daß die Kirche und die gesamte Menschheit verkommen seien und daß die Strafe dafür nahe bevorstehe. Er wiederholte es jahrelang, in Bologna, in Genua, in Ferrara, in Brescia, in San Gimignano, in Pisa und in Florenz ... Manchmal kam nur eine Handvoll alter Weiblein zu seinen Predigten, doch er sprach, als stünde er vor Tausenden.

Dann wanderte er wieder weiter durch den Jahreslauf von einer Kirchenkanzel zur nächsten. Immer allein. Durch verschneite Wälder, über sturmumwehte Bergrücken; durch Täler, in denen Schmelzwasser brausten; über Wiesen, die ihm wieder Hoffnung gaben; durch Hitze und Regen; erwünscht oder mit Mißtrauen empfangen. Dann wieder unter Menschen und ihr Mittelpunkt ... Lernt man so die Welt kennen? Lernt man so die Menschen verstehen? Der Gedanke an die Sünde verfolgte ihn überall. Er sah sie in den Augen der Menschen, in ihrem Lachen; in ihren Gewändern, hinter denen sie ihre Mängel und ihre Eitelkeit verbargen; in ihrem Schmuck, mit dem sie prunkten; der Schminke, mit der sie lockten oder ihre Resignation kaschierten ... Er liebe die Menschen, sagte er. Was er hasse, sei die Sünde, nicht der Sünder.

Es dauerte lange, bis sich die Schar seiner Zuhörer vergrößerte. Seine Gedanken klärten und verfestigten sich. Er fing an, sich selbst zuzuhören und manchmal, wenn seine Stimme in den hohen Gewölben widerhallte wie die Trompeten von Jericho, berauschte er sich so sehr an den eigenen Worten, daß eine Stunde verging und eine zweite und immer mehr, bis ihm bewußt wurde, daß er über fünf Stunden lang gepredigt hatte und die Menschen ihm immer noch zuhörten, müde, verwirrt und ängstlich, während er selbst vor Erschöpfung kaum noch wußte, was er gesagt hatte.

Im Mai 1490 kam er nach Florenz. »Ich werde mehr als acht Jahre lang hier predigen!« prophezeite er und weigerte sich, den Herrn der Stadt, der ihn protegiert hatte, zu begrüßen.

»Ein fremder Bruder ist in meine Stadt gekommen«, sagte Lorenzo verwundert und fast traurig zu seinen Freunden. »Er will in meinem Hause leben, doch er geruht nicht, mich zu besuchen.«

Als Savonarola von diesen Worten hörte, antwortete er kühl: »Sagt Lorenzo, er soll seine Sünden bereuen, denn der Herr schont niemanden und fürchtet nicht die Fürsten der Erde. Zwar bin ich ein Fremder, und Lorenzo ist der erste Bürger, aber ich werde bleiben, und er muß gehen.« Der Kampf war eröffnet. Savonarola hatte seinen Sünder gefunden, den er nicht mehr von der Sünde zu unterscheiden gedachte.

3

»Ich habe Sie hergebeten, weil ich diese Stimme noch einmal hören wollte!« sagte Lorenzo leise. »Nicht mehr lange, und sie wird sich verändern.«

»Mein Sohn ist zwölf Jahre alt, Hoheit.« Francesca in ihrem schönsten Kleid, das Gesicht blaß vor Aufregung und Schrecken.

Lorenzo nickte. »Matteo del Bene«, sagte er nachdenklich, »der kleine Matteo aus der Via degli Angeli... Er sieht viel jünger aus. In vier Jahren wird er erwachsen sein. So alt wie mein Sohn Giovanni jetzt ist.«

Francesca lächelte. »Der Kardinal! Darf ich Ihnen gratulieren, Hoheit?« Ganz Florenz wußte, wie stolz Lorenzo darauf war, daß Papst Innozenz den jungen Giovanni de' Medici zum Kardinal erhoben hatte: vor drei Jahren schon, doch Lorenzo hatte es erst jetzt bekanntgegeben. Es war üblich, daß der zweite Sohn eines mächtigen Mannes die geistliche Laufbahn wählte. Mit dem Kardinalspurpur und dem Einfluß seiner Familie durfte Giovanni darauf hoffen, später vielleicht sogar den Papstthron zu besteigen.

»Ich werde es nicht mehr erleben!« sagte Lorenzo. Als Giovanni an seinem sechzehnten Geburtstag seine Pflichten als Kardinal übernommen hatte, war Lorenzo schon zu krank gewesen, um an den Feierlichkeiten teilzunehmen. Nicht einmal dem Bankett im eigenen Palast hatte er beigewohnt, abends, als die Kerzen leuchteten und die vornehmen Gäste sich vor dem rundlichen Knaben im Purpur verneigten. Für seinen Sohn hatte Lorenzo erreicht, was ihm selbst versagt geblieben war: den Herrschaftsanspruch durch ein konkretes Amt.

»Niemand wird mich daran hindern, meinem lieben Sohn die Ehre zu erweisen!« hatte er die Ärzte angeherrscht und nach seinen Festgewändern verlangt. Die Diener schleppten sie herbei und wollten sie ihm anziehen. Doch die Schmerzen in den Gliedern des Prächtigen waren zu groß. Auch der stärkste Wille konnte sie nicht überspielen. »Schafft sie fort!« befahl Lorenzo schließlich erschöpft und ließ sich auf einer Bahre zur Empore tragen, um von oben her dem glänzenden Bankett zuzuschauen – als Außenseiter, den keiner entdeckte: er, der immer im Mittelpunkt gestanden hatte, Herr der Stadt, bewundert, verehrt und gefürchtet. Niemals aber übersehen. Niemals unbeachtet. »Als ob ich von jenseits des Grabes auf die Welt blickte!« sagte er angewidert und wandte sich von den lachenden, lebhaften Menschen ab. »Tragt mich wieder in mein Zimmer!«

»Sie werden bald wieder gesund sein, Hoheit!« versicherten die Ärzte eifrig. »Nur eine vorübergehende Verschlechterung!« Und sie blickten scheel auf den arroganten jungen Spezialisten, den Ludovica Sforza aus Mailand geschickt hatte und der angeblich imstande war, Lahme wieder zum Gehen zu bringen und Sterbende aufzuwecken.

»Sie sind so blaß, Monna Francesca!« sagte Lorenzo bedauernd. »Sehe ich wirklich so schlimm aus?«

»Ich wußte nicht, daß Sie so krank sind, Hoheit.«

Er lachte leise. »Wie immer ehrlich, die junge Frau aus Ferrara! Alle anderen erzählen mir nur, wie gut es mir geht und was für eine blühende Gesichtsfarbe ich habe. Als ob meine Gesichtsfarbe jemals blühend gewesen wäre! Trotzdem glaube ich manchmal fast schon selbst, daß ich mir meine Schmerzen nur einbilde. Wenn ich dann aber versuche, mich auch nur umzudrehen, werde ich eines besseren belehrt.«

»Niemand in Florenz weiß, daß Sie so krank sind, Hoheit!« gestand Francesca. Selbst seine Abwesenheit bei Giovannis Feiern hatte man nur für einen vorübergehenden Schub seiner Gicht gehalten. Bald würde er wieder durch die Straßen reiten und sich vor den Damen oben in den Fenstern galant verneigen. Mit großem Gefolge würde er in der Signoria erscheinen und die Übermütigen zurechtweisen. Vor allem aber würde er dem Mönch von San Marco – Prior seit einem Jahr! – zeigen, wer Herr war in Florenz. Francesca dachte daran, wie oft sie sich in den letzten Monaten geärgert hatte, weil Lorenzo sich anscheinend untätig in seinem Palast verschanzte und Savonarola kampflos das Feld überließ.

Mit Versöhnungstaktik und Diplomatie war er dem Frate entgegengetreten, hatte dem Kloster von San Marco großzügige Spenden überschrieben und war immer wieder persönlich zu Savonarolas Predigten erschienen, um ihm demonstrativ Ehre zu erweisen. Sein Gefühl sagte ihm, daß jener im Augenblick der Liebling dieser wankelmütigen Stadt war und daß es keinen Sinn hatte, ihn offen zu bekämpfen. Lorenzo war daran gewöhnt, Menschen für sich zu gewinnen. Er hoffte, auch jenen noch auf seine Seite zu bringen. Nie hörte man Lorenzo in der Öffentlichkeit das Wort gegen Savonarola erheben, obwohl die Erinnerung noch frisch war an einen anderen aufmüpfigen Prediger, den Lorenzo schon nach wenigen Tagen aus der Stadt hatte jagen lassen. Es war ein aufregendes Schauspiel für die Bürger, mit anzusehen, wie ihr mächtiger Herr in Schwierigkeiten geriet. Als wäre dies nur ein Turnier oder ein Wettspiel zwischen zwei Stadtvierteln, so beobachteten sie gespannt und amüsiert Zug und Gegenzug, und es schien immer mehr, als ob der Frate die Oberhand gewänne.

»Ihr unterwerft euch einem Tyrannen!« rief er im Dom, der die Menschen nicht mehr fassen konnte. »Einem Verderber der Jugend!« Und er sagte voraus, daß Lorenzo bald sterben werde und ebenso der unwürdige Papst Innozenz und der despotische König von Neapel. Ein Blitz werde niederfahren auf das sündige Florenz, zum Beweis, daß es in den Augen Gottes ein Babylon sei, das bestraft werden müsse. Daß Lorenzo seiner Stadt dreiundzwanzig Jahre lang Frieden und Wohlstand erhalten hatte, zählte nicht für den Mann aus Ferrara. Er prophezeite, daß danach, wenn die Sünder ihr Ende gefunden hätten, ein mächtiger Herrscher über die Berge kommen werde wie einst der Große Cyrus. Mit Feuer und Schwert werde er Italien bestrafen, die Sünder ausrotten und die Heiden bekehren. Die Menschen würden wieder Kinder Gottes sein und die Welt ein Himmlisches Jerusalem.

Lorenzo berief andere Prediger, die besten Italiens, die die Aufmerksamkeit des Volkes von Savonarola ablenken sollten. Doch sie redeten vor leeren Reihen. Die Menge, die früher über die banale Ausdrucksweise des Frate gelacht hatte und bei seinen Predigten eingeschlafen war, hing nun entsetzt und fasziniert an seinen Lippen, wenn er die Mysterien der Apokalypse auslegte und aus dem Geist der jüdischen Propheten des Alten Testaments die Sünden der Welt anprangerte. Bisher hatten die Menschen ihr Leben zwischen Arbeit und Vergnügen aufgeteilt. Nun fingen sie an, sich über das Verhältnis zwischen Kirche und Staat Gedanken zu machen und über die eigene unsterbliche Seele. Sie diskutierten darüber und gerieten in Streit. Girolamo Savonarola teilte die Stadt in feindliche Lager.

Ein Genie nannten ihn die einen; einen Irren die anderen. Ein Gelehrter sei er, dem das gesamte Wissen seiner Zeit vertraut sei, behaupteten seine Anhänger; einen engstirnigen Frömmler schimpften ihn die Gegner. Der Tagelöhner, der des Lesens und Schreibens nicht kundig war, ließ sich von Savonarolas Eifer mitreißen und ebenso Lorenzos feinsinniger Freund Pico della Mirandola, dessen Traum es einst doch gewesen war, Judentum, Christentum, Islam und Platonismus miteinander zu versöhnen und eine allen gemeinsame Religion zu schaffen, unter deren heiligem Dach die Menschen der Welt endlich in Frieden miteinander leben konnten. Homer und Plato, Cicero und Vergil: nicht Fremde waren sie gewesen in einer versunkenen Zeit, sondern zuerst und vor allem Menschen. Menschen, die sich freuten und die litten, die sich aufopferten und Opfer forderten; die liebten, haßten oder in Gleichgültigkeit verkamen. Menschen mit sterblichen Körpern, die hofften – so sehr hofften! –, daß es eine unsterbliche Seele gäbe für jeden von ihnen. Worin unterschieden sie sich überhaupt von den Propheten der Bibel oder den Heiligen der Kirche? Warum noch trennen zwischen Christ und Heide? Warum nicht sagen: Mensch und Mensch?

Nun aber gab es für Pico nur noch Savonarolas Lehre. Vergessen die alten Ideale von Offenheit und Toleranz, vergessen auch die jugendlichen – o so süßen! – Abenteuer, die nur wenige Jahre zurücklagen und doch einem ganz anderen Menschen widerfahren waren. Wie verrückt war Pico gewesen nach der zierlichen, braunäugigen Witwe eines Krämers! Aus dem Haus ihrer Brüder hatte er sie entführt und für einige Wochen mit ihr das Paradies erlebt... Nun war dies alles nur mehr schwarze Sünde; Grund, sich zu schämen und dafür zu büßen. Das Fleisch war dazu da, kasteit zu werden. Als Pico Savonarolas Schrift *Vom Witwenleben* las, verhüllte er sein Haupt: »Die Witwe soll sich alles überflüssigen Vergnügens der körperlichen Sinne enthalten, denn ihr Stand und ihr Gewand bedeuten Abtötung und Trauer!« Trafen diese Worte wirklich zu auf die reizende kleine Mirandolina mit ihren siebzehn Jahren, die man mit einem Sechzigjährigen verheiratet hatte, weil ihre Eltern kein Geld für eine Mitgift hatten? Pico erstickte seine Gedanken an ihr Lächeln und ihre zarten Fesseln und an die Tränen in ihren Augen, als er sie verließ, weil sie doch ein Werkzeug des Teufels war, das ihn zur Sünde verführt hatte... Pico, der einst ein Humanist gewesen war. So gerecht. So menschlich. Ein Idealist, der die finsteren Ungerechtigkeiten der vergangenen Jahrhunderte verachtete und das Recht des Menschen verteidigte, zu lieben und glücklich zu sein!... Pico, der Bekehrte, der dank Bruder Girolamo endlich erkannt hatte, was Gott von den Menschen wirklich wollte... Der linkische Knabe aus Ferrara, der mit der Laute seine Sehnsucht begleitet hatte, peitschte nun seine Zuhörer mit der Stimme des Jüngsten Gerichts. Schwert und Schwefel. Ein Soldat Christi. »Denkt daran: ein Jahrhundert geht zu Ende!« Alles würde zu Ende gehen, wenn die Menschen nicht endlich die Sünde besiegten – und erschiene sie auch nur in der Gestalt eines verirrten Kindes mit einem Gesicht wie ein Engel und einem Körper, dessen Schönheit den Schöpfer pries und die Unbegehrten verbitterte.

Den Sprecher der Verzweifelten nannte sich Savonarola selbst, und bis Rom und Mailand erzählte man sich verwundert, daß die Menschen in Florenz den Verstand verloren hatten und in Tränen gebadet und unter verzweifeltem Schluchzen die Worte eines Priors – nein, nicht vernahmen! – in sich aufsogen: sprachlos, verwirrt und mehr tot als lebendig! Noch nie hatte Florenz etwas Ähnliches erlebt.

Francesca blickte auf Lorenzo, der auf seinem Bett saß, an einen Wust von dicken Kissen gelehnt. Ein Mann, Anfang vierzig, gezeichnet von den Schmerzen, die ihm das Erbleiden seiner Familie verursacht hatte.

»Sie müssen wieder gesund werden, Hoheit!« Francesca legte den Arm um Matteos Schultern. »Ihr Herr Vater hat sich doch auch immer wieder erholt!«

Lorenzo lächelte schief. »Darin zumindest war er für mich ein Vorbild. Er wurde immerhin dreiundfünfzig Jahre alt. Ich dachte, das wäre nicht viel und ich würde ihn wenigstens um ein paar Jahre übertreffen. Söhne meinen gern, sie müßten besser sein als ihre Väter, in welcher absurden Hinsicht auch immer.« Er wandte sich an Matteo. »Möchtest du auch einmal deinen Vater übertreffen, Matteo?«

Matteo schüttelte den Kopf. »Mein Vater ist ein Kaufmann, Hoheit.« Francesca war froh darüber, daß seine Stimme so heiter und unbefangen klang. »Ich aber bin ein Künstler!«

Lorenzo schwieg. »Du hast recht!« sagte er dann. »Weißt du, daß die Kunst aus der Sehnsucht nach Ewigkeit entsteht? Sie ist das Mittel der Menschen, den Tod zu vergessen.« Er lächelte Francesca an. »Kein sehr wirksames Mittel, wenn man mich ansieht!«

»Ihre Poesie besiegt den Tod, Hoheit!« sagte Matteo mit sanfter Stimme und er sprach – nicht sang! – Lorenzos Lied von der Jugend, wie schön sie doch sei, wie sie dennoch entfliehe und daß man fröhlich sein solle, wenn man den Wunsch danach verspüre. *Für das Morgen gibt es keine Gewißheit.* Francesca senkte den Blick und zog Matteo näher an sich heran. – Wie ich dieses Kind liebe! dachte sie.

»Sie sind eine schöne Frau, Monna Francesca!« sagte Lorenzo nachdenklich. »Manchmal habe ich Sie lachen sehen. Aber nie mit mir. Dabei hatte ich immer ein gewisses Talent zum Übermut. Es ist schade, daß wir nie gemeinsam fröhlich waren.«

»Ja.«

»Sie waren immer auf Abstand bedacht. Nicht einmal eine

einfache Zitrone wollten Sie mir schenken. Ich habe Ihnen angesehen, woran Sie dachten, als ich Sie um diese kleine Gabe bat.«

Francesca errötete und schämte sich zugleich dafür. Sie wandte den Kopf zur Seite und meinte, Lorenzo mache sich lustig über sie. Doch als sie ihn wieder anzublicken wagte, war er so ernst, wie sie ihn noch nie gesehen hatte.

»Es hätte schön sein können!« sagte er, ohne auf Matteos Gegenwart Rücksicht zu nehmen. »Aber ich wußte, daß es unmöglich war. Eine junge Frau, die ihren Mann liebt: selbst wenn sie in Versuchung gerät, weiß sie doch im tiefsten Herzen, wohin sie gehört.« Er lachte leise. »Es braucht Ihnen nicht peinlich zu sein, daß Sie erröten, Monna Francesca aus Ferrara. Ich fürchte, ich muß mich sogar dafür bedanken. Betrachten Sie meine Situation: Eine bezaubernde Frau sitzt an meinem Bett und errötet. Ist das nicht das schmeichelhafteste Geschenk, daß Sie mir machen können in meiner prekären Lage?«

Francesca lachte. »Besser als eine Zitrone?«

»Viel besser. Damals gehörte mir noch die Welt. Ich frage mich, was mir jetzt noch gehört.«

Die Tür öffnete sich einen Spalt und Lorenzos Leibarzt steckte besorgt den Kopf herein. »Geht es Ihnen gut, Hoheit? Dürfen die Diener jetzt die Fenster wieder schließen?«

»Es geht mir gut, und draußen ist es warm.« Lorenzo legte seine rechte Hand neben Francescas Hand. »Ich habe die Fenster für Sie öffnen lassen, Monna Francesca. Die Ärzte meinen, frische Luft würde mich töten, aber meine Spione haben mir berichtet, daß eine gewisse Dame aus Ferrara keine geschlossenen Räume mag.« Seine Stimme wurde plötzlich bitter. »Außerdem wollte ich Ihnen den Geruch eines Krankenzimmers ersparen. Wie Sie wissen, ist mir selbst der Geruchssinn versagt geblieben. Ich habe es nicht oft im Leben bedauert, denn man hat mir erklärt, die meisten Gerüche seien ohnedies unangenehm. Aber es würde mich stören zu wissen, daß Sie sich in meiner Gegenwart nicht wohl fühlen.«

»Ich bin sehr gerne in Ihrer Gegenwart, Hoheit.«

»Um das zu hören, mußte ich wohl erst krank werden.«
»Ja.«
»Ich bin sehr krank, wissen Sie das?«
»Ja, Hoheit. Ich sehe es.«
»Morgen werde ich mit meiner Familie und meinem ganzen Gefolge nach Careggi übersiedeln. In unserer Villa dort pflegen wir Medici unsere Hochzeitsnacht zu verbringen; dort erholen wir uns im Sommer und dorthin gehen wir, um zu sterben.«
»Sie sterben nicht, Hoheit!« Francesca wußte, daß er die Wahrheit sprach.
»Natürlich sterbe ich, meine Liebe. Es ist nicht nur die Gicht. Auch mein Magen macht mir zu schaffen. Seit Tagen geben mir die Ärzte nur noch Wein zu trinken, in den sie Diamantpulver mischen. Das Kostbarste soll zugleich auch das Wirksamste für die Gesundheit sein. Ich glaube nicht mehr daran, aber mir fällt auch nichts Besseres ein. Ein Mensch, der nicht mehr essen kann, stirbt, nicht wahr?«
»Vielleicht sollten Sie versuchen, doch noch zu essen, Hoheit!« Francesca konnte kaum sprechen. Sie griff nach seiner Hand. Seiner kalten Hand. Seiner verkrümmten Hand. Nicht die Hand eines Liebhabers, der er doch ein Leben lang gewesen war. Die gichtige Hand seines Vaters. Die harte Hand des Schicksals, das sich nicht kaufen ließ für Geld, nicht versöhnen ließ durch gute Worte und Taten und nicht bezaubern ließ durch Charme und Liebenswürdigkeit. »Es hätte wirklich schön sein können!« flüsterte Francesca.

Matteo stand auf, ging ans Fenster und blickte hinaus, als wollte er den Gärtnern unten zwischen den Rosensträuchern zusehen.

»Ich war ziemlich verliebt in Sie, Francesca Lanfredini!« sagte Lorenzo und sah auf einmal aus wie früher. »Und antworten Sie mir bitte immer, wenn ich etwas sage! An Schweigen werde ich bald keinen Mangel haben.«

»Ich wollte, Sie wären bei Ihrem Besuch in meinem Haus lange genug geblieben, um eine Erfrischung zu nehmen!« Sie streichelte die arme Hand. »Ich wollte, ich hätte Ihnen eine Zitrone geschenkt.«

»Sie saßen ganz weit weg von mir!« erinnerte er sich. »Ich mußte dabei an die Bilder denken, die mein Freund Botticelli malt, seit er sich die Predigten des Frate anhört. Früher standen seine Gestalten ganz nahe beieinander. Zärtlich. Liebevoll. Ganz leicht und anmutig. Sie sprachen durch ihre Körper miteinander... Seit der Frate in Florenz ist, berühren sich auf Sandros Bildern nur noch die Gesichter. Die Körper streben auseinander. Er erfindet die seltsamsten Verrenkungen, um nur ja nicht sinnlich zu wirken. Es könnte sündhaft sein.« Lorenzo lachte. »Wir beide in Ihrem schönen Garten wären die idealen Modelle gewesen für diesen neuen Stil.«

»Aber jetzt nicht mehr.«

»Nein, jetzt nicht mehr.«

Sie sah, daß er müde war. Der Arzt kehrte zurück und forderte ihn auf, sich hinzulegen. Es sei viel zu anstrengend für ihn, so lange zu sitzen.

»Ich werde bald genug Zeit haben, mich auszuruhen!« knurrte ihn Lorenzo an. Trotzdem ließ er zu, daß die Diener die Kissen fortnahmen.

Francesca stand auf und ging zur Tür. Sie wollte sich nicht umdrehen, um ihn nicht zu beschämen.

»Wenn Sie sehr fröhlich sind, denken Sie bitte an mich!« hörte sie seine Stimme. »Kennen Sie die Zeile? – *Bacchus lebe! Amor lebe!*« Francesca senkte den Kopf. Ihre Kehle war am Zerspringen.

Matteo lief an Lorenzos Bett und küßte ihm die Hand. Lorenzo war zu erschöpft, noch etwas zu sagen, doch die Augen, mit denen er Francesca durch das große Zimmer hinweg ansah, waren die Augen von früher. »Sag deiner Mutter, sie soll mich beim Namen nennen!« bat er Matteo, ohne den Blick von Francesca zu lassen.

Sie blickte auf und wandte sich um. »Lorenzo!« sagte sie leise. Der Gedanke an die Vergänglichkeit und an die eigene Machtlosigkeit trieb ihr Tränen in die Augen.

»Vielleicht war ich damals doch zu edel!« murmelte er und lächelte.

Bacchus lebe! Amor lebe! Als Francesca hinausging, stellte sie sich einen Augenblick lang vor, wie Lorenzos Lippen geschmeckt haben mochten, wenn er Wein getrunken hatte.

4

Am fünften April des denkwürdigen Jahres 1492 – dieses seltsamen Jahres! – schlug ein Blitz in die Laterne der Kuppel der Kathedrale Santa Maria del Fiore ein. Der Donnerschlag und die Erschütterung waren so gewaltig, daß es kein Lebewesen in Florenz gab, Mensch oder Tier, das nicht entsetzt aufgeschreckt wäre, überzeugt, daß dies das Ende der Welt sei. Gewölbe stürzten ein, überall Marmorbruch, Staub, Flammen und Rauch.

»Das Schwert des Herrn!« sagte am nächsten Tag Girolamo Savonarola, der Prior von San Marco, mit einer Stimme so leise wie sonst nie. »Es kommt über die Welt. Schnell. Ganz schnell.« Und seine Getreuen wiesen triumphierend darauf hin, daß der Frate diesen Blitzschlag längst vorausgesagt hatte, wie so vieles andere, das eingetroffen war oder noch eintreffen werde. Lag nicht Lorenzo de' Medici trotz seiner viel zu jungen Jahre auf den Tod darnieder?

»Was für ein Hohn!« grollte Lorenzo verbittert, als man ihm Savonarolas Worte wiederholte. »Ich wollte, ich könnte ihn Lügen strafen! Es gibt so viele Gewitter in diesem Jahr, und dieser Mensch redet doch andauernd von Blitzschlägen. Irgendwann einmal mußte ja einer treffen. Und mein Tod? – Mein Gott, es gehört nicht viel Erleuchtung dazu, den vorauszusehen! Und der Papst und der König von Neapel? – Alte Männer! ... Armes Florenz! Welch ein Prophet ist dir da geschenkt worden!« Er schloß die Augen und drehte den Kopf zur Seite, um seinen Ärger und den Schmerz über die eigene Ohnmacht vor den Blicken der anderen zu verbergen ... Prophetie hin oder her.

Einer der dreihundertfünfundsechzig Tage des Jahres würde sein Todestag sein. In jedem Jahr hatte er diesen Tag durchlebt, ohne zu ahnen, daß er das vorgezogene Jubiläum seines Sterbens war. Doch diesmal würde er es wissen. Der Schatten rückte näher. Erst jetzt fiel Lorenzo auf, daß die Domkuppel die Form eines menschlichen Schädels hatte und daß sich auf dem gemalten Fegefeuer in ihrem Innern der Todesengel anschickte, das Stundenglas zu wenden, in dem das Leben eines jeden Menschen irgendwann einmal schon fast verronnen war. Und bald ganz ... Auch sein Leben. Lorenzos Leben. Das Leben des Poeten der glücklichen Jugend. *Amante della vita.* Ein guter Tod, so sagte man, sei ein Indiz für ein gut geführtes Leben. Was aber hatte ein früher Tod zu bedeuten? Ein zu früher? *Guarda e passa.* Schau und geh vorbei. – Lorenzo de' Medici blieb nicht mehr stehen. Er ging fort wie alle Menschen: ohne etwas festzuhalten oder gar mitzunehmen von dem vielen, das sein gewesen war. In seiner Villa in Careggi wartete er auf den Tod, umgeben von seiner Familie und seinem Hofstaat, hellwach bis zuletzt und bis zuletzt der Folter seiner Schmerzen ausgeliefert.

»Ich wünschte, der Tod hätte mich verschont, bis ich eure Bibliotheken vervollständigt hätte!« entschuldigte er sich bei Pico, der ihm Savonarola in die Stadt geholt hatte, und bei Poliziano, dem Lehrer seiner Kinder, der ihm im Dom das Leben gerettet hatte. »Aber nunmehr ist es Zeit, daß wir gehen«, zitierte er dann seinen Liebling Sokrates, »ich, um zu sterben, ihr, um zu leben. Wen von uns das bessere Los erwartet, das weiß niemand als der Gott allein.«

Danach ließ er Piero holen, seinen ältesten Sohn, der sein Nachfolger werden sollte, zwanzig Jahre alt wie Lorenzo, als die Bürger ihn baten, die Geschicke der Stadt zu seinen eigenen zu machen. Erster Bürger unter Bürgern. Aber konnte man Piero, den Sohn der adeligen Clarice Orsini, überhaupt noch einen Bürger nennen? Piero, erzogen und aufgewachsen wie ein Prinz, geblendet vom Glanz seines Vaterhauses: nahm er nicht für selbstverständlich, was täglich neu erworben werden wollte? »Unser Bärchen« nannte ihn bereits das spottlustige

Volk, das sich nie ein Wortspiel entgehen ließ, und meinte damit den Namen seiner Mutter – Orsini, in dem *orso* hörbar wurde: der Bär. – Wollen wir uns wirklich von einem kleinen Bären anführen lassen? Einem stolzen, römischen Bären? Einem täppischen Bären? Einem gefährlichen Bären, wenn wir ihn erst lassen!

»Vergiß nicht die drei Federn im Wappen deines Urgroßvaters Cosimo!« erinnerte Lorenzo seinen Sohn. »Sie verkörpern die drei Haupttugenden, denen er nachstrebte und die er auch uns anempfahl: Klugheit, Mäßigung und Mut!« Er schwieg und fragte sich wohl, ob auch er selbst immer nach diesen Maximen gehandelt hatte.

»Wie Sie wünschen, Lorenzo!« antwortete Piero steif und verbesserte sich dann, weil es ihm auf einmal passender schien: »Wie Sie wünschen, Messer Padre!«

Drei Tage später fühlte Lorenzo, daß der in der Tür stand, dessen Kommen unausweichlich war. Er verabschiedete sich noch von den vielen, die zu ihm gehörten, redete mit jedem einzelnen, gab gute Worte und tröstete – Vater aller bis zuletzt. Sogar Donna Clarice, die noch nie ein Zeichen der Zuneigung für ihn gezeigt hatte, weinte nun. Von seinem Beichtvater empfing er die Letzte Ölung.

Dann öffnete sich die Tür, und Savonarola trat ein.

In der *Arte della Seta*, Gerüchtebörse dieser geschwätzigen Stadt, kursierten hundert Versionen der letzten Augenblicke des großen Herrn. Fast alle Mitglieder der Gilde waren Medici-Anhänger, bereit, von Lorenzo nur das Beste anzunehmen und von Savonarola nur das Schlimmste. Von unbedeutenden Abweichungen abgesehen, galten zwei Schilderungen der traurigen Stunde als möglicherweise zutreffend. Die eine hatte Pico della Mirandola geliefert, den alle in der Seta für einen verdammten *Fratesken* hielten – das neueste Wort für die Anhänger des Priors von San Marco. Die zweite Version stammte von Angelo Poliziano, der zwar Philosoph und damit für nüchterne Geschäftsleute nicht ganz ernstzunehmen war, aber dennoch ein Mann von Urteilskraft, sonst hätte ihm Lorenzo wohl nicht die Erziehung seiner Kinder anvertraut.

Pico berichtete, er selbst habe Savonarola nach Careggi gerufen, um Lorenzo Gelegenheit zu geben, sich in seiner letzten Stunde mit dem heiligen Mann auszusöhnen. »Als der Frate eintrat«, so Pico, »bat ihn Lorenzo um die Absolution. Der Frate war dazu bereit, stellte aber drei Bedingungen.«

»Erstens«, so verlangte Savonarola, »müßt Ihr bereuen und wahre Zuversicht in Gottes Gnade empfinden.«

Lorenzo: »Das tue ich.«

»Zweitens müßt Ihr Euren auf üblem Weg errungenen Reichtum aufgeben.«

Lorenzo schwieg so lange, daß man hätte glauben können, er sei bereits ohne Bewußtsein. Zuletzt aber glaubten Pico und Savonarola doch, sie hätten ihn nicken sehen.

So fuhr der Frate fort: »Drittens müßt Ihr dieser Stadt die Freiheit wiedergeben.«

Alle in der *Arte della Seta* waren sich einig: Nie zuvor hatte irgend jemand in Florenz gewagt, Lorenzo eine solche Unverschämtheit ins Gesicht zu sagen, und obwohl sie Picos Schilderung ohnedies für erfunden hielten, tröstete sie wenigstens Lorenzos angebliche Reaktion: Mit letzter Kraft drehte er sich mit dem Gesicht zur Wand und schwieg. Savonarola wartete noch ein paar Augenblicke, dann eilte er enttäuscht und verärgert aus dem Zimmer. Kurz darauf starb Lorenzo. Ohne Absolution.

»Pico ist ein Narr und ein Verräter!« Das war die allgemeine Meinung in der *Arte*. Savonarola mochte rechthaberisch sein und fanatisch, aber ganz sicher war er nicht so dumm, einem Mann von Lorenzos politischem Gewicht eine derart absurde Bedingung für die Absolution aufzwingen zu wollen. Außerdem, das gestanden ihm sogar seine Gegner zu, mochte Savonarola zwar die Sünde hassen und die Sünder verfolgen, doch seine Unerbittlichkeit reichte nicht über die Sterbestunde hinaus. Auch dem mächtigen Feind hätte er sein christliches Mitleid nicht versagt.

Angelo Poliziano, in seiner Version, legte Wert auf die Tatsache, daß Pico das Sterbezimmer schon verlassen hatte, als Savonarola eintrat. Außerdem seien eine Beichte oder gar die Absolution nicht mehr erforderlich gewesen. Mit beidem habe Lorenzos persönlicher Beichtvater den Sterbenden bereits versorgt gehabt. Nach Poliziano sei Savonarola mit gütiger Miene an Lorenzos Lager getreten und habe ihm befohlen, am Glauben festzuhalten.
»Das tue ich.«
Savonarola: »Besinnt Euch!«
»Ich will es versuchen.«
»Begegnet dem Tod mit Mut.«
»Dazu bin ich bereit, wenn es Gottes Wille ist, daß ich sterben soll.«
»Dann werden Euch Eure Sünden vergeben.« Savonarola spendete Lorenzo den Segen und betete mit ihm. Die anwesende Familie stimmte in das Gebet mit ein und weinte. Danach zog sich der Prior feierlich zurück. Clarice Orsini hielt ihrem Gemahl ein Kruzifix an die Lippen, bis er starb.

5

Das dumpfe Dröhnen der Trommeln schwang in ihren Ohren, das Scharren und Murmeln der Menge, aus der einzelne Schreie aufstiegen, Schluchzen; Lobpreisungen, die den Verstorbenen in jene *Andere Welt* begleiten sollten, nach der er sich so wenig gesehnt hatte. Es war ein trüber Tag, als ob sich auch die Natur an der Trauer beteiligen wollte. Die Genugtuung, selbst überlebt zu haben, Grundton so vieler Begräbnisse, fehlte. Sogar Lorenzos Gegner spürten, daß mit ihm ein Zeitalter erloschen war, vielleicht ein goldenes, dessen Abglanz mit den Jahren verdämmern würde. Lorenzo de' Medici, *Il Magnifico:* Die schwach waren, suchten seinen Schutz. Die Starken verbündeten sich mit ihm. Die Ehrgeizigen rankten sich an ihm empor oder bekämpften ihn, um vielleicht seine Stelle einzunehmen. So viele Neider beherbergte diese Stadt, in der sich ein jeder für etwas Besonderes hielt, allein schon weil er ihr entstammte. Daß einer alle anderen überragte, duldete man, so lange es Nutzen brachte. Doch jeder in Florenz war bereit, einen Nagel, der aus dem Brett herausragte, ins Holz zurückzutreiben. Daß Savonarola Lorenzo den Krieg erklärt hatte, hatten sie genossen. Sollte der große Mann nur auch ein wenig zappeln. Der Teufel, *Dottore Dapertutto*, Doktor Überall, mochte sich über die Nachtseite im hellen, lebenslustigen Charakter der Florentiner freuen: ihre Schadenfreude und ihre versteckte Grausamkeit – die Jagdlust der Städter nach Sensationen auf Kosten anderer.

Doch ein anderes war es, Lorenzo plötzlich verloren zu haben. Ihm nicht mehr die Schuld geben zu können, wo Schuld abgewälzt werden wollte. Ihn nicht mehr um Hilfe bitten zu können, um Kredit, um Protektion. Den Glanz, den er ausstrahlte, zu entbehren. Kein Vorbild mehr zu haben. Keinen Vater. Kein Weg in Florenz hatte an Lorenzo vorbeigeführt. Nun führte kein Weg mehr zu ihm hin. Die Stadt – seine Stadt, ja, die seine! – war verwaist. Mit ihm hatte sie sich bereichert; mit ihm hatte sie gelacht und getanzt; mit ihm geliebt, gekämpft und gezweifelt. Er hatte sie alles gelehrt, hatte den Ton angegeben und den Takt. Da er nun nicht mehr da war: Wer sollte nun die vielen verschiedenen Stimmen zusammenführen? Demokratie? Aber ja! Florenz war immer eine Demokratie gewesen, und die Florentiner die freiesten Bürger der Welt. Aber ja. Aber ja!

Marco und Francesca, begleitet von ihren Söhnen und ihrer ganzen *famiglia* bis hinunter zu Teodora, standen in der Menge. Ein Menschenmeer drängte nach vorne und schwappte fast über die Mauern von San Lorenzo, der Kirche der Medici. Die Tore waren fest verschlossen, sonst hätte das Volk das Innere der Kirche überschwemmt. Das durchdringende Läuten der Glocken mischte sich in das Dröhnen der Trommeln, während drinnen in der Sakristei, abgeschieden von seiner Stadt, Lorenzo beigesetzt wurde.

Alle außer Donna Clarice weinten. Piero, der Älteste, verbarg die feuchten Hände in den Falten seines Gewandes, und die jüngste Tochter, die kleine Contessina, Lorenzos schwarzäugiger Liebling, klammerte sich an die unbewegte Schulter der Mutter. »Es sei dir die Erde leicht!« sagte Giovanni, der junge Kardinal, auf den Schultern den Traum seines Vaters, ihn einst als ersten Medici auf dem Thron Petri zu erblicken.

Die Glocken hörten nicht auf zu läuten. Die Zeit stand still. Kaum jemand redete. Es war, als hätte sich eine strenge Hand über aller Mund gelegt, um ihnen die Sprache zu entziehen. Francesca versuchte, sich Lorenzo ins Gedächtnis zurückzurufen. Sie dachte an ihn, wie er in ihrem Garten gesessen hatte, doch das Bild, die Erinnerung der Seele, stellte sich nicht ein. Lorenzo, das, was er nun war, lag da drinnen hinter diesem versperrten Tor, und die Erstarrung der Menge brachte ihn nicht zurück. Francesca blickte auf zu Ermanno, der eigens aus Prato gekommen war, um seinem hohen Herrn die letzte Ehre zu erweisen. Sogar Ghirigora, hatte er erzählt, habe um Lorenzo eine Träne geweint und für ihn gebetet, als sie hörte, wie krank er sei. »Ich glaube, sie war früher einmal ein wenig verliebt in ihn!« hatte Ermanno lächelnd gesagt. »Manchmal neckte ich sie damit, aber dann antwortete sie, ich sei verrückt. Lorenzo könnte fast ihr Sohn sein.« Francesca senkte den Kopf und erinnerte sich daran, wie sie vor hundert Jahren an einem Krankenbett errötet war.

Als Ghirigora erfuhr, daß Lorenzo im Sterben lag, so hatte Ermanno berichtet, schien sie aus der tiefen Erstarrung zu erwachen, deren hilflose Gefangene sie nun schon seit Jahren gewesen war. »So krank ist er?« fragte sie ungläubig. »Auf den Tod krank?« Damit erhob sie sich von ihrem Lehnsessel, in dem sie die Tage ihres nichtigen Lebens dahinbrachte. Mit der unbeirrbaren Sicherheit einer Schlafwandlerin begab sie sich in ihr Zimmer, nahm das Tuch ab, mit dem sie wie eine züchtige Witwe auch an warmen Tagen ihr Haar bedeckte, löste den schweren Knoten in ihrem Nacken und bürstete sich die dichte, immer noch schwarze Mähne über die Schultern. »Ich muß nach Florenz!« erklärte sie ihrer Dienerin, die ihr besorgt gefolgt war, weil sie bisher noch nie erlebt hatte, daß die Herrin eine eigene Initiative entwickelte. »Pack alles ein, was ich brauche, auch ein großes Stück Fleisch und ein paar Knochen für Amato! Vielleicht werde ich für lange Zeit in Florenz bleiben. Oder für immer.« Und sie fing an zu reden, was sie alles brauche; was sie in Florenz unternehmen würde und wie der Haushalt hier in La Pineta, um den sie sich bisher doch nie gekümmert hatte, in ihrer Abwesenheit zu führen sei.

Ermanno stand an der Tür und hörte ihr schweigend zu. Einer der vielen Ärzte, die er konsultiert hatte, als Ghirigora in Schwermut versank, hatte ihm vorausgesagt, daß dieser Augenblick einmal kommen könne: daß die Kranke ihr Leiden abschüttelte und ihr früheres Leben wiederaufnahm, als hätte sie es nie unterbrochen. Vielleicht war damit die Drangsal für immer zu Ende, vielleicht aber flackerten die Lebensgeister auch nur für eine kurze Zeit auf und sanken dann wieder in sich zusammen wie Blätter von Papier, die im Feuer so hell leuchten und doch so schnell zu schwarzer Asche werden.

Ermanno hörte Ghirigoras Stimme, die immer lauter wurde, immer energischer, immer schriller. Immer mehr glich sie der Stimme, an die er sich aus den ersten Jahren seiner Ehe erinnerte und die er im geheimen gehaßt hatte, das wurde ihm plötzlich klar. Mit einem Schlag, den er fast körperlich spürte, begriff er, daß er an dieser Frau nur das lieben konnte, was für sie das Schlimmste war: ihre Schwäche, ihre Krankheit, ihre Erstarrung. Wenn sie draußen auf der Terrasse neben ihm saß und ziellos in die Ferne blickte, eine Schlafende und voll von hilfloser Trauer, dann ertrug er sie nicht nur. Dann war er in der Lage, sie auch zu lieben. Ihre andere Seite, die jetzt wieder die Oberhand gewann, war ihm zuwider.

»Du kannst nicht einfach nach Florenz reisen!« wandte er ein, obwohl er wußte, daß es keinen Sinn hatte, ihr zu widersprechen. »Was willst du überhaupt dort?«

»Die Zeiten werden schlecht!« sagte sie und schlang sich die aufdringliche Mähne um die Hand zu einem Knoten, den die Dienerin kaum bändigen konnte. »Wenn Lorenzo nicht mehr lebt, wird Armut über die Stadt kommen. Fremde Soldaten werden versuchen, sie zu erobern. Es wird Krankheiten geben und Revolution. Ich muß mein Haus schützen, das Haus meiner Eltern! Die rothaarige Hexe hat lange genug das Ruder in der Hand gehabt. Es wird Zeit, daß ich mein eigenes Schlafzimmer wieder beziehe; das Bett, in dem unser Sohn geboren wurde und ich selbst und in dem meine Mutter starb. Ich hätte nicht so lange fortbleiben dürfen. Jeder hat seinen Platz, auf den er gehört. Ich gehöre in die Via degli Angeli und nicht hierher in dieses gottverlassene Kaff.«

Ermanno widersprach ihr. Wider besseres Wissen versuchte er, sie daran zu hindern, daß sie ihre Kleider und Habseligkeiten in der Mitte des Zimmers aufhäufte, um alles, alles einpacken zu lassen, damit sie in Florenz nichts zu entbehren habe. Nur der Einbruch der Dunkelheit vereitelte, daß sie sich sofort aufmachte, doch weigerte sie sich, zu Bett zu gehen, und füllte die schweigenden Stunden der Nacht mit einem Schwall von Worten; allen Worten, die sich in ihr aufgestaut hatten wie Wasser vor einem Deich und die nun hervorbrachen und alles überschwemmten. Aller Haß, der vergessen schien, sprudelte hervor, alle Unzufriedenheit, alle Bosheit, alle Verzweiflung und aller unbezwingbare Tatendrang.

Draußen fing es an zu schneien, zum ersten und ganz sicher zum letzten Mal in dieser Jahreszeit. »Du siehst doch, daß wir nicht reisen können!« wandte Ermanno ein. »Merkst du nicht, wie verrückt du dich benimmst?«

»Es ist März!« erwiderte sie kühl. »Bis zum Morgen wird es aufgehört haben zu schneien.«

Doch es hörte nicht auf. Dichte, weiche Flocken fielen sanft und unaufhörlich vom Himmel und bedeckten das hügelige Land. Man hätte meinen können, weit weg im Norden zu sein. Die Knechte, von Ghirigora aus dem Schlaf gescheucht, kämpften sich durch die ungewohnten Schneemassen zu den Ställen der Maulesel und versuchten vergeblich, die Tiere ins Freie zu zerren. Ghirigora stand an der Haustür und forderte sie auf, wenn nötig zuzuschlagen, sonst würden die widerspenstigen Bestien niemals gehorchen. »Habt ihr nicht gelernt, euch durchzusetzen?«

Die Mägde häuften schlaftrunken die Reisebündel im Vorhaus auf. »Ich werde dich nicht begleiten!« drohte Ermanno und blies in seine abgestorbenen Hände. Doch als das erste Maultier gesattelt vor der Türe stand, die Hufe tief im Schnee, ließ er sich einen Umhang bringen, eine Fellmütze und warme Handschuhe.

»Du brauchst nicht mitzukommen!« erklärte Ghirigora abweisend. »Es ist mein Elternhaus, um das es geht. Ich komme allein zurecht. Bleib du nur hier in dieser Bruchbude, in der du geboren bist!«

Sie trat ins Freie. Die Knechte faßten sie unter die Achseln, um ihr zu helfen, das Maultier zu besteigen. Dennoch stürzte sie in den weichen Schnee. Es schien ihr nichts auszumachen. Sie versuchte es ein zweites Mal, nun mit Erfolg. »Wo ist Amato?« fragte sie. Ihre Dienerin schob den Hund in den Hof. Amato sprang in die fremde weiße Pracht hinein und glitt aus. Wie von Hornissen verfolgt, sprang er wieder hoch, um sich zu befreien. Immer und immer wieder, bis er endlich das rettende Haus erreichte.

Ghirigora trieb ihr Maultier an, doch es kam nicht vorwärts. »Man müßte erst den Weg freischaufeln!« sagte einer der Knechte. »Aber wenn man bis Mittag wartet, ist sowieso alles weggeschmolzen.«

Da stieß Ghirigora dem Maultier die Schuhe in die Flanken, daß es vor Schmerz aufbrüllte und einen Satz nach vorne tat. Ghirigora trieb es weiter an und erreichte wirklich den Weg nach unten. Ermanno stolperte neben ihr her und beschwor sie, Vernunft anzunehmen. Da kam das Tier vollends vom Wege ab, stürzte und rollte die Böschung hinunter. Ghirigora verschwand in einer Wolke von Schnee. Ermanno und die Knechte rutschten ihr nach. Die Mägde schrien entsetzt auf und bekreuzigten sich, überzeugt, daß die Herrin ihren

Verstand nun ganz verloren und sich das Genick gebrochen hatte.

Ghirigora lag auf dem Rücken im Schnee, die Augen so weit geöffnet, daß Ermanno meinte, sie wäre tot. Er kniete neben ihr nieder und strich ihr die Flocken von der Stirn. Auch an ihren dichten schwarzen Wimpern hing Schnee. Als sie ihm den Blick zuwandte, den er an ihr kannte, atmete er erleichtert auf. »Gott sei Dank!« flüsterte er und umschloß ihr Gesicht mit den Händen. »Mein armes Mädchen!« Er hob sie hoch und trug sie stolpernd und immer wieder fast ausgleitend die Böschung hinauf. »Du kannst ja morgen reisen!« murmelte er beschwichtigend. »Dann ist der Schnee geschmolzen und es ist viel wärmer. Florenz wird auch morgen noch an seinem Platz stehen.«

Er erreichte das Haus. Die Dienstboten traten zur Seite, um ihm Platz zu machen. »Räumt alles wieder an seine Stelle!« befahl er über Ghirigora hinweg. Dann trug er sie in ihr Zimmer und zog ihr die nassen Schuhe aus wie am ersten Tag, als sie nach La Pineta gekommen waren.

»Alles geht wieder verloren!« flüsterte Ghirigora in einem Moment zugleich der Einsicht und des Abschieds. »Alles...«

Am nächsten Tag saß sie wieder neben Ermanno, als wäre nichts geschehen. Amato lag zu ihren Füßen und nieste. Es war ein kalter Tag, doch es hatte aufgehört zu schneien. Als Ghirigora fröstelte, brachte ihr Ermanno ein heißes Kohlebecken. Sie nahm es auf den Schoß und wärmte sich die Hände daran.

Erst am Abend leerten sich die Straßen von Florenz. In den Häusern flackerten die Kerzen. Die Köchinnen trugen ihre Speisen auf und schafften sie fast unberührt wieder zurück. Giuliano stand am Fenster und blickte hinaus in die Nacht. »Für das Morgen gibt es keine Gewißheit!« zitierte Matteo plötzlich eine Zeile aus Lorenzos Lied, und Teodora, die aus der Küche kam, blieb mitten im Zimmer stehen und sagte, als könnte sie es noch immer nicht glauben und müßte es doch loswerden, weil es für sie das Wichtigste auf der Welt sei: »Nach seinem Besuch in diesem Haus schaute er mich freundlich an, als er hinausging. Und er hat mich gesehen! Mich: eine Sklavin!«

Da war die Erinnerung an ihn plötzlich wieder lebendig, und Francesca sah ihn, wie er in seinem Palast auf der anderen Seite des Festsaals gestanden war und zu ihr herüberblickte mit Augen so schwarz wie die Nacht. So viele Menschen zwischen ihnen, die redeten, scherzten und sich in Szene setzten. Und doch schien sich ein Band zu bilden von der einen Seite des Saals zur anderen. Ein Band, das nie geknüpft wurde.

»Ich habe ihn geliebt wie einen Vater!« gestand Marco leise, und Ermanno nickte beifällig.

Teodora stand noch immer in der Mitte des Zimmers. Die Kerzen flackerten über ihr Gesicht und über den Paradiesteppich an der Wand hinter ihr. »Er hat mich gesehen!« wiederholte sie. »Ich schwöre es: Er hat mich wirklich gesehen!« Da fing Francesca an zu weinen.

X. Piero

1

Es war schon dunkel. Giuliano und Matteo schliefen bereits. Auch die Dienstboten hatten sich zur Ruhe gelegt. Ein kühler Märzabend nach einem warmen, angenehmen Tag. Von Sonnenaufgang an bis in die Dämmerung hinein hatte Marco das Kontor nicht verlassen. Seine Augen brannten, und der Rücken tat ihm weh. Es war nicht die Arbeit, die ihn erschöpfte, es war die Sorge, die sich in seine Gedanken eingenistet hatte wie eine Krankheit kurz vor ihrem Ausbruch. Er war nicht der einzige, der so empfand. Alle großen Kaufherren in Florenz hatten das Lachen verlernt. Anfangs hatten sie ihre Bedrängnis noch miteinander geteilt, doch nun zogen sie sich immer mehr auch voreinander zurück und verkrochen sich in ihren getäfelten Kontoren oder gingen auf große Fahrt, um die Verluste wettzumachen, die ihnen die politische Lage eingebracht hatte. Wenn die Unrast der Daheimgebliebenen dann allzu quälend wurde, warfen sie ihre Umhänge über die Schultern und eilten hastig hinüber ins Stammhaus ihrer Gilde, um Gleichgesinnte zu treffen und vielleicht einen Hinweis aufzuschnappen, der sich nutzen ließ oder gar zum großen Gewinn führte, von dem sie alle träumten, wenn ihre Müdigkeit des Nachts die Angst besiegte und sie für ein paar Stunden ihren Schlaf fanden bis zum nächsten Morgen, wo die Sorge sie von neuem bedrängte.

Marco und Francesca saßen in der offenen Loggia unter dem Dach ihres Hauses in der Via degli Angeli. Francesca fröstelte und schlang sich ein Wolltuch um die Schultern. Wie viele Abende hatten sie hier schon verbracht! Warme Sommerabende, so mild und schwer, daß das Herz weh tat vor Glück. Sie hatten auf die Straße hinuntergeblickt, wo vereinzelte Nachtschwärmer nach Hause tändelten. Sie hatten dem Schlag der Kirchenglocken gelauscht, die jede Viertelstunde aufklangen, als ob ein schlafendes Haustier seinen Kopf erhöbe und sich kurz meldete, um sich dann wieder fallen zu lassen. Zur vollen Stunde dann die vielen Schläge, die sich von allen Seiten her ineinander verwoben. Marco und Francesca kannten sie gut und unterschieden sie nach dem Klang und nach der Richtung, aus der sie kamen: die kräftigsten und edelsten vom Campanile des Doms her, Santa Maria del Fiore, viel höher als die Türme der anderen Kirchen. Ganz nahe dann – wohlvertraut wie die Stimme eines geliebten Menschen – die Glocken von Orsanmichele, der Kirche der Gilden. Weiter nördlich Santa Croce, auf dessen Vorplatz Marco als Knabe in wilde Ballspiele verwickelt gewesen war, die ihn mehr als einmal fast die Unversehrtheit seiner Nase gekostet hätten. Santissima Anunziata lag fast schon zu fern. Man hörte seine Glocken nur bei günstigem Wind. Anders Santa Maria Novella und San Lorenzo: Ihre Glocken ertönten aus der gleichen Richtung in die Straßenschlucht der Via degli Angeli hinein, doch Francesca strich die Klänge der Dominikanerkirche aus ihrer Wahrnehmung, um nicht an den Frate denken zu müssen, der alles zu bedrohen schien, was ihr teuer war. Sie strengte sich an, die Musik der Glocken von San Lorenzo herauszufiltern, in denen die verlorene Zeit weiterlebte, die wunderbare, als sorgte der Magnifico noch immer für Ruhe und Wohlstand.

Zwei Jahre war es her, daß man ihn in San Lorenzo zur Ruhe gebettet hatte. Schon in der Nacht nach seinem Tode hatte der junge Wunderdoktor aus Mailand die Stadt verlassen, fluchtartig, ohne jedes Gepäck. Am Morgen darauf fand man Pierleone, Lorenzos Leibarzt, tot im Brunnen seines Hauses. Seine Gemahlin erhob Anklage, er sei umgebracht worden, doch sie konnte nicht sagen, von wem und warum. War es zur Strafe, weil sein Patient gestorben war? Verdächtigte man ihn der Unfähigkeit oder gar des Mordes? Hatte er sich bestechen lassen und war zum Schweigen gebracht worden? Oder war es doch nur ein Selbstmord aus Trauer um den geliebten Herrn?

Elfmal schlug die Stundenglocke von San Lorenzo: ein paar Augenblicke später als alle anderen. »Es wird Zeit!« sagte Marco und legte den Arm um Francescas Schultern. Francesca nahm die Kerze vom Tisch. Nebeneinander, wie ein junges Liebespaar, stiegen sie die steile Treppe hinunter. Vor dem Zimmer der beiden Knaben blieben sie stehen. Ganz vorsichtig, um sie nicht zu wecken, öffnete Francesca die Tür, die leise knarrte. Francesca hielt den Arm hoch und leuchtete in den Raum. Giuliano und Matteo schliefen zusammengerollt in ihren Betten. Francesca wandte sich um und lächelte Marco an. Genau so hatten sie vor vielen Jahren an vielen Abenden hier gestanden, um nachzusehen, ob alles in Ordnung sei und die Kinder gut schliefen. »Wir müssen achtgeben auf uns!« flüsterte Francesca und schloß die Tür.

Aneinandergelehnt gingen sie durch den dunklen Gang zu ihrem eigenen Schlafzimmer. »Es ist wie früher!« sagte Francesca leise, obwohl sie wußte, daß nichts wie früher war. Lorenzo war tot, die Stadt in Aufruhr und die Kinder keine Kinder mehr. Vor ein paar Tagen erst war Giuliano sechzehn geworden und wagte es, auf seine Selbständigkeit zu pochen, und Matteo würde im Sommer vierzehn werden. Seine strahlende Knabenstimme, von Lorenzo geliebt, hatte ihre Reinheit eingebüßt. Matteo schämte sich dafür. Er weigerte sich nun, vor anderen zu singen, auch wenn ihm Francesca versicherte, es werde nicht lange dauern und seine Stimme werde noch schöner sein als früher. Die Stimme eines jungen Mannes ... Sie konnte es sich selbst nicht vorstellen.

Sie legten sich nieder und löschten die Kerzen. »Bist du müde?« fragte Marco. Francesca bejahte. Sie küßte ihn im Dunkeln auf die Wange und drehte sich um. Sie hörte, daß auch er ihr den Rücken zukehrte, und sie fragte sich, ob er wie sie in die Finsternis starrte und sich das Selbstvertrauen von einst zurückwünschte und das warme, süße Gefühl der Geborgenheit, das so wenig begründet gewesen war, wie sich inzwischen herausgestellt hatte. Manchmal schien es Francesca erstrebenswerter als aller Überschwang und alle Leidenschaft.

So zuversichtlich waren sie gewesen, als sie aus Ferrara in die Via degli Angeli kamen, in ihrem Gepäck die Geldkatzen Baldassare Lanfredinis. Alles schien ihnen für immer zu gehören: ihre Jugend, ihre Schönheit, ihre Gesundheit, ihre Kraft. Ihre Liebe zueinander. Prachtvolle Kinder, die sie nie enttäuschen würden. Ihr Haus, ihre Unternehmen. Die Menschen, die ihnen dienten. Die Sicherheit, die sie umgab. Der Friede. Ja sogar ihr Leben.

Daß alle diese Güter – wirklich alle! – von außen her bedroht werden konnten, daran hatten sie im Allmachtswahn ihrer Jugend nicht einmal gedacht. Manchmal, wenn Sentimentalität ihn angenehm überkam, hatte Marco davon gesprochen, wie einträchtig sie im Alter zusammenleben würden: »Ein wenig zittrig und vergeßlich, aber sonst noch ganz proper!« Doch Francesca wollte nicht einmal das gelten lassen und sah sich selbst in späteren Jahren genauso zart und anmutig wie jetzt und Marco als einen weißhaarigen eleganten Herrn, der sich im übrigen vom jungen Marco höchstens darin unterschied, daß er sogar noch ein wenig souveräner und charmanter war.

Und nun diese Bedrängnis, die der ganzen Stadt den Atem nahm! Ja, Bedrängnis, auch wenn die Ansichten der Bürger über die Lage so gegensätzlich waren wie Schwarz und Weiß und dazwischen alle Schattierungen von zweiflerischem Grau. Nur in einem waren sich alle einig: daß Piero de' Medici nicht war wie sein Vater. Zwar hatte Piero eine sorgfältige Erziehung genossen. Wie Lorenzo konnte er aus dem Stegreif Verse dichten und frei reden. Wie Lorenzo liebte er die Jagd und das Fischen. Er war ein guter Ringer, tanzte gern, hofierte die Damen, förderte die Kunst und hielt sich die schönsten Pferde. Doch Lorenzo hatte immer gewußt, wie er auf andere wirkte. Er hatte sich danach gerichtet und stets vermieden, die empfindlichen, republikanisch gesinnten Bürger seiner Stadt vor den Kopf zu stoßen. Piero, schön und arrogant, ritt auf den prächtigsten Pferden Italiens durch die Stadt und sonnte sich in den bewundernden Blicken, die ihm folgten. Daß sie sich hinter seinem Rücken in Fratzen des Neides verwandelten, entging ihm. Ein Sohn sei dumm, einer gescheit und einer gütig: Lorenzo hatte es gewußt und doch gehofft, daß sein eigenes Beispiel und die pädagogische Kunst Polizianos und der Philosophen von der *Akademie* den mittelmäßigen Jüngling zu einem nachdenklichen, empfindsamen Mann formen würden, der die Schwächen der eigenen Position begriff und berücksichtigte. Lorenzos Hoffnung hatte sich nicht erfüllt.

Lorenzo hatte stets alles sorgfältig durchdacht. So spontan und vom Gefühl geleitet er manchem erschien, so kühl war in Wirklichkeit sein Verstand; berechnend, wie es sich für einen Mann geziemt, dem das Schicksal Tausender anvertraut ist. Die Staatsräson war die Basis, auf der sein Denken und Handeln aufbaute. Eine einfache, klare Räson: das Wohl der Republik Florenz und des Hauses Medici... Für beide waren zwei Voraussetzungen unerläßlich: daß der mächtige Nachbar Frankreich von Italien ferngehalten wurde und daß die streitlustigen italienischen Staaten im Zaum gehalten wurden wie eifersüchtige, ehrgeizige Kinder, deren Vater sie mit Freundlichkeit, Strenge und Wachsamkeit daran hindert, sich gegenseitig die Köpfe einzuschlagen.

Die Achse Mailand – Neapel war die Linie der Gefahr; beide Städte stets in Fehde; stets zum Angriff und zur Intrige bereit. Lorenzo stand dazwischen und hielt das Gleichgewicht. Besuchte einmal den einen Fürsten, dann den anderen. Übersandte kostbare Geschenke und persönliche Aufmerksamkeiten. Schämte sich nicht zu schmeicheln, um jedem der beiden das Gefühl zu vermitteln, er selbst sei der Beste von allen. Ferdinand von Neapel – der Geldgierige, Grausame – begriff nach Lorenzos Tod in einem Augenblick der Erleuchtung, was dieser Verlust bedeutete: »Dieser Mann«, schrieb er über Lorenzo de' Medici, »hat für seinen persönlichen, unsterblichen Ruhm lange genug gelebt, aber nicht lange genug für Italien. Gebe

Gott, daß jetzt nach seinem Tod nicht Männer nach dem streben, woran sie sich nicht gewagt hätten, solange er lebte.«

In den letzten Tagen vor seinem Tode hatte Lorenzo viele Stunden mit Piero verbracht und ihm eingeschärft, was er wissen sollte. Piero schien zu verstehen, was sein Vater sagte. Verstand es wohl auch: mit dem Kopf, aber nicht mit dem Herzen. Nie lernte er wirklich, Werte gegeneinander abzuwägen. Wenn sein Stolz verletzt wurde, vergaß er in seinem Zorn und seiner Rachsucht alle Rücksichten und wurde zur Gefahr für sich selbst und für Florenz.

Als drei Monate nach Lorenzos Tod Papst Innozenz VIII. starb, wie Savonarola es vorausgesagt hatte, standen zwei Kandidaten zur Wahl. Den einen, Rodrigo Borgia, unterstützte Ferdinand von Neapel. Der andere, Ascanio Sforza, war ein Bruder Ludovicos, des Herrschers von Mailand. Ferdinand war alt, über siebzig Jahre. Piero fühlte sich ihm überlegen, doch er fürchtete Ludovico und wollte um jeden Preis verhindern, daß er durch die Papstwürde seines Bruders noch mehr an Einfluß gewann. Piero wies deshalb seinen Bruder, den Kardinal Giovanni de' Medici, an, im Konklave für Rodrigo Borgia zu stimmen.

Giovanni gehorchte Piero nicht. Mit eigenen Augen hatte er gesehen, wie der Spanier Borgia jeden Kardinal bestochen hatte, der ihm sein Ohr lieh. Giovanni, jung und voller Redlichkeit, entschloß sich, gegen das Übel der Simonie anzukämpfen. Er wußte, daß er mit seiner einen Stimme die Wahl des Borgia nicht verhindern konnte, doch er handelte nach seinem Gewissen und seinem Idealismus und wählte Ascanio Sforza.

Piero, außer sich vor Zorn, beleidigte Giovanni und beschimpfte ihn wie ein ungezogenes Kind. Er schwieg erst verstört, als ihm der jüngere Bruder plötzlich mit der Würde eines Kirchenfürsten entgegentrat, sich die Einmischung verbat und Respekt einforderte.

Rodrigo Borgia wurde Papst, und in Neapel starb König Ferdinand. So erfüllten sich innerhalb eines Jahres die Weissagungen des kleinen Priors von San Marco, der es wagte, in das Rad der großen Politik einzugreifen; der auszog, die Welt zu erneuern und die Menschen als Kinder Gottes glücklich zu machen.

Der Spalt in der Zeit hatte sich geöffnet. Immer mehr Gläubige strömten zu Savonarolas Predigten. Alle sahen, daß das Bild der Stadt sich veränderte. Nur einer bemerkte es nicht: Piero de' Medici, der in seiner Hybris sogar glaubte, sich Savonarolas zu eigenem Nutzen bedienen zu können. In seiner immer panischer werdenden Angst vor Ludovico Sforza von Mailand unterstützte er Savonarolas Wunsch, die toskanischen Dominikaner von den lombardischen zu trennen und selbständig zu werden. Savonarola gewann damit an Einfluß, und Mailand rückte noch ferner. Wo sein Vater versucht hatte, Ludovico freundschaftlich zu begegnen und ihn auf diese Weise an sich zu binden, unternahm Piero alles, ihn von sich fortzuschieben, als könnte er ihn damit aus der Welt schaffen. So isolierte er Mailand und unterbrach die kostbare Achse zwischen den beiden Städten.

Das Gleichgewicht der Macht in Italien, durch drei Generationen von den Medici weise aufrechterhalten, war zerstört. Beleidigt und voller Trotz beschloß Ludovico Sforza, sich einen ausländischen Verbündeten zu suchen: Frankreich, das Lorenzo, wie auch sein Vater und sein Großvater, mit so viel Anstrengung, Intrige und Geld von Italien ferngehalten hatte! Frankreich mit seinem ehrgeizigen König, der davon träumte, Italien zu erobern und danach Konstantinopel für das Christentum zurückzugewinnen, Jerusalem und den ganzen Nahen und Mittleren Osten. Die Welt war so klein, wenn man erst daranging, sie zu erobern!

Der Frieden der goldenen Jahre stürzte in sich zusammen wie ein morsches Gebäude. Karl VIII. von Frankreich – gefährliche Mischung von mittelmäßiger Intelligenz, Größenwahn und Erregbarkeit – machte sich mit einer Armee von sechzigtausend Soldaten auf den Weg nach Italien und erhob Anspruch auf den Thron von Neapel. Ludovico Sforza, ausgestoßen durch die diplomatischen Torheiten eines Zwanzigjährigen, hieß ihn willkommen. Willkommen hieß ihn auch der Prior von San Marco, der in ihm den Großen Cyrus seiner Träume von Sünde, Sühne und Vollkommenheit sah. Auch diese Prophezeiung hatte sich erfüllt und die Bürger von Florenz erschauerten vor dem Mann in der Kutte, der die Zukunft kannte, weil der Herr selbst sie ihm erschlossen hatte.

2

Die Schachfiguren standen bereit und warteten darauf, daß das Spiel begann: Piero de' Medici hielt sich immer noch für den König und merkte nicht, daß er in Wahrheit nur noch ein unbedeutender Bauer am Rande des Feldes war, den jeder der Großen opfern konnte, sobald es ihm lohnend erschien. Die Figur des wahren Königs hatte bereits ein anderer übernommen, der im bescheidenen Gewand eines Mönchs die namenlose Menge um sich scharte und allein mit der Gewalt seines Wortes und seiner Person den Gang des Spiels an sich riß. Als Springer, beweglich und gefährlich, brachte sich der französische Karl ins Spiel, herbeigerufen vom gekränkten Läufer aus Mailand, und in Rom wartete in aller Ruhe Papst Alexander, vormals Rodrigo Borgia aus Spanien, auf seinen Einsatz: ein Turm am Rande, doch fest verankert – der Fels, auf dem der Herr seine Kirche baute. Der zweite Turm hielt sich im Hintergrund: Kaiser Maximilian, seiner Macht gewiß. Italien war ein Wagnis wert, doch seine Zeit war noch nicht gekommen. Sollten die anderen erst außer Atem geraten. Irgendwann einmal würde die Konstellation passen, und er würde den langen Zug wagen mitten hinein ins Herz dieses Spiels um Macht und Seelen.

Und die Dame? Der Gang der Menschheit hatte viele Damen erlebt, um die sich der Einsatz lohnte. Viele verschiedene Spiele und mindestens ebenso viele Damen. Diesmal war es eine Stadt. Die schönste Stadt der Welt, wie manche behaupteten. Eine Stadt, die noch gar nicht erfaßt hatte, wie erbittert um sie gerungen wurde. Florenz. Nicht mehr Lorenzos Stadt. Eine Stadt der Verwirrung; aufgespalten in Parteien, die einander noch nicht ganz für voll nahmen. Noch war ihre Waffe nur der Spott. *Piagnoni* – Klageweiber nannte man die Anhänger des Frate, Heuler, Schlurffüße, Schiefhälse und Rosenkranzbeißer ... Und jene ihrerseits beschimpften ihre Gegner als *Arrabbiati*, tolle Hunde.

Es gab viele Arrabbiati in Florenz. Sie gehörten dem *popolo grasso* an, den alteingesessenen Familien, die immer schon gegen jede Autorität gewesen waren, weil sie selbst nach dem Vorrang strebten; einst heimliche Gegner der Medici, die sie jetzt aber – unter Piero – nicht mehr für voll nahmen. Nun galten ihre Angriffe der aufstrebenden Macht von San Marco, und sie lauerten auf eine Gelegenheit, ihr einen Stoß zu versetzen ... Doch auch die Medici hatten ihre treuen Anhänger. Da Piero noch an der Macht war, agierten sie scheinbar bescheiden im Hintergrund, wohl erkennend, wie bedroht sie waren. Wegen ihrer Zurückhaltung nannte man sie die *Bigi*, die Grauen. Für Savonarola selbst aber gab es nur zwei Parteien in Florenz: die Guten und die Bösen, und nach welcher Seite sie jeweils tendierten, verstand sich von selbst.

Piero de' Medici fühlte sich immer noch als strahlender Fürst. Eine endlose Zahl von Festen reihte sich wie vergiftete Perlen aneinander. Zusammen mit seiner römischen Gemahlin – einer Orsini wie seine eigene Mutter – demonstrierte er den Bürgern von Florenz, wie man feiert, und kümmerte sich nicht darum, daß währenddessen in Frankreich Karl VIII. seine Armee aufrüstete und Savonarola ihn zum frommen Helden erklärte, der die Christen Italiens und der ganzen Welt von der Bürde ihrer Sünden befreien werde.

Piero tanzte noch immer und ging auf die Jagd. Auf einem Ball geriet er wegen einer Tanzpartnerin in Streit mit seinem eigenen Vetter Giovanni, der Piero immer schon ein Stachel im Fleisch gewesen war, weil er ihn an Schönheit und Arroganz –

in Pieros verblendeten Augen die wahren Kennzeichen eines Fürsten – übertraf. Das Mädchen, um das es ging, wählte Giovanni zum Tanz. Doch ehe dieser seinen Triumph auskosten konnte, trat Piero an ihn heran und ohrfeigte ihn vor aller Augen. Giovanni wußte, daß es seinen Tod bedeuten konnte, sich gegen den Herrn der Stadt zu wehren. So flüchtete er sich in Ironie, verbeugte sich spöttisch und schritt mit erhobenem Haupt aus dem Saal. Piero, zitternd vor Wut, ließ zwei von Giovannis engsten Verwandten wegen Verrats festnehmen, mußte sie dann aber wieder freilassen, weil keine Beweise zu finden waren. Inzwischen hatte sich Pieros Zorn wieder gelegt. Nun doch in Sorge, stellte er scheinbaren Großmut zur Schau und holte die beiden Inhaftierten persönlich vor den Toren des Bargello ab, um sie nach Hause zu geleiten. Das Ganze sei ein Mißverständnis gewesen und so etwas wie ein Scherz, bemerkte er launig. Er erhielt keine Antwort, doch noch immer begriff er nicht, daß er die eigene Familie gespalten hatte, das einzige tragbare Fundament seiner Macht.

Alfons aus dem Hause Aragon übernahm die Herrschaft über Neapel. Ein halbes Jahr später überschritt Karl von Frankreich mit seiner Armee die Alpen, um, von Mailand unterstützt, seinen eigenen Anspruch auf die Krone Neapels geltend zu machen. Der spanische Papst schloß sich dem spanischstämmigen Alfons an, der in Eilmärschen nach Norden zog, um die Franzosen zu verjagen. Bei Rapallo wurde er vernichtend geschlagen, und Ludovico Sforza empfing in Mailand den französischen König als lieben Freund. Seine Gemahlin Isabella von Aragon weinte, als sie den König zu begrüßen hatte, und als er ging, flehte sie ihn an, ihre Verwandten in Neapel zu schonen.

Piero tanzte noch immer und ging auf die Jagd. »Ich bin nicht zu schlagen!« versicherte er lachend und sagte es immer öfter, je näher Karls Truppen kamen und je mehr Florentiner dies begrüßten. »Ich bin nicht zu schlagen!«

Aus sechzigtausend Soldaten, so berichtete man ihm, bestehe das französische Heer, und es sei so diszipliniert und wohlgerüstet, als hätte Karl die Absicht, den Teufel persönlich zu besiegen ... Kleine Bürgerwehren und wilde Söldnertrupps – das kannte man in Italien, aber nicht eine Armee von solcher Stärke. In Italien hatte immer die Kavallerie dominiert. Mit ihr gewannen die *condottieri* ihre Schlachten. Sie war eines Edelmannes würdig. Doch nun stand den verwegenen Reitern wie ein Gebirge die Schweizer Infanterie der Franzosen gegenüber und zerschlug jeden Kavallerieangriff, als wäre es die Attacke eines Mückenschwarms. Auch in bezug auf ihre Waffen waren die Franzosen den Italienern weit überlegen. Leichte, bewegliche Kanonen führten Karls Truppen mit sich, und sie feuerten keine Steinkugeln ab, sondern Kugeln aus Eisen, die jede Formation sprengten. »Eine Kugel pro Tag!« höhnte Piero, aber er fügte nicht mehr hinzu, er sei nicht zu schlagen.

3

»Er ist nicht wie sein Vater!« sagte Baldo und legte beschützend die Hände auf die offenen Rechnungsbücher, die in ungewohnter Unordnung im Licht der Kerzen auf dem großen Tisch in Marcos Kontor lagen, wo Marco und Baldo ihren Kunden die Waren zu offerieren pflegten, die Duccio aus allen Teilen der Welt heranschaffte, zu seinem eigenen Gewinn und dem seiner Partner. »Er wird uns noch ruinieren, wenn er so weitermacht!«

Vom Beginn ihrer Geschäftsbeziehung an hatten Duccio und Marco in der Lyoner Medici-Bank ein Konto unterhalten. Von dort aus leisteten sie ihre Zahlungen für Frankreich und dorthin flossen auch ihre Einnahmen aus den französischen Verkäufen. Nun war die Bank auf höchsten königlichen Befehl aufgelöst worden, und niemand wußte, was mit den gesperrten Konten geschehen würde. »Vielleicht sollte einer von uns hinreisen!« überlegte Baldo.

Auch Baldo war nun an einer von Marcos Gesellschaften beteiligt. Marco selbst hatte ihm die Einstiegssumme vorgestreckt und sie längst wieder zurückerhalten. Baldo war kein Angestellter mehr, sondern ein selbständiger Kaufmann, der in der *Arte* ein und aus ging und von allen geachtet wurde. Er schlief nicht mehr auf einer Pritsche im Kontor, sondern bewohnte ein eigenes Stockwerk in einem der Häuser, die Marco in der Via degli Angeli gekauft und für seinen Clan renoviert hatte. Die meisten Florentiner hielten Baldo für einen von Marcos Verwandten, und weder Marco noch Baldo selbst berichtigten diese Vermutung. »Messer Filippo«, wurde Baldo genannt, und von manchen auch »Filippo del Bene«.

»Ich weiß nicht, wie wir das überstehen sollen!« murmelte Duccio und addierte zum hundertsten Mal die Verluste, die sie in Lyon erlitten hatten. Man munkelte, es sei Ludovico Sforzas Idee gewesen, die Medici-Bankiers aus Lyon hinauszuwerfen, um damit in Florenz den Eindruck zu erwecken, die Franzosen hätten nichts gegen Florenz an sich: die Stadt und ihre Bürger. Der Feind, den sie bekämpften, sei nur Piero de' Medici mit seiner korrupten Familie. Mit ihm wolle man in Frankreich nichts mehr zu tun haben und nichts mehr auch auf dem politischen Parkett Italiens. »Werft den Medici hinaus, und ihr könnt euer verlorenes Geld wiederhaben!« sagte in Mailand Ludovico Sforza zu einem Mitglied der Florentiner Familie Neroni, die sich als Wortführer der Arrabbiati hervorgetan hatten.

Marco selbst war Mitglied der Delegation gewesen, die bei Piero erwirken sollte, daß er sich beim französischen König für seine geprellten Bankkunden einsetzte. Doch Piero ließ sich entschuldigen: Er habe mit Freunden eine Partie *pallone* vereinbart und gedenke nicht, diesen Termin abzusagen... So verließen die abgewiesenen Kaufleute den Palast in der Via Larga. Über die Mauer hinweg hörten sie das Lachen und Rufen Pieros und seiner Kumpane. »Er spielt Ball!« knurrte Marco und verbarg seine Faust in den Falten seines Umhangs.

Piero spielte oft Ball in diesem Jahr. Es war gegenwärtig neben dem Ringen seine bevorzugte Beschäftigung. Im Spiel ließen sich alle Probleme in kurzer Zeit lösen. Die Regeln waren einfach, und der Geschickteste und Flinkste trug den Sieg davon. Manchmal half auch eine kleine Finte, doch war sie nie kompliziert und lange durchzuhalten. Wenn das Spiel zu Ende war, war auch das Problem des Wetteiferns aus der Welt geschafft. Der Sieger stand eindeutig fest, und die Verluste hielten sich in Grenzen. Daß der Sieger so gut wie immer Piero hieß, mit seiner Mannschaft, war nur realistisch. Wer wäre schon so unklug gewesen, dem Herrn der Stadt seinen Sieg ernsthaft streitig zu machen und es sich dadurch mit ihm zu verderben?

Piero spielte auch Ball, als Sarzana, mitten in der Toscana, unter französischem Kanonenfeuer fiel und Karl sich mit seinen Truppen in der Festung Sarzanello einnistete – mit Blick auf Florenz ... Erst da erfaßte Piero, daß hier ein Spiel im Gange war, das andere bestimmten. Nicht er hielt den Ball in der Hand und auch nicht seine Freunde, und wenn er sich nicht beeilte, war alles verloren. Piero, der Amateurringer, besann sich auf die Gewohnheiten seiner Sportart: daß es hilfreich war, zurückzuweichen, wenn sich der Gegner in der besseren Position befand.

So ritt Piero im Schutze der Nacht und ohne die Signoria zu verständigen nach Sarzanello. Als er im Morgengrauen vor dem König stand, erschöpft vom langen Ritt und vom Warten, sank er – der Herrscher von Florenz! – vor dem Eindringling auf die Knie. Karl, umringt von einem Wald von Lanzen, warf ihm barsch vor, er habe sich unrechtmäßig widersetzt, indem er den freien Durchmarsch der Franzosen nach Neapel nicht unterstützte. So sei es nur recht und billig, daß er den Franzosen vorübergehend Pisa, Livorno, Sarzana, Sarzanello und Pietrasanta überließ. Wenn Karl erst die Krone von Neapel sein eigen nenne und nach Frankreich zurückgekehrt sei, könne man über eine Rückgabe verhandeln... Außerdem solle die Staatskasse der Republik Florenz den Franzosen umgehend ein Darlehen von zweihunderttausend Dukaten vorstrecken, mit denen man den weiteren Feldzug finanzieren werde.

Piero, in die Enge getrieben, wich zurück, um wieder zu Atem zu kommen. »Ich bin einverstanden« erklärte er und erhob sich – erleichtert, daß er Aufschub erwirkt hatte. Die Franzosen runzelten ungläubig die Stirn und lächelten dann abfällig. Was Piero für Taktik hielt, war in ihren Augen nichts als Feigheit und Schwäche. Sie hätten ihn nicht weniger verachtet, hätten sie verstanden, daß Piero nicht aus Feigheit entschieden hatte, sondern aus politischer Dummheit, der tödlichsten Pest auf Erden.

Der Zufall wollte es, daß Francesca mit Teodora die Piazza della Signoria überquerte, nicht lange nachdem Piero nach Florenz zurückgekehrt war, um der Signoria von seinen »Verhandlungen«, wie er es immer noch nannte, zu berichten. Doch der Rat war bereits im Bilde und kam zu dem Schluß, Piero de' Medici habe sich als unfähig erwiesen. Sein Regime sei nichts als eine verantwortungslose Kinderei. Es sei höchste Zeit, daß erwachsene Männer die Geschicke der Stadt in die Hand nahmen und retteten – wenn noch etwas zu retten war. Fünf Botschafter, unter ihnen Girolamo Savonarola, sollten unverzüglich nach Sarzanello reiten und dem König erklären, daß die Zusagen des unzurechnungsfähigen Medici-Knaben von der Stadtregierung nicht mitgetragen würden. Sie seien null und nichtig.

Als Piero von diesem Beschluß erfuhr, stürzte er hochrot vor Zorn aus dem Saal und kehrte an der Spitze eines bewaffneten Trupps wieder zurück. Doch nun verweigerte man ihm den Zutritt in den Palazzo della Signoria. Wohl dürfe er, Piero, in den Palast kommen, erklärte ihm der diensthabende Offizier, aber nur allein, unbewaffnet und durch einen Seiteneingang. Zur Bekräftigung seiner Worte legte der Offizier die Hand auf den Knauf seines Schwertes.

Piero an der Spitze seiner kampfbereiten Begleiter erbleichte. »Man will mich ermorden?« fragte er und wartete auf eine Antwort. Der Offizier bewegte seine Hand nicht. Da riß Piero sein Pferd herum und sprengte zurück in die Via Larga, um sich mit den wenigen, die noch zu ihm hielten, zu besprechen.

Zu dieser schicksalhaften Stunde schritt Francesca über die Piazza. Sie blieb stehen, als die Sturmglocken des Doms zu läuten begannen, als ob die Stadt in Flammen stünde. Aus allen Nebenstraßen strömten Menschen und schrien wild durcheinander. Wie eine Flammenspur breitete sich die Nachricht aus, die Signoria habe Piero zum Aufrührer und Verfemten erklärt. Er sei des Todes.

Francesca, eingekeilt in der wogenden Menge, hielt sich an Teodora fest. »Wir müssen hier heraus!« rief sie ihr zu, doch Teodora wurde abgedrängt. Francesca hatte Mühe, sich aufrecht zu halten. Immer mehr Menschen stürzten zu Boden und wurden niedergetrampelt. Wer konnte, hatte sich bewaffnet. Sogar alte Männer holten ihre rostigen Schwerter und Hellebarden hervor, mit denen sie unter Cosimo de' Medici gegen die Venezianer angetreten waren, und versuchten, sich den Weg zum Palazzo della Signoria zu bahnen, um die Republik zu retten.

Palle, palle! erklang dazwischen aus der Richtung der Via Larga der Schlachtruf der Medici-Anhänger. Jemand rief Francesca zu, der junge Kardinal Giovanni versuche, die Lage zu retten. Doch er wurde überschrien. *Popolo e libertà!* Volk und Freiheit! So floh Giovanni in den Palast zurück. Dort erfuhr er, daß Piero und sein Bruder Giuliano mit ein paar Reitknechten durch die Hintertür geflüchtet waren und versuchen wollten, durch die Porta San Gallo aus der Stadt zu kommen – Richtung Bologna und dann weiter nach Venedig.

Giovanni, erst neunzehn Jahre alt, aber seinem Bruder weit überlegen, legte in Eile seine prächtigen Gewänder ab und streifte eine unauffällige Mönchskutte über. Er ließ die kostbarsten Schätze seiner Familie zusammenpacken und nebenan im Kloster San Marco verstecken. Dann verließ er auf einem Esel die Stadt und trabte in gemächlichem Tempo auf der Straße in Richtung Bologna. Niemand erkannte in dem trägen Mönchlein den mächtigen Kardinal.

»Sie plündern!« hörte Francesca aus der Menge. Das Volk drängte weg von der Piazza hin zur Via Larga, um auch etwas zu erbeuten von dem Reichtum, den sich die nun verhaßte Familie im Laufe von sechzig Jahren angeeignet hatte. »Es gibt Kopfgeld!« rief ein anderer: viertausend Florin auf Pieros Kopf und zweitausend auf den des Kardinals... Die jungen Männer, die gut zu Fuß waren oder ein Pferd besaßen, machten sich auf dem Weg, um die Stadt zu rächen und für sich selbst Reichtum zu erwerben. Andere brachen nach Careggi auf, um dabei zu sein, wenn das Landhaus der Medici ausgeraubt wurde. Die beiden Häuser, die Pieros Beichtvater mit seinen Dienstboten bewohnte, wurden ebenfalls leergeräumt, zerstört und bis auf die Grundmauern niedergebrannt. Nichts sollte bleiben von den Tyrannen, die den Besitz des florentinischen Volkes verschleudert hatten. Nichts.

Francesca wurde gegen die Wand des Hauses gedrückt, das dem Medici-Palast gegenüberlag. Ihr ganzer Körper schmerzte. Sie kletterte auf die Sitzbank an der Hausmauer und blickte hinüber auf den Palast, einst zu Stein gewordene Macht, aus dessen Fenstern nun Stühle geworfen wurden, Hausrat und herausgerissene Vorhänge. Unermeßliche Schätze, von vier Generationen der Medici in Auftrag gegeben, geliebt und gepflegt, zerschellten auf dem Steinpflaster oder wurden fortgeschleppt, um später unter Wert verschachert zu werden. Zum ersten Mal verstand Francesca die Bedeutung des Wortes Pöbel. Ihr wurde klar, daß sie selbst ein Teil davon war, auch wenn sie nicht raubte und zündelte. Die Tränen stiegen ihr in die Augen, als sie sah, was mit Lorenzos schönem Haus geschah; als sie sich erinnerte, wie sie mit Marco zum ersten Mal durch dieses Portal getreten war, in ihren besten Kleidern, aufgeregt und voller Erwartung. Wieviel Schönheit, wieviel Glanz wurden hier zerstört! – Lorenzo! dachte sie hilflos und weinte laut in den Lärm hinein. Lorenzo!

Drittes Buch
Das Himmlische Jerusalem

XI. Die Zeit der Lilien

1

Francesca weigerte sich, Savonarola zur Kenntnis zu nehmen. Obwohl alle Welt von ihm redete und jeder zweite Satz in Florenz mit seinem Namen begann, verlangte sie, daß er in ihrer Gegenwart nicht erwähnt wurde. »Laßt mich in Ruhe mit diesem Verrückten!« forderte sie unwirsch, wenn von ihm gesprochen wurde, und sie drehte sich um, als könnte sie ihn damit aus ihrer Welt ausschließen, die so angenehm und zuversichtlich gewesen war, bis er kam. Seit er in seinem schäbigen Habit und den dünnen Sandalen die Stadt betreten hatte, hatte sich für Francesca alles zum Schlechten verändert: Lorenzo war krank geworden. Er war gestorben und hatte seine herrliche Stadt, das Juwel der Welt, einem unfähigen Erben hinterlassen, den man nun einen Verräter nannte – in der Stadt, in der einst Dante schrieb, der Verrat sei die verwerflichste aller Sünden, schlimmer als Wollust oder Gotteslästerung.

Chaos und Angst waren über Florenz gekommen. Unsicherheit und Unfrieden zwischen den Menschen. Familien entzweiten sich – Bist du für Savonarola oder gegen ihn? – und trugen die politischen Gruppen und Grüppchen in die Wohnräume und Schlafzimmer. Es war unmöglich, sich herauszuhalten und darauf zu warten, daß sich die Mode zu Tode lief.

»Ich muß fort!« sagte Marco eines Abends, und Francesca sah es ein. Zu oft hatten sie in den letzten Wochen auf die eiserne Reserve in der Kiste vor ihrem Bett zurückgreifen müssen, Baldassare Lanfredinis Zukunftssicherung für seine geliebte Tochter. Wenn sie das Steuer nicht herumrissen, würde die Truhe bald leer sein, und Marco ricco mußte seine Verwandten nach La Pineta zurückschicken und seine Häuser an einen verkaufen, der sich geschickter auf die neue Situation eingestellt hatte.

»Und danach? Wenn es immer noch nicht reicht?«

»Dann werde ich mich wohl ins Gefängnis begeben müssen, bis wir zahlen können. Ich werde gewiß nicht der einzige sein!«

Für einen kurzen Moment tauchte vor Francescas Auge das Bild des Schuldgefängnisses auf, aus dessen Gitterfenstern die Häftlinge ihre Bettelstangen streckten.

»Es gibt nur einen Ausweg!« Marco schlug mit der flachen Hand auf den Tisch und beließ sie dort, als hätte er eine Karte ausgespielt, die sich mit Glück als Trumpf erweisen konnte. »Ich muß nach Lyon!«

So stand an einem nebligen Novembertag Francesca Lanfredini mit ihren Söhnen fröstelnd vor der Tür des Hauses in der Via degli Angeli und blickte ihrem Ehemann nach, der – von zwei Knechten widerstrebend begleitet – in die Ferne aufbrach, nach Norden, ins feindliche Frankreich, mitten durch die Linien der Franzosen, die unaufhaltsam auf Florenz zumarschierten. »Wir haben keine Zeit zu verlieren!« hatte Marco erklärt. »Ich muß dafür sorgen, daß unser Geld ausbezahlt wird, sonst können wir unsere Verpflichtungen in Mallorca und Antwerpen nicht erfüllen. Womöglich nicht einmal mehr die in Florenz.«

»Ich glaube, es wird ernst!« zitierte ihn Francesca in einem Anfall von Galgenhumor, doch er lachte nicht darüber.

Sie sah, wie er um die Ecke bog. Die Straße lag leer vor ihr. Leer, wie ihr auf einmal alles erschien ohne ihn. Seit sie Ferrara verlassen hatte, war sie nie länger von ihm getrennt gewesen als ein paar Wochen – und dies zu Friedenszeiten, wenn sie sicher sein konnte, daß er aller Voraussicht nach gesund wiederkam, angeregt und atemlos im Geiste durch die vielfältigen Eindrücke der Ferne und voll neuerwachter Leidenschaft für seine schöne Frau.

»Bist du nicht eifersüchtig?« hatte Micaela einmal gefragt und verschämt gestanden, daß sie selbst es kaum aushalten konnte vor Sorge darüber, eine andere Frau könnte sich an Duccio heranmachen und ihm Freuden spenden, die Micaela selbst nicht zu Gebote standen... Francesca hatte nur gelacht und sie beruhigt, zugleich aber dachte sie, daß wohl jeder Mann gefährdet sei, wenn er erst der Zucht seiner gewohnten Umgebung entwischt war. Jeder – aber doch nicht Marco!... Und Francesca vergrub die Erinnerung an das eigene Herzklopfen, wenn Lorenzo sie angesehen hatte.

»Möge Gott euren Vater beschützen!« sagte sie leise und legte die Arme um ihre beiden Söhne.

»Es wird ihm nichts geschehen, Mamma!« beruhigte sie Matteo und drückte ihr einen raschen Kuß auf die Wange.

»Es ist nicht richtig, was er tut!« Giulianos Gesicht war voller Kummer: nicht mehr die aggressive Selbstgefälligkeit eines Kindes, das sich herausnimmt, seine Eltern zu belehren, weil ein anderer ihm eine neue Perspektive der Welt eröffnet hat. Nein, zum ersten Mal sah Francesca, daß sich Giuliano trotz aller Widerspenstigkeit einer nachwachsenden Generation um seinen Vater sorgte. »Wenn er nicht so sehr am Geld hinge, müßte er sich nicht in Gefahr begeben!«

Francesca merkte plötzlich, daß Giuliano inzwischen größer war als sie selbst. »Das Geld ist nicht Gottes!« fuhr er fort. Es klang, als hätte er die Worte auswendig gelernt. »Es ist des Teufels. Gewinn im Diesseits bedeutet Verlust im Jenseits. Für dreißig Silberlinge hat Judas den Herrn verraten, und für Geld würfelten die römischen Legionäre um sein Gewand.«

»Hör auf zu predigen!« fuhr ihn Francesca an und schob ihn von sich. Über sein rundes Jungengesicht schien sich plötzlich der feindselige Schatten des Frate zu legen.

»Hätte unser Vater sein Geld nicht gegen Zinsen angelegt, würde er jetzt nicht bestraft!« insistierte Giuliano. »*Quidquid sorti accessit, usura est!* Jede Zinsforderung durch Gelddarlehen ist Wucher. Das sagt unsere Kirche. Nicht nur der Jude auf dem Marktplatz ist ein Wucherer, sondern auch jeder Bankier, jeder Pfandleiher und jeder Kaufmann, der sein Geld gegen Zinsen festlegt.«

Francesca zitterte plötzlich. So gut wie nie hatte sie ihre Kinder geschlagen, nicht weil sie es sich so vorgenommen hätte, sondern weil sie nie wütend genug dafür gewesen war. Nie schien ihr eine Verfehlung ihrer Kinder so schlimm, daß sie sie mit Schlägen bestrafen wollte, obgleich die Bibel doch befahl, daß man seine Kinder züchtige. Nun aber, da Giuliano seinen Vater einen Wucherer nannte, zuckte ihr die Hand.

Wucherer: Sie sah die Männer auf dem Marktplatz vor sich, hinter ihren kleinen Tischen mit einem Teppich darauf. Von Sonnenaufgang bis Sonnenuntergang warteten sie auf ihre Kunden, vor sich auf dem Tisch eine eiserne Kassette mit Geld und dicke, speckige Bücher, in die sie endlose Zahlenreihen schrieben mit den Schulden der Armen. Zwanzig, dreißig, vierzig Prozent verlangten sie. Wenn der Schuldner nicht zahlen konnte, rissen sie ihm seinen letzten Besitz aus der Hand. Juden, die nicht an die Gesetze der Kirche gebunden waren, durften ihrem Metier ungestraft nachgehen. Wurde jedoch ein Christ des Wuchers überführt, galt er als Häretiker. Mit glühenden Eisen brannte man ihm ein Kreuz auf Brust und Oberschenkel. Für immer wurden ihm die heiligen Sakramente verwehrt und das Begräbnis in geweihter Erde. Selbst im Ausland noch weigerten sich die italienischen Kaufleute, mit ihm als Geschäftspartner zusammenzuarbeiten.

Von ihrer Amme her kannte Francesca die wahre Geschichte eines Wucherers, dessen dankbare Erben ihn in einer eigenen, prächtigen Grabkapelle bestatteten. In der folgenden Nacht jedoch füllte sich die Kapelle mit allen Dämonen der Hölle. Bis zum Morgengrauen tobten sie, daß die Menschen in der Umgebung vor Entsetzen fast starben. In der letzten Stunde vor Sonnenaufgang riß der Teufel selbst die Kapelle aus ihren Fundamenten und warf sie in den nahen Fluß. Der Leichnam des Wucherers wurde niemals gefunden, doch jedermann wußte, daß seine Seele nun im siebten Kreis der Hölle schmachtete, zusammen mit Gotteslästerern und Sodomiten, eine schwere Geldbörse um den Hals gebunden und auf ewig von Flammen umlodert, weil die göttliche Güte verletzt worden war.

Mit Widerwillen begriff Francesca zum ersten Mal in ihrem Leben die Zwiespältigkeit des Kaufmannsstandes, in dessen Schoß sie so komfortabel aufgewachsen war und den sie noch nie überdacht oder gar in Frage gestellt hatte. Geld zu verdienen – viel Geld! – galt als ehrenvoll. Wer reich war, war angesehen, und auch die Geistlichkeit schätzte ihn. Geld aber, so wußte ein jeder, brachte neues Geld, und die Banken bemühten sich darum, es zu übernehmen und mit ihm zu arbeiten. Für Zinsen! Für Zinsen... Ja: wie die Wucherer auf dem Marktplatz, nur alles viel vornehmer, auf höherem Niveau und international. Was war dagegen zu sagen, außer daß die Moral einer versinkenden Epoche es nach den Gesetzen einer bereits versunkenen verdammte?

Doch nun stand da dieser Knabe, dieser sechzehnjährige junge Mann und beschuldigte den eigenen Vater eines Verbrechens, das aufgehört hatte, eines zu sein, das aber trotzdem immer noch bestraft werden konnte, wenn sich nur ein Kläger fand und ein Richter! Da stand er und aus seinem Mund tönten die Worte eines Fremden, der meinte, seinen Finger auf eine schwärende Wunde zu legen, obwohl er in Wirklichkeit diese Wunde selbst erst schuf. Alles wörtlich zu nehmen, sich bis an die Wurzeln zu graben, keine Nachsicht walten zu lassen gegenüber menschlichem Überlebensgeschick: war das nicht schon wieder eine Finte des Teufels, wo Jesus selbst doch freundlich mit den Zöllnern geredet hatte und sogar Gottvater seine Sonne scheinen ließ über die Gerechten und Ungerechten gleichermaßen?

Francesca hob den Arm, um Giuliano zu schlagen, und es wäre nicht bei einem Schlag geblieben, so aufgeregt und verwirrt war sie.

Doch Matteo drängte sich dazwischen und lächelte. »Tugend liegt im rechten Maß«, zitierte er vergnügt und unbeschwert den heiligen Thomas von Aquin, »Sünde in der Unmäßigkeit.«

Er versetzte seinem Bruder einen leichten, gutmütigen Stoß, der diesen dennoch ins Wanken brachte. »Unser Vater ist ein Kaufmann. Er braucht seinen Gewinn, und er arbeitet für seine Familie. Wollen wir ihm lieber dankbar dafür sein. Ohne sein Geld hätte dein schöner blauer Umhang keinen Pelzkragen, und du wärst nicht so wunderbar satt vom Frühstück. Wenn du beten willst, dann bete dafür, daß unserem Vater sein Vorhaben gelingt und daß er gesund wieder zurückkommt!« Er schob Giuliano energisch ins Haus und folgte ihm mit einem Augenzwinkern in Francescas Richtung.

Francesca wandte sich ab. Ihre Hände zitterten noch immer. Sie starrte in den Morgennebel, dorthin, wo sie Marco aus den Augen verloren hatte. Ihr Zorn verflog. Schon jetzt sehnte sie sich nach Marcos Rückkehr, obwohl sie ihn doch erst vor kurzem noch im Arm gehalten hatte. Sie spürte seine Wange an der ihren und seine Lippen auf ihrem Mund. »Gott schütze dich, Marco del Bene!« sagte sie in den Nebel hinein und sie war die einsamste Frau der Welt.

2

Schwer bewaffnet ritten die Furiere des französischen Königs durch die Straßen von Florenz. Sie wählten die Häuser aus, in denen ihr Herr mit seiner engeren Begleitung von zwölftausend Bewaffneten zu logieren gedachte. Mit dicken weißen Farbstrichen kennzeichneten sie Tore und Mauern und trugen in ihre Listen die Beschaffenheit und das Fassungsvermögen der jeweiligen Unterkunft ein. »Wir kommen als Gäste!« beruhigte der Offizier die jammernden Besitzer, die ihn zu überzeugen suchten, daß ihr Haus auch ohne Franzosen bereits von Familie und Verwandtschaft überfüllt sei; daß es unbequem sei und das Wasser schlecht. Noch nie zuvor hatte ein Florentiner so über sein eigenes Heim gesprochen. Wenn dann trotz aller Selbsterniedrigung die weißen Striche das geliebte Haus preisgaben, drohten die Bewohner mit den Fäusten den davonreitenden Franzosen nach: »Als Gäste? Gäste hat man geladen. Sie fallen nicht ein wie die Heuschrecken und fressen alles leer.«

Und doch hätte es noch schlimmer kommen können. Nach Pieros Flucht wählte die Signoria vier Parlamentäre aus. Unter der Führung von Savonarola begaben sie sich in Karls Lager. Die Franzosen empfingen sie mit höhnischer Zuvorkommenheit. Doch Savonarola ließ sich nicht darauf ein. »Weißt du nicht, daß du ein Werkzeug in den Händen des allmächtigen Gottes bist?« donnerte er ohne jede einleitende Floskel. Der König erzählte später, er hätte in diesem Augenblick ernsthaft daran gedacht, den Mönch auf der Stelle hängen zu lassen: ein Gemeindepfarrer, nicht einmal Bischof, der ihn duzte und zurechtwies wie einen Knaben! »Der Herr hat dich für die Reformation der Kirche bestimmt! Du bist der Große Cyrus, der uns angekündigt wurde. Du wirst die Sünde ausrotten, die von Italien Besitz ergriffen hat. Du wirst die Seelen retten. Aber du hast kein Recht, Florenz zu schädigen, denn Florenz ist auserwählt von Gott als neues Himmlisches Jerusalem!«

Unbewaffnet und einsam stand Savonarola vor dem König. Das spöttische Lächeln auf den Gesichtern der Franzosen war erloschen. Savonarola wartete auf Antwort. Der König schwieg. Er erhob sich, schritt mehrere Male nervös auf und ab, blieb vor Savonarola stehen und sah ihn forschend an. Der Mönch erwiderte seinen Blick, bis sich Karl umdrehte und wieder Platz nahm. Alle Anwesenden wußten, daß er schon vor Tagen entschieden hatte, Florenz zur Plünderung freizugeben.

»Du weißt, was der Herr von dir erwartet!« mahnte Savonarola, nun mit ruhiger Stimme wie ein Priester zu seinem Beichtkind.

Karl machte eine angewiderte Bewegung, als verjage er ein lästiges Insekt. »Geht nach Hause zurück und sagt euren Leuten, sie brauchen keine Angst zu haben! Eurer Stadt wird nichts geschehen. Wir werden als Freunde kommen, denen ihr für zehn Tage Gastfreundschaft gewährt. Dann ziehen wir weiter, und ihr habt wieder Ruhe in eurem Himmlischen Jerusalem.« Es fehlte nicht viel, und Karl hätte auf den Boden gespuckt, um sein Gesicht zu wahren. Ohne Dank kehrte ihm Savonarola den Rücken und stolzierte aufrecht hinaus. Seine Delegation folgte ihm schweigend. Bei der nächsten Predigt im Dom Santa Maria del Fiore lauschten vierzehntausend Gläubige Savonarolas Worten.

Die Florentiner versenkten ihre Wertsachen in die Brunnen, vergruben sie unter Sträuchern, schoben sie unter Holzdielen und Dachsparren. Sie schickten ihre unverheirateten Töchter in die Klöster und schafften ihre Pferde in die Wälder. Keiner ging mehr unbewaffnet auf die Straße, und unter jedem Kopfkissen lag ein Dolch. Dann kamen die Furiere und machten kein Geheimnis aus dem Datum, an dem der Allerchristlichste König von Frankreich in die – verbündete – Stadt einziehen würde: Es war der siebzehnte November 1494.

Als die Furiere in die Via degli Angeli einritten, waren alle Tore verschlossen und alle Fensterläden heruntergelassen. Francesca stand mit Baldo und Giuliano im ersten Stock und blickte durch einen Spalt des Fensterladens hinunter auf die Straße. Sie hörte, wie die Franzosen so lange an die Tore hämmerten und in ihrer fremden Sprache zu den Fenstern hinaufschrien, bis die Bewohner aufgaben, weil sie Angst hatten, man würde ihnen sonst die Türen eintreten und sich rächen.

»Wir können nichts dagegen unternehmen!« sagte Baldo zähneknirschend. »Man müßte sie mit der Peitsche aus der Stadt hinaustreiben und dahin zurückschicken, wo sie hergekommen sind!«

Die Furiere waren vor dem Palazzo del Bene angelangt. Sie hielten ihre Pferde an und blickten anerkennend nach oben. Der Offizier diktierte seinem Adjudanten einige Sätze. Dann begehrten sie Einlaß.

»Wir machen nicht auf!« Francesca war plötzlich atemlos vor Zorn. »Sollen sie tun, was sie wollen: In dieses Haus kommen sie nicht!«

Baldo schwieg. Der Lärm unten verstärkte sich. »Wir müssen öffnen!« sagte Baldo leise. »Monna Francesca, es tut mir leid!«

In diesem Augenblick wurde unten der schwere Torbalken zurückgeschoben. Mit einem Knall, der durchs ganze Haus hallte, schlug er gegen die Wand. »Welcher Verräter ist das?« rief Francesca. Sie sahen, daß die Franzosen zurückwichen, um jemandem Platz zu machen, der aus dem Haus trat.

Es war Matteo. Auf seinen Händen trug er eine mächtige Obstschale voll mit glänzenden roten Äpfeln. Er ging auf die Franzosen zu und bot ihnen das Obst an – eine graziöse Geste der Gastfreundschaft, deren Charme sich die Eindringlinge nicht entziehen konnten. Sie bedienten sich von dem Obst und bissen hinein, erleichtert, daß sie endlich nicht als Störenfriede behandelt wurden. Matteo verneigte sich sanft und machte eine einladende Gebärde, als wollte er sie ins Haus ziehen. Dazu redete er ununterbrochen.

»Er ist verrückt!« flüsterte Francesca. »Ich weiß nicht, was ich mit ihm mache, wenn ich ihn unter die Finger bekomme!«

Doch plötzlich fiel unten etwas zu Boden. Ein kleiner Gegenstand, den Matteo anscheinend in der Tasche seines Umhangs mit sich getragen hatte. Von oben her konnte man nicht erkennen, was es war, doch die Franzosen starrten darauf wie auf eine Schlange. Sogar die Zusehenden spürten, wie die Stimmung umschlug, als hätte sich eine Wolke vor die Sonne geschoben. Noch immer hielten die Franzosen die roten Äpfel in der Hand. Noch immer hörten sie Matteo zu, der noch immer freundlich, nun aber auch besänftigend auf sie einredete.

Da schleuderte plötzlich der Offizier seinen Apfel von sich, als wäre er vergiftet, beugte sich vor, riß Matteos Arm empor und schob seinen Ärmel in die Höhe. Matteo wehrte sich ein wenig und schien etwas zu erklären. Abzuwiegeln. Gesten der Beruhigung wie zu Kindern, die keine Angst haben sollen. Er faßte nun seinerseits nach dem Arm des Offiziers und zog ihn näher, gleichzeitig zum Haus weisend. Auch an die anderen wandte er sich und versuchte sie von etwas zu überzeugen.

Doch die Freundlichkeit in den Gesichtern der Franzosen

war verschwunden. Sie warfen die Äpfel zu Boden, weit weg von sich. Ein Soldat stieß sogar mit der Lanze nach der Obstschüssel, die Matteo auf der steinernen Bank vor dem Haus abgestellt hatte. Die Schale fiel zu Boden und zerbrach. Die Äpfel, die sich noch darin befanden, rollten über die Straße. Die Pferde wichen ihnen tänzelnd aus.

Der Offizier brüllte Matteo an, daß man es bis hinauf hörte, und bedrohte ihn mit dem Schwert. Matteo wich zurück. Fassungslos, wie es schien, zuckte er die Achseln und redete wie zuvor mit halbem, entschuldigendem Lächeln. Der Gegenstand, der zu Boden gefallen war, lag noch immer auf der Straße.

»Hoffentlich tun sie ihm nichts!« flüsterte Francesca, ohne die Situation zu begreifen. Die Diener, die sich um das andere Fenster drängten, diskutierten ängstlich miteinander.

Die Franzosen rollten die Augen, schimpften und drohten mit den Lanzen. Dann gaben sie ihren Pferden die Sporen und sprengten davon, ohne das Haus markiert zu haben.

Francesca schob die Läden hoch und sah ihnen nach, wie sie verschwanden, als wären Dämonen hinter ihnen her. Der Gegenstand lag nicht mehr auf der Straße. Als sich Francesca umdrehte, stand Matteo in der Tür. Sein Gewand war zerrissen, doch er grinste wie der frechste Gassenjunge. »Sie sind fort, Mamma!« verkündete er. »Haben Sie gesehen, wie eilig sie es plötzlich hatten?«

Francesca stürzte zu ihm und riß ihn in die Arme. »Was hast du gemacht, du Verrückter?« flüsterte sie und bedeckte ihn mit kleinen, erleichterten Küssen. Da hielt er ihr seinen Arm entgegen und schob den Ärmel hoch. Alle im Zimmer zuckten zurück: Die Haut auf der Innenseite des Arms war rot und eingezogen und von Pusteln übersät, als würde sie bald in Fäulnis übergehen. »Das ist Aussatz!« erklärte Matteo zufrieden. »Und das hier auch!« Er schob seine Haare zur Seite, und auch unter seinen Ohren war die Haut des Halses verfärbt und voller Schwären.

Francesca wurde es schwarz vor Augen. Nur mit Mühe hielt sie sich aufrecht. »Seit wann hast du das?«

Matteo lachte. »Seit einer Stunde!« Und dann erklärte er ihr – und da er Publikum liebte, auch allen anderen –, wie er sich in den letzten Tagen überlegt hatte, was man gegen die französische Besatzung unternehmen könne. Lorenzo de' Medici, der große Puppenspieler, sei immer sein Vorbild gewesen, daß List über Gewalt siege. »Als ich dann am Dom vorüberging, sah ich den Bettler dort. Pippo Spano, ihr kennt ihn doch alle: der Aussätzige. Vater sagt immer, er ist ein Betrüger, der sich selbst mit irgendeinem Trick die Haut so entstellt. Er selbst ist ihm einmal in einer Taverne begegnet, gut gekleidet und absolut gesund... So ging ich also zu Pippo und setzte ihm so lange zu, bis er mir seinen Trick verriet. Ich mußte nur versprechen, sein Geheimnis zu bewahren.« Matteo drohte den Dienern mit dem Zeigefinger. »Schwört beim Grabe eurer Mutter, daß ihr keinem etwas sagt, oder es wird euch alles abfallen! Ohne Pippo wäre dieses Haus in ein paar Tagen bis zur Decke hinauf voll mit Franzosen.«

Die Diener nickten und gingen murmelnd hinaus.

»Roter Leim!« flüsterte Matteo Francesca und Baldo zu. »Wenn man sich damit einreibt, zieht sich die Haut zusammen, und es sieht aus wie Lepra. Ich hoffe, ich bekomme es wieder ab.« Und er berichtete, daß er die Franzosen mit herzlichsten Worten ins Haus geladen habe. Es sei das Haus von Monna Luisa – »Nicht Ihr Name, Mamma, damit sie es später nicht wiederfinden!« – Monna Luisa sei die gastfreundlichste und barmherzigste aller Frauen. Sie wäre unendlich glücklich, die französischen Freunde in ihrem Haus zu bewirten. »Die Soldaten des Großen Cyrus!«

»Und das haben sie dir abgenommen?« fragte Baldo.

»Und wie!« Jeder gute Christ sei Monna Luisa willkommen, auch der Ärmste der Armen. »Da wurden sie schon ein wenig bedenklicher. Aber die Äpfel schmeckten ihnen immer noch. Darum ließ ich die Klapper fallen.« Er zeigte Francesca eine Seuchenklapper, die er sich von Pippo Spano ausgeliehen hatte. Francesca zuckte zurück. »Als sie die Klapper sahen, bekamen sie Angst, die tapferen Soldaten. Ich habe noch nie so viel

Angst auf einmal gesehen, Mamma!« Er redete ihnen noch immer zu, ins Haus zu kommen. »Zur gütigen Monna Luisa!« Sie bräuchten keine Angst vor der Krankheit zu haben. Nur drei der Gäste hätten die Lepra, und selbst bei denen sei sie zum Stillstand gekommen, weil Monna Luisa das Heilmittel gegen die Krankheit kenne: am Morgen schon Wein mit speziellen Kräutern und ein bestimmtes Brot mit Gewürzen, die Monna Luisa als persönliches Geheimnis hüte. Sollten sich die Herren also wider Erwarten doch anstecken, würde Monna Luisa sie schnell wieder heilen. »Das hat ihnen den Rest gegeben, Mamma!«

Francesca schüttelte den Kopf. »Es ist gut, daß sie fort sind!« sagte sie erschöpft. »Aber so etwas darfst du nie wieder tun, versprich mir das!«

Matteo lachte. »Das gleiche nicht!« Er zuckte die Achseln. »Aber wenn es nötig sein sollte, vielleicht etwas anderes.«

Giuliano sah ihn finster an. »Das war ein Betrug!« sagte er kalt. »Du hast sie besiegt, aber du hast ihre Sünden nun auf deine Seele geladen.«

»Hätten wir tatenlos zusehen sollen, wie sie sich bei uns einnisten?«

»Ja. Dann wären sie die Schuldigen gewesen.«

»Und wir die Opfer!«

»Die Opfer sind ohne Schuld. Der Herr liebt sie. Er ist selbst den Opfertod gestorben.«

»Du gehst zu oft zu den Predigten deines Frate. Das macht feige.«

»Fra Girolamo ist nicht feige. Aber was er sagt, ist immer nur die Wahrheit. So hat er die Plünderung von uns abgewandt. Gegen die Einquartierung konnte er nichts ausrichten. Aber sie ist zu ertragen.« Auf Giulianos Gesicht zeigten sich rote Flecken. »Die Krankheit ist eine Botschaft Gottes. Man treibt nicht Scherz mit ihr. Man benutzt sie nicht als Werkzeug. Sogar das weltliche Gesetz sagt, daß Simulanten an drei aufeinanderfolgenden Samstagen öffentlich ausgepeitscht werden sollen.«

»Und wenn sie das nicht überleben?«
»Dann ist wenigstens Gerechtigkeit geschehen.«
»Ich weiß, wie ihr die Menschen liebt!«
Giuliano schüttelte den Kopf. »Unsere Liebe gehört den Schwachen in Christo. Wer den Leprösen auf den Mund küßt, küßt Jesus.«
Matteo zuckte die Achseln, entschlossen, sich seinen Tag nicht verderben zu lassen. »Gut, daß die Franzosen anderer Meinung waren!«

3

Dichte, braune Wolkenballen ließen die Sonne nicht einmal ahnen. Ein vorwinterlicher Sturm fegte über die Dächer und durch die Gassen. Es regnete so heftig, daß sich die Keller am Arno mit Wasser füllten. Die Eroberer – auch wenn sie sich selbst als Gäste bezeichneten – näherten sich den Mauern der Stadt, deren Tore noch geschlossen waren. Sie öffneten sich erst zögernd, als bei den Ankömmlingen schon Unmut ausbrach und sie von den nachfolgenden Schwadronen gefährlich zusammengedrängt wurden. Zwölftausend Bewaffnete – eine riesige, kriegerische Prozession – forderten Einlaß: die Kavallerie prächtig gekleidet und aufgezäumt wie für ein Turnier; sogar die Artillerie von Pferden gezogen und nicht – wie man es in Italien kannte – nur von Ochsen. Mitten unter den Franzosen eine Einheit von Schotten in bunten Gewändern wie aus einer anderen Welt, mit einer Musik, die dem Sturm trotzte und den Florentinern an ihren Fenstern die Trommelfelle zerriß.
Alles wartete auf den König, Karl VIII. von Frankreich, der jedoch erst an der Spitze der Nachhut in die Stadt einritt. Enttäuschend klein gewachsen war er und von schwächlichem Körperbau. Ein langer Reitumhang im Blau der Könige, der sogar den Leib des schwarzen Schlachtrosses bedeckte, sollte ihn wohl imposanter erscheinen lassen, ebenso wie auch der breitrandige weiße Hut, den Karl immer wieder mit der Hand

festhalten mußte, sonst hätten ihn die Sturmböen davongetragen. Wie sehr hätten sich die Florentiner in ihren Fenstern darüber gefreut und wie inbrünstig dankten sie dem Himmel für das stimmige Wetter, das die geehrten Gäste bis auf die Haut durchnäßte und ihren Hochmut verwehte! Man gönnte dem König seine Bedrängnis um so mehr, als er quer über den Schenkeln seine Lanze trug als Zeichen der Eroberung... Stampfend und klirrend bewegte sich der Zug der Soldaten auf das Zentrum der Stadt zu, die Banner im Sturm gefährlich schwankend und vom Regen ihrer flatternden Würde beraubt. Die Signoria bestimmte den cholerischen Piero Capponi und drei weitere Bevollmächtigte als Gesprächspartner für die Franzosen. Bald fanden sie heraus, daß Karl seine Zusagen an Savonarola längst bereute, vor allem seit er im Palazzo Medici Quartier genommen und den Reichtum der Stadt kennengelernt hatte. Eine Plünderung stehe dicht bevor, munkelten die Florentiner voll Entsetzen und flehten den Prior von San Marco an, seinen Einfluß auf den wankelmütigen König geltend zu machen.

Savonarola war seit Tagen nicht in der Stadt gesehen worden. Es hieß, er faste bei Brot und Wasser und bete für seine Mutter, die vor zwei Tagen ein sanfter Tod im Schlaf von den Kümmernissen des Lebens erlöst hatte, und für Pico della Mirandola, der während des Einzugs der Franzosen gestorben war. Pico, den Lorenzo *Il Conte* genannt hatte! Der *Phönix der Talente*, hochbegabt und zugleich schön wie ein Modell des Phidias... Nicht nur Lorenzo hatte ihn geliebt, auch Savonarola tat es. Er liebte ihn für seine religiöse Inbrunst, seine Gelehrsamkeit, »größer als die des Augustinus«, und für seine Sanftheit, und er hatte den Wunsch, ihn für die Dominikaner zu gewinnen. Pico zeigte sich geneigt. Und doch zögerte er. Man sagte, es sei wegen der jungen Frau, die sein Herz immer noch gefangenhielt. Erst auf dem Sterbelager, als sich vor der Stadt schon die Franzosen formierten, nahm Pico den Habit der Dominikaner an. Als es mit ihm zu Ende ging, bezogen die Franzosen eben ihre Quartiere und hängten blaue, mit den französischen Lilien bestickte Tücher in die Fenster, und über dem Palazzo de' Medici wehte das Lilienbanner des Königs.

Zur *Zeit der Lilien* werde Pico sterben, hatte ihm einst die fromme Camilla Rucellai geweissagt, und er hatte angenommen, sie meine den Frühling. Nun war es November, und dennoch stand die Stadt unter der Herrschaft der Lilien. Kein Frühling – doch für Pico die Zeit zu sterben... Sogar Karl war betroffen, als man es ihm berichtete. Er pries den *Conte* und sagte, hätte jener länger gelebt, so hätte er mit seinen Schriften alle Menschen in den Schatten gestellt »seit acht Jahrhunderten und in Zukunft«.

Auch Savonarola weinte und erklärte, Pico habe viel gesündigt und nicht mehr genug Zeit zur Buße gehabt. Dennoch werde er nicht in die Hölle kommen, sondern wegen seiner Güte und Almosen nur ins Fegefeuer.

»Wirst du mit dem König sprechen, Bruder?« drängten die Abgesandten der Signoria. Savonarola gebot ihnen abzuwarten. »Dann werden sie uns eines Morgens in unseren Betten überfallen und ermorden!« rief Piero Capponi. Doch Savonarola schüttelte den Kopf. »Ich weiß, was geschehen wird, und sage euch: Habt keine Angst!«

So umschlichen einander die Bürger von Florenz und ihre Gäste. Gegen ihren Willen waren die Florentiner beeindruckt von der prunkvollen Kleidung der Franzosen und ihrer modernen Bewaffnung. Die Franzosen ihrerseits staunten über die massiven Palazzi der großen Familien, über die Pracht der städtischen Gebäude und über das vornehme Benehmen und die würdevolle Kleidung selbst der kleinen Leute in der Stadt.

Noch immer war nicht entschieden, ob Karl Florenz verschonen würde. Piero Capponi und seine Begleiter verhandelten täglich mit den Franzosen, doch sie kamen nicht voran. Mit jedem Zusammentreffen wurden Karls Bedingungen unannehmbarer, und immer weniger konnte sich Piero Capponi im

Zaum halten. Zuletzt fühlte sich der König durch sein Benehmen so herausgefordert, daß er Capponi anschrie: »Ergebt euch, oder wir werden unsere Trompeten blasen!« Woraufhin Capponi den Vertragsentwurf wütend zerriß, die Fetzen auf den Boden warf, darauf herumtrampelte und zurückbrüllte: »Dann blast nur, Majestät! Und wir werden die Glocken läuten!«

Der König wußte, worauf Capponi anspielte. Schon am zweiten Tag der Besatzung hatte überraschend die große Glocke des Palazzo della Signoria zu läuten begonnen – die *Vacca*, mit der die Signoria bei Gefahr die männliche Bevölkerung auf den Platz rief. Schon bei den ersten Glockenschlägen rasselten die Gitter aller Läden herunter. Die Bürger stürzten aus den Häusern und errichteten auf allen Hauptstraßen Barrikaden. Die Franzosen gerieten in große Unruhe und befürchteten eine Revolte. Da hörte die Glocke unvermittelt wieder auf zu schlagen, und als hätte eine Zauberhand Ruhe geboten, wurden die Läden wieder geöffnet und die Barrikaden verschwanden so blitzartig, daß die Franzosen nicht einmal verfolgen konnten, wohin. Als sie bei der Signoria nachfragten, belehrte man sie, es hätte ein Gerücht gegeben, Piero de' Medici stünde vor den Toren der Stadt, um sie zu erobern. Da habe man sich auf einen Straßenkampf vorbereitet.

Am nächsten Tag war die Leibwache des Königs in Schlachtordnung von ihrem Lager an der Stadtmauer in Richtung der Piazza marschiert. Noch ehe sie aber in deren Nähe kam, hagelten von den Dächern und Fenstern der Häuser Ziegel, Geschirr und und Mobiliar auf die Helme der überraschten Soldaten. Eilig kehrten sie um – und die Bürger kletterten von den Dächern, als wäre nichts geschehen, schlossen die Fenster und sammelten ihren Besitz wieder ein... Keiner von ihnen ging mehr ohne Waffe auf die Straße und jeder trug in seiner Tasche einen schweren Stein als Wurfgeschoß für den Notfall. Begegnete er einem Franzosen, holte er den Stein ganz beiläufig aus der Tasche und wog ihn in der Hand.

An all das erinnerte sich der König, als Capponi seine Ehrerbietung vergaß. Als ihm dann auch noch Savonarola ein Messingkreuz vor die Nase hielt, ihn mit dröhnender Stimme an seine göttliche Sendung als neuer Cyrus erinnerte und ihn mit allen Strafen der Hölle bedrohte, fürchtete Karl um seine Seele und vielleicht auch um sein Renommee in der Geschichte und bestätigte die ursprüngliche Vereinbarung mit dem Frate.

Zehn Tage nach ihrem Einzug verließen die französischen Truppen Florenz in Richtung Rom, im Gepäck des Königs als persönliche Beute jene Schätze der Medici, die die Plünderung durch den Pöbel überstanden hatten. Sie hatten immer noch einen Wert von über siebentausend Dukaten. Florenz aber, die Stadt, war gerettet.

XII. Matteo

1

Manchmal wachte Francesca in der Nacht plötzlich auf, und ihr Herz klopfte vor Angst. In der Dunkelheit wußte sie erst gar nicht, wo sie sich befand, als hätte sie vergessen, daß sie ein eigenes Bett besaß in einem eigenen Schlafzimmer ihres eigenen Hauses. Sie meinte, sie wäre in der Finsternis verlorengegangen, irgendwo außerhalb des Weltenrandes, den Vogelmenschen und Menschendrachen bevölkerten, und über den jene stürzten, die sich zu weit von ihrem Zentrum fortgewagt hatten. Dann öffnete sie die Augen ganz weit, um Umrisse zu finden, nach denen sie sich orientieren konnte. Sie erkannte die hohen, grauen Rechtecke der Fenster, nur wenig heller als die Nacht, und ihre Angst zog sich langsam zurück. »Was hast du denn?« murmelte Marco dann, mehr schlafend als wach, und Francesca antwortete: »Nichts. Es ist alles in Ordnung.«

Doch das Aufschrecken kam immer wieder, ohne daß sie sich an den vorangehenden Traum erinnern konnte. Zugleich kehrte auch die Angst zurück. Nach und nach gewöhnte sich Francesca daran, bis sie auch tagsüber manchmal zusammenzuckte und die Beklemmung in ihrer Brust spürte, als stünde etwas Bedrohliches hinter ihr und warte nur darauf, seine schwere Hand auf ihre Schulter zu legen. »Ich weiß nicht, wovor ich mich fürchte!« gestand sie Marco. »Es ist doch alles wieder besser geworden in letzter Zeit!«

Marcos Reise nach Lyon war erfolgreich gewesen. Ohne lange zu fragen, hatte man ihm sein Guthaben ausbezahlt und liebenswürdig hinzugefügt, man habe überhaupt nichts gegen

Florenz und seine zuverlässigen Kaufleute. Nur die Medici und ihre Anhänger seien Feinde Frankreichs. »Sie sind doch kein Medici-Freund, Monsieur, oder?«

»Ich bin ein Freund erfolgreicher Geschäfte!« hatte Marco vorsichtig geantwortet.

»Ist Ihnen bekannt, Monsieur, daß nach dem Tode Ihres prächtigen Lorenzo seine Kontobücher nicht mehr aufzufinden waren?«

Marco nahm sein Geld an sich. »Es war mir nicht bekannt, Signore!« antwortete er und verabschiedete sich höflich.

Viel eiliger als bei seinen früheren Reisen war Marco nach Florenz zurückgekehrt, diesmal ohne sich wie sonst unterwegs reichlich mit Waren einzudecken. Nur ein paar Ballen schwarzer Brüsseler Spitze hatte er im Gepäck für jene Damen von Florenz, die zu ihren Kirchgängen nicht nur unter Schleiern aus Wolle oder Leinen erscheinen mochten. Auf weitere Artikel verzichtete er. Was sollte man in eine Stadt mitbringen, deren höchste Lust es war, zu fasten und zu beten? Solange sich das nicht änderte, würde er sich wohl noch oft auf den Weg machen müssen, um von seinen ausländischen Niederlassungen aus die Geschäfte zu lenken. Florenz, das Florenz Savonarolas, lag außerhalb der Welt des Handels und des Geldes.

»Diese Stadt wird verarmen!« sagte Marco bedrückt zu Francesca, und sie dachten beide an Duccio, dessen jüngste Tochter Lucia wohl für unabsehbare Zeit mit ihrer Heirat warten mußte, weil Duccio, dem ein Herzleiden zu schaffen machte, nicht mehr auf Reisen gehen konnte. Unverlangt lagen seine Luxuswaren in den Magazinen fest, und er war nicht in der Lage, eine angemessene Mitgift aufzubringen. Einen Schwiegersohn passenden Standes vermochte er nicht auszusteuern, und für eine Heirat mit einem einfachen Mann war ihm seine Tochter zu schade.

»Ich baue auf den Wandel der Verhältnisse!« tröstete er sich und zitierte einen siebenhundert Jahre alten Spruch, den er auf seiner allererste Reise ins ferne Deutschland in der Kirche eines Klosters mit dem unaussprechlichen Namen *Maulbronn* gelesen hatte: »Mangel erzeugt Zucht, Zucht führt zu Überfluß, und Überfluß zerstört die Zucht wieder.«

»Und danach?« fragte Marco. »Hast du herausgefunden, an welcher Stelle der Entwicklung wir im Augenblick stehen?«

Duccio zuckte die Achseln. »Auf jeden Fall an der falschen!« murmelte er mißmutig und demonstrierte, wie weit ihm sein Wams geworden war, weil ihm nicht einmal das Essen mehr Vergnügen bereitete.

»Wir müssen uns auf die neue Situation einstellen!« erklärte Marco und ordnete an, daß Giuliano auf seine Studien in der Schule von San Marco zu verzichten habe, um unter Baldos Aufsicht in der Goldschmiede das Handwerk seines Großvaters zu erlernen. »Wenn ich weiterhin so viel unterwegs bin, ist es nötig, daß einer meiner Söhne das Handwerk versteht. Wer weiß, ob ich Baldo nicht auch auf Reisen schicken muß.«

Für Matteo, dessen Traum es gewesen war, die Universität zu besuchen, entschied Marco, daß er zuerst das Metier eines Kaufmanns lernen solle, so wie Marco selbst. »Ich wäre in deinem Alter auch lieber mit meinen Kameraden unterwegs gewesen!« sagte er zu ihm, der die Ankündigung schweigend hingenommen hatte. »Glaube mir, ich war der sportlichste unter allen meinen Freunden. Immer in Bewegung, immer unterwegs. Zu meiner besten Zeit sprang ich sechs Ellen hoch und konnte eine Münze auf die Spitze eines Turms werfen. Es schien mir unvorstellbar, den ganzen Tag lang an einem Pult zu stehen und Briefe zu schreiben.«

Matteo widersprach mit keinem Wort. Schon am nächsten Tag fand er sich pünktlich im Kontor ein und wartete auf Anweisungen – viel blasser als sonst, still und ohne Lächeln. Er tat, was ihm gesagt wurde, und er tat es gut und flink. Marco war mit ihm zufrieden. »Fünfzehn Jahre ist der Junge erst!« sagte er anerkennend zu Francesca. »Aber rechnen kann er, als hätte er sein Leben lang nichts anderes getan.«

Francesca war weniger zuversichtlich. »Mein liebes Kind!«

sagte sie leise eines Morgens, als Matteo sich anschickte, Marco ins Kontor zu folgen. »Es tut mir leid um deine Träume. Aber vielleicht sieht in einem Jahr alles schon wieder ganz anders aus!« Sie umarmte ihn. »Wie groß du geworden bist, mein kleiner Matteo!«

Matteo lächelte, um sie zu beruhigen, aber es war ein anderes Lächeln als früher. »Es macht nichts, Mamma!« sagte er mit einer Munterkeit, die falsch klang. Dann begab er sich an seinen Arbeitsplatz und bald, so erzählte Marco stolz, übernahm er einen Teil der Korrespondenz... Bis tief in die Nacht blieben Marco und sein Sohn nun im Kontor. Wenn Matteo dann zurückkam, ging er gleich zu Bett. Er traf sich nicht mehr mit seinen Freunden und verließ das Haus nur noch zusammen mit Marco oder zum Kirchgang.

Francescas Alptraum verstärkte sich. Eines Mittags, als sie mit Teodora über den Alten Markt ging, zuckte sie plötzlich zusammen und war überzeugt, daß Matteo nicht die Wahrheit gesprochen hatte. »Etwas stimmt nicht!« sagte sie laut.

»Nichts stimmt mehr in letzter Zeit!« antwortete die Sklavin.

2

Auch die Stadt hatte sich verändert. Wenn Francesca die Piazza überquerte, stand nun nahe dem Eingang des Palazzo della Signoria Donatellos gewaltige Bronzeskulptur *Judith und Holofernes*, die vor kurzem noch den großen Springbrunnen im Garten der Medici geschmückt hatte. Lorenzo hatte sie bewundert, wenn auch nicht geliebt. »Da ich ein Mann bin, macht sie mir ein wenig angst!« hatte er lächelnd zu Francesca gesagt. Sie sah ihn noch vor sich, wie er zu Judith emporblickte, die hoch aufgerichtet hinter dem knienden Holofernes stand, dem verhaßten Feind aus Assyrien. Mit der Linken hielt sie an den Haaren seinen Kopf fest, die Rechte mit dem Schwert holte aus, um Holofernes mit einem einzigen Hieb zu enthaupten. »Sehen Sie diesen entschlossenen Zug um ihren Mund, Monna Francesca?« hatte Lorenzo gefragt. »Diese Frau haßt den Tyrannen. Nur sein Tod kann sie befriedigen.«

Als der Pöbel den Medici-Palast geplündert hatte, ließ die Signoria das Standbild durch die Stadt auf die Piazza schaffen als Sinnbild für den Tyrannenhaß der Florentiner. Judith Florenz tötete Holofernes de' Medici. Sie tat es mit Eleganz, Mut und Grausamkeit. Florenz hatte sich vom Joch der Medici befreit und war die Stadt Gottes geworden. Ihr König war Jesus Christus, wie es die neue Inschrift über dem Portal des Palazzo della Signoria verkündete: *Jesus Christus Rex Florentini Populi S.P. Decreto electus.* Das Sagen in der Stadt aber hatte der Prior von San Marco, Girolamo Savonarola. Er hatte begonnen, seinen Tempel zu bauen, und seine Anhänger verehrten ihn wie einen Heiligen.

Wenn einer nur verdammt wird, dann prüfe es nach; wenn einer nur gelobt wird, dann prüfe noch sorgfältiger! las Francesca in einem der Bücher, die sie von ihrem Vater bekommen hatte als eine Mitgift, die Baldassare Lanfredini höher schätzte als Goldstücke und kostbaren Hausrat.

Noch immer verfaßte Francesca jede dritte Woche einen Brief an ihren toten Vater. Sie faltete das Papier, als wollte sie es tatsächlich versenden und versiegelte es zum Schluß, so daß bisher nicht einmal sie selbst die alten Briefe jemals wieder gelesen hatte. Als wären sie unerwünscht zugestellt worden, lagen sie ungeöffnet in ihrer Schatulle. Manchmal hätte Francesca gerne nachgeprüft, was genau sie damals empfunden hatte, als sie als halbes Kind nach Florenz gekommen war, aber dann meinte sie, es sei noch nicht Zeit, zurückzublicken. So fuhr sie fort, jeden neuen Brief zu versiegeln und ihn damit in ein Dokument ihres Lebens zu verwandeln, das nicht aus Laune oder Langeweile hervorgeholt und wieder beiseite gelegt werden durfte. Dennoch spürte sie jedesmal, wenn sie den Deckel der Schatulle hob, daß sie nicht mehr die gleiche war wie damals, und daß auch Marco nicht mehr der selbstbewußte junge Mann war ohne Angst und ohne Zweifel, der ihren Körper mit Goldstücken übersät hatte. Das Gold aus Lyon hatte er ihr gezeigt und dann gleich weggeschlossen. Es hatte keinen erotischen Reiz mehr für ihn, nur noch den Tauschwert der Selbsterhaltung, des Überlebens und vielleicht der Macht.

Wenn einer nur verdammt wird, dann prüfe es nach; wenn einer nur gelobt wird, dann prüfe noch sorgfältiger! – Keiner in Florenz wurde gelobt wie Girolamo Savonarola und keiner so erbittert verdammt. Für die meisten war er ein Heiliger, den Gott gesandt hatte, damit er den Menschen zeige, wie sie zu leben hätten. Ein Mann Gottes und der Welt zugleich, dessen Predigten Fackeln waren, die die Sünde entlarvten und den Weg zur Tugend beleuchteten.

»O ihr Sünder, o ihr Widersetzlichen, o ihr Lauen!« rief er, und sein Herz schien zu zerspringen vor Eifer und dem Wunsch, die Seelen zu retten. »O ihr alle, die bis zuletzt zögern zu bereuen, *agite poenitentiam*, tuet Buße! Tut sie jetzt, säumt nicht länger, denn der Herr erwartet euch noch und ruft euch zu sich. Hört meine Worte, nicht wie von mir, sondern als von Gott gekommen! ... O ihr Reichen, o ihr Armen, tut Buße; und ihr Reichen, gebt den Armen Almosen! *Peccata tua elemosinis redime!*«

Aus Überzeugung und um ein Beispiel zu geben, ließ er die heiligen Gefäße seines Klosters einschmelzen, um mit dem Erlös die Armen zu nähren. »Die Nächstenliebe bricht jedes Gesetz!« verkündete er und verlangte, daß jeder Bürger abgebe, was er zuviel besitze. Auch der Klerus, der doch auf dem Weg Christi wandle, dürfe sich nicht ausschließen und solle ein Zehntel seiner Einnahmen für die Armen spenden. »Mögen mich die Prälaten deswegen auch einen Häretiker nennen!«

»O ihr Mönche, laßt das Überflüssige sowohl in der Kleidung wie mit dem Geld wie in dem vielen Fett eurer Abteien und Pfründen! Gebt euch der Einfachheit hin und arbeitet mit euren Händen, wie es die alten Mönche getan haben, eure Väter und Vorgänger! Wenn ihr es nicht freiwillig tut, wird die Zeit kommen, da ihr dazu gezwungen werdet!

O ihr Geistlichen, hört meine Worte! Laßt euren Prunk und eure Einladungen und eure Gelage, die ihr so glänzend veranstaltet! Laßt, sage ich, eure Geliebten und eure Lustknaben! Laßt jenes unaussprechliche Laster, jenes verfluchte Laster, das so sehr den Zorn Gottes über euch herausgefordert hat! Wehe, wehe euch, ihr Wollüstigen! Zieht das Bußhemd an und tut die Buße, die ihr braucht! Das befehle ich euch als euer Vater.«

Und Florenz, das lebenslustige Florenz, folgte seinem Ruf. Das Kloster von San Marco vermochte nicht mehr, alle jene aufzunehmen, die sich plötzlich zum Mönchsleben berufen fühlten. Die Mauern des Doms schienen zu bersten von der Masse der Gläubigen, die zu den Predigten des Frate drängten. Die eleganten Damen von einst legten ihre samtenen Kleider in allen Farben des Paradieses ab, hüllten sich in schmucklose dunkle Gewänder wie die Witwen und Nonnen und verbargen ihr gelocktes Haar unter schwarzen Schleiern, als wäre es auf einmal eine Sünde, schön zu sein und sich voneinander zu unterscheiden.

Man betete und fastete und war müde vom vielen Beten und Fasten. Man gab den Armen und lächelte ihnen zu, als wären sie Christus selbst, und hatte vor lauter Barmherzigkeit und Lächeln Mühe, zu den eigenen Hausgenossen auch noch freundlich zu sein. Man war ein guter Mensch; ein gottesfürchtiger Mensch, der seinen Nächsten liebte wie sich selbst. Man hinterging nicht mehr bei Geschäften. Man versuchte überhaupt, Geschäfte zu vermeiden. Die Jungen spielten nicht mehr Ball auf den Plätzen, sondern veranstalteten Prozessionen, in denen sie mit Gebet und Gesang den Herrn lobten. Florenz war eine Stadt der Engel geworden.

Nur manchmal brach das hitzige Blut der toskanischen Himmelskinder um so gewaltsamer hervor. Bei einer dieser Gelegenheiten fiel ihnen Antonio di Bernardo in die Hände, der als ehrenwerter Beamter unter Piero de' Medici das *Nationale Schuldbüro* geleitet hatte. Ihn machte man nun dafür verantwortlich, daß in Florenz die Geldströme nicht mehr flossen wie einst. Die Menge bemächtigte sich seiner, schleifte ihn unter

Beschimpfungen, Schlägen und Steinwürfen zum Bargello und hängte ihn an einem Fenster auf.

»*Pace, Firenze!*« rief Savonarola, als er von der Untat erfuhr. »Friede, Florenz! Du hast dich mit diesem Blut befleckt!« Er drohte mit der Faust von der Kanzel, und der Dom war so voll von Menschen, daß einige erdrückt wurden. Alle weinten wegen der Sünde des Mordes, gelobten Buße und hatten das Opfer Antonio di Bernardo längst vergessen. Vierzehntausend Menschen rangen die Hände zur Kanzel und zum Himmel und waren wie ein einziger.

»Ich werde niemals zu seinen Predigten gehen!« gelobte Francesca und besuchte mit ihrer Familie die Messen von Orsanmichele, wo ein paar andere Unzufriedene einem ebenso unzufriedenen Prediger zuhörten, in dessen Worte die mächtigen Glocken des Doms hineinhallten, wo das andere Florenz seufzte, litt und sich berauschte.

3

»He, Medici-Knecht!«

Es war nicht das erste Mal, daß Matteo diese Stimmen hinter sich hörte. Ihm war, als lauerten sie den ganzen Tag darauf, daß er allein das Haus verließ. Hinter jeder Straßenecke schien jemand auf ihn zu warten, um ihn zu bedrohen: flüsternd, daß nur er es hören konnte; schnell dahingesagt im Vorübergehen oder vielstimmig johlend, von Steinwürfen begleitet. Pfiffe. Ein Stoß in die Rippen aus der Menge heraus. Einer, der sich breitbeinig vor ihn stellte und ihn einfach nur angrinste. Medici-Knecht!

Matteo wollte nicht, daß seine Mutter von der Bedrohung erfuhr. Zu Beginn meinte er noch, man würde ihn vergessen, wenn er der Straße nur lange genug fernblieb. Aus diesem Grund war er sogar froh, als Marco ihn ins Kontor befahl. Was er aber immer noch befürchtete, waren die kleinen Botengänge, die Marco ihm auftrug, weil er meinte, seinem Sohn damit eine Freude zu bereiten. Manchmal reichte Matteo den Befehl an einen der Knechte weiter und versteckte sich indessen im Garten oder in einem unbenutzten Zimmer. Meistens aber konnte er nicht vermeiden, das Haus zu verlassen, und dann fühlte er sich von allen Seiten bedroht. Ohne rechts oder links zu schauen eilte er durch die Straßen, verschloß sein Gehör und preßte die Lippen zusammen, den Blick gesenkt.

Er war nicht mehr der heitere, unbeschwerte Knabe, der von der Schönheit und Vergänglichkeit der Jugend gesungen hatte und von all den Freuden der Welt, die nun als überflüssig und anrüchig galten. Er war ein Verfolgter geworden und schämte sich dafür so sehr, daß er seiner Familie die Mitwisserschaft ersparen wollte.

»Sodomit!« hatte ihn einmal ein großer, rotgesichtiger Bursche beschimpft und mit seiner fetten Hüfte ein paar unzüchtige Bewegungen angedeutet. »Hast du's auch mit dem alten Poliziano getrieben?«

Da konnte sich Matteo nicht mehr beherrschen. Er stürzte sich auf den Burschen und schlug mit den Fäusten auf ihn ein. Doch jener lachte nur. Er war nicht viel größer als Matteo, aber doppelt so kräftig. An seiner Statur prallte Matteos Geschicklichkeit ab. Erst als Matteo aufgab, packte ihn der andere, ohrfeigte ihn mehrere Male und stieß ihn mit dem Kopf gegen die Wand... Das war mittags, doch am Abend erst kam Matteo verletzt nach Hause und erzählte Francesca, ein Pferd habe ihn umgerannt.

Es war eine unerwartete Erfahrung für Matteo, abgelehnt zu werden, ohne jede Gelegenheit, sich zu erklären und das Gegenüber mit dem Charme seines Lächelns und seiner Intelligenz für sich zu gewinnen. Was ihm hier entgegenschlug, war brutale Gewalt. Kein passendes Wort und keine freundliche Geste erreichten jene. Sie sagten nein zu ihm, weil inmitten all der himmlischen Harmonie etwas in ihnen danach gierte, einen Feind zu haben, den sie straflos verachten durften und vielleicht sogar vernichten.

»*Pace, Firenze!*« hörte Savonarola nicht auf zu fordern. Er rief den *Universalen Frieden* zwischen den Bürgern aus, damit die feindlichen Parteien der Stadt endlich aufhörten, einander zu bekriegen. *Vendetta*, Rache, war das bittere Wort, das durch die Straßen zischelte. Vendetta für die Verwandten, die nach Pieros Vertreibung den Tod gefunden hatten. Vendetta für das gestohlene Gut. Vendetta für die geraubte Ehre... »*Pace, Firenze! Pace!*« Und zu gleicher Zeit: »Medici-Knechte!« »Heuler!« »Kuttenbrüder!« ... Das Himmlische Jerusalem erstrahlte nur für die wenigen Stunden, in denen Savonarola auf der Kanzel stand und nur in seinem unmittelbaren Umkreis. Wenn der Hall seiner mächtigen Stimme verklungen war, reckte die Sünde wieder ihr Haupt, mochte er sie noch so leidenschaftlich verdammt haben.

Ein Himmlisches Jerusalem – aber kein Paradies. Savonarola erkannte, daß die Stadt eine Ordnung brauchte. Christus als König mochte die Seelen beherrschen. Für Recht und Gerechtigkeit aber war er wohl zu groß und zu fern. Zu groß und zu fern auch für die verblassenden Fußstapfen des Magnifico. Erst jetzt fing Savonarola wohl an, das politische Genie Lorenzos zu begreifen... So stieg er von der Kanzel herab und erarbeitete mit der Signoria eine neue Verfassung für Florenz. Nach dem Vorbild der Republik Venedig sollte ein Volksstaat entstehen: die Signoria wie bisher als Regierungsgewalt; daneben als gesetzgebende Versammlung der *Große Rat*, in den die Bürger eintraten, die dreißig Jahre alt wurden, Steuern bezahlten und Beamte unter ihren Vorfahren hatten. Von den neunzigtausend Einwohnern der Stadt qualifizierten sich dreitausendzweihundert. Ein Drittel von ihnen sollte in den ersten sechs Monaten amtieren, das nächste im folgenden Halbjahr und danach die übrigen. Jeweils achtzig von ihnen, die mindestens vierzig Jahre alt sein mußten, wurden ausgewählt, die Signoria zu bewachen und zu beraten.

Der Große Rat erließ unverzüglich neue Gesetze. Savonarola leitete die Formulierung. Er versprach soziale Gerechtigkeit und weniger Steuern und leitete eine politische Amnestie ein, die sogar einigen gemäßigten Medici-Anhängern die Rückkehr gestattete. Mit seinem glühendsten Eifer aber kämpfte Savonarola um ein Gesetz, das zu lebenslanger Haft oder zum Tode Verurteilten die Möglichkeit geben sollte, an das Volk zu appellieren. Auf Verlangen des Verurteilten sollte die *Vacca*, die Glocke des Palazzo della Signoria, geläutet werden und das Volk von Florenz zum Großen Rat rufen. Dieser sollte dann als oberster Souverän über die Berufung entscheiden: über Leben oder Tod. *Pace, Firenze! Pace!* Kein Mensch sollte mehr sterben müssen, weil Richter irrten oder irren wollten.

Der Bruder war kein glutäugiger Massenmörder. Hätte er jetzt Florenz verlassen, wie er gekommen war: zu Fuß, in einer verschlissenen Kutte und dünnen Sandalen, einen Stock in der Hand, Bibel und Gebetbuch als einzigen Besitz – man hätte ihn in Florenz für immer als Heiligen gerühmt und verehrt... Und war es das denn nicht gewesen, wonach er sich in den einsamen, enttäuschten Nächten seiner Jugend in Ferrara gesehnt hatte? Heiligkeit? – Und Martyrium, denn erst das tiefste Leid, der gewaltsame Tod, führte empor zur wahren Heiligkeit!

»Ich kann Florenz nicht mehr verlassen!« sagte Savonarola verwirrt, als er erkannte, daß seine Reformen nicht überleben würden, wenn er nicht da war, um zu mahnen und zu drohen. Wenn er jetzt fortging, würden die politischen Parteien übereinander herfallen. *Pace Firenze? Universaler Friede?* Kein Himmlisches Jerusalem mehr, sondern Dantes *Inferno*... Er konnte nicht mehr fortgehen. Vielleicht wollte er es auch nicht.

»O Herr, gib mir das Martyrium!« flehte er im Rausch des Glaubens. »Laß mich für dich sterben, wie du für mich gestorben bist!« Doch dann packten ihn wieder Angst und Zweifel, und er klagte: »Hilf mir, o Herr! Ich sehe den Hafen nicht mehr!«

Die Gläubigen unter der Kanzel blickten zu ihm empor, wie er da vor ihnen litt und mit sich kämpfte, wie ein jeder manchmal leidet und kämpft. Es kam ihnen vor, daß er diese Qualen stellvertretend für sie alle ertrug und daß es vielleicht genügte, ihn dabei zu begleiten und sich in den wenigen Stunden eines Gottesdienstes von der Süße seiner Pein mitreißen zu lassen, um danach gereinigt nach Hause zurückzukehren.

»Wir haben es seinerzeit manchmal ja wirklich recht bunt getrieben!« gab Duccio einmal zu. Micaela erschrak und wagte nicht, nachzufragen.

»Deshalb brauchen wir jetzt aber nicht gleich die Heiligen zu spielen!« antwortete Marco ärgerlich. Er beruhigte sich erst, als sein Blick auf Francesca fiel und sie ihm zulächelte.

Medici-Knecht! Sodomit!... Marco und Francesca wußten nicht, daß sich das Leid schon in ihr Haus eingeschlichen hatte.

4

Passanten brachten ihn nach Hause. Francesca sah nicht, wie viele es waren, ob es nur Männer waren oder auch Frauen, ob sie alt waren oder jung, gut gekleidet oder armselig. Sie sah nur, daß sie Matteo ins Haus trugen und sich heftig diskutierend nach einem Platz umsahen, um ihn hinzulegen. Baldo, durch das ungewohnte Stimmengewirr aufmerksam geworden, schob sie ins Kontor. »Der Junge ist schwerer als er aussieht!« ächzte einer der Träger und ließ Matteo fast fallen. Baldo machte hastig den großen Ausstellungstisch in der Mitte des Raumes frei. Die Männer – es waren doch nur Männer, wie Francesca nun bemerkte – ließen den schlaffen Körper auf die Tischplatte gleiten.

Ist er tot? wollte Francesca fragen, aber kein Ton kam über ihre zitternden Lippen. Sie sah das Blut an Matteos Kleidern, überall Blut. Das Blut ihres Kindes wie bei seiner Geburt. Ist er tot? Sie war sicher, daß die Antwort ja sein würde.

»Er lag mitten auf der Straße!« berichtete einer voller Abscheu. »Sie zerrten ihn aus einer Gasse heraus und schmissen ihn einfach hin. Dann rannten sie davon. Es ging alles so schnell. Niemand hat sie verfolgt.«

»Ich hole Maestro Tedaldi!« Teodora hatte Mühe, auf die

Straße zu gelangen, so viele Neugierige drängten sich an der Tür.

Francesca beugte sich über Matteo und suchte in seinem Gesicht nach Leben. Sie legte ihre Hände unter seinen Kopf, damit er es weicher habe, und sie spürte dabei sein Blut an ihren Fingern. Ihr war, als risse die Angst sie in zwei Teile, in einen, den die anderen wahrnahmen: die Mutter, die verzweifelt ihren Sohn stützte, und den anderen, der sich von ihr gelöst hatte, als stünde Francesca an Francescas Seite und beobachtete sie in ihrer Angst, ganz nüchtern und fremd, um zu verhindern, daß sie sich verlor.

Sie sah nur Matteo und sich selbst. Was sonst noch geschah, lag außerhalb ihres Bewußtseins: daß Baldo die Träger entlohnte und die Gaffer verjagte; daß Teodora mit dem Arzt zurückkehrte und daß Marco plötzlich neben ihr stand und ihre Hände von Matteo löste, damit ihn Tedaldo Tedaldi untersuchen konnte.

»Er lebt!« sagte Marco beschwörend und zog Francesca an sich heran. »Er lebt. Nur das zählt.«

Francesca atmete auf. Sie fing an zu zittern. Ihre Lippen bebten so sehr, daß ihr Atem wie Schluchzen klang. Trotzdem wehrte sie sich gegen Marco, der sie beiseite führen wollte. Sie ließ keinen Blick von Matteo und von Tedaldo Tedaldi, der ruhig und geschickt Matteos Hemd aufschnitt und mit seinem Hörrohr nach dem Herzschlag suchte. Er zählte Matteos Pulsschläge und wusch das Blut von seinem Gesicht und seinem Hals.

»Warum sieht er uns nicht an?« fragte Francesca. Man konnte sie kaum verstehen. »Ist er immer noch ohnmächtig?«

Erst jetzt zeigte sich das Ausmaß der Verletzungen, die Matteo zugefügt worden waren. Es mußten mehrere Personen gewesen sein, die auf ihn einschlugen, und er hatte wohl mit erhobenen Armen seinen Kopf geschützt. Trotzdem hatte ihn einer am linken Auge getroffen. »Ich fürchte, der Augapfel ist verletzt!« sagte Tedaldo Tedaldi. »Es tut mir leid, Monna Francesca. Ich kann nur seine Wunden versorgen, und gebrochen ist nichts... Aber das Auge wird sich selbst helfen müssen.«

»Wird er blind?« flüsterte Francesca, und ihr wurde nach dem Zittern und der Kälte plötzlich so heiß, daß ihr der Schweiß ausbrach.

»Es ist nur das eine Auge!« versuchte der Arzt sie zu beruhigen. »Das andere ist unverletzt. Trotzdem werde ich beide verbinden. Er braucht viel Ruhe. In zwei, drei Wochen kann ich mehr sagen. Vielleicht heilt ihn die Natur, und er sieht wieder genauso gut wie zuvor. Beten Sie für ihn, Monna Francesca! Das Gebet einer Mutter hilft immer!«

»Ich kann nicht schlafen!« sagte Francesca leise und starrte hinauf zur Decke, wo die fast ausgebrannte Kerze unruhige Schatten hin und her taumeln ließ, böse kleine Verfolger, die einander jagten, sich hier versteckten und dort wieder auftauchten, einander umschlangen und sich lösten, gerade noch Freunde und schon wieder verfeindet. Liebende, die nicht voneinander lassen konnten und gleich darauf auseinanderstrebten und dem Blick entschwanden. »Ich kann nicht schlafen.« Sie schaute nicht hinüber zu Marco, der nicht antwortete, obwohl auch er nicht schlief, das wußte sie.

»Da hat man ein Kind geboren!« fuhr sie fort, mehr zu sich selbst als zu Marco. »Man pflegt es, zieht es groß, und vor allem liebt man es. Man meint, man kennt es ganz genau. Weiß alles über seine Gedanken und seine Wünsche und ob es glücklich ist oder Kummer hat. Man ist sicher, daß es kommen wird, wenn es ihm schlechtgeht, und daß es dann sagt: Hilf mir! Ich brauche dich! ... Doch dann wird es eines Tages von wildfremden Menschen nach Hause gebracht und ist voller Blut ... Und man hat vorher nichts begriffen, obwohl die Zeichen doch von Anfang an da waren! Sogar geträumt hatte ich davon und trotzdem nichts verstanden! Ich wußte, daß etwas falsch war, entsetzlich falsch! – und ich habe nicht einmal gefragt.«

Medici-Knecht! dachte sie. Sodomit! ... Sie sah Matteo vor sich, wie er nun schon seit Tagen auf seinem Bett lag, die Augen schwarz verbunden, und sie hörte seine Stimme – so leise! so leise! –, die die endlosen Stunden des Tages, der für ihn immer noch Nacht war, füllte und seine Seele entlastete. Am dritten Tag konnte er die Sorge nicht mehr ertragen, vielleicht doch erblindet zu sein. Er zerrte die Binde von den Augen und starrte blinzelnd in das helle Mittagslicht, das ihn überflutete und ihm Schmerz und Erleichterung zugleich bereitete. »Ich kann sehen!« rief er und lachte und weinte zugleich.

Sein Gesicht, geschwollen, verschrammt und blutunterlaufen. Das linke Auge nur ein schmaler Schlitz. Matteo, der hübsche Matteo, nach dem sich die Mädchen umdrehten, war kaum noch zu erkennen. Und doch ... Ich kann sehen!

»Sie finden mich wohl nicht besonders schön, Mamma?« fragte er noch immer lachend und tastete über seine Wangen. »Ich glaube, das wird schon wieder. Hauptsache, die Knochen sind heil geblieben. In Lorenzos Haushalt gab es einen jungen Bildhauer, dem ein Rivale das Nasenbein gebrochen hatte. Er sah ziemlich schlimm aus. Für immer. Aber das hier wird verheilen. Das Wichtigste ist, daß ich sehen kann!« Er versuchte, sich die Augenbinde wieder anzulegen. Francesca kam ihm zu Hilfe. Erst jetzt bemerkte sie, daß sich die Verletzung mitten im Augapfel befand. Die Pupille war verformt. Sie sah aus wie ein schwarzer Tintenfleck, der verlaufen ist ... Francesca spürte, daß sie ohnmächtig wurde.

Die Kerze neben dem Bett war niedergebrannt. Sie sandte noch einen schmalen Rauchfaden nach oben und flackerte ein letztes Mal auf. Dann war es dunkel.

»Wir müssen ihn in Sicherheit bringen!« sagte Marco in geschäftsmäßigem Ton. »Ich habe es mir überlegt. Ich werde ihn zu Michele nach Mallorca schicken. Er kann dort eine Menge lernen.«

Aber er ist doch erst fünfzehn! dachte Francesca.

»Er ist ein aufgeweckter Junge«, beantwortete Marco ihren unausgesprochenen Einwand. »Er wird sich zurechtfinden. Währenddessen kehrt hier wieder Ruhe ein. In zwei, drei Jahren kommt er als fertiger Kaufmann zurück. Er wird seinen Altersgenossen überlegen sein. Er ist es ja schon jetzt.«

»Er könnte doch auch nach La Pineta gehen und bei deinem Vater das Goldschmiedehandwerk lernen! Dann wäre er nicht ganz so weit fort von zu Hause, und wir könnten ihn hin und wieder besuchen.«

Marco schwieg. Die Dunkelheit umhüllte sie wie ein allzu warmer Mantel. »Dafür ist er zu begabt!« sagte er dann. »Es wäre eine Verschwendung, ihm die Welt vorzuenthalten. Ich habe ihn in den letzten Wochen beobachtet. Es ist kein Wunder, daß Lorenzo ihn liebte.«

Alle lieben ihn! dachte Francesca, und sie sah Matteo, wie er in jenen goldenen Zeiten von der Via Larga nach Hause gekommen war. Er bewegte sich, wie er war: leicht und schwerelos wie ein Staubflöckchen im Sonnenlicht. Wie Lorenzo öffnete er die Herzen durch seine Offenheit und den Zauber seines Lächelns. – Alle lieben ihn! wiederholte Francesca ihren Gedanken und versuchte, wenigstens für den Augenblick des Einschlafens zu vergessen, daß Matteo gedemütigt und verprügelt im Nebenzimmer lag, weil es nun doch welche gab, die ihn nicht liebten.

Wieder stand Francesca vor dem Haus, um Abschied zu nehmen, diesmal für eine lange Zeit. Es würde Jahre dauern, bis Matteo zurückkam. Entscheidende Jahre, in denen er sich verändern würde. Gestohlene Jahre, die ihn zum Mann machten, ohne daß seine Mutter es miterleben durfte. Gestohlenes Glück. *Für das Morgen gibt es keine Gewißheit!* dachte sie und sah zu, wie die Knechte die Packesel beluden: Luxuswaren für die Welt draußen. Luxus aus Florenz, das selbst dem Luxus abgeschworen hatte. Kostbare Stoffe, Schmuck, vornehmer Hausrat – alles stand billig zum Verkauf in Florenz, weil die Bürger nach dem Prunk der Medici-Jahre dem Reiz der Kargheit erlegen waren.

Die Handwerker dankten dem Himmel, wenn ihnen einer wie Marco ihre makellosen Ladenhüter abnahm und einen halbwegs gerechten Preis dafür bezahlte. Sie standen Schlange in der Via degli Angeli, um mit Marco ricco ins Geschäft zu kommen. Marco del Bene war nicht mehr die Spinne im Netz, die geduldig auf Beute wartete und die Fäden spann. Marco zog nun selbst in die Ferne, weil das Netz zu eng geworden war.

Erst jetzt erwies sich die Weisheit seines Entschlusses, ausländische Faktoreien einzurichten. Sie retteten sein Imperium, aber sie zogen ihn auch fort von daheim, von seiner Familie, seinem Haus und seiner Stadt.

»Mein Leben ist zerrissen!« hatte er am Abend vor der Abreise gesagt und Francesca so fest an sich gedrückt, daß es beiden weh tat. »Eine Reise von Zeit zu Zeit: das ist angenehm, das erhält jung... Aber immer nur unterwegs zu sein, nur in Herbergen zu schlafen und mit Fremden zu reden: das macht oberflächlich und einsam. Unser guter Bruder Girolamo leistet sich den Luxus, an die Wurzeln der Dinge zu rühren, und beraubt uns dafür der unseren.«

Matteo trat aus dem Haus. Schmal und wie Lorenzo ganz in Schwarz gekleidet. Auch die Klappe über seinem linken Auge war schwarz. Er trug sie im Freien, um das Auge vor dem Sonnenlicht zu schützen. Im Hause erinnerte nur noch die kleine Verformung der Pupille an die gefährliche Verletzung.

»Ich fühle mich nicht entstellt!« hatte er achselzuckend den eigenen Anblick kommentiert, als ihm Francesca zum ersten Mal gestattete, sich wieder im Spiegel zu betrachten. »Vielleicht gefällt es den jungen Damen sogar, mich deswegen liebevoll zu bedauern. Auf jeden Fall werden sie mir ab jetzt besonders tief in die Augen blicken.«

Francesca hatte das Gefühl, eine mütterliche Warnung aussprechen zu müssen. »Vergiß nicht«, sagte sie streng, »daß die Liebe und der Tod Geschwister sind und daß die Liebe manchmal Boten sendet, die ihren Bruder herbeirufen!« Sie mußte später immer noch lachen, wenn sie sich an die verständnislosen Mienen Marcos und Matteos erinnerte. »Mit einem Wort«, erklärte sie ungeduldig, »paß auf, daß du dir keine Krankheit holst!« Und sie errötete ein wenig, während Marco sie mit gespielter Mißbilligung zu weiblicher Zucht und Vornehmheit ermahnte.

»Machen Sie sich keine Sorgen, Mamma!« sagte Matteo leise. »Ich bin die Vorsicht selbst. Das habe ich in den vergangenen Wochen gelernt.« Er lachte ein wenig verbittert, wie Francesca es noch nie an ihm beobachtet hatte. »Sie waren doch immer so stolz auf meine Phantasie. Ich war es auch. Ich dachte, sie macht mich stark, aber jetzt wünsche ich mir manchmal, sie hätte mir nicht so genau gezeigt, was mir alles zustoßen könnte. Die Phantasie mag ein Segen sein für einen Künstler, aber sie ist auch die Mutter der Feigheit.«
»Der Vorsicht!« widersprach Francesca.
Dann waren auf einmal alle Waren verstaut und die Pferde gesattelt. Francesca und Giuliano umarmten Marco und Matteo ein letztes Mal.
»Schärfe Michele und seiner Frau ein, daß sie freundlich zu Matteo sind!« mahnte Francesca. »Und paß während der Reise gut auf ihn auf!« Sie streichelte Marcos Wange und küßte ihn auf den Mund. »Und auf dich selbst auch!«
»Ein Brief noch, Mamma!« Matteo nestelte an seinem Wams. »Er ist für Amme Pinuccia. Sie weiß nicht, daß ich fortgehe. Ich möchte mich von ihr verabschieden. Irgend jemand wird ihr den Brief schon vorlesen.«
»Hast du sie denn in letzter Zeit noch gesehen?« fragte Francesca verwundert und ein wenig verstimmt. Die sinnliche kleine Pinuccia, die nichts im Kopf hatte als ihre Lebensfreude und das Getändel mit ihrem weinerlichen Ehemann!
»Oft!« Matteo lächelte. »Ich besuche sie immer, wenn sie in Florenz auf den Markt kommt.«
Francesca schüttelte den Kopf. »Dein Leben ist anscheinend noch vielseitiger, als ich dachte!« murmelte sie. »Sei vorsichtig, mit wem du dich einläßt!« Sie nahm den Brief aus seinen Händen. »Ich werde dafür sorgen, daß sie ihn bekommt.«
Dann ritten Vater und Sohn die Straße hinunter, und die Knechte und der lange Zug der Packesel folgten ihnen. Bevor sie um die Ecke bogen, drehte sich Matteo noch einmal um und winkte. Francesca hob die Hand ein wenig und winkte zurück. Das Sonnenlicht blendete sie.

Ein kleines Mädchen mit dickem, schwarzem Haar, das den ganzen Rücken bedeckte, hüpfte die Straße herauf und drehte sich immer wieder tänzelnd im Kreise. In der Woge ihrer Locken hing eine schmale, rote Schleife. »*Messer Jacopo giù per Arno se ne va!*« sang es vergnügt mit seiner hellen, unbekümmerten Kinderstimme. Messer Jacopo schwimmt den Arno hinunter... So bezaubernd klang es und so unverfänglich, das Kinderlied über den alten Jacopo de' Pazzi, dessen Familie sich an Giulianos Geburtstag gegen Lorenzo verschworen hatte und dessen geschändeten Leichnam die Knaben von Florenz in den Arno geworfen hatten. *Messer Jacopo giù per Arno se ne va...* Jacopo de' Pazzi, verhaßter Konkurrent der nun ebenfalls verhaßten Medici: Die Zeit verwischte die Konturen der Feindschaft und ließ vergessen, wer wessen Gegner gewesen war. Im Gedenken der Stadt verschmolzen die einstigen Todfeinde zu Gleichgesinnten, zu den erzbösen Feinden des armen, braven Volkes.

»Gehen wir hinein!« sagte Francesca zu Giuliano, der ohne ein Wort neben ihr stand. Die Narbe auf seiner Stirn brannte, und Francesca wußte nicht, wohin mit dem Brief.

»Heute hat man mir das Herz aus dem Leibe gerissen!« schrieb sie an ihren Vater, doch sie beendete den Brief nicht, sondern begann einen anderen: an Matteo, damit bei seiner Ankunft in Mallorca schon Nachricht von zu Hause auf ihn wartete. Das Band durfte nicht abreißen.

XIII. Die Blume des Bösen

1

Es war Februar und so kalt, daß der Atem der Redenden in weißen Fahnen emporstieg, leise zuckend, sich vermehrend und vermindernd im Rhythmus der Sprache. Francesca verbarg ihre Hände in einem zierlichen Muff aus Zobelfell, den ihr Marco vor Jahren geschenkt hatte: ein besonderer Luxus für die ganz Reichen, die anderen mußten frieren und zusehen, wie sie sich unter ihren Umhängen vor der Kälte schützten, denn Handschuhe waren nur den Dirnen erlaubt und mußten mit Glöckchen benäht werden, deren zierliches Klingeln schon von weitem den schmählichen Stand der Trägerin ankündigte und den anständigen Bürgern ermöglichte, rechtzeitig die Straßenseite zu wechseln... Doch Dirnen gab es längst nicht mehr im Himmlischen Jerusalem Savonarolas, und auch einen Pelz zu tragen war gewagt seit der Reform der Jugend und der Frauen. Es gab kaum noch eine Frau in Florenz, die sich in Samt und Seide oder gar unverschleiert auf die Straße getraut hätte. Tat es dennoch eine, so mußte sie damit rechnen, von Savonarolas Knabenarmee angehalten und zur Sittlichkeit ermahnt zu werden.

Auch die Frauen untereinander sorgten für Zucht und Anstand. Sie musterten einander prüfend, und immer wieder kam es vor, daß eine eifersüchtige Hand wie ein Schlangenkopf nach vorne schnellte und den verrutschten Schleier einer anderen Frau packte, um ihn tiefer über das hübsche Gesicht zu zerren und vielleicht auch eine üppige Locke zuzudecken, die zur Sinnlichkeit aufforderte und daran erinnerte, daß die Frauen die Trägerinnen der Erbsünde waren, Töchter Evas, die nur durch Fasten und Kasteien rein werden konnten und dennoch ein Leben lang gefährdet blieben und diese Gefahr auf die Männer übertrugen.

»Es wird Sie tief berühren, Monna Madre!« versprach Giuliano. Sein Gesicht leuchtete vor Begeisterung.

Francesca konnte sich nicht erinnern, ihn jemals so glücklich gesehen zu haben. – Er liebt diesen Mann! dachte sie entsetzt und hilflos zugleich. Sie erinnerte sich daran, daß Marco oft gesagt hatte, ein Zustand wie der gegenwärtige könne sich in einer Stadt wie Florenz nicht halten. Die Anhänger dieses Mannes würden ihre Verirrung noch bereuen.

»Letzten Endes wird man ihn verjagen, glaube mir, meine Liebe!« hatte er auch in dem Brief geschrieben, der gestern angekommen war, und in dem Marco berichtete, wie gut es Matteo in Mallorca gefiel. »Es ist ein einziges, großes Abenteuer für ihn! Er geht über den Hafen und kann sich nicht satt sehen an dem bunten Treiben. Er verfaßt sogar Gedichte darüber und singt sie am Abend Micheles Töchtern zur Laute vor. Sie sind alle entzückt von ihm und so verliebt, daß sie in seiner Gegenwart kaum einen vernünftigen Satz herausbringen. Dabei hört Matteo nicht auf, sie zu necken. Aber mach dir keine Sorgen, Liebste: Sie sind alle häßlich wie die Nacht – lauter kleine Kopien ihrer Mutter und genauso zänkisch wie sie.«

Trotz ihrer warmen Kleidung zitterte Francesca vor Kälte. Erst vor kurzem war die Sonne aufgegangen. Ihr schwaches Licht hatte noch keine Wärme gebracht. Es enthüllte nur eine graue Stadt mit grauen Menschen in schwarzen Umhängen.

»*Viva Christo, e chi gli crede!*« Es lebe Christus und die an ihn glauben! sangen die *Fanciulli del Frate,* Savonarolas Knabenarmee. Zehnjährige waren dabei, aber auch Vierzehn-, Fünfzehnjährige, und jeder berauschte sich auf seine Weise an der Selbstauflösung in der riesigen Prozession, die sich durch die morgendlichen Straßen langsam zum Dom hinbewegte. Über viertausend Knaben in weißen Gewändern wie Engel – und so fühlten sie sich auch. Besser als alle anderen. Die wahrhaft Guten, auserwählt vom Frate und von Gott, mochten sie sich auch vor nicht allzu langer Zeit noch in den Gassen herumgetrieben haben als kleine Diebe, Passantenquäler und Totschläger. Mochten sie auch ihr Leben als Lustknaben gefristet haben, als Spitzel und Boten gefährlicher Nachrichten – jetzt waren sie heilig. Heilig wie diese ganze Stadt, die im Weihrauch erstickte.

Nach Stadtvierteln eingeteilt – wie in den längst versunkenen Tagen des ausgelassenen mediceischen Karnevals –, schritten sie dahin, die Gesichter erhoben und von innen her strahlend wie – so dachte Francesca beklommen – wie Giulianos Gesicht. Jedem Viertel wurde seine Flagge vorangetragen. An der Spitze aller aber bewegten sich die Stabträger der Signoria, begleitet vom schrillen Klang der Querpfeifen, der die Schlafenden in den Häusern aus den Betten riß und an die Fenster trieb.

Viva Christo, e chi gli crede! Junge Hände, Kinderhände, die winterliche Olivenzweige hielten, viertausend Olivenzweige in viertausend schuldig-unschuldigen Händen. Tränen der Rührung, auch bei den Passanten. »Gotteswerk!« flüsterte ein alter Mann Francesca zu. »Das ist Gotteswerk! Welch eine Gnade, in diesen gesegneten Tagen leben zu dürfen!«

Francesca dachte daran, daß Marco in letzter Zeit nie mehr unbewaffnet auf die Straße gegangen war. Auch Duccio und Baldo trugen ihren Dolch unter dem Mantel, weil sie der Zeit nicht mehr trauten und nicht wehrlos sein wollten, wenn das übermächtig Gute umkippte und der Januskopf der Heiligkeit seine abgewandte Seite zeigte ... Francesca fragte sich, wie viele hier in den Straßen wirklich an das Himmlische Jerusalem glaubten.

Gotteswerk. Immer neue Loblieder, von Savonarola selbst verfaßt und von Girolamo Benivieni komponiert, den der Heiland selbst inspiriert hatte ...

Sie erreichten den Dom. Seit einer Woche schon hatte man Tag und Nacht daran gearbeitet, Holzstufen aufzubauen wie in einem Amphitheater, um die Massen der Menschen unterzubringen, die den Bruder hören wollten. Noch nie hatte man in einer florentinischen Kirche dergleichen gesehen.

Francesca folgte Giuliano, der sich mit unerwarteter Rücksichtslosigkeit nach vorne drängte, ganz nahe an die Kanzel heran. »Gelobt sei Jesus Christus!« sagte er dabei laut zur Entschuldigung, und man ließ ihn vorbei, als wäre dieser Satz ein Schlüssel, der sämtliche Türen öffnete und jeden Widerstand brach. »Gelobt sei Jesus Christus!« Giuliano kannte sich aus in dieser Umgebung. Sie war seine Welt. Francesca folgte ihm, weil ihr nichts anderes übrigblieb. Einmal spürte sie, daß sie auf etwas Weiches trat und hatte die beängstigende Vorstellung, es sei die Hand eines Menschen. »Gelobt sei Jesus Christus!«

Sie erreichten den Platz, den Giuliano angestrebt hatte: in mittlerer Höhe, der Kanzel direkt gegenüber, wo die Seiten der Männer und der Frauen aneinandergrenzten. Die Reihen schienen voll zu sein, aber Giuliano drängte sich hinein und zog Francesca mit sich. Nur durch einen handbreiten Gang saßen sie voneinander getrennt.

Die Kirche brodelte und schwang. Trotz der Kälte war die Luft gesättigt vom warmen Atem der Tausenden. So viele waren es, daß sich sogar die hellen Stimmen der Knaben verloren. Francesca fürchtete, ohnmächtig zu werden. Von hier führte jetzt kein Weg mehr hinaus ins Freie. Wer in der Menge der Gläubigen untergetaucht war, konnte sich erst wieder befreien, wenn die Tore sich öffneten und die Kirche sich leerte wie ein zu voller Magen.

Dann wurde es plötzlich still. Ein Scharren noch hier und da. Ein Hüsteln. Dann schien der gemeinsame Atem zu stocken: Savonarola betrat die Kanzel.

Hätte Francesca nicht gewußt, daß er es war, sie hätte ihn nicht wiedererkannt, so übermäßig hatten sich alle Besonderheiten seines Aussehens verstärkt. Zu Beginn seines Aufenthalts in Florenz hatte sie ihn manchmal gesehen: ein mittelgroßer, hagerer Mann in einer einfachen braunen Kutte, das schwarze Haar zu einer schmalen Tonsur geschoren. Ein ausgezehrtes, blasses Gesicht mit großen Augen tief in ihren Höhlen, überschattet von dichten Brauen, die über der Nasenwurzel zusammenstießen. Nun war von ferne der Übergang zwischen Auge und Augenhöhle nicht mehr wahrzunehmen, so daß es schien, als wären diese Augen riesig und könnten wie Pfähle eindringen in alles, worauf sie sich richteten. Manche sagten, ein Blick, so gütig, daß die Seele schmelze; andere meinten, den Tod selbst gesehen zu haben: Augen, gezeichnet vom Hunger des Körpers und der Seele. Augen, die vor Eifer glänzten und deren Lider vor Ermüdung zuckten. Kluge Augen, doch nicht weise. Alles sahen sie und allzu vieles wollten sie. Kranke Augen; traurige Augen. Hatte dieser Mann jemals gelacht? Augen voller Sehnsucht. Wonach? Nach Liebe? Nach dem Tod? Nach dem Martyrium, das gewöhnliche Menschen zu Heiligen verklärte und Christus ähnlich machte? Augen voller Ungeduld und Unduldsamkeit. Augen ohne Mitleid, bei aller Fürsorge für die Armen und Schwachen. Unbarmherzig zu sich selbst und gegen alles, was stark war, gesund, schön und reich... Tiefe Falten zogen sich von der starken Nase zu den Mundwinkeln und kreuzten sich, wenn er sprach, mit den schwarzen Höhlen der Wangen. Wenn er schwieg, schob sich die kräftige Unterlippe nach vorne, und die Kiefer mahlten. Dieser Mensch kannte keine Ruhe und sehnte sich doch nach nichts mehr als nach ihr. Er kannte keinen Frieden und schrie doch nach ihm. Er sehnte sich nach Vollkommenheit, doch es war keine Vollkommenheit des Lebens, sondern der Weg der Askese und der Abtötung, der als fernstes und süßestes Ziel den Tod verhieß. Das Nichts. Die ewige, lichtlose Nacht, in der es endlich Ruhe gab, Frieden und das Freisein von Sünde und Schuld.

Man hatte Francesca erzählt, daß Savonarola kaum noch schlief und kaum noch aß; daß seine Eingeweide nichts mehr behielten und daß er vor Erschöpfung zitterte, wenn er sich einmal für wenige Augenblicke Ruhe gönnte. Er war nicht zufrieden mit dem, was er erreicht hatte, und die Angst verzehrte ihn, daß alles umsonst gewesen sein könnte und er sich geirrt hätte: Der König von Frankreich, sein Großer Cyrus, in den er seine Hoffnungen gesetzt hatte, hatte sich als Schwächling erwiesen. Zwar hatte er König Alfons aus Neapel vertrieben und sich selbst auf den Thron gesetzt, doch sein Versprechen, nun nach Osten zu ziehen und die Ungläubigen zu unterwerfen, hatte er längst vergessen. Wie jeder Eroberer plünderte er die besiegte Stadt – Neapel – und machte sich dann auf den Weg zurück nach Hause, beladen mit den Schätzen Italiens. Kein strahlender Held des Christentums, sondern ein Straßenräuber, dessen riesige Armee durch Syphilis und Fahnenflucht auf neuntausend Mann zusammengeschrumpft war. Er dachte gar nicht daran, seine Verpflichtungen gegenüber dem verbündeten Florenz zu erfüllen und die Festungen und Städte zurückzugeben, die ihm die Signoria für den Durchmarsch überlassen hatte und als Stützpunkte zur Verteidigung gegen die Liga der italienischen Staaten. Er reagierte nicht auf die Anfragen der Stadtregierung und zog mit seinem verkommenen, verseuchten Restheer nach Norden – voller Ungeduld, endlich heimzukommen, um sich der wunderbaren Reichtümer zu erfreuen, die der erfolgreiche Feldzug eingebracht hatte. Die blutige Ernte des Todes unter den Soldaten spielte keine Rolle, verglichen mit dem Gold, den Juwelen und den Kunstwerken, unter deren kostbarer Last die Ochsenkarren fast zusammenbrachen.

Die Erneuerung und Ausbreitung des christlichen Glaubens war mißlungen, und auch die Reform der Kirche lag in unerreichbarer Ferne, solange auf dem Papstthron in Rom Alexander Borgia saß, der sich sein Amt durch Bestechung erkauft und durch Erpressung und Mord erzwungen hatte: Girolamo Savonarola, in Florenz auf dem Höhepunkt seiner Macht, erkannte die Grenzen seines Strebens. Er spürte die eigene Machtlosigkeit jenseits der Stadtmauern. Seine kühnen Ziele – weltweit, himmelweit! – erwiesen sich als Träume und Schäume. Sein waren die Kraft des Wortes und die Macht des inneren Feuers, das ihn verzehrte und auf andere übersprang. Doch für wie lange noch, da sich sogar Florenz schon zu spalten begann? Da die *Arrabbiati* nicht mehr schwiegen, sondern ihn offen beschimpften! Da die *Bigi* von den goldenen Zeiten der

Medici schwärmten und sogar vor San Marco aufmarschierten und »*Palle! Palle!*« schrien! Da eine neue, bisher noch formlose Strömung aufgekommen war, in der sich die Skeptiker wiederfanden, die Freigeister, die unkonventionellen Denker und die jungen Lebemänner, die ihre Gastmähler und Schlemmereien nicht mehr nur heimlich abhielten! *Compagnacci* nannten sie sich. Sie waren untereinander verschieden, aber einig in ihrer Ablehnung des Himmlischen Jerusalem. Dennoch standen noch immer zwei Drittel der Bürger von Florenz auf Savonarolas Seite: die *Piagnoni*, Heuler, Klageweiber, Schlurffüße ... Aber Moden wechselten, auch weltanschauliche und politische, und Florenz war seit jeher eine Stadt der Moden gewesen.

Savonarola erkannte die Gefahr. Er wußte, daß die Kraft seiner Person allein nicht mehr stark genug war, die Häupter, die sich reckten, kleinzuhalten. So drückte er ein Gesetz durch gegen jene, die es wagten, ihn zu kritisieren. *Crimen laesae maiestatis.* Majestätsbeleidigung. In dieser Stadt regiere Christus, und wer gegen die Regierung rede, rede gegen Gott. Strafe: fünfzig Dukaten. Savonarola hatte gelernt, daß es nicht mehr genügte, zu überzeugen.

Er stand auf der Kanzel, den Blick gesenkt. So bleich war er und so ausgemergelt, daß Francesca sich nicht vorstellen konnte, aus dieser schwachen Hülle vermöchte noch eine Stimme zu dringen; eine Stimme zumal, die den riesigen Raum des Doms füllte und die fünfzehntausend Menschen erreichte, die warteten. Warteten.

Dann fing er an zu reden. Leise, ganz leise zuerst, daß Francesca gar nicht wußte, ob er wirklich sprach, oder ob sie es sich nur einbildete. Vom guten, gottgefälligen Leben erzählte er. Von der Einfachheit der Männer und der Ehrbarkeit der Frauen. Vom Frieden untereinander. Von der Liebe zum Nächsten und zu Gott ... Eine sanfte, melodische Stimme, die tief in Francescas Herz drang, ohne daß sie wußte, warum. Es war ihr, als hätte sie diese Stimme schon immer gehört, und sie errötete im Entsetzen des Wiedererkennens: Der Bruder da auf der Kanzel redete im Idiom ihrer Kindheit in Ferrara! Er redete wie ihr geliebter Vater, ihre abweisende Mutter und ihre herrischen Brüder; wie die zärtliche Amme, die sie getröstet hatte, und wie die übermütigen kleinen Freundinnen, mit denen sie Geheimnisse ausgetauscht hatte. Der da stand und sprach, war ein Kind der gleichen Erde wie sie selbst – und plötzlich fing sie an zu weinen, weil sie so vieles zurückgelassen hatte und bisher nicht einmal gewagt hatte, es zu betrauern. Nur die absurden Briefe an den toten Vater hatte sie sich zugestanden, sonst nichts, nicht einmal Erinnerungen an verbotene Träume; Heimweh nach dem schönen, harmonischen Haus des Vaters; nach dem Garten mit den Rosensträuchern, wo sie sich zum ersten Mal heimlich mit Marco getroffen hatte und er ihr die ewig widerspenstige Locke aus der Stirn blies; nach der Kälte des herzoglichen Palastes, der dennoch ein Stück Heimat war, wie die unebenen Straßen und die Hanffelder vor der Stadt ... So viele Plätze, die sie geprägt hatten; so viele Erinnerungen, die verschüttet gewesen waren und nun in einem Strom von Tränen hervorbrachen, ausgelöst durch die leise Stimme dieses traurigen Mannes am Rande seiner Hoffnungen.

»Mamma!« Sie spürte Giulianos Hand, die nach der ihren griff. Als sie sich zu ihm wandte, sah sie Glück und Dankbarkeit in seinen Augen.

Sie erschrak. Der Zauber zerbrach. – Du hast mich mißverstanden! wollte sie sagen, aber ihre Kehle war noch zu eng.

»Mamma!« wiederholte er, wie er es seit seiner Kindheit nicht mehr getan hatte. Er tat ihr so leid, wie noch nie jemand in ihrem Leben. Sie begriff die Einsamkeit seines Glaubens. Seine Einsamkeit in der Familie, in der alle anders waren als er. Seine Sehnsucht, verstanden und geliebt zu werden. Alle Herzen waren immer nur Matteo zugeflogen. Sogar Francesca hatte Matteo vorgezogen. Teodora war die einzige, die Giuliano wirklich liebte. Vielleicht, dachte Francesca voller Scham und Reue, war Teodora Giulianos wahre Mutter ... War dies das

Geheimnis des Mönchs, daß er seine Zuhörer in die Tiefen der eigenen Seele schauen ließ?

Savonarolas Stimme wurde lauter. Er sprach nicht mehr vom guten Leben. Er sprach über den Papst, den Karl von Frankreich nun nicht mehr verjagen würde, wie Gott es von ihm erwartet hatte. »Des Nachts«, rief er, und seine Augen schienen den Kirchenraum zu durchdringen, »des Nachts geht er zur Konkubine, und des Morgens dann zum Sakrament! Rom, das heilige Rom des Apostels Petrus, ist eine Blume des Bösen geworden. Gotteslästerer sind sie alle und Sodomiten. Sie halten es mit Hunden und Maultieren und mit den Dirnen von Rom, die verworfen sind wie die Kühe von Samaria. O du oberster aller Sünder! Deine Sünden sprechen gegen dich! Ich sage dir, tu Buße, und zwar schnell! Das Schwert des Herrn wird über die Sünder kommen. Die Sintflut wird sie treffen. Cito! Schnell! Cito! Cito!«

Francesca entzog Giuliano ihre Hand. Die Haare standen ihr zu Berge. Sie blickte sich um, ob es nicht einen Ausweg gebe, den Dom zu verlassen, doch die Menschen drängten sich so eng aneinander, daß kein Entrinnen möglich war. Neben Giuliano saß – die Kapuze tief ins Gesicht gezogen – ein junger Mann, der Savonarolas Rede eifrig mitschrieb. Francesca fragte sich, ob er es aus Begeisterung tat oder um in Rom darüber zu berichten oder anderswo in Italien, wo man den Frate haßte, weil er den Feind ins Land gelassen hatte und die neue Zeit auslöschen wollte zugunsten einer längst versunkenen.

Ich will nicht mehr zuhören! dachte sie und senkte den Kopf, als sei sie ins Gebet vertieft. Die Verzauberung der ersten Minuten war verflogen. Was sie nun hörte, war ein Aufruf zum Kampf – immer noch im vertrauten Tonfall ihrer Heimat, aber dennoch fremd und gefährlich. War es wahrhaft gut, das Gute mit allen Mitteln zu erkämpfen?

»Gott im Himmel beschütze meinen Gatten in der Ferne und meinen Sohn Matteo!« betete sie inbrünstig, um nicht mehr zuhören zu müssen. »Befreie, ich flehe dich an, meinen anderen Sohn Giuliano von allen Einflüssen, die ihm schaden!« Sie verschloß ihre Ohren gegen die Worte des Mannes auf der Kanzel, und ihr Kopf schmerzte vor Abwehr.

Es dauerte Stunden, bis die Predigt zu Ende war und der Chor der Dominikaner von San Marco das *Gloria matris dei* sang. Süße, engelsgleiche Töne voller Sehnsucht nach dem Himmelreich. Die Gläubigen erhoben sich und strömten benommen und verwirrt hinaus auf den nachmittäglichen Domplatz, hinaus in die Welt der Menschen und ihrer eigensüchtigen Wege und Taten.

»Es hat Sie berührt, nicht wahr, Mutter?« fragte Giuliano begierig. Sein Gesicht war blaß, doch voller roter Flecken. Er ergriff Francescas Hand und küßte sie zärtlich, ehrerbietig und dankbar. Francesca schwieg und wandte sich ab.

2

Francesca konnte nicht mehr schlafen. Tag und Nacht zogen die Fanciulli del Frate durch die Straßen und Gassen, sangen ihre Lieder und klopften an die Türen, um die Hausbewohner nach ihrer Gesinnung zu fragen. Sie wähnten sich im Besitz der absoluten Wahrheit. »Als hätten sie alle den Verstand verloren!« schimpfte Teodora und weigerte sich, das Tor zu öffnen ... Sie beteten, sangen und fasteten, bis sich ihr Sinn verwirrte, und so mancher schwor darauf, auch ihm sei Jesus erschienen und habe ihm versichert, der Weg, den Florenz gehe, sei der Weg zum Himmel. Längst waren alle Tavernen und anderen Stätten des Lasters geschlossen, und die Fanciulli spürten in heiligem Eifer bis in die Wohnungen und Alkoven hinein verborgenen Lüsten nach.

Auch Giuliano schloß sich immer wieder den frommen Prozessionen an. Wenn er zurückkam, oft erst gegen Morgen, leuchteten seine Augen wie in Trance, und er schwankte, weil er kaum noch etwas aß. Hilflos mußte Francesca mit ansehen, wie er abmagerte und immer schwächer und zugleich immer hektischer wurde. Er hustete und war heiser vom Singen und

Beten. Zwar ging er immer noch jeden Morgen in die Werkstatt, doch Baldo sah, wie seine Hände zitterten und seine Augen vor Ermüdung zufielen.

»Wenn Vater wieder da ist, trete ich in San Marco ein!« erklärte er eines Morgens, als er kurz vor Sonnenaufgang von einer Prozession der Fanciulli zurückkehrte, in der abgemagerten Hand noch immer einen verdorrten Ölzweig des Friedens. »Ich hoffe, er kommt bald, sonst nimmt man mich nicht mehr auf. Das Kloster ist bereits überfüllt.« Ganz Florenz wußte, daß San Marco die jungen Männer, die sich zum Mönchstum drängten, kaum noch unterbringen konnte. Sogar in den Kellergängen schliefen sie. Auch das Frauenkloster von Santa Lucia beherbergte bereits mehr als hundert Schwestern, und weitere zweihundert warteten, aufgenommen zu werden... Nur das Verantwortungsbewußtsein seiner Mutter gegenüber hielt Giuliano noch zu Hause: Frauen bedurften des Schutzes ihrer Väter, Gatten, Brüder oder Söhne.

Florenz schlief nicht mehr. Es lobte Gott und jubelte. Dabei war es verwundet bis an den Tod. Die Staatskassen waren leer, die Nahrungsvorräte aufgebraucht. Ohne den Rückhalt durch die Landgüter und Bauernhöfe des Contado wäre die Stadt verhungert. Die Armen warfen Steine gegen die Fenster der Reichen und verlangten, daß sie ihre Vorratskammern öffneten. Doch es gab kaum noch Vorräte in Florenz, und wer konnte, zog hinaus aufs Land, um endlich Ruhe zu haben und genug zu essen. Dazu kam, daß der französische Karl auf seinem Rückmarsch seine Verträge immer noch nicht erfüllt hatte und Pisa sich nun weigerte, in den Machtbereich von Florenz zurückzukehren. Ein Krieg brach aus zwischen beiden Städten, ein Söldnerkrieg zwar, der das Stadtgebiet von Florenz nicht erreichte, aber ein Krieg, der die letzten Geldreserven auffraß, so daß die Signoria gezwungen war, die Steuern drastisch zu erhöhen, gestaffelt nach Vermögen und Einkommen. Savonarola mußte lernen, daß auch er seine Versprechungen nicht erfüllen konnte. »Er ist nicht verläßlicher als die anderen

Politiker!« murrte Duccio und legte unbewußt die Hand auf seine Brust, wo die Schmerzen saßen, die ihn am Reisen hinderten und so der Armut auslieferten.

So vieles hatte die Stadt dem Frate verziehen: den Verrat an der Heimat Italien, den Raub der Lebensfreude, den Terror der Gesinnung. Daß er die Steuern erhöhte, verzieh man ihm nicht mehr. Zum ersten Mal wurde bei seinen Predigten randaliert, ohne daß die Piagnoni wirksam eingriffen. Man warf brennende Reisigbündel in die Klosterkirche von San Marco und in die Basilika der Dominikaner, Santa Maria Novella. Man besudelte die Kanzel und krönte sie eines Morgens mit einem blutigen Eselskopf, den keiner entfernte, bis Savonarola ihn gesehen hatte. »*Palle! Palle!*« erschallte es wieder in den Straßen, und nicht nur die Bigi erinnerten sich des unbeschwerten Lebens unter den vertriebenen Tyrannen.

»*Lorenzo! Lorenzo!*« skandierten Sprechchöre, aber Lorenzo lebte nicht mehr. Seine Verwandten und Freunde waren in alle Winde zerstreut, und sein Palast in der Via Larga stand grau und verlassen da, ausgeraubt und geschändet; das Mausoleum einer Familie, einer ganzen Stadt und eines goldenen Zeitalters. »*Piero! Piero!*« wagten ein paar einsame Stimmen auszurufen. Niemand hinderte sie daran, obwohl alle wußten, daß dieser Sohn eines großen Vaters seine Rolle verspielt hatte.

Enttäuscht und beschämt hatte er sich zu den Orsini nach Rom zurückgezogen, wo alle Laster möglich waren. Zeugen berichteten, er beginne jeden Tag mit einem üppigen Mahl. Betäubt und schwankend vom Wein ziehe er sich dann mit einer Hure zurück oder mit einem Lustknaben. Jeder Nervenkitzel sei ihm recht. Glücksspiele bis zum Abend und danach bis zum Morgengrauen endlose Stunden des Vergessens in den Tavernen und Bordellen... Selbst wenn man zugestand, daß die Zeugen übertrieben, wäre dieser Mann dennoch nicht in der Lage gewesen, die verwundete Stadt zu heilen. Der Papst, so hieß es, hätte ihn trotzdem gern nach Florenz geschickt und wäre auch bereit gewesen, ihn und die Stadt zu unterstützen, aber Piero selbst hatte seine Kraft eingebüßt und den Stolz seiner Vorfahren im Alkohol ertränkt... Und da war ja auch noch Girolamo Savonarola, ohne den nichts ging in Florenz. Immer noch nicht. Girolamo Savonarola, der weinte und betete und nicht glauben konnte, daß sein Werk in Gefahr war. In Gefahr oder bereits gescheitert?

Die ersten Pestfälle traten auf, doch noch gelang es, sie zu vertuschen. Man verwies die Fremden der Stadt und unterband damit auch die letzten Reste des Handelsverkehrs. Die jüdischen Geldverleiher wagten sich nicht mehr auf den Markt und öffneten ihre Türen nur noch des Nachts und voller Sorge. Die tatarischen Sklaven versteckten sich in den Häusern ihrer Herren, weil doch ein jeder wußte, daß es Angehörige ihres Volkes gewesen waren, die als erste den Schwarzen Tod in Italien eingeschleppt hatten – als Rache dafür, daß man sie in Ketten gelegt und aus ihrer Heimat auf die Sklavenmärkte des Mittelmeers verschleppt hatte.

Fremde Gesichter machten angst. Auch Teodora wagte sich nur noch verschleiert auf die Straße, und wenn sie angesprochen wurde, verbarg sie den dunklen Blick unter gesenkten Lidern. Florenz war eine einsame Insel geworden, gehaßt, verachtet und verlacht vom übrigen Italien. Zugleich schrieb Savonarola lange Briefe an die Herrscher Europas und forderte sie auf, ein Konzil einzuberufen, das den unwürdigen Papst absetzen solle.

Man empfing seine Briefe, las sie und legte sie beiseite, auch wenn ganz Europa wußte, wie der Borgia-Papst auf den Heiligen Stuhl gelangt war. Doch nun trug er die Tiara und erwarb sich den Ruf, ein geschickter Administrator zu sein. Ein Diplomat, mit dem sich reden ließ, trotz seines schillernden Charakters und seiner Familie, die nicht nur in Rom gefürchtet war. Den *Schrecken Italiens* nannte man seinen Sohn Cesare, und seiner schönen, jungen Tochter Lucrezia, die hilflos von Ehemann zu Ehemann verkauft wurde, traute man jedes Laster zu.

Doch Alexander VI. war immerhin nun Papst, und Girolamo Savonarola nicht mehr als ein kleines Steinchen auf dem großen Spielbrett, geschützt nur durch die abbröckelnde Zuneigung einer einzigen, verarmten Stadt und durch ein zweifelhaftes Bündnis mit einem wankelmütigen, beutegierigen König, der in nichts dem Großen Cyrus glich, als der er in das Spiel eingetreten war. Trotzdem hielt sich der Papst zurück, immer noch fürchtend, Karl könnte nach Rom zurückkehren und ihn verjagen. Auch Savonarolas Schriften, die sich sogar der türkische Sultan übersetzen ließ, bereiteten dem Borgia Sorge. Trotzdem schien es ihm das Vernünftigste zu sein, abzuwarten. Das Feuer von Florenz würde sich von selbst verzehren, und es war leichter, eine Glut auszutreten, als einen Brand zu ersticken.

Wenn Marco nur endlich zurückkäme! dachte Francesca, während unten auf der Straße die fromme Meute sang und monotone Gebete in die Nacht hineinmurmelte oder -grölte... Nur unregelmäßig trafen Marcos Briefe noch bei ihr ein. Dies war keine gute Zeit, unterwegs zu sein. Die Boten mußten die feindlichen Linien der Italienischen Liga durchqueren, der Staaten Italiens, die sich gegen die Franzosen und gegen Savonarolas Florenz verschworen hatten. Nun hatte sich ihnen auch Maximilian angeschlossen, der Kaiser des Heiligen Römischen Reiches. Und auch das Franzosenheer stand immer noch im Norden, obwohl es seinen Traum von der Sonne und den Reichtümern Italiens längst ausgeträumt hatte.

Nein, keine gute Zeit, unterwegs zu sein. Die Söldner Pisas verwüsteten den Contado und durchwühlten die Taschen der Boten nach Wertgegenständen. Keine gute Zeit für Boten und keine gute Zeit für Kaufleute. – Was wäre, dachte Francesca beklommen, wenn Marco etwas zustieße?... Sie hörte, wie Giuliano das Tor öffnete, und sie dachte, daß sich der Feind schon in ihr eigenes Haus eingeschlichen hatte. Wo waren die Zeiten, da sie als einzige über die Schlüssel des Hauses verfügte und kein Bewohner es mehr verließ, wenn sie abends das Tor geschlossen hatte, so wie auch keiner eintrat, bevor sie es morgens wieder öffnete?

Der Papst zog seine Fäden. Er tat es auf die Weise eines schlauen Advokaten, der Briefe versendet, sondiert, sich vorwagt und bei Widerstand zurückzieht und nach anderen Wegen sucht. Drei Botschaften sandte er innerhalb weniger Monate nach San Marco, eine *süße*, so nannte es Savonarola, eine *bittere* und eine *bittersüße*. Alexander Borgia war es gewöhnt, sein Vorgehen den jeweiligen Verhältnissen anzupassen. Da der französische König mit seinem Heer noch immer auf italienischem Boden stand, war Vorsicht geboten, aber es konnte nicht mehr lange dauern, und er war fort. Die Zeit arbeitete für Rom, nicht für Florenz; für den Papst, nicht für den Mönch; für die wahre Macht, nicht für den Rebellen.

Das *süße* Breve, an einem sonnigen Frühlingstag überbracht, war ein Meisterstück der Diplomatie und der Doppelzüngigkeit: Von vielen Seiten, schrieb der Papst, habe er erfahren, daß sich Bruder Girolamo wie kein anderer im Weinberg des Herrn abmühe. Er, der Heilige Vater, sei glücklich darüber, daß der gute Bruder das Wort des Herrn so eifrig ins Volk säe. Aus seinen Predigten wisse man, daß er durch göttliche Enthüllung die Zukunft kenne. Er, der Heilige Vater, sehne sich nun danach, dies aus seinem eigenen Mund zu vernehmen... Eine Einladung nach Rom: Savonarola bedurfte keiner göttlichen Enthüllung, um zu erkennen, daß dies ein Todesurteil war. Nie hätte er Rom erreicht, und wenn doch, so hätte er es lebend nicht wieder verlassen. Er wäre nicht der erste gewesen, der für immer in den Kerkern der Engelsburg verschwand.

Schon lange, antwortete er deshalb, sei es sein Wunsch gewesen, Rom zu sehen und die Reliquien der Apostel zu verehren, wie auch die Heiligkeit des Papstes. Seine schwache Gesundheit erlaube ihm aber keine Reise. Außerdem wäre es wohl gefährlich für ihn und auch für seine Reform, wenn er das Hoheitsgebiet von Florenz verlasse. Er bitte daher, seinen Besuch in Rom aufschieben zu dürfen, übersende Seiner Heiligkeit jedoch ein Büchlein, in dem er alle seine Gedanken niedergelegt habe, was die Erneuerung der Kirche betreffe und die Strafe für die Sünder.

Rom schwieg. Im Herbst aus heiterem Himmel dann das zweite Breve. Das *bittere*. Es war gerichtet an »einen gewissen Girolamo Savonarola, Verfechter neuer dogmatischer Irrtümer, der – von einigen perversen Brüdern unterstützt – das Volk mit häretischen Vorschlägen, Dummheiten und falschen Prophezeiungen verwirrt«. In skandalöser Weise habe er das Kloster von San Marco vom Lombardischen Kirchensprengel abgetrennt und sich selbst das Amt des Oberen angemaßt. Dagegen würden nun Sanktionen ergriffen. Der Fall werde Fra Sebastiano Maggi übergeben, Generalvikar der Lombardischen Congregation. Seine Aufgabe sei es, nach den Ordensregeln aufzuklären, zu beurteilen und zu bestrafen. Während der Untersuchung sei der obengenannte Girolamo Savonarola von jeder öffentlichen Lehre und Predigt suspendiert. Die Klöster San Marco in Florenz und San Domenico in Fiesole seien ab sofort der römischen Befehlsgewalt unterstellt. Die engsten Mitarbeiter Girolamo Savonarolas, Fra Domenico da Pescia und Fra Silvestro Maruffi, sollten sich binnen neun Tagen nach Bologna begeben, um einem Kloster außerhalb von Florenz zugeteilt zu werden.

Savonarola wußte, daß seine Reform tödlich getroffen wurde, wenn man ihm seine Unabhängigkeit nahm. Als einfacher Mönch in einem abgelegenen Kloster würde er bald vergessen sein. So wählte er die Konfrontation: Domenico da Pescia und Silvestro Maruffi blieben in San Marco, und er selbst predigte weiter, als wäre nichts geschehen. »Diese Stadt ist eine Festung gegen die Feinde Christi!« rief er. »Schon unser geliebter Lehrer Thomas von Aquin hat gesagt, ein Vorgesetzter habe nur dann Anspruch auf Gehorsam, wenn seine Befehle nicht gegen Gott seien. Daher sage ich euch: Wir Ordensleute geloben Gehorsam zu einem Leben nach unserer Regel. Nur diesem Gehorsam sind wir verpflichtet. Wenn uns dieser Papst nun befiehlt, die Ordenskongregation aufzulösen, haben wir die Pflicht, uns zu widersetzen, denn dieser Befehl steht nicht im Einklang mit unserer Ordensregel!«

Die Gläubigen senkten den Kopf. Sie zitterten bei dem Gedanken, daß der Papst gedroht hatte, die ganze Stadt zu exkommunizieren und sie damit aus jeglicher Gemeinschaft auszustoßen.

Kurz vor Winterbeginn dann das dritte Breve. Das *bittersüße*. Alexander Borgia hatte sich entschlossen einzulenken, denn Karl von Frankreich lagerte immer noch in Norditalien... Er, der Papst, wisse, schrieb er, daß Bruder Girolamo im Übereifer zu weit gegangen sei. Der Bruder solle sich deshalb besinnen, seinen Ton mäßigen und Florenz nicht länger durch Weissagungen verwirren, dann würden sämtliche Beschlüsse der früheren Brevi aufgehoben.

Savonarola fühlte sich als Sieger. Nie zuvor hatte er glühender gepredigt, nie zuvor überzeugender geschrieben. »Rom!« rief er, und die Piagnoni zitterten vor Hingabe. »Rom! Du wirst dieses Feuer nicht löschen!« Und er schilderte die Qualitäten eines guten Papstes nach dem Vorbild des heiligen Gregor: »Zuallererst Keuschheit!« Und in allem das Gegenteil des gegenwärtigen Oberhirten... »Du bist nicht die Römische Kirche! Du bist nur ein Mensch!«

Der Papst versuchte es ein letztes Mal. Er bot dem *schwatzenden Bruder*, wie er in privaten Gesprächen Savonarola verächtlich nannte, der *Kassandra in Mönchskutte*, den Kardinalshut an, wenn er endlich aufhöre, den Untergang der christlichen Kirche zu prophezeien. Als Kardinal werde er sich der sinnvolleren Aufgabe der Kirchenverwaltung widmen können – selbstverständlich unter Aufsicht des Heiligen Stuhls.

Savonarola antwortete in seiner nächsten Predigt: »Ich strebe weder nach einem Kardinalshut noch nach einer Bischofsmitra. Ich sehne mich nur, o Gott, nach dem, was Du Deinen Heiligen gegeben hast – nach dem Martyrium. Gib mir meinen Hut, Herr, ich bitte dich, einen roten Hut, aber rot von Blut!« Der Zweikampf war eröffnet. Ganz Europa sah ihm zu wie einem Turnier auf Leben und Tod.

Auch in Florenz griff Savonarola nun zu anderen Mitteln. Er ließ den Gonfaloniere Filippo Corbizzi und zwei seiner arrabbiatischen Freunde zu lebenslangem Kerker verurteilen, weil sie gegen ihn gehetzt hatten. Siebzig Dukaten Strafe reichten nun nicht mehr aus.

Lebenslanger Kerker für offene Worte in einer Demokratie. Hatte Savonarola es nicht von Anfang an verkündet: Die Menschen würden dereinst getrennt werden nach Gut und Böse. Die Engel rechts, die Teufel links... Das Jahrhundert ging zu Ende. Das Jüngste Gericht war nicht mehr fern. Im fernen Deutschland zeigte sich ein Komet, und im Himmlischen Jerusalem zersprang der Universale Friede in tausend Stücke.

»Jetzt ist auch er zum Tyrannen geworden!« sagte Baldo und blickte hinüber zu Giuliano, der an seiner Werkbank saß und schwieg. Die Narbe auf seiner Stirn brannte.

»Seid gefürchtet!« schrie Savonarola von der Kanzel. »Seid gefürchtet!« Es war so weit gekommen, daß die Gerechtigkeit des Schwertes bedurfte. Die Blume des Bösen war auch in Florenz aufgeblüht, genährt vom allzu Guten.

XIV. Die Nacht der Engel

1

Es war finster und kalt. Francesca und Teodora standen mitten in der Menge, die sich auf der Piazza della Signoria drängte. Wie ein Meer im Sturm wogten die Massen in der Dunkelheit hin und her. Aus den Nebenstraßen strömten immer neue Scharen hinzu. Man konnte sie nicht sehen, denn es war kein Platz mehr für Fackeln, aber sie schoben sich unaufhaltsam dem Zentrum der Piazza entgegen und preßten die Anwesenden immer enger zusammen. Wer jetzt stürzte, stand nicht mehr auf. Kinder weinten, Frauen schrien, Väter hoben die Kleinsten hoch über die Köpfe, um sie zu schützen oder ihnen das Spektakel zu zeigen. Danach aber konnten sie sie nicht mehr auf den Boden stellen, weil nicht einmal mehr Raum genug war, die Arme zu senken.

Als der Pöbel den Palazzo de' Medici gestürmt hatte, hatte sich Francesca geschworen, in Zukunft allen Massen aus dem Weg zu gehen. Trotzdem hatte sie sich nun von Teodora überreden lassen, sich in dieser eisigen Februarnacht dorthin zu begeben, wohin alle Florentiner eilten, weil sie auf einmal das Gefühl hatten, Teil eines Geschehens zu sein, das nicht vergessen werden würde – eine der bunten Perlen in der verschlungenen Kette der Geschichte.

Gott bewahre euch davor, in interessanten Zeiten zu leben! In dieser Stunde auf der nächtlichen Piazza spürte Francesca, daß sich der Wunsch ihres Vaters nicht erfüllte und daß sie und die Ihren, ohne es je gewollt zu haben, winzige Staubkörner in einem mächtigen Sturm waren, der über die Stadt und das

Land hinwegbrauste und das Alte und das Neue durcheinanderwirbelte, bis nur mehr Trümmer übrigblieben, aus denen vielleicht etwas ganz anderes, Unerwartetes emporwuchs, aus der Verwirrung geboren und aus dem Leid der Menschen, die in den Aufruhr hineingeraten waren.

Schon seit Tagen zogen die Fanciulli del Frate von Haus zu Haus, hämmerten an die Tore wie einst die Furiere des Königs von Frankreich und forderten, eingelassen zu werden – in barschem Ton, als wären sie Feinde in der eigenen Stadt. »*Anatemi!*« verlangten sie und zeigten herrisch auf die Wagen, die sie mit sich führten, Handwagen und sogar große Leiterwagen, von Maultieren gezogen. »*Eitelkeiten!*«

Eitelkeiten: alles, was weltlich war und sündhaft in den Augen der neuen Heiligen von Florenz: Würfel, Bälle, Musikinstrumente, Perücken, Lockenscheren, Spiegel, Juwelen, prächtige Gewänder, Bilder und Bücher. Ja, Bücher, vor allem Bücher! Bücher der alten Wüstlinge von Griechenland und Rom: Anakreon, Aristophanes, Ovid, Lukian ... Und dann auch die Machwerke verkommener Christen: Petrarca mit seinen Liebesgedichten, die die Sinne reizten, Pulci oder gar Boccaccio, der Sohn des Teufels, der Schandfleck seiner florentinischen Heimat! *Eitelkeiten! Eitelkeiten!* Her damit, auf daß man sie verbrenne im heiligen Feuer des *Carnevale savonaroliano!* Kein heidnischer Karneval mit Masken, Musik und Tanz! Keine ausgelassene Fröhlichkeit! Keine sündhaften Ausschweifungen des Fleisches! Nein: eine letzte Säuberung des Himmlischen Jerusalem von allen Resten der alten, liederlichen Zeit. Wenn dieses Feuer erst gebrannt hatte, würde Florenz frei sein von den Gerätschaften der Sünde. Ein letztes, riesiges Feuer, auf daß das Himmlische Jerusalem endlich rein sei, ganz rein! Befreit von allem, was es besudelte und vom Heil der Seelen ablenkte.

Als die Fanciulli in die Via degli Angeli kamen, ließ Francesca eilig alles zusammenholen, was den heiligen Knaben als eitel erscheinen mochte. Sie war froh, daß Giuliano nicht zu Hause war, um sie daran zu hindern oder sie durch seine Blicke zu beschämen. Sie wagte nicht daran zu denken, daß er womöglich bei denen da draußen war und plötzlich vor der Türe stand, als wäre er ein Fremder und dies nicht das Heim seiner Eltern und Großeltern, sondern das Haus von Fremden, an denen ihn nur interessierte, was sie zur Fracht seiner frommen Fahrzeuge beitragen konnten.

»Lockert die Holzverschalung in der Küche und versteckt alles dahinter!« befahl Francesca, und die Knechte machten sich einen Spaß daraus, die Küche der Herrschaft zu verheeren.

»Monna Francesca!« Aufgeregt stellten sie fest, daß ihnen jemand bereits zuvorgekommen war. Niemand hatte bisher bemerkt, daß die Bretter nur lose in den Bodendielen steckten.

»Monna Ghirigoras Silber!« Lupino, der Älteste der Knechte, erkannte es wieder. Niemand hatte es vermißt in all den Jahren, weil alle angenommen hatten, Ghirigora hätte es nach La Pineta mitgenommen: Vorlegeplatten, Schüsseln, Saucieren in verschiedenen Größen, Dosen für Süßigkeiten, große und kleine Schöpfkellen und vor allem drei Dutzend Bestecke, alles aus schwerem, spanischem Silber, fein ziseliert und mit den Engelsflügeln der Del Bene geprägt, eingewickelt in alte Kochschürzen.

Lupino spuckte auf den Boden: »Nada und Agnoletta, die beiden Schlampen! Sie haben alles auf die Seite gebracht! Hätten Sie die beiden nicht aus dem Haus geworfen, Madonna, Sie hätten es nie wiedergesehen. Und wie sie heulten und um Gnade winselten! Alles, was sie wollten, war wieder ins Haus gelassen zu werden, damit sie mit der Beute verschwinden konnten!«

Francesca schüttelte den Kopf. »Und niemand hätte den Diebstahl bemerkt!« murmelte sie nachdenklich und strich mit den Händen über das Silber, das nur an den Rändern angelaufen war, sonst aber immer noch wie frisch poliert glänzte. »Und schon wieder sind Diebe unterwegs! Legen wir es zurück, wo es so lange in Sicherheit war, und das andere dazu!«

»Wir sind ein frommes Haus!« sagte sie danach mit ruhiger

Stimme zu einem kampfbereiten Zwölfjährigen im weißen Engelskittel. »Es gibt kaum noch Eitelkeiten bei uns.« Sie reichte ihm ein rotes Seidenkleid, den Rest einer Brokattapete mit Goldfäden, eine Nagelfeile und ein Fischgrätkorsett, das er mit spitzen Fingern entgegennahm.

»An ihren Besitztümern sollt ihr sie erkennen!« kommentierte er herablassend und gab das Korsett an einen noch kleineren Knaben weiter. Lupino grinste, und auch die anderen Knechte wandten ihre Gesichter ab und prusteten durch die Nase.

»Wirklich alles?« beharrte einer der bewaffneten Wächter, die die jungen Sammler begleiteten, seit empörte Hausbewohner sie mit Prügeln verjagt hatten.

»Gelobt sei Gott!« antwortete Francesca ernsthaft. Da warfen sie ihre Beute auf den Wagen und zogen weiter.

Ein riesiger Schatten erhob sich in der Mitte der Piazza, zwanzig Meter hoch und siebzig Meter im Umfang: eine Pyramide aus Holz, acht Seitenflächen und sieben Stufen als Symbol für die sieben Todsünden. Auf der untersten Ebene lagen die Masken und Kostüme vergangener Karnevalsfeste; auf der zweiten die obszönen Bücher – und obszön war fast alles im Himmlischen Jerusalem. Darüber Toilettenartikel und Schmuck, dann Musikinstrumente, Sportgeräte und Spielzeug. Noch eine Stufe höher eine riesige Ansammlung von Zeichnungen, Malereien und Statuen mit aufreizenden Kostümen oder gar nackt... Noch am Nachmittag – so erzählte man sich – als die Pyramide aufgebaut wurde, hatten sich die berühmten Maler Fra Bartolomeo und Lorenzo di Credi durch die Menge der Schaulustigen nach vorne gezwängt und waren schwerbeladen auf den Holzstoß geklettert, um eigenhändig ihre Entwürfe und Zeichnungen den *Anatemi* zur Vernichtung hinzuzufügen. Sie schämten sich für ihre Werke und verdammten ihre eigene Kunst, die bisher doch ihr Leben gewesen war.

An der Spitze der Pyramide häuften sich die Bildnisse von Göttern der Antike, Statuen aus Holz oder Wachs von Helden und Weisen ... Alles, so dachte Francesca und spürte ein Weinen in der Kehle, alles, was Lorenzo de' Medici geliebt und verehrt hatte. Schönheit und Sehnsucht zweier Jahrtausende verhöhnt, verachtet und preisgegeben, wie auch die nichtigen kleinen Träume und Schwächen der Menschen; ihre Hilfsmittelchen, sich vollkommener erscheinen zu lassen, schöner zu wirken, nicht nur in der Seele sondern auch körperlich, um vielleicht ein wenig mehr geliebt zu werden, begehrt zu werden.

> Ich sang, jetzt weine ich,
> und ein gleich Vergnügen,
> wie sonst am Singen,
> ich am Weinen finde.

Mitten im Brausen der Menschenmenge glaubte Francesca Lorenzos Stimme zu vernehmen mit den Worten des großen Petrarca, dessen Werke nun verdammt waren und auf der zweiten Stufe des Holzstoßes lagen, der Flammen gewärtig.
 Lorenzo hatte seine schmale, sonnengebräunte Hand neben die ihre gelegt an einem Abend in der Via Larga. Nur daneben.

> Und schöne Augen,
> die das Herz versteinen,
> Die Nacht und Abgrund
> mächtiglich erhellen,
> Seelen entführen
> und an andere geben ...

Entführte Seelen! dachte Francesca. Aber hier wurde nicht in Liebe entführt, auch wenn immerzu von Liebe die Rede war!
 Ganz oben auf der Pyramide hockte eine schwarze Gestalt mit Ziegenfüßen und einem langen, wirren Bart. Satan selbst? Oder Gott Pan der Griechen? Oder vielleicht auch König Karneval, der noch vor wenigen Jahren um diese Zeit sein Szepter schwang?

Zweiundzwanzigtausend Gulden in bar hatte ein venezianischer Kaufmann für den ganzen Aufbau geboten, und er hätte dabei immer noch seinen Gewinn gehabt. Doch Savonarola, der doch jeden Silberlöffel für die Armen geopfert sehen wollte, lehnte ab, um sein Symbol nicht zu verlieren, das Fanal seines Sieges über die Seelen. Im Himmlischen Jerusalem würde die Flamme der Reinheit leuchten, und ihr Schein würde die ganze Welt erhellen! Der Teufel, der da oben saß, war auch ein Spiegelbild des Geschäftemachers aus Venedig, der selbst dereinst brennen würde bis an den Jüngsten Tag und darüber hinaus.

Die Prozession der Fanciulli zog auf die Piazza. Der Sturm hatte die Kerzen in den Händen der Knaben ausgelöscht. Trotz der Enge öffnete sich eine Gasse für sie. Die Menge verstummte. Die hellen, reinen Stimmen der Knaben schwebten in der Luft wie Spinnfäden, vom Wind ein wenig verzerrt, aber dadurch nur noch verletzlicher und rührender. Vom Erbarmen Christi sangen sie und von der Schande des alten Karnevals, den der unerschütterliche Glaube endlich überwunden habe. Vorbildlich geordnet stellten sie sich in der Loggia der Signoria auf. Ein letztes Lied noch, dann wurde es still.

Savonarola selbst trat vor. Sein weißes Gesicht leuchtete im zuckenden Schein der Fackel, die er in der Hand hielt. Der Wind zerrte an seinem Gewand und wehte ihm die Kapuze vom Kopf. Mit leiser Stimme, die man im Sturm nur ahnte, betete er vor der nachtschwarzen Pyramide. Dann streckte er langsam seinen Arm aus und entzündete den Holzstoß.

Wie Höllenflammen flackerte es empor! Das Schießpulver zwischen den Eitelkeiten blitzte auf, knatterte, explodierte. Die Musikanten vor dem Palazzo della Signoria rührten wie wild die Trommeln. Die Pfeifer bliesen in ihre Instrumente, und die Glocken läuteten durcheinander. Dazu das Geprassel des Feuers, der Gesang der Fanciulli, das Schreien der Menge ... Es gab keinen, der sich entziehen konnte. Auch Francesca zitterte und fing an zu weinen, als ihr bewußt wurde, daß hier, irgendwo in der brodelnden Menge, ihr Sohn Giuliano stand, ganz sicher beglückt, ganz sicher begeistert, ganz sicher weit, weit weg von der Welt seiner Eltern. Immer weiter – bis er für sie verloren war?

Carnevale savonaroliano. Ekstase. Höhepunkt. Wovon? Die Flammen der Pyramide beleuchteten das Gesicht des Mönchs und das Gesicht von Florenz. Nicht lange. Gar nicht lange. Nur so lange wie die Ewigkeit zwischen Sein und Vergehen, zwischen Traum und Wirklichkeit. Dann stürzte der Holzstoß in sich zusammen. Funken stoben empor wie ein Regen zum Himmel. Danach waren die Eitelkeiten von Florenz für immer vernichtet, und die Piazza schien dunkler als jemals zuvor in irgendeiner Nacht.

Am nächsten Tag begann die Fastenzeit. Der Karneval war vorüber. Der Allerchristlichste König von Frankreich schloß einen Waffenstillstand mit Seiner Katholischen Majestät, dem König von Spanien, und mit der Italienischen Liga: Alexander VI. hatte keinen Grund mehr, den Prior von San Marco zu fürchten. Noch zur gleichen Stunde verstieß er ihn für immer aus der Gemeinschaft der Gläubigen.

In allen Kirchen wurde dem Volk unter feierlichem Glockengeläut die Exkommunikation verkündet. Dann wurden die Kerzen gelöscht. Florenz versank in tiefer Dunkelheit. Es wußte nicht mehr, wohin es gehörte... Die Franziskaner und die Augustiner aber, die von Anfang an gegen Savonarola gewesen waren, jubelten auf und sandten Dankesbriefe an den Pontifex in Rom, der inzwischen die Hölle kennengelernt hatte, weil sein Bastard, der junge, liebenswerte Herzog von Gandia, unter die Mörder geraten war, die wahrscheinlich der andere Bastard, Cesare, bezahlt hatte. Auch der Sohn des Königs von Frankreich starb.

Girolamo Savonarola im Dom von Florenz legte die Todesfälle als Blitze des Himmels aus, exkommunizierte seinerseits den Papst, als wäre dies sein Recht, und spann unermüdlich die Nacht des *Carnevale* weiter, indem er das Beispiel von Ruth beschwor, dem Symbol der Einfachheit. Der Boden brannte unter seinen Füßen und das Dach über seinem Haupt, doch er befahl den Florentinerinnen, auf Dekolletés und gewundene Frisuren zu verzichten. Nichts schien ihm wichtiger zu sein. Halb verhungert und erschöpft von Fieber, Schlafmangel und Dysenterie stand er auf der Kanzel. Domenico da Pescia und Silvestro Maruffi bewachten ihn und schirmten ihn ab. Er war zu müde, um wahrzunehmen, wie der Dom sich leerte. Viele hatten Angst vor der Sünde, einem Exkommunizierten zuzuhören, und viele sahen nicht mehr ein, was es Gott nützen sollte, wenn die Frauen darauf verzichteten, hübsch auszusehen. Ganz Florenz war müde nach der Erregung. Die Läden blieben geschlossen. Da der Höhepunkt überschritten war, wußte das Himmlische Jerusalem nichts mehr mit sich anzufangen.

Nur die Mächtigen im Palazzo della Signoria waren noch tätig bis in die Nächte hinein und kämpften um die Erhaltung ihrer Positionen. Der Gonfaloniere Francesco Valori, ruhmreicher Plünderer des Palazzo de' Medici, setzte das passive Wahlalter auf vierundzwanzig herab, um unter den jungen Männern Stimmen zu gewinnen. Was er erreichte, waren Zank und Geschrei im Großen Rat und das Aufkommen einer neuen Partei, der *Bianchi*, der bisher Chancenlosen, die nichts zu verlieren hatten.

Florenz erkannte sich selbst nicht mehr. Die allzu Selbstlosen, allzu Frommen suchten Zuflucht in einem Splitterwerk immer hektischer sich bildender Parteien und Parteichen, erklärten sich nach außen hin immer noch für selbstlos und fromm und waren doch im geheimen dieses Zustands längst müde bis zum Abscheu. Das Himmlische Jerusalem zerfleischte sich in Gereiztheit und Streit. Sogar Angelo, der wortgewandte Eremit von Vallombrosa, mischte sich ein und sandte an die Herrscher Europas einen *Brief gegen den modernen Propheten*. Auch in den Straßen von Florenz wurde das Schreiben verkauft. Alle wußten, wer gemeint war, doch man ereiferte sich nicht mehr darüber – nicht nur weil man ermattet war, sondern auch weil man verlernt hatte zu sagen, was man wirklich dachte. Vielleicht hatte man das verordnete Gute auch schon so tief in sich aufgesogen, daß man nicht einmal mehr dagegen andachte. In Florenz, wo einst alles einen Witz wert gewesen war, zuckte man nur noch die Achseln. *Cum tacent clamant.* Indem sie schweigen, rufen sie: das lautlose Schreien der mundtot gemachten Völker.

»Ich verbiete, in meiner Gegenwart über diesen Menschen zu sprechen!« befahl Alexander VI. in Rom. In Florenz aber gab es kaum ein anderes Thema. Keiner ging mehr über die Piazza, ohne sich an die Flammen des *Carnevale* zu erinnern. Sie hatten sich eingebrannt in die verletzte Seele der Stadt, und die Wunde war noch nicht verheilt. – Waren das wirklich wir? dachte mancher beschämt und vermied es, in die Nähe von San Marco zu geraten.

Niemand wunderte sich, als im Juni die Pestfälle zunahmen. Florenz, das einst so starke, selbstgewisse, hatte seine Widerstandskraft eingebüßt und die Überzeugung erlernt, daß ihm jedes Leid, das möglich war, auch zustoßen konnte... *Ich sang, jetzt weine ich.*

Nur Francesca lachte, hob den Blick zum Himmel und breitete die Arme aus vor lauter Glück, denn Marco war zurückgekehrt.

2

Die Strapazen der Reise hatten ihm zugesetzt. Sein Gesicht war braun von der Sonne, und in seinen Augenwinkeln hatten sich kleine Fältchen eingenistet. Sein Haar war an den Schläfen grau geworden. Trotzdem sah man auf den ersten Blick, daß er aus einer anderen Welt kam, wo das Fasten nicht an oberster Stelle stand und wo man lachen konnte, ohne sich schuldig zu fühlen.

»Mein Mädchen!« rief er, hob Francesca hoch und wirbelte sie im Kreise wie in den ersten, glücklichen Wochen ihrer Ehe. »Du siehst aus, als könntest du ein kräftiges Stück Braten gebrauchen!« Er winkte die Knechte herbei, damit sie die schweren Kisten und Fässer mit Lebensmitteln von den Wagen luden. Prächtige Fleischstücke zwischen Eisblöcken gekühlt; Rebhühner, Wachteln und ein Eimer voller Fettammern, die feinste aller Delikatessen. Lorenzo hatte einst mit einer solchen Gabe sogar den Papst bestochen... Dazu noch ein großes Faß mit Aalen: Geschöpfe, so geheimnisvoll, daß niemand sagen konnte, woher sie stammten – ob vom Mittelpunkt der Erde oder aus den Schwanzhaaren königlicher Rappen... Auch Süßigkeiten waren da aus maurischen Ländern, fremdartiges Obst; köstliche Weine, viel schwerer und öliger als die, die man in Florenz gewöhnt war.

Marco riß übermütig die Arme hoch. »Kocht, was das Zeug hält!« rief er und klatschte in die Hände.

Die Mägde ließen es sich nicht zweimal sagen. Noch nie waren sie so eifrig ans Werk gegangen, und noch nie waren ihnen die Knechte so bereitwillig zu Hilfe geeilt.

»Heute abend essen wir alle gemeinsam!« Marco ließ sämtliche Tische und Stühle in das Vorhaus und in den großen Speiseraum mit dem Gobelin schaffen, wo sonst nur die Familie und vornehme Gäste sitzen durften. »Die ganze *famiglia*, ruft sie zusammen! Auch die Goldschmiede und ihre Angehörigen! Sagt ihnen, der Herr ist zurückgekommen, und alle sollen sich darüber freuen!« Er blickte voll Ehrfurcht hinauf zum Wandteppich, seiner ersten großen Anschaffung als Oberhaupt des Clans der Del Bene. »*Die Freuden des Paradieses!*« sagte er leise und dachte bei sich, wie reich und farbig die Schöpfung des *Messer Domeneddio* doch war!

Auch Duccio und Micaela eilten herbei, um Marco willkommen zu heißen. Sie verließen das Haus nicht wieder bis nach Mitternacht. Man holte ihre Töchter, Schwiegersöhne und Enkel dazu, und die Hauswände platzten beinahe auseinander, so eng drängten sich alle, lachten, überschrien einander und schlichen in die Küche, um nachzusehen, wann das Essen fertig war. Die erhitzten Mägde klopften ihnen auf die Finger, warfen sie hinaus, lachten dabei und waren selbst schon wunderbar satt vom Kosten und Naschen.

Die Nachbarn kamen und wurden eingeladen. Francescas Garten war voller Menschen. Niemand überblickte mehr, wie viele es waren und ob wirklich alle dazugehörten. Auch Fremde pochten an die Tür und wollten kaufen, um bei sich zu Hause endlich auch wieder ein Festmahl abzuhalten, das die Wangen wärmte, den Kopf und die Seele... Fleischfresser, Weinsüffler, Sünde der Völlerei... Und die Hochzeit von Kanaa?

»*Buon vino fa buon sangue!*« rief Marco. Guter Wein macht gutes Blut. Eigenhändig schenkte er den roten Wein in die Becher, die sich ihm entgegenstreckten. »Trinkt! Heute wollen wir alle Sorgen vergessen.«

»Du kannst doch nicht alles weggeben!« verteidigte Francesca ihren neuen Reichtum. Auf Marcos Anweisung ließ Baldo die großen Werktische auf die Straße schaffen, um die restliche Fracht zu verkaufen, ehe das Eis geschmolzen war.

Marco lachte. »Hab keine Angst! Es kommt noch mehr. Ich habe dafür gesorgt, daß von jetzt an jede Woche Lebensmittel an uns geliefert werden. Angebot und Nachfrage. Der kluge Kaufmann errät die Wünsche seiner Kundschaft, bevor sie sie noch selber kennt.«

»Diese Wünsche kennt sie längst!« murmelte Francesca.

Noch ehe es dunkel wurde, war das Essen fertig. Die Tische bogen sich unter den knusprigen Braten, den köstlichen Soßen, dem frischen Gemüse, dem Käse aus Frankreich, den Torten und den kandierten Früchten. Die bleichen Fastengesichter röteten sich. Die Augen der Heiligen vom Himmlischen Jerusalem leuchteten. Micaela weinte vor Glück, als sie Duccio beobachtete, wie er sich über die Fettammern hermachte, an die sich sonst noch niemand gewagt hatte.

»Das sind echte französische *Ortolans!*« rief er voller Staunen. »Ich kenne sie aus Avignon. Seit Jahren ist mir etwas so Delikates nicht mehr untergekommen!« Er bekreuzigte sich und griff voller Ehrfurcht nach einer der Fettammern, die dampfend auf Nadas und Agnolettas Silbertablett lagen, einfach gebraten, wie sie waren: mit ihren ganzen Knochen, ihren Eingeweiden und ihrem Blut. Francesca und Micaela hielten sich lachend und entsetzt die Augen zu, als Duccio den Kopf des Tierchens in den Mund steckte und knirschend hineinbiß. »So essen es die Franzosen, ich schwöre es! Und es schmeckt wie der Himmel!« »Die fressen doch sogar Frösche!« rief ein Nachbar, in dessen Haus Soldaten aus Karls Armee einquartiert gewesen waren. Alle schüttelten sich aus vor Lachen und fanden die Bemerkung treffend erfunden... Nun suchte Duccio nach den Füßchen des Tieres, hielt es daran fest und verschlang es malmend wie ein Jäger aus der Provence, wo Duccio seine unbeschwertesten Jahre verbracht hatte. »Ich könnte die Welt aus den Angeln heben!« rief er und küßte Micaela auf den Mund. »Gott sei's gedankt!«

Marco schlug ihm vor, von jetzt an die Transporte der Lebensmittel zu koordinieren. Micaela widersprach und verwies auf Duccios krankes Herz und auf die Schmerzen in seinem Knie, das seit dem Bruch vor einigen Jahren nie mehr geworden war wie zuvor. Doch Duccio wischte sich die Augen vor Erleichterung, er wußte nicht, wovon, und fühlte sich so gesund und tatkräftig wie in den glücklichen Tagen seiner Reithosengeschäfte, als es noch Rebhühner gab, sooft es ihn danach verlangte.

Alle kreischten auf, als plötzlich der Bettler von Santa Maria del Fiore im Zimmer stand, Pippo Spano mit seiner todkranken Haut. »Der Aussätzige!« schrien sie und stoben auseinander. Nur Francesca lächelte ihn an und reichte ihm ein großes Stück Braten. »Habt keine Angst vor ihm!« rief sie, doch Pippo bedeutete ihr erschrocken, zu schweigen. »Wollen Sie mir mein Geschäft ruinieren, Monna Francesca?« fragte er und grinste. Francesca gab ihm noch ein Stück Torte. »Fort von hier!« rief sie laut und täuschte Panik vor. »Willst du uns alle anstecken mit deinem Siechtum?«

»Der Herr segne Eure Güte, Madonna!« sagte Pippo. Er machte einen Kratzfuß wie ein Kavalier, zwinkerte kaum merklich und hinkte hinaus. Um ihn herum bildete sich eine Gasse wie um die Prozessionen der Fanciulli del Frate.

»Erzähl mir von Matteo!« bat Francesca, doch man hatte Marco schon wieder von ihr fortgezerrt.

»Er ist glücklich und zufrieden!« rief er ihr über die Köpfe der anderen hinweg zu. »Dieser Junge findet sich überall zurecht.«

Francesca lehnte sich an den Türrahmen. Kein einziger Stuhl war mehr frei. »Glücklich und zufrieden!« wiederholte sie leise. »Das bin ich auch.« Sie sog die Gerüche des Essen eins, horchte auf das Lachen und Schnattern und blickte hinüber zu Marco, der so ausgelassen war und so froh, wieder daheim zu sein.

In einer Ecke fing jemand an zu singen. Andere stimmten ein. Von irgendwoher tauchte eine Laute auf, die in wunderbarer Weise der Verbrennung der Eitelkeiten entgangen war. In der Küche überredeten die Knechte die sich zierenden Mägde zum Tanz, und bald bildete sich auch im Garten, zwischen Francescas Rosensträuchern, ein Kreis.

Glücklich und zufrieden! dachte Francesca. *Ich weinte, jetzt singe ich.*

Lange nach Mitternacht erst leerte sich das Haus. Die Dienstboten legten sich nieder, ohne aufzuräumen. Francesca ließ es geschehen. Sie ging zum Haustor, um es zu verschließen. Auf der Straße, in einiger Entfernung, standen schweigend ein paar weißgekleidete Gestalten und blickten zu ihr herüber.

»Ich habe Giuliano noch gar nicht gesehen. Wo ist er? Wie geht es ihm?«

Francesca warf das Tor zu und schob den Riegel vor. »Es geht ihm gut!« antwortete sie und wandte sich um. Marco stand hinter ihr und sah sie an mit seinen schwarzen Del-Bene-Augen. Er legte die Hände um ihre Taille. »Du fühlst dich noch immer genauso an wie in Ferrara!« Er lächelte. »Eine Taille, biegsam wie eine Weinranke!«

Francesca schob den Gedanken an die Knaben da draußen weit von sich fort und hatte das Gefühl, ihr Leben sei endlich wieder in Ordnung. Fast in Ordnung. Von draußen her hörte sie den frommen Gesang der Fanciulli, während Marco sie hochhob wie vor zwanzig Jahren und nach oben trug.

XV. La Moria

1

Sie begaben sich nach La Pineta, um der Pest zu entgehen, deren Würgegriff das Land erstickte – vor allem die Städte. In der ersten Junihitze zeigte sich, daß sich der Schwarze Tod noch längst nicht in seine unbekannte Brutstätte zurückgezogen hatte. Aus den wenigen Todesfällen, die man bisher verschwiegen oder übergangen hatte, wurde über Nacht eine Epidemie, die keiner mehr übersehen konnte. Immer mehr Ärzte und solche, die sich dafür ausgaben, eilten in ihren schwarzen Gewändern mit den großen weißen Kragen durch die Straßen, vor die eigene, angewiderte Nase eine ellenlange künstliche gestülpt, um den tödlichen Atem der Krankheit abzuhalten. Immer mehr Eingänge und Fenster von Unglückshäusern waren mit starken Brettern X-förmig verbarrikadiert, als hätte man sie durchgestrichen. Unübersehbare rote Kreuze an den Wänden schlossen sie von allen Werken des Mitleids aus: Die Einwohner dieser Bauten seien unrettbar krank, bedeuteten die Zeichen, vielleicht sogar tot. Es würde nicht mehr lange dauern, bis ein letzter Überlebender die Leichen auf die Straße schob. Dann würden die vermummten Pestknechte, dem Abschaum der Stadt entstammend, die Tore aufbrechen, die Toten wie erlegtes Wild auf die Leiterwagen laden und die verwaisten Häuser plündern und ausräuchern.

Die ganze Stadt fürchtete die wilden Gesellen, deren Gesichter keiner kannte, verhüllt und ohne Erbarmen wie das Gesicht ihres Meisters. Niemand wußte, wie viele lästige Leben sie in den preisgegebenen Häusern ausgelöscht hatten, um sich ungestört der Beute bemächtigen zu können. Höllenhunde, Aasgeier, Hyänen – man hatte viele Namen für sie und brauchte sie dennoch, denn wer sonst wäre bereit gewesen, die Straßen von den todbringenden Überresten menschlichen Lebens zu befreien? So zogen sie von Sonnenaufgang bis weit nach Sonnenuntergang mit ihren Wagen durch die Straßen, von allen gefürchtet und gehaßt und selbst voller Haß und Verachtung. Ein Priester und zwei Ministranten folgten ihnen und ihren apokalyptischen Wagen, die längst nicht mehr von Pferden gezogen wurden, sondern von kräftigen Ochsen.

In irgendein Grab wurden die Opfer des Schwarzen Todes gelegt. Als die Gräber voll waren, hob man tiefe Gruben aus, auf die bald nur noch der Kalkrauch verwies, der wie Nebel über dem Boden schwebte.

La Moria, der Schwarze Tod, kündigte sich mit Geschwülsten an den Leisten oder in den Achselhöhlen an, manchmal so groß wie Äpfel. Innerhalb weniger Stunden breiteten sie sich auf die Arme aus, die Lenden und dann auf den ganzen todgeweihten Körper, der im Fieber des Milzbrands glühte und sich selbst versengte. Schwarze Flecken überall, bei einigen Kranken groß und in geringer Zahl, bei anderen klein und dichtgedrängt. Hilfe gab es keine. Nur wenige genasen. Die anderen starben noch am gleichen Tag oder am nächsten oder übernächsten.

Viele Theorien kursierten über die Entstehung der Krankheit, *morbus sacer* dieses Jahrhunderts, wie jedes Jahrhundert der Menschheitsgeschichte seine eigene heilige Krankheit hat. Daß sie vor nun schon bald zweihundert Jahren zum ersten Mal aus dem Osten eingeschleppt worden war, wußte man und behandelte in Zeiten der Pest die Sklaven aus diesen Ländern immer noch, als wären sie selbst es gewesen, die den Tod mit sich führten. Doch auch den Gestirnen gab man schuld und wies auf die Konjunktion des Saturn mit dem Planeten Jupiter hin... Vergiftete Brunnen mochten die Krankheit hervorgerufen haben, und so beschuldigte man aus alter Gewohnheit die Juden, jagte sie fort und verwüstete ihre Häuser... Andere wieder raunten von *Einschmierern,* Landstreichern aus Satans Gefolge, die die Pest in sich trugen, ohne selbst an ihr zu erkranken. In unstillbarem Menschenhaß zogen sie von Stadt zu Stadt und schmierten ihren Schweiß, ihren Speichel oder ihre Exkremente an die Häuser und Brunnen. So mancher Unschuldige fiel der Wut und der Angst der Bevölkerung zum Opfer, weil man ihn für *einen von denen* hielt... Fliegen, Flöhe, Ratten – keiner Kreatur traute man mehr.

Man suchte nach Mitteln, sich gegen die Krankheit zu stärken. Marco, Francesca und ihre ganze *famiglia* nahmen zwei Wochen lang täglich Theriak ein und danach Pillen aus Aloe, Myrrhe und Safran. Von seiner Reise hatte Marco eine große Menge dieser Arzneien mitgebracht. Als er noch unterwegs gewesen war, hatte die Pest in den Städten den Nordens schon gewütet. Es war vorauszusehen, daß sie bald nach Süden fortschreiten würde...

Auf Empfehlung von Tedaldo Tedaldi tranken Marco und die Seinen jedesmal, bevor sie aus dem Hause gingen, ein halbes Glas Wein und aßen eine Scheibe geröstetes Brot. Mehr wußte keiner zu tun, außer sich immer wieder die Hände mit Essig zu reinigen und ein vorsichtiges Auge auf jeden zu werfen, der ihm nahe kam – selbst in der Kirche bei Morgenandacht und Abendvesper, die sie alle nun mit großem Pflichtbewußtsein besuchten, um den Himmel gnädig zu stimmen.

Die Hitze nahm zu. Verwesungsgestank legte sich über die Stadt. Die Fanciulli zogen durch die Straßen und sangen mit der Inbrunst der Angst. Sie war an die Stelle des kindlichen Eiferns und der Lust am Rollenspiel getreten. Immer wieder kam es vor, daß einer der Knaben stehenblieb, sich an eine Hauswand lehnte und nach Atem rang. Dann blickten seine Gefährten schnell zur Seite, und eilten weiter. Die Nachfolgenden machten einen großen Bogen um ihn. »*Ora pro nobis!*« beteten sie zu allen Heiligen, vor allem zum heiligen Karl. Wenn die Prozession vorüber war, lag vielleicht eine junge Gestalt im weißen Kittel auf der Straße, bis man sie aufhob und ins Lazarett unter freiem Himmel brachte oder auf den Friedhof. *Viva Christo e chi gli crede!*

Die Totenglöckchen läuteten den ganzen Tag. Aus den desinfizierten Häusern drang Rauch. Immer weniger Menschen wagten sich auf die Straße. Die Männer trugen lange Stöcke mit sich, um sich andere Passanten und auch die Bettler vom Leibe zu halten; sogar Tiere, denn selbst sie blieben vom Schwarzen Tod nicht verschont. Die Damen verließen das Haus nur noch zur Messe. Sie hielten sich in Rosenwasser getränkte Tücher vor die Nase und sprachen mit niemandem.

Nur den Ärzten ging es gut, soweit sie vermeiden konnten, sich anzustecken. Sie wurden reich vom Geld der Pestkranken oder ihrer Angehörigen, die begriffen, daß ihr Haus und ihre Familie dem Untergang geweiht waren, wenn der Arzt den Ausbruch der Moria bei der Medizinalbehörde meldete. Jede Summe war ihnen recht, ihn zum Schweigen zu veranlassen und so zu vermeiden, in Quarantäne zu geraten und aufgegeben zu werden: ohne Hilfe und ohne Nahrung... Angst lag über der Stadt, fast so bedrückend wie die Krankheit selbst, denn Angst hatte jeder, auch der Gesunde.

Die Geschäfte waren geschlossen. Es gab keinen Handel mehr. Nur mit einem Passierschein, aus dem hervorging, daß man aus einem unverseuchten Gebiet kam, durfte man die Stadt noch betreten. Doch es gab keine unverseuchten Gebiete mehr in Italien, und außer den riesigen Geißlerzügen auf dem Weg nach Rom begehrte kaum noch jemand Eintritt. »Frieden und Erbarmen!« beteten sie, barfuß und wie die Fanciulli in weiße, härene Gewänder gehüllt. Ihre Kapuzen bedeckten sogar das Gesicht und ließen nur einen schmalen Schlitz für die Augen frei. Auf Rücken und Brust trugen sie ein rotes Kreuz. Ihre Hände hielten brennende Fackeln in die hitzeflirrende Luft, und ihr Anführer trug dem Zug ein großes Kruzifix voran.

Erbarmen, ewiger Gott!
Friede, Friede, guter Gott!
Schau nicht auf unsere Sünden!
Misericordia andiam gridando
Misericordia non sia in bando
Misericordia Iddio pregando
Misericordia al peccatore!

Sie flehten um Erbarmen, verschleppten die Pest und erlagen ihr zuhauf: erste Opfer, sie wußten es, des allgemeinen Zusammenbruchs am nahenden Ende des Jahrhunderts, das für die Menschheit wahrscheinlich – oder ganz sicher? – das letzte gewesen war. Wenn sie vor Angst nicht schlafen konnten und der Gestank der Pest über ihren Lagern schwebte, erzählten sie einander – wie die Fanciulli – von einer *Nacht der Engel*. Doch es war nicht die gleiche wie in Savonarolas Träumen von himmlischer Vollkommenheit... Die Flüsse würden anschwellen und aus den Ufern treten! flüsterten die Geißler. Die Sterne würden vom Himmel stürzen, der in tausend Flammen erglühte, die die Menschen versengten und die Tiere und die Pflanzen, bis alles vernichtet war und ohne Spuren ausgelöscht. Dann erst würde ein gewaltiger Blitz die Weltenscheibe erhellen und in einer letzten, ungeheuren Flamme verzehren. Niemand konnte wissen, was danach kam und ob überhaupt noch etwas kam... »Laßt uns das Jüngste Gericht erflehen!« riefen die Geißler auf ihrem Weg in die heilige Stadt Rom, denn sie wußten, daß jedes Gericht, selbst das unerbittlichste, immer noch barmherziger war als das Nichts nach der letzten Nacht der Engel.

»Es wird Zeit, daß wir die Stadt verlassen!« entschied Marco, immer noch erschüttert vom Anblick eines toten menschlichen Gesichts neben dem lächelnden Kopf einer steinernen Heiligenstatue. Er sandte die Knechte nach San Marco, damit sie Giuliano ausfindig machten, der sich kaum noch zu Hause blicken ließ. Doch sie fanden ihn nicht. Lupino berichtete, er habe ihn von ferne gesehen, doch noch ehe er ihn ansprechen konnte, sei Giuliano schon wieder verschwunden gewesen. Es sei offensichtlich, daß er nicht gefunden werden wolle.

»Wir können nicht länger auf ihn warten!« sagte Marco. Seine Stimme zitterte. »Baldo wird sich um ihn kümmern, wenn er es sich anders überlegt.«

Francesca nickte und legte die Hand auf ihren Leib. Seit ein paar Tagen wußte sie, daß sie guter Hoffnung war. Aber konnte man in dieser Zeit von guter Hoffnung reden, wenn die Menschen starben und sogar Savonarola aufgehört hatte, von himmlischer Strafe zu reden? »*Misericordia, Domine!*« flehte er, denn auch San Marco war von der Pest nicht verschont geblieben. Erbarmen, o Herr! Als erster starb der heiligmäßige Fra Tommaso Busini, den Savonarola liebte. Ihm folgten noch am gleichen Tag drei andere. Savonarola schickte die jüngeren Brüder und die Hoffnungsträger für sein Werk in die Villen von Bürgern. Er stellte für einige Wochen seine Predigten ein, um die Ansteckungsgefahr zu verringern. Auch in den anderen Gotteshäusern von Florenz und im Abstand von einer Meile vor ihren Mauern wurden keine Predigten mehr abgehalten. Außerdem sorgte Savonarola dafür, daß die Straßen täglich von allem Unrat gesäubert wurden.

»Bleibt zu Hause, meine Kinder!« sagte er leise, doch es war so still in der Kirche, daß es jeder hören konnte. »Wartet, bis sich das Übel erschöpft hat!« Er kniete nieder und bat den Herrn, sein Himmlisches Jerusalem zu verschonen, das doch als einzige Stadt dieser Welt und aller Zeiten das Ziel der Reinheit und Vollkommenheit fast schon erreicht habe. »Gott schütze euch, meine Kinder! Vergeßt nicht: Der Herr zürnt nur für einen Augenblick, doch seine Güte währet ewiglich!« Mit unsicheren Schritten stieg er von der Kanzel herab, von der ihn der Papst längst verbannt hatte, und weinte.

2

Wie bei Francescas erstem Besuch in La Pineta war es Sommer. Am Morgen war die Luft noch angenehm und mild. Wenn man die Augen schloß und nur auf den Gesang der Vögel und die Tritte der Maultiere hörte, konnte man meinen, dies wäre ein Tag wie immer. Aber was war das: immer? Vom unendlich scheinenden Frieden verwöhnt, hatte man gemeint, es wäre der normale Zustand der Welt, über ein Land reisen zu können, dessen Felder und Weinberge wohlbestellt waren, vorbei an gut gepflegten Dörfern, durch kleine Wälder ohne Brandstellen, erfrischt vom Wasser aus sicheren Quellen und Brunnen. Zwar suchte man die Gesellschaft anderer, um Räuber abzuschrecken, und man vermied es, sich in der Winterzeit der Gefahr durch hungrige Wölfe auszusetzen. Im übrigen aber erfreute man sich auf seinem Weg der Schönheit des Landes und der köstlichen Speisen und Getränke, die es bot. Man unterhielt sich mit den Menschen vor ihren Häusern, Gärten und Feldern, forschte nach gemeinsamen Bekannten und berichtete von den Neuigkeiten der Stadt und den Erfahrungen der Reise.

Diesmal war es anders, obwohl sich auf den ersten Blick nichts geändert hatte. Immer wieder kam Marcos kleine Reisegruppe – Francesca, Teodora und Lupino – an niedergebrannten Weizenfeldern vorbei; an Weinbergen, deren Rebstöcke abgehauen und verbrannt worden waren; an zerstörten Brücken und einmal sogar an einem kleinen Dorf, das bis auf die Grundmauern niedergebrannt war. Kein Lebewesen ließ sich blicken, nur aus einer Maueröffnung starrte eine ausgehungerte Katze hervor. Als Francesca auf das Tier zuging, fauchte es, sprang auf und floh. Es hinkte und hatte keinen Schwanz und keine Ohren mehr. Der Söldnerkrieg zwischen Florenz und Pisa wurde nicht in den Städten ausgetragen.

»Laß uns weiterreiten!« sagte Marco bedrückt. Sie wagten nicht, in den Ruinen nach Spuren von Leben zu suchen.

Wenn sie jetzt durch Dörfer kamen oder zu einsamen

Gehöften, standen sie vor verriegelten Fenstern und Türen. Keiner, der sie neugierig anredete wie früher – Nun, guter Freund, was tut sich so in der großen Welt? –, kein Kind, das um Geschenke schmeichelte. Die Angst vor Fremden, vor dem Schwarzen Tod und vor der wahllosen Grausamkeit der Soldateska hatte dem Land und seinen Menschen den guten Glauben und den Charme der Geborgenheit geraubt.

Immer wieder versteckten sie sich in kleinen Wäldern und hinter Felsen, um entgegenkommenden Reisegruppen auszuweichen oder Soldaten, deren Zugehörigkeit nicht zu erkennen war: In fremden Sprachen redeten sie miteinander, einem rauhen, bellenden Gemisch aus allen Zungen Europas. Überraschend gefragt hätten sie wohl überlegen müssen, für welche Stadt sie diesmal ihr Schwert zückten und für welchen der zahlreichen *condottieri*, die sich benahmen, als wäre das ganze Land ihr persönlicher Besitz und das Leben der Menschen ein Spielzeug ihrer Launen. Von ihrer Beute und den Tränen der Bevölkerung lebten sie in ihrem kurzen, grausamen Dasein, an dessen Ende der Tod im Kampf stand, durch Meuchelmord oder das qualvolle Dahinsiechen an einer der drei großen Krankheiten, die man verheimlichte, so lange es ging: Pest, Syphilis und Aussatz.

Kein allzu langer Weg war es von Florenz nach La Pineta. Die meisten Reisenden legten ihn an einem einzigen Tag zurück. Dennoch erschien es Marco und den Seinen, als durchquerten sie einen reißenden Strom, an dessen einem Ufer eine prächtige, zu Tode getroffene Stadt gegen den Untergang kämpfte, während auf der anderen Seite die Sonne schien und die Vögel sangen. Marco dachte an die Landkarte in seinem Kontor: die erste kostbare Anschaffung, die er sich geleistet hatte. Immer noch erfaßten ihn bei ihrem Anblick Sehnsucht und Staunen vor der unfaßbaren Größe der Welt und dem Genie der Menschen, die es vollbracht hatten, sie zu messen und aufzuzeichnen.

»Ein Mann aus Genua ist nach Indien gesegelt!« sagte er zu Francesca, als sie wieder einmal im Schutz einer Baumgruppe warteten, daß sich die mögliche Gefahr verzog. »Auf dem Westweg! Kannst du dir vorstellen, was das bedeutet?«

Francesca starrte ihn an. Ihr Gesicht war blaß von der Übelkeit der jungen Schwangerschaft. »Mein Vater besprach immer alles mit mir!« sagte sie leise. »Er gab mir Bücher, und ich las sie Wort für Wort und freute mich über alles, was mir neu war.« Sie legte die Hand vor den Mund. »So viele Bücher wurden verbrannt!« sprach sie dann weiter. »So viel Wissen! So viel Poesie ... Wir sind dumm geworden in Florenz. Engstirnig. Wir wissen nicht mehr, was es zu bedeuten hat, wenn draußen in der Welt etwas geschieht. Wir haben alles zerstört, was uns von unserer himmlischen Provinz ablenken konnte. Man sagte uns, es ginge nach vorne, aber wir fielen nur zurück ... Du bist fortgegangen und weitergeschritten. Wir sind zu Hause geblieben und zum Stillstand gekommen ... Dabei war diese Stadt doch einmal das Juwel der Welt!« Sie fing an zu weinen. »Oh, Marco, ich verstehe wirklich nicht, was es zu bedeuten hat, daß dieser Mann hierhin oder dorthin gesegelt ist!« Da nahm Marco sie in die Arme. Teodora und Lupino blickten zur Seite.

Es war schon dunkel, als sie La Pineta erreichten. Niemand erwartete sie. Ghirigora und die Dienstboten schliefen bereits. Ermanno saß allein auf seiner Terrasse und blickte hinüber zu den Gipfeln des Appenin, die die Nacht schon verhüllte. Dennoch gaben sie ihm das Gefühl, sie führten wie eine steinerne Treppe hinauf in eine andere Welt. Zum Himmel? So viel war vom Himmel die Rede gewesen in letzter Zeit. Viel zuviel. Viel mehr als von der Erde. Mehr auch von Engeln als von Menschen.

Ermanno dachte an seinen Rosenkranz, den er vor wenigen Tagen fertiggestellt hatte. Den zweiten in seinem Leben und zugleich den letzten. Sein Juwel. Das letzte Werk seiner gesegneten Hände. Selbst wenn er den Wunsch gehabt hätte, noch einen dritten Rosenkranz anzufertigen, wäre er dazu nicht mehr imstande gewesen. Sein Sehvermögen ließ immer mehr nach. Keine Lupe, und sei sie auch noch so stark, ersetzte mehr die schwindende Kraft seiner Augen. Es war, als hätten sie sich bis zuletzt auf die Arbeit konzentriert und sich danach einfach aufgegeben.

An einem Mittag dieses Juni hatte er sein Werk auf den Tisch gelegt und zu Ghirigora gesagt, jetzt sei es vollkommen. Sie hatte nicht geantwortet, nicht einmal genickt. Trotzdem hatte er sich ihr gegenübergesetzt und jede einzelne Perle geöffnet und erklärt. Ghirigora schien ihm zuzuhören und die kleinen Kunstwerke zu betrachten. Doch gleich danach schweifte ihr Blick wieder ab und glitt in die Ferne.

Ermanno packte sein Werkzeug in eine Holzkiste und verschloß sie. Er war sicher, daß er sie nie wieder öffnen würde. Zuletzt nahm er den Rosenkranz in beide Hände und ließ ihn durch die Finger gleiten. Er dachte an seinen ersten und an Ercole d'Este, der ihn reich gemacht hatte. Ob er das Kleinod zu schätzen wußte? Ob er es liebte, wie es verdiente, geliebt zu werden? Oder verwahrte er es nur in einer seiner vielen Truhen und hatte es womöglich sogar schon vergessen? Das Privileg der großen Herren: sich das Werk der kleinen Leute anzueignen und sich daran zu erfreuen oder es zu mißachten.

»So allein hier draußen, Messer Padre?« Die Stimme seines Sohnes Marco, der wie ein Schatten aus der Dunkelheit auftauchte! Dahinter die kleine Francesca aus Ferrara. Was für eine süße Braut sie gewesen war! Und wie rasch die Zeit verging! Die Stunden so langsam und die Jahre so schnell!

»Wir werden den Sommer über hierbleiben, wenn Sie es erlauben, Vater. Florenz ist ziemlich ungesund im Augenblick, und wir erwarten Nachwuchs.«

»Wie schön!« Ermanno stand auf und umarmte seine Schwiegertochter. »Gott schütze dich, meine Kleine!« sagte er sanft und küßte sie auf die Stirn. »Ein dritter Sohn! Welch ein Glück!«

»Oder eine Tochter!«

Er lächelte. »Das wäre mir noch lieber.«

Sie führten ein Leben wie nie zuvor. Ein ruhiges, mäßiges Leben ohne besondere Pflichten und Anstrengungen. Francescas blasse Wangen rundeten sich wieder. Sie fühlte sich wohl, und auch aus Marcos Gesicht verschwand die Anspannung.

Einmal kam Baldo und brachte Briefe und Geschäftsunterlagen. In Florenz sei die Hölle los, erzählte er, aber die Geschäfte gingen vorzüglich. Hinter vorgehaltener Hand und mit dem zufriedenen Grinsen eines Verschwörers berichtete er von den Termingeschäften mit Zucker, die Marco noch in Mallorca abgeschlossen hatte. Durch die Ausbreitung der Pest auch in Südosteuropa waren die Wechselkurse verfallen. Marco hatte es vorausgesehen und mit den bedrängten Lieferanten ausgehandelt, daß die preislich festgelegte Zahlung erst acht Wochen nach Erhalt der Ware erfolgen sollte. So ergab sich für das Handelshaus Del Bene, das die Zuckerlieferung umgehend ins pestfreie Spanien weiterleitete, ein Gewinn von dreiundsechzig Prozent. Schon bis Ende Juni hatte allein die Filiale in Mallorca einen Umsatz von achtzehntausend Gulden vorzuweisen. In Micheles Büro mußten drei zusätzliche Schreibpulte aufgestellt werden. Trotzdem fand Michele immer noch Zeit, seiner Gattin jedes Jahr ein Kind zu machen – Baldo behauptete, um sie sich in der Zwischenzeit vom Leibe zu halten.

Marco war nicht der einzige Kaufmann in Florenz, der seine Firma durch internationale Spekulationen vor dem Ruin rettete. Sogar in San Marco wußte man davon. Savonarola erteilte dem ehemaligen Bankier Santi Rucellai, der erst im Alter dem Dominikanerorden beigetreten war, den Auftrag für ein Traktat, in dem diese Praktiken untersucht und bewertet werden sollten. Rucellai, nun Fra Santi, dachte trotz seines neuen Standes immer noch realistisch. Zwar verurteilte er einzelne Auswüchse mit zurücktrassierten Wechseln, erklärte zu Termingeschäften im allgemeinen aber, es käme auf den guten oder bösen Willen dessen an, der den Vertrag schloß. »Vor Gott, der in unsere Herzen sieht, kam man seine Absichten nicht verstecken.«

Savonarola erhob keinen Einwand. Er sah seine Stadt, die ihren Glanz eingebüßt hatte, und hörte die Flüche der Menschen, die ihm dafür die Schuld gaben. Seine Kraft war ermattet. Wo war sein Himmlisches Jerusalem geblieben mit seinen singenden, betenden Engeln in weißen Gewändern und mit Kerzen in der Hand?

Auch Marcos Idee, Delikatessen zu importieren, sei Gold wert, berichtete Baldo. Die Leute rissen sich darum, es sich endlich wieder gutgehen zu lassen. Dazu komme noch die ständige Angst vor der Pest. Sie erwecke in den Menschen einen neuen Hunger nach Luxus und Zerstreuung. Niemand wisse, ob er in einer Woche noch am Leben sein werde. Viele Reiche hätten die Stadt längst verlassen und sich in ihren Villen verbarrikadiert. Die zurückblieben, wollten nichts versäumen. Ein Gefühl von Endzeit und Abschied erfülle die Menschen mit unstillbarer Gier. Wer es sich leisten könne, vergnüge sich ohne Sinn und Verstand. Savonarola habe wieder angefangen zu predigen, um seine Schäfchen bei der Stange zu halten, aber sie hörten nicht mehr auf ihn. »Sie sind seiner müde!« berichtete Baldo. »Er kann einem fast leid tun. Sie sollten ihn sehen: Er sieht aus, als wäre er längst tot. Wahrscheinlich wäre es das beste für ihn, wenn ihn die Pest erwischte. Dann hätte er wenigstens das Martyrium, nach dem er immer jammert. Viel mehr kann er sowieso nicht mehr erwarten, seit ihn der Papst exkommuniziert hat.«

Auch einen Brief von Matteo hatte Baldo mitgebracht, einen heiteren, optimistischen Brief aus einer anderen Welt. Der Brief eines jungen Mannes, dem sich das Leben öffnet. Kein Kind mehr. Die Fremde machte Knaben schnell zu Männern. »Wenn Savonarola fort wäre, könnte Matteo gefahrlos zurückkommen!« sagte Francesca zustimmend zu Baldo. Ihre Stimme war kühl und ohne Mitleid. »Wir sollten nie vergessen, was dieser Mann für unsere Familie bewirkt hat. Oder weiß einer von euch, wie es Giuliano geht?«

Wucherer! dachte sie. Er hat seinen Vater einen Wucherer genannt! ... Ein Wort aus Dantes *Inferno* kam ihr in den Sinn. Sie hatte es von ihrem Vater gehört, der den Florentiner liebte und verehrte: »In Schlichen wie auch in verdeckten Wegen wußt ich Bescheid...« – Ein Wort aus der Hölle, und es gab keine Garantie, daß bürgerliche Ehrbarkeit vor ihr bewahrte. Die heroischen Zeiten des Handels waren vorbei. Die Welt hatte sich geöffnet. An die Stelle des Mutes mußte nun die Schlauheit treten und die Skrupellosigkeit.

Ghirigora hob den Kopf, als erwachte sie aus einem langen Schlaf. »Ist es wahr, daß du schwanger bist?« fragte sie mit klarer Stimme. »Ja, war denn kein Erdbeben in Florenz?«

Ermanno legte ihr eine Hand auf die Schulter. »Schon lange nicht mehr!« beruhigte er sie. »Alles ist gut.«

Ghirigora schüttelte den Kopf. »Nein!« widersprach sie. »Nichts ist gut. Mir ist kalt. Warum macht niemand ein Feuer an?«

Ihre Dienerin huschte hinaus und kam mit einer Wärmepfanne zurück. Mit ein paar Spänen entzündete sie die Holzkohlen, fachte die kleinen Flammen an, vertrieb mit der Hand den beißenden Rauch und blies immer wieder ins Feuer, bis die Kohlen glühten. Dann stellte sie die Pfanne auf Ghirigoras Schoß. Ghirigora schloß ihre frierenden Hände um die Wärmequelle und seufzte erleichtert auf... Es war eine heiße Sommernacht. Juli schon. Eine Nacht für Verliebte, eine Nacht für Falter und Leuchtkäfer. Eine Nacht, in der der Schwarze Tod eine reiche Ernte hielt und die Furien des Aufruhrs sich räkelten. Eine Nacht, in der man nicht schlief, weil es zu warm war, oder in der man träumte, daß Dinge geschahen, die man fürchtete.

3

»Ich war auf der Rückreise in Ferrara«, sagte Marco und legte ein Päckchen auf den Tisch. »Ich habe die Lanfredini besucht. Nicht daß sie sich darüber gefreut hätten, aber du weißt ja, wie sie sind.«

Francesca starrte ihn an. Das Herz blieb ihr fast stehen, bei der Vorstellung, daß die Welt ihrer Kindheit noch immer existierte, obwohl sie selbst aus ihr verschwunden war. Es kam ihr vor, als wäre sie gestorben und blickte zurück auf die Lebenden. »Wen hast du getroffen?« So mußte sich Lorenzo gefühlt haben, als er von seiner Bahre auf das Fest seines Sohnes blickte, der Kardinal geworden war.

Marco zuckte die Achseln. »Alle. Alle, die noch am Leben sind. Deine tüchtigen Herren Brüder und ihre verehrten Gemahlinnen und eine ganze Armee irgendwelcher Kinder und Jugendlicher, alle nach dem gleichen Förmchen angefertigt. Alle in Schwarz. Alle arrogant und abweisend. Man fühlte sich verpflichtet, ein Bankett für mich auszurichten, aber es war kein Gastmahl, sondern eine Abfertigung. Mit kalter Höflichkeit gab man mir zu verstehen, daß ich nicht erwünscht war.«

»Haben sie sich nach mir erkundigt?«

»Oberflächlich. Nicht mehr, als sie nach einer Fremden fragen würden. Ich kann verstehen, daß dich dein Vater von ihnen weghaben wollte. Das ist die kaltherzigste Bande, die mir je untergekommen ist.« Er wandte sich zu Ermanno. »Und erst das Haus! Ganz anders als früher. Eine riesige Gruft voller Mumien jeden Alters und voller kostbarer Grabbeigaben! Ich hätte auch eine Wärmepfanne brauchen können, trotz der Hitze!«

Francesca wies auf das Päckchen. »Und was ist das hier?« Marco schob es ihr zu. Sie öffnete es. Vor ihr lag in einer bestickten Seidenhülle das Gebetbuch, das ihr Baldassare Lanfredini zur Hochzeit geschenkt hatte. Sie starrte darauf wie auf eine Botschaft aus einer anderen Welt. »Mein Gebetbuch!« flüsterte sie. Als wäre sie mit einem einzigen Donnerschlag in ein anderes Leben zurückversetzt, sah sie sich als junge Braut inmitten der Menge, die ihr zujubelte. »Ich habe es bei meiner Hochzeit verloren!« Sie strich über die feine Stickerei und hatte das Gefühl, in einen reißenden Strom zu geraten und fortgerissen zu werden.

»Anscheinend nicht!« antwortete Marco. »Deine Schwägerin Isotta gab es mir. Eine junonische Signora inzwischen. Sie sind alle junonisch oder spindeldürr. Einen Mittelweg gibt es wohl nicht bei den Damen des Hauses Lanfredini.«

»Junonisch? Isotta?« Francesca versuchte sich die zierliche

Gemahlin ihres ältesten Bruders als junonische Signora vorzustellen. War wirklich schon so viel Zeit vergangen? War sie selbst noch die gleiche wie damals? Die gleiche Francesca Lanfredini, die dieses Buch einst als Zeichen väterlicher Liebe empfangen hatte?

»Sie sagte, sie hätte es erst seit ein paar Wochen in Verwahrung. Eine vornehme alte Dame hätte sich bei ihr melden lassen und es ihr ausgehändigt. Isotta kannte sie nicht. Die Dame war verschleiert und sagte, sie hätte dir das Gebetbuch bei deiner Hochzeit entwendet, um ein Andenken an dich zu haben.«

Francescas Wangen röteten sich. Trotzdem fror sie auf einmal. »Wozu braucht eine Fremde ein Andenken an mich?«

»Ich weiß auch nicht, was ich davon halten soll. Immer wieder muß ich daran denken. Am liebsten hätte ich dir gar nicht davon erzählt, jetzt, wo alles so friedlich ist und du dich auf das Kind freust. Aber Vater meinte, du solltest es wissen.«

»Ihr habt erwogen, mir etwas zu verschweigen, das vielleicht wichtig für mich ist?«

Ermanno legte eine besänftigende Hand auf ihren Arm. »Niemand verschweigt dir etwas, meine Tochter! Wir wollen alles zusammentragen, was wir wissen.«

»Und was wißt ihr?« Francesca Lanfredini, die sich auf einmal fragte, wer sie war. Der Siegelring des Vaters an ihrem Mittelfinger brannte wie Feuer.

Ermanno sprach liebevoll zu ihr und behutsam wie zu einem Kind. »Daß dir dein verehrter Vater eine Mitgift gab, die viel zu groß war. Daß er dich aus Ferrara forthaben wollte, obwohl es ihm das Herz brach. Daß deine Mutter dich ablehnte. Daß eine andere Frau dein Gebetbuch stahl und es erst zurückbrachte, als sie alt war und wahrscheinlich dem Tode nah.« Ermanno öffnete das Buch. Ganz vorne lag eine gepreßte Blüte. Eine weiße Lilie.

»Ihr meint, diese Frau ist nun tot?« Francesca zitterte und hatte plötzlich Angst um das Kind in ihrem Leib.

Ermanno setzte sich neben sie und legte seinen Arm um ihre

Schultern. »Bei der Hochzeit sagte dein Vater zu mir, du seist für ihn das Kostbarste auf der Welt. Das Kind einer großen Liebe.«

Francesca befreite sich aus der Umarmung. »Mein Vater und meine Mutter liebten einander nicht!« widersprach sie. Dann zuckte sie zusammen und verbarg ihr Gesicht in den Händen. »Was wollen Sie mir sagen, Messer Padre?«

»Ich will dir sagen, daß du reicher bist, als du dachtest.«

Francesca schüttelte den Kopf. »Oder viel ärmer!« Sie stand auf. »Ich muß nachdenken!« murmelte sie. »Laßt mich bitte allein! Geht mir nicht nach! Ich komme schon wieder zurück, wenn ich das alles begriffen habe.«

»Aber das alles ist doch schon so lange her!« flehte Marco. »Du gehörst zu uns. Wir brauchen dich. Zum Teufel mit diesem Gebetbuch! Ich wollte, ich hätte es in die Gosse geworfen. Zum Teufel auch mit diesen Verwandten, diesen kaltschnäuzigen Heuchlern mit ihren schwarzen Gewändern und ihrem Dünkel!«

Francesca hörte nicht mehr auf ihn. Wie in einem Alptraum ging sie hinaus ins Freie. Weg von denen, die zu ihr gehörten. Weg von sich selbst. Wer war das überhaupt: sie selbst?

Draußen war es tiefe Nacht. Neumond. Kein Stern am Himmel. Auf ein paar Schritte vom Haus konnte Francesca den Weg noch erkennen, ein dunkelgraues Band, das sich in der Finsternis verlor. Die Steine knirschten unter ihren Füßen. Schritt für Schritt folgte sie dem Weg, der sich den Hügel hinunterwand bis in die Ebene. Bei Tag war es leicht, sich zurechtzufinden, doch in der Dunkelheit fühlte Francesca immer wieder die Grasbüschel des Wegrandes und tastete sich mit den Fußspitzen zurück auf den steinigen Pfad, dessen Ende nicht abzusehen war. Sie dachte an ihre Mutter – war sie es denn gewesen? –, die sie immer nur zurückgewiesen hatte. Wie oft hatte Francesca sie gehaßt, weil sie nicht verstehen konnte, warum diese Frau sie nicht wollte, wo Francesca, das Kind, sich doch nichts sehnlicher wünschte, als von ihr angelächelt zu werden, akzeptiert zu werden wie die Brüder, denen sie zunickte und die sie mit kühlen Worten lobte.

Sie hat mich verabscheut! dachte Francesca. Ich war der Stachel in ihrem Fleisch ... Zum ersten Mal gestand sie es sich ein – wagte zum ersten Mal, es sich einzugestehen, weil plötzlich aus einem verborgenen Winkel ihrer Vergangenheit eine verschleierte Dame aufgetaucht war und ihr etwas zukommen ließ, das ihr gehörte. Die Wahrheit? Oder nur eine Spekulation – so gewagt und ungewiß wie die Transaktionen, mit denen Marco ricco dafür sorgte, daß er Marco ricco blieb?

»Was verstehe ich überhaupt?« fragte Francesca in die Nacht hinein. Sie blieb stehen. Sie hatte die Ebene erreicht, die Wiesen und Felder, von deren Existenz sie wußte, auch wenn sie sie nicht sehen konnte.

»Warum haben Sie mir nicht die Wahrheit gesagt, Vater?« rief sie in die Dunkelheit. »Wie viel ruhiger wäre ich gewesen, hätte ich es gewußt!« All die Selbstzweifel, die sie gequält hatten, all das wirkungslose Werben! ... *Das Kind einer großen Liebe:* Welchen Wert hatte dieses späte Geständnis, gerichtet nicht einmal an sie, die es betraf? Oder wollte Baldassare Lanfredini seine Gefühle nur einmal, ein einziges Mal im Leben! vor einem Dritten aussprechen und ihnen damit über den eigenen Tod hinaus Dauer verleihen? Dauer? Hatten sie die nicht längst gewonnen durch die Existenz eines Kindes, das nicht ahnte, wer es war ... Oder wollte er es schützen, indem er es durch eine angemaßte Identität legitimierte? Der Bastard als Lieblingstochter? ... Nun konnte sie wirklich nicht mehr zurück nach Ferrara! Wer sie war, würde sie nie wieder sein. Dreitausend Dukaten Mitgift und ein perlenbesticktes Gebetbuch: Für immer versperrten sie ihr den Weg heim ins Kinderland der Unschuld. Sie spürte den Ring an ihrem Mittelfinger. Ein Teil ihrer selbst war er für sie geworden in den Jahren seit Baldassare Lanfredinis Tod. Ein Teil ihrer selbst und so verloren wie ihr ganzes Selbst. – Wer bin ich eigentlich? dachte sie. Wer bin ich? ... Sie zerrte den Ring vom Finger und schleuderte ihn in die Nacht. Sie hörte, wie er auf die Steine prallte und ein-, zweimal weitersprang.

Francesca blickte nach oben. Die Nacht war so dicht, daß man sie greifen konnte... Ich war blind! dachte Francesca, und dabei hätte ein Wort genügt, mir die Augen zu öffnen. Jetzt ist es zu spät. Die man fragen müßte, leben nicht mehr. Ich aber lebe. Eigentlich weiß ich ja jetzt sogar, wer ich bin – aber ich erkenne mich nicht mehr.

Sie hörte Schritte, die sich näherten, genauso vorsichtig wie die ihren.

»Marco?« Sie wunderte sich, daß er keine Laterne mitgenommen hatte.

Die Schritte verlangsamten sich und hielten inne. »Ich bin es, Teodora.«

Warum noch beschönigen! »Hast du begriffen, worum es geht?«

»Ich habe es schon lange gewußt, Monna Francesca. Menschen wie ich erkennen die Finsternis hinter dem Licht.«

»Erzähl mir keine Märchen!«

»Mein Leben hat mich gelehrt zu sehen!« sagte Teodora.

Die Nacht war so schwarz! »Geh hinein, Teodora! Sag meinem Gatten, er soll sich schlafen legen und nicht auf mich warten! Ich möchte heute nacht allein sein. Es gibt so vieles, über das ich mir klarwerden muß.« Das Kind in ihrem Körper, das heranwuchs: So eindeutig schien bisher alles zu sein. Das ist mein Mann, der Vater meiner Kinder. Das sind meine Eltern. Das bin ich.

Was wissen wir überhaupt über uns selbst! dachte sie. Wir erinnern uns nicht an unsere Geburt. Wir wissen nichts von unseren frühen Jahren, und wir ahnen kaum, welche Kräfte auf unser Leben einwirken. Wir haben keine Sicherheit über die Gefühle derer, mit denen wir leben. Wir spüren den Beginn der Krankheit nicht, die uns töten wird. Wir wissen nicht, wann wir sterben werden, noch wo oder wie. Und dabei meinen wir immer noch, wir könnten Einfluß nehmen auf unser Schicksal... Gott? Was für ein Gott denn? Baldassare Lanfredinis Gott, der immer nur ein Wort war, eine Idee, eine Kraft – so schwer zu fassen und so schwer zu lieben? Oder Savonarolas strenger Gott? Oder der gute, barmherzige Gott, zu dem Ermanno betete?

Schritte kamen den Weg herab. Zögernd, unsicher. Beleuchtet vom schwachen Flackerschein einer Laterne. Francesca wußte, daß es Marco war.

»Komm ins Haus, Francesca!« Er legte seinen Arm um ihre Schulter. Francesca wandte sich ihm zu. Sein Gesicht war blaß und traurig. »Das alles ist doch gar nicht mehr wichtig!« versicherte er erschöpft. »Weißt du nicht mehr, wie vieles du hast, über das du dich freuen kannst?«

Sie sah ihn lange an. »Doch!« sagte sie dann.

»Dann komm!«

Sie schüttelte den Kopf. »Ich kann noch nicht.« Sie spürte die Nacht, war ein Teil von ihr. Ein Teil der Welt, wie weit auch immer jene reichen mochte. Der Mensch Francesca war in ihr geborgen, in jenem großen Ganzen, so unermeßlich, daß man es nicht erfassen konnte. Trotzdem gehörte Francesca dazu. Hier draußen, im Freien, spürte sie es. Nicht drinnen im Haus der Familie. Nicht in den festen Mauern einer Kirche, nein, hier, unter dem schwarzen Himmel ohne Sterne und ohne das tröstliche Licht des fernen Mondes. Hier war ihre Heimat. Hier und in der Sorge und Liebe dieses Mannes, der vor so vielen Jahren den Entschluß gefaßt hatte, sein Leben mit dem ihren zu verbinden. Erst jetzt ermaß sie die Größe einer solchen Entscheidung, ihren Mut und das Wunder der Hingabe, das in ihr lag.

»Mein Vater!« Wie ein Blitzschlag traf sie die Erinnerung an ihn, die plötzlich vor ihr stand. Sie sah ihn, wie er mit ihr durch den blühenden Garten geschritten war, alt schon und schwach, doch immer noch wach und hungrig im Geiste; sah ihn bei Tisch, wie er – kurz und nüchtern – das Gebet sprach, Vater der Familie und doch immer ein wenig entfernt; sah ihn bei der Hochzeit – so schmal damals schon, so traurig und verlassen! ... Mein liebes Kind, ich bin stolz auf dich! ... Und dann der Becher mit Wein, den er hob: »Auf daß du immer mit dir selbst im reinen sein mögest!« ... Sein Gesicht, dem ihren so ähnlich! Sein Blick der ihre, sein Lächeln wie ihres ... Das Kind einer großen Liebe: Vielleicht hätte er gern mit ihr darüber gesprochen und wagte es dennoch nicht – aus Rücksicht auf die Frau, die sein Leben teilte wie Clarice Orsini das ihre mit Lorenzo. Ein kühles, einsames Leben, das Nahrung von außen suchte und nahm. Sünde? Wer wollte es wagen, ein Urteil zu sprechen?... Mein Vater! dachte Francesca, und es zerriß ihr fast das Herz. Wie konnte ich vergessen, wie du warst!

»Ich habe meinen Ring verloren!« sagte sie tonlos. Tränen traten ihr in die Augen, als hätte sie mit dem Ring die Substanz ihres Lebens von sich geworfen. »Wir müssen ihn suchen.«

Marco hob die Laterne. Das Licht war so schwach, daß es kaum ein paar Schritte weit reichte. Francesca tastete sich zu der Stelle, wo sie das Geklirr von Gold auf Stein vernommen hatte. Sie bückte sich und strich mit der flachen Hand über den Boden. Nur einmal hin und her – da spürte sie schon das Gesuchte unter ihren Fingern. Sie stand auf und steckte sich den Ring wieder an. Die Haut an ihrem Mittelfinger trug die Spuren des Ringes und der vielen Jahre... Jahre einer Lüge, die sich überlebt hatte; eines Schweigens, das zu lange gedauert hatte und nun doch gebrochen worden war durch die Worte einer Fremden, die nicht fremd war. So viele Jahre lang hatte sie sich an einem perlenbestickten Gebetbuch festgeklammert, um nicht den Halt zu verlieren und es im Schatten auszuhalten... – Wärst du doch aus dem Schatten getreten! dachte Francesca. Hättest du dich doch zu erkennen gegeben!... Eine Lilie in einem alten Gebetbuch. Nicht mehr, aber auch nicht weniger. Es war genug.

Sie gingen ins Haus zurück. Ermanno wartete an der Tür. Ghirigora stand neben ihm. Für kurze Zeit sah es aus, als wären sie ein Ehepaar wie alle anderen. Francesca lächelte ihnen zu. Sie nahm das Gebetbuch vom Tisch und drückte es an sich. Dann streckte sie die Hand aus nach der Hand des Mannes, den sie liebte. Sie stiegen die Treppe hinauf, um sich schlafen zu legen. Ermanno und Ghirigora gingen ebenfalls zur Ruhe und auch Teodora, die Sklavin, die zu ihnen gehörte, als wäre sie in der Familie geboren.

XVI. Die Feuerprobe

1

Aus der Ruhe von La Pineta kehrten sie in eine brodelnde Stadt zurück. Die Pest war nach der Hitze der drei Sommermonate von einem Tag zum anderen erloschen wie der Brand einer ausgedörrten Scheune. Die letzten Toten wurden bestattet und mit Kalk bedeckt. Die Pestknechte verschacherten ihre Beute und zogen mit ihren Ochsenkarren weiter nach Süden, wo es vielleicht noch Arbeit gab für ihre abgestumpften Hände. Die Ärzte zählten ihre Honorare und Bestechungsgelder und spendeten demonstrativ für die Armen, um sich vor Mißgunst zu schützen. Die Reichen kehrten mit Wagenladungen voller Vorräte aus ihren Villen zurück – durch Straßen, in denen sich verarmte Bauern aus dem Contado drängten, die in Florenz auf Almosen oder Arbeit hofften. Scharen ausländischer Bettler und Diebe begehrten Einlaß und wurden abgewiesen. Jeden Tag sammelten die Stadtknechte Tote ein, die vor den Stadtmauern verhungert oder doch noch der Pest erlegen waren.

Ein Witzbold setzte das Gerücht in Umlauf, auf der Piazza del Grano verteile die Kommune Brot und Weizen. Innerhalb weniger Minuten staute sich die Menge der Hungernden auf dem Platz und in den umliegenden Gassen. Sieben Personen wurden im Gedränge erdrückt. Als sich herausstellte, daß die Nachricht ein übler Scherz gewesen war, stürmten die Enttäuschten durch die Straßen und plünderten die Läden, die ohnedies kaum noch etwas anzubieten hatten. »*Palle! Palle!*« vernahm man wieder, und die Partei der Medici-Anhänger machte sich neue Hoffnungen.

Ein gewisser Lamberto dell'Antella, von dem bisher nur gesagt worden war, er habe ein Schweinsgesicht, verklagte aus Rache und Gewinnsucht, wie es hieß, die fünf obersten Führer der Bigi, darunter den alten Bernardo del Nero, einen der angesehensten und beliebtesten Bürger von Florenz, und Niccolò Ridolfi, dessen Neffe Lorenzos Lieblingstochter Contessina geheiratet hatte. Seit Pieros Vertreibung wagte der Schwiegersohn des Prächtigen nicht mehr, florentinischen Boden zu betreten. Wie ein Aussätziger lebte er mit seiner Familie auf seinem Landgut auf den Hügeln, die Stadt seines Heimwehs stets vor Augen und doch unerreichbar.

Francesco Valori, immer noch mächtig von Savonarolas Gnaden, ließ die fünf Angeklagten foltern, um das Geständnis des Hochverrats von ihnen zu erpressen. »Steht ihr in Verbindung mit Piero de' Medici? Betreibt ihr seine Rückkehr?« Doch sie schwiegen. In einem Schnellverfahren vor zweihundert Bürgern wurden sie einstimmig zum Tode verurteilt.

Als Savonarola seine Verfassung geschaffen hatte, schien es ihm ein Zeichen von Demokratie, an jedem Verfahren möglichst viele Abstimmungsberechtigte teilnehmen zu lassen. Nun erwies sich die Realität dieser Reform: Einer – Francesco Valori – verkündete, was zu tun war, und die anderen – hundertneunundneunzig! – wagten nicht, ihm zu widersprechen, da doch anscheinend alle übrigen Anwesenden ebenfalls seiner Meinung waren. Der einzelne, der Einwände erhob, fand sich womöglich bei den Verurteilten im Bargello wieder – ein weiterer Hochverräter, der sich selbst enttarnt hatte!

Die Verwandten der Verurteilten legten Widerspruch ein und verlangten, daß man zur Einberufung des Großen Rates die *Vacca* läutete. Doch dazu war Francesco Valori nicht bereit. »Entweder sie oder ich!« rief er hitzig. Noch in der gleichen Nacht ließ er ein Exempel statuieren – wie er es nannte. Die Bürger von Florenz schliefen, während ihren Freunden und Verwandten das Haupt abgetrennt wurde. Savonarola griff nicht ein. Mit kühlen Worten bedauerte er den Tod des jungen Tornabuoni, weil er fast noch ein Kind gewesen war. Zu Bernardo del Nero, um den so viele weinten, äußerte er sich nicht.

»Jetzt hat er wahrlich gelernt, mit dem Schwert zu predigen!« sagte Marco und schickte wie jeden Tag Lupino zum Kloster, damit er sich dort nach Giuliano erkundige. Nach einer Stunde kam Lupino zurück – wie immer. Francesca und Marco brauchten nicht weiter zu fragen. »Am Leben ist er wohl noch!« tröstete sie Lupino. »Das hat mir einer der alten Mönche gesagt. Aber er will mit niemandem von draußen sprechen.«

»Draußen!« murmelte Francesca bitter. »Damit sind wir gemeint!« Sie dachte an das Kind, das in ihrem Körper heranwuchs, genauso wie vor neunzehn Jahren Giuliano und wie einst sie selbst unter dem Herzen ihrer unbekannten Mutter, die von Baldassare Lanfredini geliebt worden war. Was hatte sie empfunden, als sie ihr Kind im Arm hielt und es doch einer anderen gab, die es haßte? Was empfanden Mütter für ihre neugeborenen Kinder? Gab es ein Gefühl, das ihnen allen gemeinsam war? ... Giuliano ... So viel Hoffnung setzte man in ein neues Leben! So viel Liebe schenkte man ihm. Dankbar sollten Kinder sein, hieß es. Viele waren es auch. Aber nicht alle ... Was haben wir falsch gemacht? ... So schrieb sie, wie so oft in diesen Tagen, einen langen Brief an Matteo. Als sie fertig war, schloß sie die Augen. Sie sah ihn vor sich, wie er auf sie zukam und sie anlächelte. – Leicht wie ein Staubflöckchen! dachte sie und erwiderte sein Lächeln. Immer wieder rief sie dieses Bild in sich wach, diesen wunderbaren Tagtraum, der sie tröstete und vom Schmerz um Giuliano ablenkte. Daß er sie abwies, war schlimmer, als wenn er gestorben wäre ... Doch gleich bekreuzigte sie sich und flehte Gott an, sie für die Sünde eines solchen Gedankens nicht zu bestrafen, indem er ihn Wahrheit werden ließ.

Mit fortschreitender Schwangerschaft verließ Francesca immer seltener das Haus. Die Straßen waren unruhig wie noch nie. Stets lief man Gefahr, in einen Raufhandel zu geraten und auch als Unbeteiligter Püffe und Stöße einzustecken. Noch war Savonarola Herr der Stadt. Noch zogen Tag für Tag die Fanciulli durch die Gassen und über die Plätze. Doch der stumme Ton, der allem zugrunde lag, hatte sich verändert, wurde hörbar und immer lauter. Es stellte sich heraus, daß es ein Mißton war. Die frommen Knaben mit ihren Kerzen und ihren Ölzweigen lobten Gott – »*Viva Christo e che gli crede!*« –, doch immer öfter löste sich einer von ihnen aus der schützenden Schar und beantwortete den Spott und die Beleidigungen der jungen Compagnacci am Straßenrand mit gleicher Münze oder gar mit Schlägen und Fußtritten. Die Erinnerung an das ungezwungene Leben, das viele der Knaben einst geführt hatten, brach sich Bahn; an die Zeit auf der Straße, als es noch Geld dafür gegeben hatte, mit einem Freier in einem Torbogen zu verschwinden; als man zum Spaß Passanten mit Steinwürfen aus einer Gasse hinausjagte oder sie mit langen Stöcken in die Enge trieb. Gewohnte Grausamkeit, so lange überlagert von der Lust, sich einem Ideal auszuliefern, wallte wieder auf. Eine dunkle Seite im Charakter der leuchtenden Stadt hatte es immer gegeben, und die Älteren erinnerten sich noch an die wilden Schauspiele auf der Piazza della Signoria, dort, wo jetzt noch die Skulptur des Wappentiers der Stadt stand, eines Löwen, weil man dort einst Löwen auf Hirsche und Büffel hetzte und Männer im Schutze hölzerner *Schildkröten* sie mit Lanzen anstachelten.

Eine Gruppe war der anderen Feind. Seit Savonarola exkommuniziert worden war, wagten sich seine Gegner immer offener an ihn heran. Als durch Zufall in einem Gelaß in San Marco ein Beutel mit fünfzehnhundert Fiorini gefunden wurde, beschuldigten die Arrabbiati den Prior sogar des Diebstahls: Bei der Plünderung des Palazzo de' Medici habe er sich das Geld angeeignet und es zur eigenen Bereicherung im Kloster versteckt. »Ein Prophet?« schrien sie mitten in eine Predigt hinein. »Nein! Ein Dieb!« In der nächsten Nacht legten sie die Haut eines halbverwesten Esels über die Kanzel und besudelten die Stufen mit den faulenden Innereien. Sie bohrten

Nägel mit den Spitzen nach oben in die Brüstung, dort, wo Savonarola mit seiner Faust hinzuschlagen pflegte. Als er trotzdem predigte, zündeten die Compagnacci während der Messe Stufen und Kanzel an und stürzten sich im Tumult auf ihn, um ihn zu töten. Doch seine Getreuen umringten ihn wie eine Mauer. Das Volk floh entsetzt ins Freie. An den folgenden Tagen war die Kirche halb leer. Die Angst hatte über Frömmigkeit und Neugier gesiegt.

Savonarola war von Feinden umgeben, doch er selbst bekämpfte nur noch einen: Alexander Borgia, der ihn aus der Gemeinschaft der Gläubigen ausgestoßen hatte; der Antichrist, der sich sein Amt gekauft hatte; der Sünder auf dem Heiligen Stuhl; der Schandfleck des Christentums; der »raubgierige Wolf im Gewand des Hirten«.

»Er hat mir verboten zu predigen!« rief Savonarola in die Menge hinein. »Man sagt, ein Papst kann nicht irren, und wenn er irrt, irrt er nicht als Papst. Das irrende Breve, das mich verdammen soll, stammt also gar nicht vom Papst. Ich brauche ihm nicht zu gehorchen. Dieser Befehl ist nichts gegen die Befehle Christi und der Nächstenliebe. Nur sie befolge ich.«

»In letzter Zeit gewöhnt er sich an, Haare zu spalten!« raunte Messer Niccolò während der Predigt Marco zu. Die beiden hatten einander auf Marcos letzter Reise kennengelernt und waren mehrere Tage in der gleichen Gruppe unterwegs gewesen. Messer Niccolò, ein junger Mann, noch keine dreißig, mit einem Verstand so scharf wie seine Stimme und einer Spottlust, die sogar an einem Florentiner auffällig war. Marco unterhielt sich gern mit ihm, obwohl er ihn nicht ganz einzuschätzen wußte. Auf der Reise hatten sie vereinbart, gemeinsam eine Predigt des Frate zu besuchen – »rein informativ!«, wie sie einander versicherten, um Peinlichkeiten zu vermeiden.

Messer Niccolò war Beamter der Signoria, zumindest behauptete er das, doch was genau sein Amt war, ließ sich nicht erkennen. Marco hielt ihn für eine Art Spion, aber da er es sich längst angewöhnt hatte, seine Zunge zu hüten und keinem Fremden zu trauen, beunruhigte ihn diese Vermutung nicht weiter. Einmal sah er einen Brief, den Messer Niccolò eben beendet und beschriftet hatte. Er war an Ricciardo Becchi adressiert, den florentinischen Botschafter in Rom. »Ein hochgestellter Briefpartner!« sagte Marco anerkennend und ein wenig neugierig zu dem jungen Mann. Der ließ das Schreiben eilig in seinem Wams verschwinden.

Im Dom trafen sie einander wieder. Es war eine Messe nur für Männer. Savonarola wollte nicht mehr, daß Männer und Frauen ihre Körper in der Menge aneinanderdrängten. Auch reiche der Platz im Dom für beide nicht aus, und die Themen seien für beide Geschlechter unterschiedlich. So predigte er am Samstag ausschließlich für Frauen und an den übrigen Tagen nur für Männer.

Trotz der Unruhen in der Stadt hatte er seine innere Sicherheit zurückgewonnen. Neue Briefe an die Herrscher Europas und »an alle guten Äbte, Prälaten und Laien« waren geschrieben und abgesandt. »An einem freien, sicheren Ort«, so forderte er, sollte ein Konzil veranstaltet werden, ein *Ökumenischer Rat*, der »den falschen Papst und alle Bischöfe, die schuld sind am Schisma und an der Simonie«, verjagte. Eine Reformation der Kirche solle in Gang gesetzt werden, die die heiligen Tage des jungen Christentums wieder aufleben ließ... Marco dachte an den Brief in der Hand des jungen Beamten. Er fragte sich, wie viele es wohl gab in Florenz, die unbemerkt Berichte versandten und Fäden spannen.

»Anfangs schätzte ich diesen Mann!« gestand Messer Niccolò, als sie über den Domplatz gingen. »Ich setzte sogar gewisse Hoffnungen in ihn. Einer meiner Vorfahren stand einst an der Spitze der aufrührerischen Wollschläger, obwohl er selbst bürgerlich war. Er bezahlte mit dem Leben. Ein anderer leistete Cosimo de' Medici Widerstand und ging dafür im Gefängnis elend zugrunde. Ich bin ein Kind dieser Stadt und dachte, Savonarola wäre vielleicht tatsächlich in der Lage, uns einen Idealstaat zu bringen. Eine Art *Utopia*, eine Demokratie, die diesen Namen verdient. Aber dafür sind die Menschen wohl nicht geeignet, und der Mann aus Ferrara ist nichts weiter als ein Träumer und Fanatiker. Eine gefährliche Spezies. Vielleicht die gefährlichste überhaupt. Männer dieser Art beeindrucken auf Dauer nur die Ängstlichen und die Exaltierten mit einem Hang zur Mystik. Doch das sind nicht die, die Staaten begründen. Aber auch Mut ist nicht das erforderliche Kriterium. Zumindest nicht das einzige. Das sieht man an meinen Vorfahren.«

Marco lächelte. »Mein Vater pflegt zu sagen: *Bene qui latuit, bene vixit!* Wer sich gut versteckt, lebt gut.«

Messer Niccolò zuckte die Achseln. »Man braucht sich nicht zu verstecken, um nicht beachtet zu werden. Es gibt viele, die gesehen werden möchten und die man doch übergeht. Ich frage mich oft, was wahre Autorität ausmacht. Die winzig kleine Zutat, die einen Mann über alle anderen erhebt.«

Ihre Wege trennten sich. »Sie sprachen von Ihren Vorfahren, Messer Niccolò«, sagte Marco, als sie sich verabschiedeten. »Ich kenne praktisch nur Kaufleute: Ich habe mir den Namen Ihrer Familie nicht gemerkt.«

Messer Niccolò zuckte die Achseln. »Es besteht auch kein Grund dafür, Messer Del Bene. Leider.«

»Und der Name?«

»Macchiavelli.«

2

Francesca wanderte im Zimmer auf und ab. Je näher der Tag der Geburt rückte, um so enger wurde ihre Welt. Immer mehr zog sie sich auf sich selbst und ihren Körper zurück; immer häufiger und mit wachsender Zärtlichkeit dachte sie an die Fremde, die ihre Mutter gewesen war, ausgeschlossen vom Leben ihres Kindes und ihm doch vielleicht gar nicht fern. Vielleicht hatte sie zuweilen auf der anderen Straßenseite gestanden, wenn Francesca mit ihrer Amme das Haus verließ.

Vielleicht hatte sie sie sogar einmal angesprochen, wie man Kinder anredet: ein kleiner Scherz, ein Lob, gute Wünsche... Vielleicht hatte sie dabei sogar ihre sehnsüchtige Hand auf die Hand des Kindes gelegt, das nichts ahnte und wohlerzogen zurücklächelte. »Ich bin froh, daß dir die Geburt deines ersten Kindes so leicht fiel!« hatte Baldassare Lanfredini in seinem letzten Brief geschrieben. »Deiner lieben Mutter war dieses Glück nicht vergönnt.« Francesca erschrak, als sie sich an diese Worte erinnerte, und sie legte die Hand auf ihren Leib.

Teodora kam ins Zimmer und brachte eine Schale mit Obst. Francesca beobachtete sie, wie sie eine Decke über den Tisch breitete, die Schale darauf stellte und das Obst zurechtlegte, daß es einen angenehmen Anblick ergab. »Du hast eine sorgfältige Art, mit Dingen umzugehen!« sagte Francesca nachdenklich. »Du faßt sie an, als liebtest du sie.«

»Das tue ich auch.« Teodora öffnete das Fenster und richtete die Falten der Vorhänge. »Dinge sind weder gut noch böse; nur schön oder häßlich, nützlich oder überflüssig. Dinge kränken Menschen nicht. Es tut mir wohl, sie zu arrangieren und zu pflegen.« Sie lächelte. Francesca erinnerte sich plötzlich an Teodora an ihrem ersten Tag in der Via degli Angeli: eine blasse, verschreckte Frau, erschöpft von der Geburt und einem Schicksal, das keinem bekannt war. »Deine Tochter«, sagte Francesca, ohne diese Frage je beabsichtigt zu haben, »hast du je wieder von ihr gehört?«

In Teodoras Miene veränderte sich nichts. »Ich weiß vieles von ihr!« sagte sie ruhig. »Messer Marco hat ihr Schicksal verfolgt und geholfen, wenn es nötig war. Sie heißt Lucia. Ein schöner Name. Ich bin froh, daß man sie so genannt hat. Ich habe sie oft von fern gesehen. Sie ist groß und grobschlächtig. Aber sie lacht viel, und das ist gut. Man hat sie mit einem Bauern verheiratet. Ich glaube, es geht ihr nicht schlecht.«

»Und warum hast du dich nie zu erkennen gegeben?«

»Als Sklavin?«

Francesca trat ans Fenster und blickte hinunter auf die

Straße, die ruhig war unter der Mittagssonne. »Leidest du darunter, daß du eine Sklavin bist?«

Ein Schweigen. Das Licht im Raum schien sich zu verändern, als ob ein Schatten von den Wänden gefallen wäre. »Ich bin nicht als Sklavin geboren, Monna Francesca. Ich fühle mich als ein freier Mensch, den man in die Sklaverei gezwungen hat. Das ist etwas anderes.«

»Aber wir haben dich gern, Teodora! Giuliano liebt dich. Du gehörst zu diesem Haus!« Francesca drehte sich um.

»Ja!« Teodoras Stimme klang kühl und fremd. »Wie der Küchentisch, wie die Maultiere im Stall und wie der Zitronenbaum im Garten! Selbst wenn Sie freundlich mit mir sind, bedeute ich Ihnen nicht mehr als die Hausschlange, der Sie abends ein Schälchen mit Milch hinstellen. Ich bin nicht ich, Monna Francesca! Ich bin ein Gegenstand. Wenn ich fortlaufe, bestraft man mich als Diebin, weil ich Ihr Eigentum gestohlen habe. Sie haben mich nicht gebrandmarkt wie andere Herrschaften es mit ihren Sklaven tun, und Sie haben mich auch nie eine Hausfeindin genannt. Sie waren immer gut zu mir. Aber meine Freiheit haben Sie sich dennoch angeeignet. Es ist Ihnen nicht bewußt, aber Sie haben sie mir gestohlen. Kein Mensch hat das Recht, einen anderen zu besitzen. Dabei spüren Sie alle genau, daß es falsch ist, was sie tun. *Hütet euch vor den Gezeichneten!* warnen Sie, wenn von uns die Rede ist. Aber wir sind alle gezeichnet. Alle Menschen. Auch die Freien. Die Herren ... Alle gezeichnet vom Schicksal, sterben zu müssen. Der Tod ist für alle gleich. Warum nicht auch das Recht auf Freiheit?« Teodora schwieg. »Verzeihen Sie, Madonna!« bat sie dann ernüchtert. »Aber als jetzt in Florenz so viele Menschen an der Pest starben, dachte ich, es könnte auch mich treffen. Und wer würde dann sterben in den Augen der Welt? – Nicht ein Mensch: nur eine Sklavin!« Mit einer wegwerfenden Bewegung zeigte sie auf die Obstschüssel. »Ein Gegenstand wie dieser da.«

Francesca setzte sich in den hohen Armsessel am Kopfende des Tisches. »Wenn du keine Sklavin mehr wärst – nur einmal angenommen! –, würdest du dich dann deiner Tochter zu erkennen geben?«

Teodora zuckte die Achseln. »Ich bin aber eine Sklavin! Nicht in meinem Herzen – aber für diese junge Frau wäre ich es. Sie würde sich meiner schämen.« Teodora knickste und ging hinaus.

Francesca hielt sie nicht zurück. Plötzlich fiel ihr ein, daß Marco manchmal sagte, Giulianos düsteres Wesen käme davon, daß Teodora ihn gestillt hatte. »Warte!« rief Francesca, aber Teodora hörte sie schon nicht mehr. »Ich würde gerne wissen, ob du mich haßt!« murmelte Francesca, und noch im gleichen Augenblick nahm sie sich vor, Teodora diese Frage niemals zu stellen.

Eine Stunde später meldete sich der Bauer Naddo, der Ehemann von Matteos Amme Pinuccia. Unter unbändigem Schluchzen berichtete er vom Tod seiner geliebten Frau, die die Pest dahingerafft hatte, als eigentlich alle schon meinten, sie wäre erloschen.

»Berichten Sie bitte Ihrem Sohn Matteo vom Tod seiner Amme!« bat der junge Bauer, der – das bemerkte Francesca plötzlich mit Verwunderung – eigentlich gar nicht mehr jung war. Sie rechnete nach und verglich sein Alter mit dem ihren. Wie beiläufig erhob sie sich und betrachtete im Spiegel das eigene Gesicht, während Naddo unaufhörlich weiterredete und die Eigenschaften der Verstorbenen rühmte. – Siebenunddreißig Jahre! dachte Francesca. Ich bin schon siebenunddreißig Jahre alt! Nur ein günstiges Schicksal hat verhindert, daß meine Haare grau wurden... Sie erschrak, als ihr bewußt wurde, daß Monna Ghirigora nur vier Jahre älter gewesen war, als sie aus Florenz floh. Damals war sie Francesca als eine alte Frau erschienen.

»Sie nannte ihn ihren Prinzen!« schluchzte Naddo und schneuzte sich in den Ärmel. »Sie liebte ihn mehr als ihre eigenen Kinder. Ich habe mich bemüht, das zu verstehen. Er ist wohl wirklich etwas ganz Besonderes.«

Francesca drehte sich um. »Matteo?« fragte sie zerstreut.

Naddo nickte. »Zwei Jahre hielt sie ihn an die Brust. In den letzten Monaten gab sie ihm manchmal heimlich Wein zu trinken zusätzlich zur Milch. Sie war ganz gerührt, wie fröhlich es ihn machte.«

Francesca schwieg entsetzt.

»Sie werden ihm von dem Unglück schreiben, nicht wahr? Vielleicht besucht er mich einmal in Fiesole, wenn er wieder zurück ist. Früher kam er doch auch oft zu uns.«

»Ist das wahr?«

»Meine Pinuccia war wie eine Mutter für ihn. Seine Briefe aus Morca waren ihr Heiligtum.«

Francesca ging nicht darauf ein. »Kann ich dir irgendwie helfen?« Sie war nicht sicher, ob er ihre Worte überhaupt verstand, so sehr weinte er. Doch nach ihrer Frage beruhigte er sich sofort.

»Eine kleine Mitgift wäre schön!« gestand er und verbeugte sich mehrmals.

»Für deine Tochter?«

»Für meine Braut. Ich werde wieder heiraten. Was ist ein Mann ohne eine Frau? Was ist ein Hof ohne eine Bäuerin? Sie verstehen das doch, Monna Francesca?« Er fing wieder an zu schluchzen. »Auch wenn keine je den Platz meiner seligen Pinuccia einnehmen wird! In meinem Herzen, meine ich. Da lebt sie fort auf immer und ewig.«

»Wieviel?« Pinuccia, die am Küchentisch lehnte und kicherte, die Röcke hochgeschoben ...

»Das überlasse ich Ihrer Großzügigkeit, Madonna. – Vielleicht zwanzig Gulden?«

Francesca spürte, daß ihr die Röte in die Wangen schoß. »Du bist unverschämt, Naddo! So viel verdient ein Oberaufseher im Jahr.« Mit der Umständlichkeit einer Hochschwangeren erhob sie sich. »Zehn Gulden. Das ist mehr als generös. Geh zu Messer Baldo! Er wird sie dir auszahlen. Aber dann laß dich nie wieder blicken!«

Naddo schluchzte laut auf und küßte Francesca unter unverständlichen Dankesbezeugungen die Hände. »Sie ist ein wunderschönes Mädchen!« versicherte er eifrig. »Sie hat pechschwarzes Haar und einen kaiserlichen Namen: Vespasiana.«

»Wie kommt ein Bauernmädchen zu einem solchen Namen?«

»Sie ist kein richtiges Bauernmädchen. Sie ist ein Bastard unseres Grundherrn.«

Francescas Stimme war wie Glas. »Und der hat ihr nichts in die Ehe mitgegeben?« Naddo verlor die Fassung und flüchtete sich in einen neuerlichen Weinkrampf. Francesca schob ihn zur Tür. »Geh jetzt endlich!«

»Ihren Segen, Madonna?«

»Hast du. Geh!«

»Und Sie werden Messer Matteo die letzten Grüße meiner lieben Pinuccia ausrichten?«

Francesca kehrte ihm den Rücken zu. Unter tiefen Verbeugungen verließ Naddo den Raum. »Das Land bringt gute Tiere hervor und schlechte Menschen!« sagte Ermanno manchmal, wenn er von seinen Pächtern sprach, die unaufhörlich versuchten, ihn übers Ohr zu hauen. Aber was war schon gut und was schlecht? – In diesem Augenblick jedenfalls beschloß Francesca, Teodora freizulassen. Weiterhin entschied sie sich, mit den unseligen Geistern ihrer Herkunft reinen Tisch zu machen und sämtliche Briefe zu verbrennen, die sie in den einundzwanzig Jahren ihrer Ehe an ihren Vater geschrieben hatte. Das neue Kind, das bald geboren wurde, sollte in eine heitere Welt hineinwachsen, mit einer Mutter, unbeschwert wie eine junge Ehefrau, die auf den Tag neun Monate nach der Hochzeit ihren ersten Säugling im Arm hält. Nicht an die Vergangenheit würde sie sich klammern oder an Menschen, die schon lange tot waren. Baldassare Lanfredini hatte sein Leben gelebt und seine Entscheidungen getroffen. Auch seine Tochter wollte ihr Leben haben, ihr eigenes Leben, und kein anderer sollte sie in Zukunft beeinflussen.

»Mit dem Tag der Geburt meines Kindes bist du frei!« erklärte sie Teodora, die so blaß wurde, daß man meinte, sie müsse umsinken.

»Und was sagt Messer Marco dazu?«

»Es wird ihm recht sein. Wir haben dich von meiner Mitgift gekauft.« Sie würde ihm sagen, daß sich Teodora inzwischen längst amortisiert habe und daß es eine großherzige Geste sein würde, sie freizulassen. Ein reicher Kaufmann, der keine Sklaven mehr hielt: Es konnte seinem Ansehen nur nützen.

Draußen dämmerte es. Francesca ließ sich ein Feuer anzünden. Eigenhändig schleppte sie die Kassette mit den Briefen an ihren Vater zum Kamin. Sie kniete sich auf den Boden. Ohne die Briefe noch einmal gelesen zu haben, legte sie mit behutsamen Händen einen nach dem anderen in die hellen Flammen. Als das letzte Papier in sich zusammensank, war Francescas Gesicht rot von der Hitze und vor Erleichterung. Langsam und vorsichtig stand sie auf. Sie trat vor den Spiegel, um sich das Haar zu richten, doch als sie den Arm hob, zuckte sie mit einem Stöhnen zusammen. Voll Schrecken und Freude zugleich spürte sie, daß ihre Stunde gekommen war.

Es war ein Mädchen. Sie nannten es Contessina, wohl wissend, daß es ein Wagnis bedeutete, im Florenz der Mönche einem Kind den Namen einer Medici-Tochter zu geben. Doch es tat ihnen in der Seele wohl, die eigene Position klarzustellen – gerade jetzt, wo alles verworren schien und so viele ihre wahre Meinung verheimlichten. Ein reicher Mann wie Marco del Bene war ein Vorbild für viele. Wenn er den Mut aufbrachte, sich zu seiner politischen Meinung zu bekennen, würden ihm andere folgen.

Contessina war groß und gesund. Ein Kind, wie Eltern es sich nur wünschen konnten. Sie trank kräftig und weinte selten. Aus Prato hatte Marco eine Amme bestellt, Colomba, die froh war, aus der Heimatstadt fortzukommen und so der Schande zu entfliehen, daß der Vater ihres Kindes das Weite gesucht hatte, anstatt mit ihr zum Priester zu gehen. Bevor sie Prato verließ, stillte sie ihren eigenen Sohn ab und ließ ihn bei ihren Eltern. In zwei Jahren würde sie mit viel Geld zurückkommen und ihre Mutterstelle wieder einnehmen – keine lange Zeit für einen Säugling, der ja noch kein richtiges Menschenhirn besaß und für den es nur darauf ankam, daß er genug zu essen hatte und nicht frieren mußte. Die meisten Bürgersfrauen und die adeligen Damen brachten ihre Kinder ja auch zu anderen Leuten und oft nicht einmal zu den besten... Colomba fand, daß sie zufrieden sein konnte, wenn man davon absah, daß es eine grenzenlose Dummheit gewesen war, sich mit einem Soldaten einzulassen, auch wenn er noch so strahlend lachen konnte und seine Brust unter dem bis zum Gürtel geöffneten Hemd so glatt und braun glänzte wie die köstlichste Haselnuß. Aber das Unglück war nun einmal geschehen – doch Florenz war viel interessanter als Prato... und Messer Marco nannte sie manchmal ›Täubchen‹.

Francesca nahm sich Zeit, sich zu erholen. Daß sie noch ein drittes Kind geboren hatte, wurde als gesellschaftlicher Erfolg für sie gewertet. Je mehr Kinder eine Frau zur Welt brachte, um so höher schätzte man sie. Dazu ließ die späte Geburt sie jünger erscheinen unter ihren Freundinnen, die Geschenke brachten und das kleine Mädchen herzten und liebkosten, als wäre es ihr eigenes. Ein drittes Kind – noch dazu ein Mädchen – war nicht mehr so wichtig wie die ersten, vor allem, wenn es Knaben waren. Man brauchte nichts mehr zu beweisen. Die Anspannung und Sorge, mit der man die Entwicklung der ersten Kinder beobachtet hatte, konnte man sich nun schenken. Wie ein quiekendes Spielzeug wurde Contessina im Haus herumgeschleppt. Sie durfte ein Kind sein, wo man in den Knaben schon die künftigen Erwachsenen gesehen hatte.
»Sie wird dir gefallen!« schrieb Francesca an Matteo. »Sie ist wie du.« Und sie weinte ein wenig vor Sehnsucht nach ihm und weil sie nach der Geburt überhaupt nahe am Wasser gebaut hatte. »Messer Tedaldo sagt, ich sei kerngesund, und Monna Sofonisba grüßt mich nicht mehr, weil ich sie nicht als Hebamme gerufen habe.«
Glückliche Tage. Francesca ging früh zu Bett und stand spät auf. Sogar zu Mittag legte sie sich nieder. Marco erzählte ihr,

was draußen in der Stadt vor sich ging, aber in diesen ersten Wochen war es nicht von Bedeutung für sie. Sie erholte sich und sah zu, wie Contessina immer größer und hübscher wurde. Glückliche Tage – bis sie doch eines Morgens ans Fenster trat und hinausblickte. Das Gewirr der Menschen, Tiere und Fahrzeuge kam ihr vor wie ein Drama auf einer Bühne: Sie beobachtete es, aber sie spielte keine Rolle darin.

Da draußen zieht das Leben vorbei! dachte sie erschrocken. Und ich stehe hier wie auf einer Insel und verliere den Anschluß!

Da kleidete sie sich an – sorgfältig, nicht wie in letzter Zeit bequem und nur für das eigene Haus – und rief Teodora, sie in die Stadt zu begleiten. In die Stadt: das hieß auf die Piazza della Signoria und zum Dom. Dann hinüber in die Via Larga, der alten Erinnerungen wegen. Zum Markt und an den Arno, weil es angenehm war, ins Wasser zu blicken, das dahinströmte wie das menschliche Leben.

Wie eine Rückkehr kam es Francesca vor, wieder unter Menschen zu sein; auszuschreiten, ohne daß Wände die Tritte begrenzten; mit Fremden zusammenzustoßen; gegrüßt zu werden und den Gruß zu erwidern; das harte Pflaster unter den Füßen zu spüren wie am ersten Tag in Florenz: nur diesmal nicht als Fremde... Meine Stadt! dachte sie erstaunt. Was ist nur geschehen, daß ich hier auf einmal ganz zu Hause bin?

»Hast du deine Freilassungsurkunde bekommen?« fragte sie Teodora, die schweigend neben ihr herging.

»Am Tag von Contessinas Geburt!« antwortete Teodora stolz. »Noch während Sie schliefen, hat Messer Marco den Notar gerufen. Ich bin ein freier Mensch, Monna Francesca!«

Francesca lächelte. »Das freut mich!« sagte sie leise und blickte dem Wasser nach, das unter der Brücke verschwand.

3

Ein Zweikampf fand statt. Die halbe Welt beobachtete ihn mit Spannung und auch mit Schadenfreude... Auf der einen Seite der Mönch von Florenz, der schon wieder Karneval feierte, obwohl die Kerzen auf seinem Altar schon bedrohlich flackerten. *Carnevale savonaroliano*. Wieder beschimpfte der Prior den Papst und prophezeite das Martyrium: »Die Gottlosen werden die Gerechten ergreifen und inmitten der Stadt verbrennen, und das, was nicht vom Feuer verzehrt und vom Wind fortgetragen wird, werden sie in den reißenden Fluß werfen!« Wieder brachen Tausende Männer und Frauen in Tränen aus und warteten auf den Blitz vom Himmel. Wieder marschierten die kleinen Sittenwächter auf – die meisten inzwischen schon ein paar Jahre älter als zu Beginn der Herrlichkeit – und sangen herzzerreißend. Wieder ragte auf der Piazza ein Holzgerüst zum Himmel und loderten die Eitelkeiten, von denen die Compagnacci behaupteten, man habe sie eigens für diesen Anlaß in Pisa einkaufen müssen, weil die frommen Seelen von Florenz inzwischen keine Eitelkeiten mehr auf Lager hatten. Kerzen, Ölzweige, Lobgesänge; Kirchenglocken, Trommeln, Trompeten. Vor San Marco ein riesiges Kreuz, das die Piagnoni in drei Kreisen umtanzten: innen die unschuldigen Knaben, dann die Mönche und außen die Laien. Zwischen all dem die Arrabbiati, die Compagnacci und die Söhne der vornehmen Bigi, die Spottverse sangen und mit Straßenschmutz und Steinen warfen... *Carnevale savonaroliano*... »Es tut mir leid um diesen Mann!« sagte Messer Niccolò, der Zyniker, zu Marco, als er ihm begegnete. »Ich komme immer mehr zu dem Schluß, daß er es ehrlich meint. Aber Ehrlichkeit läßt sich nicht beliebig wiederholen. So viel Nervenkitzel und Sentimentalität gibt es gar nicht, daß man sie damit auf Dauer attraktiv erhalten könnte.«

Ein Zweikampf fand statt. Auf der Gegenseite die Blume des Bösen. Rom. Alexander VI., Alexander Borgia, der seiner Jovialität verlustig ging und seinen italienischen Barbier mit einem spanischen Wutausbruch zu Tode erschreckte. Ein Agent der Kurie hatte einen der Briefe abgefangen, die Savonarola in alle Welt flattern ließ, um ein Konzil zu erwirken. Der Papst wußte, daß er nicht länger warten durfte. »Die Wege des Herrn sind endlos, daher geht in Rom alles langsam!« hatte er noch am Vorabend gescherzt. Nun aber, das drohende Ende seiner Amtszeit vor Augen, beschleunigte er sein Tempo. Er verkündete keine Martyrien und verbrannte keine Eitelkeiten, sondern schickte seine Stafettenreiter nach Florenz mit einem barschen Brief an die Signoria: Wenn die Stadt Florenz Girolamo Savonarola, den Sohn der Bosheit und des Verderbens, nicht sofort zum Schweigen bringe – durch Haft oder andere Mittel! –, werde ein universales Interdikt gegen die Stadt ausgesprochen werden... Kein Wort mehr. Keine römische Langsamkeit. Kein romantisches Strohfeuer auf einer Piazza, sondern solide Flammen, die bis zum Himmel schlugen. Zugleich die kalte Mitteilung an die Vertreter der florentinischen Kaufleute in der Stadt Rom: Sollte die Signoria nicht gehorchen, werde man sämtliche florentinischen Kaufleute in Rom verhaften und in der Engelsburg gefangensetzen. Ihren gesamten Besitz werde man konfiszieren.

Umgehend folgte der nächste Stafettenbrief, diesmal von den Florentinern in Rom an ihre Signoria daheim: Wisse man denn nicht, welchen Gewinn Florenz durch seine blühenden Geschäfte mit der Kurie erwirtschafte? Wisse man nicht, welchen Schaden es bedeuten würde, wenn der Heilige Vater seine Drohung wahrmachte und die gesamte Stadt aus der Gemeinschaft der Gläubigen ausschlösse? Wisse man ferner nicht, in welche Gefahr des Körpers ehrbare Bürger geraten waren durch die unnötigen Attacken auf einen übermächtigen Gegner?

Im Palazzo della Signoria schwieg man betroffen. Das Schweigen von Kindern, die zu laut und zu lange getobt haben und nun von Erwachsenen gemaßregelt werden.

»Er hat kein Recht dazu!« rief Francesco Valori. »Wir dürfen nicht klein beigeben!«

Doch niemand antwortete ihm mehr, und Piero Capponi, der mit einem seiner Wutausbrüche vielleicht in der Lage gewesen wäre, das Steuer noch einmal herumzureißen, war vor einigen Monaten gestorben. Die Signoren saßen auf ihren Plätzen in ihrem prächtigen Palast in der schönsten Stadt der Welt und wagten nicht, zu entscheiden. Es war Nacht geworden in Florenz, und nicht einmal Kerzen erhellten mehr die Dunkelheit. Auf den Karneval folgte die Fastenzeit.

Die einst bürgerlichste und vornehmste Stadt Italiens fiel zurück in die Barbarei. Der Franziskaner Francesco da Puglia, der den Prior von San Marco bisher nur in gemessenen Reimen angegriffen hatte, um sich durch schöngeistigen Stil von dessen chaotischem Temperament zu unterscheiden, trat nun vor die Signoria und verlangte nach einem Gottesurteil. Ein Notar der Stadtregierung sollte die Streitpunkte, die bewiesen werden sollten, zusammenstellen. Danach wollte Francesco zugleich mit seinem dominikanischen Widersacher durch lodernde Flammen schreiten. Wer verbrannte, war schuldig. Wer überlebte, behielt recht.

Domenico da Pescia, Savonarolas engster Gefährte, nahm die Herausforderung an und präsentierte seine Liste. Zu beweisen sei: Erstens, die Kirche brauche Erneuerung. Zweitens, sie werde gestraft und erneuert werden, und das bald. Drittens, die Exkommunikation des Priors von San Marco, Girolamo Savonarola, sei ungültig, da dieser nicht gesündigt habe.

Doch Savonarola lehnte ab. Eine Feuerprobe bedeute einen Rückfall in die Zeit der Heiden. Sie sei eine Schande für die Stadtgründer und für die Menschen dieser Tage. »Die Wahrheit«, schrieb er in einer Apologie, die in Florenz verteilt und in die Welt hinausgeschickt wurde, »die Wahrheit kommt nicht von der Erde. Wir sollen den Herrn nicht versuchen.«

Doch dreihundert Brüder seines Ordens meldeten sich freiwillig, an seiner Stelle durch die Flammen zu gehen, und mit ihnen unzählige Bürger und Laienpriester. Bei Savonarolas nächster Predigt war die Kirche von San Marco so voll wie in alten Zeiten. Tausende kamen. »*Ecco io!*« riefen sie außer sich und streckten die Arme zum Himmel. »*Ecco io andrò in questo fuoco per gloria tua, Signore!*« Hier bin ich, o Herr! Zu deinem Ruhm werde ich durch dieses Feuer gehen!

Der Sturm war nicht mehr aufzuhalten. Er wurde nur wenig besänftigt durch die Entscheidung der Signoria, anstelle Savonarolas, der sich weigerte, und Francescos, der nicht nachgab, zwei Vertreter in die Flammen zu schicken: Domenico da Pescia für Savonarola und einen gewissen Giuliano Rondinelli für Francesco. Wenn Domenico verbrannte, sollte Savonarola des Todes sein, hieß es zuerst. Dann milderte man das Urteil ab in ewige Verbannung. Wie man verfahren würde, wenn Giuliano verbrannte, darüber entschied man nicht. Man hatte keine Zeit, es sich zu überlegen, denn der Pöbel in den Straßen verlangte in Sprechchören sein Recht auf Spiele und drohte den Palazzo della Signoria zu stürmen, wenn man sie ihm verweigerte.

Der siebte April 1498 war der *Tag des Wunders.* Auf der Piazza della Signoria wurde eine Tribüne errichtet, vom Boden vier Ellen hoch, fünfzig Ellen lang und zehn Ellen breit. Damit sie nicht Feuer fing, bedeckte man sie mit Kalkbrocken, Erde und groben Ziegeln; darüber dann ein großer Stoß trockenen Holzes, vermischt mit Öl, Pech und Schießpulver, damit das Feuer schneller und schrecklicher aufflamme. Mitten im Holzstoß verlief durch die ganze Länge der Tribüne ein enger Korridor, wenig breiter als eine Elle. Durch ihn sollten die beiden Brüder von verschiedenen Seiten aufeinander zugehen.

Auch für die Zuschauer war gesorgt. Ein Fest wie dieses brauchte seinen feierlichen Rahmen. So war es Sitte in der goldenen Stadt Florenz, verwöhnt durch die Prachtentfaltung seiner Verschwendungsfürsten aus dem Hause Medici.

Die *Loggia dei Signori* wurde in der Mitte abgeteilt, eine Hälfte für die Franziskaner, die andere für die Dominikaner. Im Zentrum eines jeden Bereichs erhob sich ein Altar. Da Unruhen zu befürchten waren, sperrte die Signoria zum Schutz des

Palastes und zu ihrem eigenen alle Wege zur Piazza mit Balken und Felsbrocken. Nur drei Zugänge wurden freigehalten und von den Fußsoldaten der Signoria streng bewacht. Auch auf der Seite der Loggia standen dreihundert Fußsoldaten unter dem Kommando des savonarolatreuen Capitano Marcuccio Salviati. Der Loggia gegenüber, nahe der Holztribüne, nahm der Führer der Compagnacci Aufstellung, Doffo Spini, begleitet von fünfhundert Söldnern in Rüstung und schwer bewaffnet.

Auf dem verbliebenen Platz drängte sich das Volk. Murmelnd, raunend. Keine lauten Stimmen. Der Himmel war von dunklen Wolken bedeckt. Man wartete. Das Wort Savonarolas, man solle den Herrn nicht versuchen, lief wie eine Welle durch die Menge. Schuldgefühle kamen auf und vermischten sich mit der Neugier. Und man wartete. Wartete, während sich der Himmel immer mehr verfinsterte.

Zum vereinbarten Zeitpunkt erschienen zuerst die Franziskaner. Das Volk verstummte. Ohne besondere Feierlichkeiten schritten die Mönche zur Loggia und nahmen ihre Plätze ein. Dann kamen durch einen bewachten Zugang die Dominikaner. Viele Stunden lang hatte Savonarola mit seinen Mönchen und Gläubigen gesungen und gebetet. »Herr, zeige, daß wir die Wahrheit gesprochen haben!« Devot psalmodierend schritten sie in einer Zweierprozession auf die Loggia zu. Domenico da Pescia folgte dem Zug in einem Chormantel von flammendem Rot. Zuletzt kam Savonarola, der in einer silbernen Monstranz das Allerheiligste trug. Auf der Piazza war es so still, daß das Murmeln der Mönche bis an die Häuser und hinauf zu den Fenstern gehört wurde.

Dann folgte eine riesige Menschenmenge, die in San Marco an den letzten Gebeten teilgenommen hatte. Männer, Frauen und Kinder mit Kerzen und brennenden Fackeln. Sie sangen den Psalm *Exsurgat Deus et dissipentur inimici eius*. Ihre Stimmen übertönten die Gebete der Brüder und hallten von den Wänden wider.

Savonarola und die Seinen setzten sich auf ihre Seite der

Loggia. Domenico da Pescia, in seinem blutroten Gewand, kniete vor dem Altar nieder und betete. Die Stabträger der Signoria erhoben ihre Stimmen und verkündeten, alles sei für die Feuerprobe bereit.

Unter den Franziskanern brach Unruhe aus. Francesco da Puglia und Giuliano Rondinelli befanden sich noch immer im Palast. Man eilte hinein, sie zu holen. Das Volk wartete und raunte. Ein Palastdiener kam heraus und flüsterte den Franziskanern eine Botschaft zu. Mehrere Mönche liefen in den Palast. Domenico da Pescia erhob sich von den Knien und wandte sich an das Volk. »Ich bin bereit!« erklärte er ruhig, doch anstelle seines Gegenspielers kamen die vier abgeordneten Kommissare der Signoria aus dem Palast und teilten mit, die Franziskaner hätten behauptet, Savonarola habe durch teuflische Zauberei Domenicos Gewänder feuerfest gemacht.

Die Gereiztheit unter den Zuschauern verstärkte sich. Die Freunde Savonarolas bezichtigten die Franziskaner der Feigheit. Seine Feinde beschimpften ihn und nannten ihn einen Fälscher und Schwindler. Domenico begab sich in den Palast, entkleidete sich vor den Augen von Zeugen und zog dann das Gewand eines Mitbruders an, den die Franziskaner selbst ausgewählt hatten. Dann ging er wieder hinaus auf die Piazza. Klatschen und Schmähungen empfingen ihn. »Ich bin bereit!« sagte er wie schon einmal, doch nun sollte plötzlich sein Kruzifix verzaubert sein. Geduldig legte er es ab. Er nahm noch einmal das Sakrament und verkündete ein drittes Mal, daß er bereit sei.

Doch die Tore des Palastes blieben geschlossen. Gelächter und Spottrufe liefen durch die Menge. Die Franziskaner rannten aufgeregt hin und her, debattierten, schüttelten die Köpfe und zuckten die Achseln.

Inzwischen war es Abend geworden. Eine Gruppe Arrabbiati beschimpfte Savonarola und drang auf ihn ein. Seine Leibwache schlug sie zurück. Giuliano Rondinelli war noch immer nicht aus dem Palast gekommen. Da stürzte plötzlich ein Wolkenbruch herab, wie ihn Florenz seit dem Einmarsch der Franzosen nicht mehr erlebt hatte. Regentropfen wie Kugeln klatschten auf das Pflaster. Es war, als wollte der Himmel die Piazza freiwaschen von der Farce, die sich dort in seinem Namen abspielte. Innerhalb weniger Minuten waren alle bis auf die Haut durchnäßt. Sie rannten zu den Ausgängen und rempelten sich den Weg frei in die Nebenstraßen. Sie fielen in die Kirchen ein und suchten unter Arkaden und in Torbögen Schutz.

»Die Signoria der Stadt Florenz erklärt die Prüfung für beendet!« rief der Stabträger feierlich, doch niemand hörte ihn mehr.

Die Mönche, Dominikaner wie Franziskaner, harrten im Regen aus und warfen einander gegenseitig Feigheit vor. Es schien auf einmal, als wäre allein Savonarola an allem schuld, was geschehen war. Selbst seine engsten Freunde fühlten sich verraten, als hätte er den Wolkenbruch verursacht. Als Marco am Abend darüber sprach, dachte Francesca an die Medici-Kinder, die Savonarola den *Herrn der Feuchtigkeit* genannt hatten – eine Zweideutigkeit, dachte sie, die Lorenzo vielleicht amüsiert hätte.

Blitzartig wie er ausgebrochen war, hörte der Regen wieder auf. Savonarola erhob sich und verließ mit den Seinen die Piazza. Als er die Mitte des Platzes erreicht hatte, traf ihn der erste Stein. Der ihn geworfen hatte, mußte ihn schon die ganze Zeit über in der Tasche mit sich getragen haben, wie es die Florentiner zu tun pflegten, wenn ein Feind in der Stadt war. Ein zweiter Stein. Ein dritter. Viele. Immer mehr.

Die Mönche schlossen sich um ihren Prior wie eine Herde. Mit blanker Waffe hielten die Pikeniere aus Savonarolas Leibwache den Mob in Schach. Noch vor kurzem hatten die Steinewerfer Savonarola angehimmelt wie einen Heiligen. Wäre der Nachmittag anders verlaufen, hätten die Wurfgeschosse vielleicht die Gegenseite getroffen. Enttäuschung, Ärger, Verachtung, Haß ... blinde Wut.

»Nach San Marco!« schrie plötzlich einer, der später wahrscheinlich nicht einmal mehr wußte, daß er es gewesen war, der die Lunte legte.

»Nach San Marco!« noch eine Stimme, zwei, zehn, zwanzig. Ein Schrei, der das Zentrum der Stadt erfüllte. »Nach San Marco!« Ein kleiner Junge stand vor dem Kloster und sang einen Psalm. Ein Schwert durchbohrte ihn. Ein Handwerker rief: »Beleidigt das Haus Gottes nicht!« Er wurde mit einem einzigen Hieb getötet.

Die Mönche warfen die Tore zu und verriegelten sie. Francesco Valori ließ sich an einem Seil aus einem Fenster an der Rückseite des Kloster, um Verstärkung herbeizuholen. Der Pöbel entdeckte ihn, erkannte ihn und schleppte ihn zum Palazzo della Signoria. Dort stürzten sich Vicenzo Ridolfi und Simone Tornabuoni auf ihn und töteten ihn aus Blutrache für die hingerichteten Verwandten im Fall Bernardo del Nero. Das Volk ergriff den Leichnam und schleppte ihn zu seinem Haus. Vor seiner eigenen Schwelle riß es ihn buchstäblich in Stücke. Seine Gemahlin hörte den Lärm, lief erschrocken ans Fenster und öffnete es. Ein Armbrustschütze legte auf sie an und traf sie.

Die wütende Menge setzte die Tore des Klosters in Brand. Eine Abordnung der Signoria marschierte auf und hinderte sie nicht daran, sondern heftete ein Schreiben an das Haupttor: Girolamo Savonarola werde aufgefordert, bis Mitternacht die Grenzen der Republik zu verlassen... Zu gleicher Zeit brach eine Eilstafette nach Rom auf, um den Papst von der günstigen Entwicklung zu benachrichtigen.

Die Mönche in ihrer Not läuteten Sturm mit der *Piagnona*, ihrer einst so stolzen Glocke. Sie hofften auf Hilfe, doch die Getreuen waren vor Angst taub geworden. Die brennenden Tore brachen. Der wilde Haufen stürmte durch den Hof zur Sakristei, wo man den Prior vermutete. Den falschen Propheten...

Savonarola, blaß und gefaßt, zog das Chorhemd an und wollte hinaus, um das Volk zu besänftigen. Hatte es in all den Jahren nicht immer willig auf ihn gehört? Doch die Brüder hielten ihn mit Gewalt zurück. »Ihr widersteht dem göttlichen

Willen!« sagte er leise, doch er gab nach. Er kniete nieder und betete.

Die meisten Verteidiger waren aus dem Kloster geflohen. Die Mönche hatten die Frauen durch den Garten ins Freie geleitet. Nun waren sie allein. »*Orate, fratres!*« ermutigten sie einander. Betet, Brüder!

Doch dann brach wie eine Sintflut die wilde Meute der Rachsüchtigen und der Plünderer über sie herein. Jeder Gegenstand wurde zur Waffe. Die Mönche verstummten, sprangen auf, sahen die Mordlust in Augen, die gestern noch den Himmel spiegelten, und erinnerten sich selbst der Zeiten, als das Martyrium für sie noch kein Ziel gewesen war. Sie griffen nach brennenden Kerzen und drückten sie den Angreifern ins Gesicht. Sie schwangen Leuchter und schwere Kruzifixe und warfen glühende Asche und Ziegelsteine von den Dächern. Fra Luca della Robbia, der Sanftmütigste von allen, bemächtigte sich eines Schwertes und verfolgte die Plünderer durch den Garten. Ein riesiger Deutscher, Fra Enrico, erbeutete eine Arkebuse, sprang von einer Brüstung in die Menge und schoß mitten in sie hinein. »*Salvum fac populum tuum, Domine!*« rief er laut. Rette dein Volk, o Herr!

Das ganze Kloster war voller Rauch. Verletzte und Tote überall. Schreie, Stöhnen, Röcheln, Sterben. Die Angreifer zogen sich zurück. Die Mönche jubelten. »Legt die Waffen aus der Hand!« befahl Savonarola. »Ergreift die Kreuze!« Verlegen gehorchten ihm die Fratres. Er empfing das Sakrament und ging, von allen begleitet, ins Dormitorium und von dort in die Bibliothek.

Die Unterhändler der Signoria erschienen und forderten ihn auf, ihnen zum Palast zu folgen. Domenico da Pescia stellte sich vor seinen Prior und verlangte in scharfem Ton einen schriftlichen Befehl der Signoren. Die Unterhändler wagten nicht, Gewalt anzuwenden gegen den Mann, der noch vor wenigen Stunden ihr Herr gewesen war. Sie zogen ab, um sich das Schriftstück zu beschaffen.

Aufgeregt diskutierten die Mönche, wie ihr Prior zu retten sei. Sie wußten, daß ihnen dafür kaum noch Zeit blieb. So schlugen sie ihm vor, über die Mauer zu fliehen. Doch er lehnte ab. Sie redeten alle auf ihn ein und hätten ihn am liebsten gewaltsam aus dem Kloster geschafft.

»Darf ein Hirte für seine Schafe nicht sein Leben lassen?« fragte plötzlich der junge Fra Benedetto. Savonarola umarmte ihn dafür. Da schwiegen die anderen.

Die Kommissare und Stabträger der Signoria kehrten mit dem Haftbefehl zurück. Savonarola widersprach mit keinem Wort. Er verabschiedete sich von den Mönchen. Eine letzte Umarmung für jeden. Ein letztes *Addio!*

Es war schon sieben Uhr morgens, als sie auf die Piazza kamen, auf der es noch immer von Menschen wimmelte. Savonarola ging zwischen zwei Wachen, gefesselt wie ein Verbrecher. Haßerfüllte Augen starrten ihn an. Verzerrte Münder schrien Beleidigungen und spuckten ihn an. Grobe Hände schmierten ihm Ruß ins Gesicht. Eine Fackel fuhr ihm gegen die Augen. Fäuste prügelten auf ihn ein: »Du Schwein, prophezeie, wer dich geschlagen hat!« Einige entblößten sich, um ihn durch den Anblick zu beschämen, und andere zerrten an seinen Kleidern. Als ihn die Schergen ins Innere des Palastes stießen, trat ihm einer in den Rücken und schrie unter dem Gelächter der anderen: »Wißt ihr das nicht? Hier hat er seine Prophetie!«

Er war noch immer gefesselt, als er in sein Gefängnis geführt wurde, das *Alberghettino* im Turm des Palastes, wo einst auch Cosimo de' Medici für kurze Zeit festgehalten worden war. Hier hatte er mit seinen Wächtern Karten gespielt und über Bestechungsgelder verhandelt. Hier hatte die Größe der Medici begonnen, und hier endete die irdische Größe des Girolamo Savonarola, der nichts besaß, worüber er hätte verhandeln können. Sein Himmlisches Jerusalem versank in Flammen und Rauch, in Spott und Hohn, und als bald darauf auch seine engsten Vertrauten Domenico da Pescia und Silvestro

Maruffi in die Zelle gestoßen wurden, wußte er wohl, daß sein Martyrium, das Ideal seiner Jugend und seiner Mannesjahre, den Anfang nahm.

Der Papst in Rom lobte den »heiligen Eifer« der Franziskaner und Augustiner. Er lobte desgleichen die Signoria von Florenz und sprach sie frei von dem Vergehen, ein Kloster erstürmt zu haben... Bald wurde auch bekannt, daß in der gleichen Nacht, in der San Marco brannte, im Schloß von Amboise der König von Frankreich verschieden war, Karl der Achte, Savonarolas leuchtende Hoffnung, sein Großer Cyrus, der die Welt von Sünde und Unglauben befreien sollte. Er starb an der Syphilis, die die Franzosen die Italienische Krankheit nannten und die Italiener die Französische.

VIERTES BUCH

Das Juwel

XVII. Giuliano

1

In der Abendsonne glitzerte der Arno wie flüssiges Kupfer, auf das eine ordnende Hand die dunklen Umrisse der Brücken gezeichnet hatte, eine hinter der anderen, als läge kaum ein Abstand zwischen ihnen und als bestünde ihre einzige Aufgabe darin, das flache, metallische Leuchten mit geraden, gleichgerichteten Linien zu unterbrechen und hervorzuheben. Zwischen den steinernen Brückenbögen segelten ein paar Schwalben über die Wasserfläche, und auf einem warmen Windhauch flatterte ein Lachen vom anderen Ufer herüber.

Francesca war allein. Seit Stunden war sie in der Stadt unterwegs gewesen auf der Suche nach Giuliano. Doch niemand erinnerte sich, ihn in letzter Zeit gesehen zu haben. Auch in San Marco hatte sie nach ihm gefragt. Es hatte lange gedauert, bis auf ihr Klopfen ein alter Mönch die Seitentür einen Spaltbreit öffnete, während vor dem Kloster die *Piagnona*, der tönende Stolz von San Marco, unter dem Gejohle der Menge vom Henker ausgepeitscht wurde.

Schon am frühen Morgen hatten die Stadtknechte die Glocke aus dem Turm herabgelassen und auf Baumstämmen auf den Platz gerollt. Sie den Dominikanern wegzunehmen, war eine der vielen Strafen, die man sich ausgedacht hatte. Auch die *Griechische Bibliothek*, in der Savonarola verhaftet worden war, sollte an einen anderen Ort geschafft werden, man wußte nur noch nicht, an welchen. San Marco war am Ende, die Mönche in alle Richtungen zerstreut. Gerade so viele waren es noch wie zu der Zeit, als Savonarola nach Florenz kam und in der Stadt weltlicher Freuden die Himmelssüchtigen an sich zog.

»Giuliano del Bene?« hatte sie gefragt, erschrocken fast, daß sich das Törchen doch noch öffnete.

»Fort. Wie alle.« Eine Tür, die ins Schloß fiel. Francesca versuchte vergeblich, sie aufzudrücken. Fort! dachte sie in Panik. Aber wohin?

Sie lief weiter durch die Stadt, obwohl sie wußte, daß man zu Hause auf sie wartete und sich sorgte. Alle Plätze suchte sie auf, die für Giuliano jemals irgendeine Bedeutung gehabt hatten. Das Haus seines ersten Lehrers. Die Schule, in der er Lesen und Schreiben gelernt hatte und das Rechnen mit kleinen Zahlen. Die große Piazza vor der Franziskanerkirche Santa Croce, wo sich die Knaben trafen, um Ball zu spielen und ihre Kräfte aneinander zu messen ... Giuliano war nie ein Kind der Straße gewesen wie Matteo, der so viele kannte und den so viele liebten oder beneideten. Giulianos Welt war immer kleiner und einfacher gewesen als die seines Bruders. Er liebte nicht viele, und nur wenige liebten ihn: Francesca wagte nicht, diesen Gedanken weiter zu verfolgen.

Zuletzt, als es schon Abend wurde, fiel ihr der Platz am Arno ein, eine kleine Bucht mit einem steinigen Strand, auf dem ein paar morsche Boote lagen. Hier hatte sich Francesca früher manchmal mit ihren Kindern niedergelassen und ihnen zugesehen, wie sie Kiesel durch die Fluten springen ließen, kleine Steinberge bauten oder sich die Schuhe auszogen und im Wasser umherwateten. Sie hatte ihnen von der Zeit erzählt, als sie selbst noch ein Kind gewesen war, und von ihrem Vater, den sie zärtlich *Nonno* nannten, als hätte er sie wie Ermanno auf den Knien geschaukelt und ihnen Geschichten erzählt. Sie liebten ihn, weil Francesca ihn liebte.

An einem Abend wie diesem, so mild und sanft, hatten sie auch hier gesessen. Sie aßen vorjährige Äpfel von La Pineta, klein und eingeschrumpft, aber die Wärme des Frühlings in der Luft versprach bereits die süßen, prallen Früchte des kommenden Herbstes. Giuliano und Matteo waren müde vom Tag.

Sie setzten sich neben Francesca und legten ihre schweren Kinderköpfe auf ihren Schoß. Dichte, schwarze Locken, die sich um Francescas Finger ringelten. – Wie glücklich ich bin! dachte sie verwundert. Schade, daß Marco nicht hier ist, um es zu sehen und dabeizusein! ... Ihr wurde bewußt, daß sie es nicht gewöhnt war, in einem solchen Maße mit sich selbst im reinen zu sein, obwohl es genau das gewesen war, was ihr Baldassare Lanfredini an ihrem Hochzeitstag gewünscht hatte.

Der Platz am Arno war die letzte Stelle, an der sie Giuliano suchte. Mit ihren leichten Schuhen balancierte sie über die Steine. Dann sah sie ihn. Eine schlanke Gestalt, die auf dem Boden saß, den Rücken an eines der Boote gelehnt. Die Arme schlossen sich um die Knie, als wäre das der letzte Halt, den es noch für ihn gab.

»Giuliano?« – Langsam wandte er ihr das Gesicht zu und blickte sie an. »Endlich habe ich dich gefunden!« Sie lief zu ihm, stürzte fast auf den Steinen und kniete dann auf den Boden, um sein Gesicht aus gleicher Höhe sehen zu können.

Nichts war mehr an ihm von dem rundlichen Jungen mit den rosigen Wangen und dem Mal auf der Stirn. Aus der Nähe meinte sie fast, er wäre ein Fremder. Als erstes fiel ihr auf, daß sie seine Kleider nicht kannte, ärmliche Lumpen, wahrscheinlich aus der Almosenstube von San Marco. Seine Haare waren kurz geschnitten wie bei einem Mönch, und sein Gesicht schmal. So schmal! Eingefallene Wangen und Augen, so erschöpft, als wüßten sie gar nicht mehr, was Schlafen heißt. Augen ohne ein Lächeln und ohne Hoffnung.

Sie setzte sich neben ihn und lehnte sich ebenfalls an das Boot. Sie blickten hinaus auf den Fluß und hinüber zum anderen Ufer, wo die *neuen Leute* wohnten, die erst vor wenigen Jahren ins lockende Florenz gezogen waren. Ein Boot glitt vorbei. Lautlos, langsam, Stoß um Stoß ... Francesca sah Giuliano von der Seite her an. Es kam ihr vor, als säße ein alter Mann neben ihr, der dem Tod ins Auge geblickt und alles verloren hatte außer einem bißchen Leben.

»Früher waren wir oft hier!« sagte sie leise. »Weißt du noch?«
»Darum bin ich hergekommen.«
»Wir waren glücklich hier. Ihr wart noch Kinder.«
Da lehnte er plötzlich seinen Kopf an ihre Schulter. »Ich bin müde, Mamma!« Sie spürte seine Wärme, trotz allem, und wagte nicht, sich zu bewegen, um ihn nicht abzuschrecken. Wie lange war es her, daß er sie so genannt hatte! Das Herz tat ihr weh um ihn wie noch um keinen Menschen zuvor. Warum hatte erst so vieles geschehen müssen, bis er doch noch seinen gerechten Anteil an ihrer Liebe bekam?
»Ich verstehe nichts mehr!« gestand er und schloß die Augen.
Sie streichelte seine Wange. »Das brauchst du auch nicht. Komm einfach nach Hause! Wir haben so lange nach dir gesucht.« Sie spürte seine Schulter an der ihren. – Nimm meine Kraft! dachte sie. Ich habe mehr davon als du.

Sogar das Essen hatte er verlernt. Die Köstlichkeiten, die die Mägde heranschleppten, um den jungen Herrn ins Leben zurückzuholen, verursachten ihm Ekel. Nicht einmal aus Höflichkeit vermochte er, Fleisch zu sich zu nehmen. Er verlangte nur einen Becher Wasser und eine Scheibe hartes, dunkles Brot, von dem er nach einem sorgsamen Kreuzzeichen kleine Stücke brach und sie bedächtig zu Munde führte. Er kaute sie, als lauschte er dabei auf eine ferne Stimme, wie die alten Bauern im Contado mit ihren zahnlosen Kiefern, den unteren vorgeschoben, resigniert, weil nichts mehr schmeckte. Als eine Krume zu Boden fiel, bückte er sich, hob sie auf und aß sie dann gewissenhaft. Marco, Francesca und Ermanno, der aus La Pineta gekommen war, weil er den Arzt aufsuchen wollte, saßen Giuliano gegenüber und sahen zu. Eine seltsame Konzentration umgab ihn, eine Abgeschiedenheit, die sie sich nicht erklären konnten und vor der sie sich fürchteten.

Francesca ließ eine Badewanne in sein Zimmer schaffen und mit warmem Wasser füllen. Zum ersten Mal seit seiner Rückkehr lächelte Giuliano. Ungläubig strich er über die Kleider, die ihm Francesca hingelegt hatte. Samtene Gewänder, wie er sie noch vor gar nicht so langer Zeit täglich zu tragen pflegte: der älteste Sohn eines reichen Kaufmanns und sein Erbe. Francesca hatte ein schwarzes Gewand gewählt, weil sie sich Giuliano in Farbe nicht mehr vorstellen konnte. Schwarze Kleider wie die von Lorenzo, den er verachtete, und von Matteo, auf den er eifersüchtig war.

Sie ließen ihn allein. Nach einiger Zeit holten die Knechte die Wanne und berichteten, der junge Herr habe gebadet und sich dann zu Bett gelegt. Nun schlafe er wie ein Stein. Sie hätten sogar befürchtet, er sei tot, und ihm die Nase zugehalten, um nachzuprüfen, ob er noch atmete. Da habe er aufgeschnaubt, sei aber trotzdem nicht erwacht. Er müsse wohl ziemlich harte Zeiten hinter sich haben.

Er schlief die Nacht, den ganzen nächsten Tag und dann noch eine Nacht. Immer wieder sahen Marco und Francesca in seinem Zimmer nach, doch er hörte sie nicht. Sie fürchteten schon, er würde nie mehr aufwachen, da stand er plötzlich in seinen schwarzen Gewändern in der Tür und lächelte verlegen. Die Mägde stürzten in die Küche, um Essen zu holen. Diesmal trank er langsam und mit Genuß eine Schale mit süßer Milch und aß dazu weiches, weißes Brot, wie es sich für einen Bürgerssohn gehörte.

»Geht es dir besser?« fragte Ermanno. Giuliano nickte.

Sie bemühten sich um ihn wie um einen Kranken, wählten ihre Worte, als könnte ein jedes ihn verletzen, und achteten darauf, die Wunden seiner Seele nicht anzurühren. Sie hatten Angst um ihn und vor ihm. Als ihm Francesca die kleine Schwester zeigte, vermied sie sogar, deren Namen zu nennen. Erst als sich Giuliano danach erkundigte, sagte sie ihn und atmete auf, als Giuliano dazu schwieg und der zappelnden Kleinen über das Köpfchen strich.

Wie früher suchte er die Gegenwart seines Großvaters. Er fragte nach Ghirigora und warum Ermanno sie allein gelassen habe. Sie gingen hinunter in den Garten und setzten sich unter den Zitronenbaum. Der Brunnen plätscherte leise. Nur von ferne wehte der Lärm der Stadt über die Mauern.

»Ich will den Arzt aufsuchen«, gestand Ermanno und zeigte Giuliano eine kleine Wucherung, die sich an seiner Nase gebildet hatte. »Ich habe schon Umschläge gemacht, aber sie wird immer größer.« Er spürte Giulianos Sorge, und sie tat ihm wohl. »Ich frage mich, ob das ein Bote des Todes ist, der da leise, aber beständig an meine Tür klopft. Es würde mich nicht bekümmern, aber ich denke an deine Großmutter. Ich will sie nicht allein lassen, deshalb gehe ich morgen zu Tedaldo Tedaldi. Er ist der beste Arzt weit und breit. Er wird mir sagen, was es bedeutet, und wenn es ein Heilmittel gibt, wird er es mir geben.« Er streichelte den Arm seines Enkels. »Aber was sind die Beschwerden des Körpers gegen die Leiden der Seele, nicht wahr?«

Giuliano errötete. Für einen Augenblick flammte das Mal an seiner Stirne auf. »Ich bin ein Judas!« sagte er plötzlich heiser und so laut, daß Ermanno zusammenzuckte. Dann erzählte er, was ihn bedrückte: nicht allein sein Zweifel an *Fra Girolamo*, von dem in der Stadt erzählt wurde, er habe vor seinen Richtern gestanden, alle seine Prophezeiungen nur erfunden zu haben. »Es ist bestimmt eine Lüge!« versicherte Giuliano. »Ich kenne ihn. Er ist ein Prophet. Der Herr hat zu ihm gesprochen.« Und dann redete er wieder von einer schweren Schuld, die er auf sich geladen habe und die verhinderte, daß er jemals wieder glücklich werden könne.

»Sag mir, was geschehen ist!« bat Ermanno. »Leg die Last auf meine Schultern, damit ich dir helfen kann, sie zu tragen!«

Giuliano sank in sich zusammen. Den Blick auf den Boden geheftet, erzählte er, er habe in Gegenwart einiger Fanciulli über Pippo Spano gesprochen, den aussätzigen Bettler von Santa Maria del Fiore, der Matteos Charme nicht widerstanden und ihm sein Geheimnis anvertraut hatte. Er, Giuliano, habe den Freunden offenbart, daß Pippo in Wirklichkeit kerngesund sei und sein Leiden nur vortäusche. Ein Betrüger. Ein Dieb an den wahrhaft Kranken und Schwachen. Da seien die Fanciulli erzürnt zum Dom gezogen, um den Bettler »das Holz der Wälder spüren zu lassen«.

Giuliano gelang es nicht, sie daran zu hindern. Sie verprügelten Pippo so unbarmherzig, daß er blutend und ohne Besinnung vor dem Eingang zum Dom liegenblieb. Als die Stadtwachen anrückten, bekamen es die Knaben mit der Angst zu tun. Um sich selbst zu schützen, zeigten sie Pippo wegen seines Betrugs an. Die Wachen schleppten den Ohnmächtigen ins Stadtgefängnis.

Seither habe Giuliano nichts mehr von ihm gehört. »Vielleicht hat man ihn in seinem Verlies einfach vergessen, oder er ist an seinen Verletzungen gestorben. Vielleicht macht man eines Morgens auch kurzen Prozeß mit ihm und hängt ihn auf, um den lästigen Fall loszuwerden. Das alles geht sehr schnell in diesen Tagen.« Giulianos Stimme zitterte. »Ich bin ein Judas, Großvater! Und Sie wissen doch, welches Ende der gefunden hat!«

»An so etwas darfst du nicht einmal denken!« Ermannos Gesicht war voller Mitleid und Sorge. »Gott wird wissen, daß du nicht in böser Absicht gehandelt hast.«

Doch Giuliano schüttelte den Kopf. »Und was war meine Absicht, Nonno? Es war wie ein Rausch, der uns erfaßte. Nun ist er verflogen, und wir haben den Boden unter den Füßen verloren.« Er lächelte bitter. »Wollen Sie sich wirklich diese Last auf die Schultern legen lassen, Nonno? Niemand kann mir helfen, sie zu tragen.«

Ermanno horchte auf das Plätschern des Brunnens und auf den Gesang einer Amsel in den Zweigen des Zitronenbaums. Eine tiefe Rührung über die Schönheit der Welt erfaßte ihn und Mitleid mit den Menschen, die so viele falsche Wege gingen. Er strich mit dem Finger über das seltsame Gewächs in seinem Gesicht, das ihm keine Schmerzen bereitete und ihn doch zur Eile mahnte.

»Vielleicht sollten wir versuchen, deine Last abzuwerfen!« sagte er und lächelte. »Wer sagt, daß man alles tragen muß, was einem aufgeladen wird?«

Giuliano verbarg das Gesicht in den Händen. »Ich muß es tragen, weil es an mir klebt!« murmelte er. »Ich habe einen Menschen ins Unglück gestürzt, und ich muß dafür büßen.«

Drinnen im Haus lachte Contessina, weil Marco sie in die Luft geworfen hatte und mit ihr durchs Haus tanzte.

»Hab Vertrauen!« bat Ermanno, doch Giuliano schwieg.

2

Girolamo Savonarola, der heimliche Herrscher der Stadt. Einst. Nun ihr Gefangener. Schwere Eisenketten umschlossen viel zu eng seine dünnen Hand- und Fußgelenke, an denen kein Fetzen Haut mehr übriggeblieben war. Jeden Tag schleppten und stießen ihn die Gefängnisknechte durch die schmale Gasse vom Palazzo della Signoria zum Bargello – um den Zuschauern zu gefallen, noch brutaler, als es ihnen selbst lieb war. Wenige Schritte nur für einen gesunden Menschen, doch ein Höllenweg für einen, der täglich gefoltert wurde, damit er endlich ein Geständnis ausspucke, mit dem sich etwas anfangen ließ.

»Wo keine Rechtssache ist, muß man sie konstruieren!« erklärte Francesco di ser Barone schon zu Beginn der Verhöre. Die ganze Stadt kannte ihn unter dem Spottnamen *Ceccone* und bald auch das ganze Land. Ceccone, Notar der ehrenwerten Kommission, die den leidigen Fall Savonarola zu untersuchen hatte. Ceccone, der Winkeladvokat, den man aus seiner obskuren Amtsstube ins helle Licht der Prominenz komplimentiert hatte, weil es keinen gab, der einfallsreicher war als er.

> In Schlichen
> wie auch in verdeckten Wegen
> wußt ich Bescheid.

So zitierte er wie so mancher den großen Dante und ermahnte seine Klienten, ihm stets reinen Wein einzuschenken. An ihm, Ceccone, sei es dann, ihn zu trüben.

Wenn es einem gelang, eine wasserdichte Anklage zu konstruieren, dann Ceccone. Und wasserdicht mußte auch das Geständnis sein, das Savonarola am Ende seines Prozesses unterschrieb, denn nur dann ließ sich vermeiden, daß der spanische Papst den Mönch und seine beiden Genossen nach Rom holte, wo man gewiß Mittel und Wege finden würde, sich über sämtliche Interna der florentinischen Staatsführung zu informieren... Wieder einmal war der Mann aus Ferrara zwischen die Mühlsteine der Politik geraten, doch diesmal gab es keine unübersehbare Menge mehr, die ihn mit ihrer Begeisterung schützte.

Zwölf Untersuchungsrichter aus dem politischen Lager der Arrabbiati und der Compagnacci saßen über den Gefesselten zu Gericht; Namen, die in Florenz jedes Kind kannte; alte Familien, altes Geld, das den Aufsteiger in Mönchskutte verachtete und haßte. Um dem Papst Entgegenkommen zu zeigen, berief die Signoria auch zwei Domherren als Zeugen in den erlauchten Kreis, doch keiner, keiner unter den vierzehn Gestrengen, hatte je anders an den Mönch von San Marco gedacht als mit Abneigung oder Furcht. Hätte man ihre Namen aneinandergereiht und auf der Piazza vorgetragen wie einen kämpferischen Gesang, so hätte ein jeder, der ihn hörte, die Feindschaft gegen Savonarola als Inhalt des Liedes begriffen: Manetti, Bernardo Rucellai, de' Nerli, Brunetti, Vespucci, Spini, Alberti, Filippo Rucellai, Albizzi, Federighi, Canacci, Manulli, Simone Rucellai, Arnoldi... und als Grundton immer wieder Ceccone: der Zyniker auf dem Höhepunkt seiner Karriere, entschlossen, diesen Fall mit Bravour zu beschließen. Mit Bravour – das bedeutete Tod für die drei Angeklagten und endlich wieder Ruhe in Florenz.

Die kleine Folterkammer, in der die Befragung stattfand, befand sich unmittelbar neben dem Verhandlungssaal. Ein heller, sachlicher Raum ohne die verruchte Schwüle der Folterkeller in anderen Städten. Er entsprach dem florentinischen Realitätssinn: Hier kam es darauf an, etwas zu erreichen, nicht darauf, sich zu berauschen.

Die Untersuchungsrichter im roten Talar und mit einem ebenfalls blutroten Barett auf dem erlauchten Haupt saßen auf hochlehnigen Stühlen, die nur eine kerzengerade Haltung erlaubten, und sahen mit beherrschter Miene den Vorbereitungen der Folterknechte zu. Auch Savonarola wartete, mühsam stehend, den Blick gesenkt. Er wußte, was auf ihn zukam. Schon oft genug hatte er es erlebt. Es war das Martyrium, nach dem er sich seit seiner Jugend gesehnt hatte, um dem Beispiel Christi zu folgen. Dennoch hatte er jedesmal versagt und unter dem Zwang des Schmerzes die falschen Geständnisse anerkannt, die ihm Ceccone in den Mund legte – freundlich und väterlich aufmunternd: »Gib es doch zu, Bruder! Wir alle wissen, daß du dir deine Prophezeiungen nur ausgedacht hast, um das Volk an dich zu locken. Wir wissen auch, du hast es in dem guten Glauben getan, daß deine Ziele gottgefällig seien. Wir wissen, daß du kein schlechter Mensch bist. Aber Wahrheit muß sein. Gib es zu, dann hast du endlich deine Ruhe, und wir auch!«

Doch Savonarola schwieg. Ein langes Warten, dann ein Wink des Notars an die Folterknechte. Mosca hieß einer von ihnen. Ausgerechnet Mosca, die Fliege, der Quälgeist! ... Der Wink – und sie ließen das Seil herunter bis auf Mannshöhe über dem Boden. Die Rollen an der Decke, in denen es lief, rasselten. Savonarola kannte das Geräusch. In der Nacht träumte er wohl davon. »Dreifach geschlungen, das Seil!« hatte ihm Mosca beim ersten Mal erklärt. »Gutes Material. Stark genug für einen Bullen. Wir haben es eigens anfertigen lassen. In die Schlingen werden wir deine Handgelenke stecken. Dann ziehen wir dich daran hoch bis hinauf zur Decke. Das ist noch völlig schmerzlos, glaube mir. Es liegt ganz allein bei dir, ob das Hochziehen nur eine Warnung war oder ein Vorspiel für mehr.«

Es blieb nicht bei der Warnung. Sie befahlen ihm, sich zu entkleiden, um dem Schmerz auch noch die Demütigung hinzuzufügen. Dann hängten sie seine Hände in die Schlingen und zogen ihn hoch. »Gestehst du, Girolamo?« ... Eine lange Stille wie vor dem Blitz, der kommen muß, weil der Himmel schon so lange schwarz ist und die Schwüle unerträglich. »Gestehst du?« ... Und dann wieder dieser kaum erkennbare Wink an den Folterknecht, der so bereit war, wie ein Mensch nur zu etwas bereit sein kann: Wie jener Blitz vom Himmel sauste das Seil herunter mit dem hilflosen Menschenkörper daran, der nichts mehr war als Angst. Ein hoher Raum, diese Kammer, das merkte man erst jetzt. Der Gefolterte hätte sich auf dem Steinboden alle Knochen gebrochen, wäre das Seil nicht knapp darüber angehalten worden. Ein jäher Ruck, der das Leben rettete und dem Geretteten zugleich die Muskeln auseinanderriß. Ein Gefühl, als zerbräche die Wirbelsäule. Die Lungen bekamen keine Luft mehr. Der Verstand setzte aus. Es war wie ein Sterben, doch auf der Haut war nichts zu sehen.

Drei-, viermal jeden Tag ertrug er es, gestand alles und widerrief sofort wieder, wenn man ihm die Feder in die bebende Hand drückte. »Laßt mich herunter!« schrie er einmal in seiner Pein. »Dann werde ich mein ganzes Leben aufschreiben!« Sie gingen darauf ein, doch als sie das Gekritzel seiner kraftlosen Hände lasen, war es nur eine Meditation über den Psalm *Miserere* und über das Beispiel des Apostels Petrus, das ihn tröstete, weil auch jener seinen Herrn dreimal verleugnet hatte und dieser ihm dennoch verzieh.

Ceccone drohte wieder mit Folter, wenn Savonarola nicht endlich zur Sache käme. Am nächsten Tag reichte ihm der Gefangene seine Gedanken über den Psalm *In te, Domine, speravi!* Auf dich, Herr, hoffte ich. Eine Seele zwischen Verzweiflung, Glauben und Hoffnung. »Meine Freunde sind zu Feinden geworden. Alles trägt Zeichen der Trauer.«

Da ließ ihn Ceccone ein letztes Mal hochziehen und niederfallen, diesmal so kräftig und schnell, daß Savonarola an den nächsten Tagen vom Kerkermeister gefüttert werden mußte. Die Untersuchungsrichter aber legten der Signoria in ihrem Palazzo – im Großen Saal, der einst für Savonarola eingerichtet worden war – sein umfassendes Geständnis vor. Einige fragten, warum der Angeklagte selbst nicht anwesend sei. Man antwortete ihnen, er habe es verweigert – aus Angst, sich in all seiner Schuld zu präsentieren. Das gleiche gelte für Domenico da Pescia, der weniger oft befragt worden sei, dafür aber um so härter.

Man hatte ihm die Fußsohlen versengt und beide Beine gebrochen, ebenso die Arme, die sogar zweimal. Trotzdem blieb Domenico dabei, sein Prior sei unschuldig. Keine Folter beugte seinen Willen und auch nicht die Schmach, als man ihn beschuldigte, ein Zwitter zu sein, und ihn einer öffentlichen Untersuchung unterzog. Der Vorsitzende Manetti hatte darauf bestanden, weil ein Astrologe die Florentiner mit der Ankündigung verwirrte, ein hermaphroditischer Prophet werde Italien reformieren – »und das bald!«

Nur Silvestro Maruffi gestand alles, was ihm Ceccone einflüsterte, und erschreckte die Untersuchungsrichter mit epileptischen Anfällen und den erregten Berichten seiner somnambulen Phantasien. Als Zeuge war er wertlos.

Die Signoria sandte Eilboten nach Rom. Der Frate habe gestanden, seine Prophetie nur vorgetäuscht zu haben. Man entschuldige sich bei Seiner Heiligkeit, nicht mehr bieten zu können, aber Savonarola halte so viel aus: sei *patientissimi corporis*, formulierte man es, von sehr geduldigem Körper.

Die Bulle des Papstes folgte umgehend, lobte das gottesfürchtige Florenz und gewährte vollkommenen Ablaß. Die Gefahr des Interdikts für die gesamte Stadt war gebannt. Auch die florentinischen Kaufleute in Rom durften aufatmen und ihre Geschäfte mit der Kurie wiederaufnehmen.

Der weltliche Prozeß war damit beendet, der kirchliche nur noch eine Formalität. In den nächsten Tagen schon, so kündigte Rom an, würden zwei Emissäre des Papstes nach Florenz kommen und die leidige Angelegenheit abschließen. Wieder atmete die Signoria auf, daß sie die Geheimnisträger von San Marco nun doch nicht den peinlichen Fragen des arroganten Rom überlassen mußte. Der Prozeß, so fand man, war erfolgreich gewesen, nicht zuletzt durch die Verdienste des ehrenwerten Notars Barone-Ceccone, und so versprach man ihm ein Gesamthonorar von vierhundert Dukaten, zahlbar am Ende des kirchlichen Prozesses.

Ceccone durfte zufrieden sein. Dennoch konnte er der Versuchung nicht widerstehen, Savonarola in seinem *Alberghettino* aufzusuchen. Er fand ihn schlafend auf dem nackten Boden. Der Kerkermeister, der ihn heimlich beobachtete, erzählte später, Ceccone habe sein Opfer lange betrachtet, mehr als eine ganze Stunde. Erst als Savonarola von selbst erwachte und die Schmerzen ihn daran hinderten, aufzustehen, hob ihn Ceccone hoch, führte ihn an den Tisch, half ihm, sich zu setzen und gab ihm dann das Protokoll zu lesen, das Savonarolas Unterschrift trug, obwohl er es selbst noch nie gesehen hatte.

»Der Text mußte etwas geordnet werden!« sagte Ceccone mit heiterer Miene. »Sie wissen ja, Frate: Der Zweck heiligt nicht alle Mittel, aber er verbietet sie auch nicht. Man tut eben, was nötig ist.«

Savonarola sah ihm gerade in die Augen, so lange, daß Ceccone Mühe hatte, dem Blick standzuhalten. Als die Anspannung schon unerträglich war, reichte Savonarola das Dokument zurück und sagte ruhig: »Du weißt, daß ich die Gabe besitze, in die Zukunft zu sehen. Ich sage dir: Wenn du diese Fälschung veröffentlichst, stirbst du innerhalb von sechs Monaten.«

Ceccone verbarg seinen Schrecken, nahm das Papier an sich und ging hastig hinaus.

XVIII. Romolino

1

Im Schlepptau eines mürrischen Wachsoldaten der Signoria überquerte Ermanno die Piazza. Um ihn herum das Geflecht aufgeregter Stimmen. Ganz Florenz schien sich hier zu treffen. Ein jeder wollte die Meinung der anderen hören und seine eigene verkünden. Gemeinsam schufen sie dann eine neue, die sich mit jedem Hinzukommenden wieder veränderte wie Farbe, durch die eine andere gezogen wird.

Man konnte Savonarola nicht beurteilen, darüber war man sich einig. Von jedem Standpunkt aus schien er anders zu sein, ein Mann, der niemanden kaltließ, der viele für sich gewann und sich doch zuletzt zwischen alle Stühle setzte. Auf der Piazza della Signoria, nur wenige Schritte von dem Kerker entfernt, in dem er verkam, war man sicher, er hätte ein Heiliger sein können, wenn er die Heiligkeit nur von sich selbst gefordert hätte, um die anderen nur hin und wieder mit sanftem Beispiel zu den Ursprüngen zurückzuführen. Hätte ihm das genügt, alle Welt hätte ihn geliebt und verehrt, auch ohne Martyrium.

»Es ist gefährlich, an die Wurzeln zu rühren und die Fundamente auf die Probe zu stellen!« sagte in überlegenem Ton ein junger Mann, in dem Ermanno Messer Niccolò erkannte, Marcos Reisegefährten. »Die Natur des Menschen hat ihr eigenes Recht. Es liegt zwischen Sein und Sollen. Ein jeder weiß, was er ist und was er sein sollte. Dazwischen aber gähnt eine tiefe Kluft, über die nur ein schmaler Steg führt: unser Gewissen, unsere Gesetze... Sie sollen uns leiten, doch nicht beherrschen. Savonarola wollte diese Brücke einreißen und uns alle auf seine Seite des Sollens ziehen. Er vergaß dabei, daß nicht alle die gleiche Vorstellung von dem haben, was sein soll, und daß das Gute schwerer zu verwirklichen ist als zu erkennen.«

»Ich habe mein Haus auf Sand gebaut, und seine Mauern stürzen!« zitierte ein anderer seinen Seneca. »Savonarola ist am Ende. Seine Theorien haben der Praxis nicht standgehalten.« Ermanno lächelte: Lorenzos humanistische Freunde wagten sich wieder unters Volk! Bald würden sie die Frage stellen, ob nicht Lorenzo sein fröhliches, stolzes Florenz mehr geliebt habe, als Savonarola sein Himmlisches Jerusalem.

Ein dritter lachte und sagte, mit Fragen dieser Art hätte man sich in Florenz ohne Savonarola außerhalb der *Platonischen Akademie* bestimmt niemals beschäftigt. »Ein Volk muß wohl erst an die Grenze der Selbstzerstörung getrieben werden, ehe es in der Frucht nach dem Kern sucht.«

Ermanno folgte der Wache in den Palast. Seit zwei Tagen hatte er stündlich darum gebeten, vorgelassen zu werden. Seit zwei Tagen hatte man ihn ausgelacht und zurückgewiesen. Seit zwei Tagen gab er dennoch jedesmal ein Schreiben ab, in dem er um Audienz bat. An diesem Abend, als er schon in die Via degli Angeli zurückgekehrt war, entschlossen, sein Glück am nächsten Morgen wieder zu versuchen, erschien plötzlich ein Wachsoldat und gebot Ermanno, ihm zu folgen. Seine Exzellenz Francesco Romolino, Bischof von Ilerda und Päpstlicher Notar der Sacra Rota, geruhe ihn zu empfangen.

Man ließ ihn nicht warten. Der Soldat führte ihn über mehrere Treppen und durch breite Korridore, in denen bunt gekleidete Bewaffnete vor schweren Türen Wache hielten. Die Emissäre des Papstes und ihr Gefolge hatten sich im innersten Herzen von Florenz breitgemacht: Romolino vor allem, mit seinen erst sechsunddreißig Jahren. Ein Spanier am päpstlichen Hof, berufen vom spanischen Papst.

Sein eigentlicher Name war Remolines. Die scharfzüngigen Italiener änderten ihn flugs in Romolino, um seinen Träger lächerlich zu machen, so wie sie an jedem der verhaßten Spanier Angriffsflächen suchten. Doch Remolines beantwortete das heimliche Flüstern mit arroganter Gleichgültigkeit: Da den Römern anscheinend die geistige Wendigkeit fehle, sich an fremde Namen zu gewöhnen, habe er nichts dagegen, den seinen dem Gastland anzupassen... Das Lachen verstummte. Handstreichartig hatte der Fremde den vornehmsten aller italienischen Städtenamen in den seinen integriert. Aus Francisco Remolines wurde Francesco Romolino.

Als er nach Florenz kam, empfing man ihn ehrerbietig, in der Hoffnung, ihn freundlich zu stimmen und damit schnell wieder loszuwerden. Als er aus dem Sattel sprang, umringten ihn die Führer der Arrabbiati mit dem Ruf: »Er sterbe!« Alle wußten, wer gemeint war. »Er wird auf jeden Fall sterben!« antwortete Romolino kühl und warf dem Knecht die Zügel zu. »Wir werden ein schönes Feuer machen. Ich habe das Urteil schon *in petto*.«

Man gab ihm und seinem Gefolge die prächtigsten Räume und verwöhnte ihn, wie man nur konnte. Selbst seine delikaten Vorlieben hatte man erkundet und führte am Abend ein schönes Mädchen in sein Gemach, *vestita a uso di ragazzo*, gekleidet nach Art der Knaben.

Der zweite Emissär war der Ordensgeneral der Dominikaner, Giovacchino Turriano, der auf die Neunzig zuging und sich nach Ruhe sehnte. Die Aktivitäten des aufmüpfigen Priors von San Marco hatten Turrianos letzte Jahre, die so friedlich hätten verlaufen können, vergiftet. Der General war müde. Er sehnte sich nach Frieden und Harmonie, von Jahr zu Jahr mehr. Er wollte Eintracht um sich herum; lächelnde Gesichter und heitere Stimmen, die ihm erklärten, alles sei, wie es sein sollte, und er, der verehrungswürdige *Pater General*, sei ein guter Mensch, den alle liebten.

Ein Prozeß wie dieser unterbrach die Kette der sanften und schläfrigen Tage, an die sich der General gewöhnt hatte, und erinnerte ihn schmerzlich daran, daß die Welt nicht mehr war wie früher, als einige befahlen und die vielen anderen gehorchten, ohne zu murren. Wer sich dennoch auflehnte, wurde beseitigt ... Das zumindest hatte sich nicht geändert. »Er wird sterben!« sagte mit gütigem Lächeln auch Turriano. »Natürlich wird er sterben. Es muß so sein.« Danach, so war in seiner milden Miene zu lesen, würde sich die Welt wieder im Gleichgewicht befinden. Ein alter Mann konnte wieder unter blühenden Bäumen sitzen und dem Lichterspiel der Sonnenstrahlen zusehen. Die himmlische Schöpfung war so einzigartig und wunderbar! Nichts durfte ihre Vollkommenheit stören.

2

»Es ist ein Rosenkranz, Exzellenz!« sagte Ermanno und legte die Perlenschnur vor Romolino auf den Tisch. »Das Werk meines halben Lebens.«

Die goldenen Perlen mit den blauen Blüten und den grünen Blattranken schimmerten im Licht der späten Sonne, die mit langen Fingern durch die Fenster griff. Es war, dachte Ermanno, wie damals in Ferrara, als er Ercole d'Este das Pendant dieser Kette angeboten hatte. Ein hoher Herr wie damals, und im Herzen Ermannos der gleiche Schmerz des Abschieds vom Kind seiner Hände.

»Ein Juwel?« Romolino zog die Brauen hoch. »Sie sind gekommen, um mir ein Juwel zu verkaufen? In Ihrem Schreiben stand, es ginge um Leben und Tod, und die Herren der Signoria, die ich nach Ihnen befragte, sagten mir, Sie seien ein ernstzunehmender Mann. Angesehen, ehrlich, gottesfürchtig. Man lobte Sie so überschwenglich, daß es mich neugierig machte in dieser Stadt, in der anscheinend keiner dem anderen über den Weg traut. Und jetzt stehen Sie da und wollen Geld?«

Ermanno legte schützend die Hand über sein Werk. »Kein Geld, Exzellenz! Ich bitte Sie um ein Menschenleben im Tausch gegen diese Kette.«

Romolino lehnte sich zurück. »Doch wohl nicht das Leben des Savonarola! Daß Sie ein Narr seien, hat keiner gesagt.«

Ermanno schüttelte den Kopf. »Mit Savonarola habe ich nichts zu schaffen, Exzellenz. Mögen andere über ihn richten. Ich bitte Sie, Herr, Ihr mächtiges Wort für einen armen Menschen einzusetzen, nach dem Spruch des Herrn: *Was du dem geringsten meiner Brüder tust, das hast du mir getan.*«

»Und wer wäre das?« Romolinos Augen waren wach und mißtrauisch. Vielleicht fragte er sich, ob dies nicht eine Falle sei, in die ihn die verschlagenen Florentiner lockten, um irgend etwas – was auch immer! – von ihm zu erpressen.

»Ein Landstreicher, Exzellenz. Man hält ihn gefangen und wird ihn vielleicht irgendwann einmal aufknüpfen, weil kein anderer Prozeß ansteht und der Henker gerade nicht ausgelastet ist.«

»Läuft so die Rechtssprechung in Florenz?«

»Ich verstehe nichts von Justiz, Herr. Ich bitte Sie nur, die Signoria aufzufordern, diesen Mann freizulassen. Ein einziges Wort von Ihnen wird genügen. Er hat nichts Böses getan.«

»Und warum wenden Sie sich nicht an die Behörden, wenn Ihnen so viel an diesem Mann liegt – der nichts Böses getan hat?«

»Das ist eine zerrissene Stadt, Herr. Wenn ein Mitglied der einen Gruppe für etwas eintritt, stimmen die anderen automatisch dagegen.«

Romolino lachte. »Und das nennt ihr dann Demokratie, nicht wahr? Und ihr seid auch noch stolz darauf!« Das Gespräch schien ihn plötzlich zu amüsieren. »Was hat er denn angestellt, dieser Mann, der nichts Böses getan hat?«

»Er ist ein Bettler, Herr. Sein Name ist Pippo Spano. Seit Jahren hockte er tagtäglich vor unserem Dom und bat um Almosen. Er war gut gelitten. Man konnte sich das Domportal ohne ihn gar nicht vorstellen.«

»Und jetzt sitzt er im Gefängnis.«

»Er täuschte vor, an Aussatz zu leiden. Manche glaubten ihm, manche nicht. Aber keiner war gezwungen, ihm etwas zu geben.«

»Und dann hat ihn Savonarola denunziert, so ist es doch

wohl? Gelogen werden durfte ja nicht in eurem Himmlischen Jerusalem.«

»Nein, Herr!« Ermanno senkte den Kopf. Sein Nacken tat ihm weh. Sein Kopf. Seine Arme und Beine. Die Geschwulst an seiner Nase. Sein ganzer Körper. Das ganze Leben tat ihm weh. Auch die Gegenwart dieses Mannes, vor dessen Macht jeder Widerstand verstummte.

Und dann erzählte Ermanno dem Fremden aus Rom-Spanien von der Sintflut, die in die Familien von Florenz eingebrochen war, in die schmucken Heime unvorbereiteter Bürger, die so fest an ihre Sicherheit glaubten und an den Bestand der Verhältnisse, daß sie und alles, was ihnen gehörte, wehrlos mitgerissen wurden, fortgeschwemmt, durcheinandergemengt, verwundet, getötet. »Kinder, die ihre Eltern verließen, Exzellenz. Kinder, die in die Ferne geschickt werden mußten. Frauen gegen ihre Männer, Männer gegen ihre Frauen... Ich bin ein gläubiger Mann, Herr. Ich bete. Ich beichte. Ich gehe zur Kommunion. Ich liebe den Herrn. Ich weiß, daß ich sein Kind bin und daß er mich beschützt. Aber ich will in einer Welt der Menschen leben, nicht der Engel!«

»Ganz meine Rede!« Romolino nahm den Rosenkranz. Er öffnete eine der Perlen und hielt sie in den letzten Sonnenstrahl. »Absalom?« Er lächelte. »Wie war das also mit Ihrem Bettler?«

Das Licht der Sonne zog am Fenster vorbei. Es wurde Abend. Ein Sekretär erinnerte daran, daß die Signoria zum Bankett geladen habe. Doch Romolino winkte ab und ließ Ermanno reden. Es dauerte lange, bis Ermanno geendet hatte. Dann schwiegen beide. »Als ich nach Rom kam«, sagte Romolino schließlich nachdenklich, und die Arroganz war aus seiner Stimme verschwunden und aus seinem Gesicht im Dämmerschein, »als ich nach Rom kam, dachte ich, ich wäre auf einem fremden Stern. Alles war anders als in meiner Heimat, nicht nur die Gebräuche und die Kleidung, sondern vor allem das Denken der Menschen. Sie lachten über andere Dinge als ich, waren erzürnt über andere und urteilten anders. Manches, was in meiner Heimat wichtig war, bemerkten sie nicht einmal. Ich dachte mir: Das sind Menschen wie ich, Christen wie ich ... Doch ich habe nie gelernt, in ihren Pfaden zu denken und zu fühlen. Mit dem Kopf verstehe ich sie längst, aber meinem Herzen sind sie fremd. Ich verachte sie sogar ein wenig und sie wahrscheinlich mich. Ich bin sicher, daß es Seiner Heiligkeit genauso ergeht.« Er legte den Rosenkranz achtlos auf den Tisch zurück. »Messer Ermanno del Bene, ich bin froh, Sie kennengelernt zu haben. Einen *caballero*, hier in Italien! Durch Sie habe ich etwas begriffen.« Er lächelte. »Erlauben Sie, daß ich es Ihnen erkläre: Dieser Mann, Savonarola, hat in eurer Stadt das Unterste zuoberst gekehrt, und ihr habt es ihm erlaubt. Auch Seine Heiligkeit hat ihn lange gewähren lassen. Erst jetzt begreife ich Seine Weisheit.«

Er zuckte die Achseln. »Ihr Florentiner würdet wahrscheinlich sagen: Seine Schlauheit ... Aber der Heilige Vater wußte, daß euer Mönch nur ein Provinzproblem war – trotz seiner internationalen Korrespondenz. Eine Stadt wie Florenz konnte er sich noch kirre machen, zumindest für einige Zeit. In Rom wäre dergleichen niemals möglich gewesen. Rom: das ist der Lauf der Geschichte. Eine Kultur verdrängt die andere und läßt doch zu, daß deren Ruinen zurückbleiben. Sie weiß, daß irgendwann einmal auch sie an der Reihe sein wird und eine andere, nun gerade stärkere Zivilisation sie zerstört. Rom zählt nicht in Jahren, sondern in Jahrhunderten. In Rom ist nichts von Dauer außer der Veränderung. Aus diesem Grund nimmt man das Bestehende auch nicht so wichtig. Irgendwie wird es sich mit der Stadt arrangieren, von ihr aufgesaugt werden und schließlich wieder verschwinden. Mag Seine Heiligkeit auch nicht nach dem Geschmack aller leben – was soll's! Auch ein Papst wird einmal sterben, und der nächste wird folgen und dem wieder einer und immer so fort. Rom ist zeitlos, daher rührt der Gleichmut, mit dem es der Geschichte ihre Freiheit läßt. Seine Heiligkeit wußte das. Darum ließ er sich die Sticheleien eures Mönchleins auch so lange gefallen. Erst als sie ihm allzu lästig wurden, schlug er zu.« Es war dunkel geworden.

Diener entzündeten Kerzen. Immer wieder steckte der Sekretär nervös den Kopf durch den Türspalt.

»Anders bei euch!« Romolino erhob sich. Er trat ans Fenster und blickte hinunter auf die Piazza, wo die Menschen auf Neuigkeiten in Savonarolas Prozeß warteten. »Euer stolzes Florenz: eine kleine Stadt in der Provinz. Widersprechen Sie nicht: klein! In einer halben Stunde ist sie durchschritten von einer Seite zur anderen. Gewiß, eine reiche Stadt, kultiviert, stolz – aber bei aller Weltläufigkeit in sich geschlossen und selbstbezogen wie ein unreifes Kind. Florenz hat nicht die lässige Toleranz des Ewigen Rom. Wenn dieser Stadt einer sagt, sie sei von Übel, ist sie tief verletzt. Wenn ihr einer sagt, sie könnte die beste von allen Städten werden, glaubt sie es ihm. Und wenn einer sagt, sie müsse sich gegen einen unseligen Herrn erheben, tut sie es.« Er drehte sich um und blickte Ermanno ins Gesicht. »Wie gut ich diese Stadt verstehe, Messer del Bene! Die Stadt, aus der ich stamme, liegt in einem anderen Land, aber sie ist Ihrem Florenz näher als das italienische Rom.«

Er nahm den Rosenkranz vom Tisch und hielt ihn Ermanno entgegen. »Ihr Preis hier interessiert mich nicht, Ermanno del Bene. Ich bin kein Bastard auf dem Herzogthron, der sich seine Legitimität für dreitausend Dukaten bestätigen läßt. Ich erkenne den Wert dieses Kleinods, aber es interessiert mich nicht. Sie, Señor, haben es entworfen. Sie haben Ihr Augenlicht dafür aufs Spiel gesetzt. Sie lieben es. Nicht wie ein Handwerker, nicht einmal wie ein Künstler, sondern wie ein Vater. Ich möchte nicht, daß Sie jemals wieder auf den Gedanken kommen, es zu verkaufen. Auch nicht für den Preis eines Menschenlebens oder eines geretteten Gewissens. Sollte Ihr Enkel jemals von Ihrer Aktion erfahren, so hoffe ich, er kann ihre Bedeutung ermessen.«

»Und der Bettler, Exzellenz?«

»Noch heute abend ist er frei!« Romolino legte den Rosenkranz in Ermannos Hände und verschloß sie mit den seinen. Wie glatte, wertlose Kiesel schmiegten sich die Perlen an Ermannos Haut. Kühl und vertraut, weit, weit weg von der stechenden Sonne des Contado, in deren Licht Ermanno sie zum Leben erweckt hatte.

»Ich danke Ihnen, Herr!« Er küßte den Ring des Bischofs und wagte einen Lidschlag lang in die scharfen Augen zu blicken, die ihn ohne Hochmut ansahen.

Man führte ihn auf die Piazza hinaus und ließ ihn dort stehen. Noch immer hielt er den Rosenkranz in seinen Schalenhänden. Eilig verbarg er ihn in seinem Umhang. Dann ging er hinüber zum Bargello und wartete auf der anderen Straßenseite. Es dauerte nicht lange, da öffnete sich eine Seitentür. Ein Bündel wurde herausgeworfen und blieb auf der Straße liegen. Ermanno trat näher. Es war der Bettler. Mühsam rappelte er sich hoch.

»Pippo Spano?« Ermanno suchte in seinen Taschen nach Geld, doch der Bettler starrte ihn nur erschrocken an und suchte hinkend das Weite. Da breitete Ermanno del Bene die Arme aus und wandte den Blick zum Himmel, dem er sich in diesem Augenblick so nahe fühlte, wie schon lange kein Mensch mehr in Florenz.

3

Matteo kam, wie zu seiner Geburt: überraschend und ein wenig zu früh. Wie jeden Morgen schloß Francesca das schwere Tor zur Straße auf und trat hinaus, um sich mit einem umfassenden Blick zu überzeugen, daß alles in Ordnung war: das tägliche Ritual der Bürgersfrauen von Florenz, selbst der reichsten, die genug Dienstboten gehabt hätten, um diese Pflicht zu delegieren. Doch keine wäre auf den Gedanken gekommen, ihre Schlüsselgewalt abzugeben. Sie bekundete die Macht der Hausherrin über Familie, Küche und Keller, und der gewichtige Schlüsselbund am Gürtel war ihr Erkennungszeichen, nicht weniger beredt als die Attribute der Heiligen.

Es war ein sonniger Morgen im Mai, noch kühl genug, um angenehm zu sein, und doch schon so warm, daß man sich unwillkürlich freute. Francesca hob ihr Gesicht der Sonne entgegen und schloß die Augen. Sie hatte das Gefühl, daß es dieser Tag gut mit ihr meinen würde und daß sie in ihm geborgen war wie als Kind in den Armen ihres Vaters. So erschrak sie auch nicht, als sich plötzlich von hinten her zwei Hände über ihre Augen schlossen. Sie lachte nur: dachte, es wäre Marco... und dachte es doch schon fast wieder nicht. Langsam drehte sie sich um. Der sanfte Druck der Hände glitt von ihr ab. »Matteo!« rief sie, und die Freude zersprengte ihr fast die Kehle. »Ich habe es gewußt!«

Allein, ohne seine Reisegruppe, von der er sich schon in Bologna getrennt hatte, war er spätabends in Florenz angekommen, gerade noch bevor die Stadttore geschlossen wurden. Langsam war er auf seinem spanischen Pferd durch die Straßen geritten, das Maultier mit dem Gepäck am Zügel hinter sich ziehend. Er wollte nach Hause, hatte es eilig... Doch dann gab er einem plötzlichen Impuls nach, ließ die Tiere in einer Herberge trinken und fressen und stellte sie für die Nacht dort unter. Auch sein Gepäck ließ er einschließen wie ein Besucher in einer fremden Stadt. Dann schlenderte er unbeschwert wie ein Knabe und hellwach trotz der langen Reise durch die vertrauten Straßen. Nur an den Toren der Reichen war noch Licht. Er versteckte sich in Torbögen vor den Nachtwächtern und stand auf einmal in der Via Larga vor Lorenzos Palast, der zweiten Heimat seiner Kindheit.

Dunkler als die Dunkelheit der Nacht erhob sich der mächtige Bau, leer und ohne Leben. Nicht einmal die Schatten derer, die einst hier gewesen waren, huschten mehr durch die verlassenen Säle und die leeren Treppenhäuser. Die fröhlichen Feste, die Gastmähler, die Musik, der Tanz, die Verse der Dichter und das verheißende Lächeln der schönen Frauen, von denen Matteo auch jetzt noch manchmal träumte... alles verschwunden; versunken im Meer dessen, was die Gläubigen göttliche Fügung nannten, die Philosophen von der *Akademie* Schicksal und Lorenzo Politik.

Matteo wußte, wie es Florenz ergangen war, seit man ihn

fortgeschickt hatte. Jede Nachricht von daheim hatte er begierig gesucht; jeden Reisenden, der ins Kontor kam, befragt. Ungeduldig wartete er auf die Briefe seiner Mutter und las sie hundertmal, auch wenn er sie längst auswendig konnte. Dabei liebte er es, die Welt kennenzulernen, neue Menschen, neue Sitten, neue Landschaften. Der Boden aber, aus dem er wuchs, war Florenz. Er sah aus, wie man sich in der Fremde einen Florentiner vorstellte. Er kleidete sich so, und wenn er redete und lachte, redete und lachte Florenz. In der Nacht, in Mallorca, erinnerte er sich oft der Worte des verbannten Dichters, der sich danach sehnte, seine Gewänder wieder in den Arno zu tauchen, und er nahm sich vor, diesem Beispiel bei seiner Rückkehr zu folgen.

So führten ihn seine Schritte hinunter zum Fluß, so schwarz in der Dunkelheit, so still. Ein Plätschern hier und da von einem Fisch, der hochsprang, oder einer Welle, die sich an Steinen verfing. Matteo setzte sich nieder und hörte zu. Hörte auf den Fluß und auf die Stille der schlafenden Stadt. Hörte auf seine Erinnerungen und auf das Klopfen des eigenen Herzens. Hier hatte er seine Kindheit verbracht, in der Fremde hatte er sie verlassen. Nun war er zurückgekommen, um es dem göttlichen Dichter gleichzutun.

Er schlief ein. Immer wieder netzten kleine Wellen sanft seine nackten Füße. Er spürte es im Schlaf, und seine Träume richteten sich danach. Matteo del Bene war heimgekehrt. Ein Kind dieser Stadt. Ein Teil dieser Stadt.

Als es hell wurde, wachte er auf. Er holte seine Tiere und sein Gepäck aus der Herberge, zog sich um, rasierte und kämmte sich und ritt dann gemächlich zur Via degli Angeli. Er band die Tiere fest und setzte sich auf die schmale Steinbank an der Hausmauer. Ghirigoras Vater hatte sie anbauen lassen nach dem Vorbild der Aristokraten, die so das Volk an ihre Paläste lockten, damit schon von ferne zu erkennen war, dieses Gebäude gehöre einem Herrn, der Menschen an sich zog. Nun wartete hier sein Urenkel voller Vorfreude darauf, daß die Tür aufging und die schöne Herrin des Hauses bei seinem Anblick vor Überraschung und Glück fast ohnmächtig wurde und ihn umarmte und küßte und gar nicht mehr loslassen wollte.

Sie saßen beieinander, lachten und erzählten alle gleichzeitig, tranken süße Milch und aßen dazu geröstete Kastanien und klebrige arabische Süßigkeiten, die Matteo mitgebracht hatte. Francesca konnte sich an ihm nicht satt sehen. Es war wie ein Wunder, in die geliebte Landschaft seines Gesichts zu blicken und alles wiederzufinden und wiederzuerkennen. Daß er älter geworden war, bedeutete nicht mehr als eine veränderte Wetterstimmung... Sie sah ihn an und dann Giuliano, der sie aufmerksam beobachtete. Ihr war, als hätte er sie bei einem Unrecht ertappt, doch sein Gesicht war freundlich. Da stand sie auf, ging auf seine Seite des Tisches hinüber und hielt ihm die Schale mit den Süßigkeiten entgegen. »Möchtest du noch Konfekt?« fragte sie. »Als Kind konntest du gar nicht genug davon bekommen!« Da lachte er und bediente sich reichlich. Marco sah es und beschloß, an diesem Abend bei der Vesper großzügiger zu spenden als sonst.

Paloma präsentierte Contessina und ließ sie bei Matteos Anblick fast fallen. Matteo versicherte glaubhaft, das sei das schönste kleine Mädchen, das ihm je unter die Augen gekommen sei. Die ganze Stadt – ach was, das ganze Land, die ganze Welt! – würden sich in sie verlieben, wenn sie erst alt genug dafür war. Paloma bezog jedes Wort auf sich und mußte von Teodora aus ihrer Verzückung geweckt werden, nachdem sie Francescas Aufforderung, das Kind nun wieder fortzubringen, auch nach der zweiten Wiederholung überhört hatte.

Sogar Giuliano lächelte und probierte verstohlen ein zweites Mal von den Leckereien. »Ich bin froh, daß du wieder daheim bist!« sagte er leise. Matteo umarmte ihn, und Francesca und Marco bemerkten gleichzeitig, daß Giuliano die Umarmung erwiderte.

Die dunklen Tage der Trennung, der Pest und des Unfriedens waren vergessen. Francesca ließ alle Fenster und Türen weit öffnen, damit die Sonne ins Haus ströme und die reine Luft des Morgens. Es war ein Festtag. »Nun sind endlich alle wieder zu

Hause!« sagte Francesca, zitternd vor Freude ... Nur Ermanno dachte an Ghirigora, die auf La Pineta jetzt wohl von ihrer Dienerin geweckt und für den Tag vorbereitet wurde wie ein Kind oder ein sehr alter Mensch. Es schmerzte ihn plötzlich, daß sie an diesem Freudentag in ihrem eigenen Elternhaus nicht dabei war. Es wäre ihr Recht gewesen, dachte er, auch wenn sie nicht in der Lage war, das Glück der anderen zu teilen.

Ermanno hätte am liebsten geweint. Er begriff plötzlich, wie sehr er diese Frau liebte. Liebte – nicht nur bedauerte oder ertrug. Nur wenige Jahre wirklichen Lebens waren ihr vergönnt gewesen, und die hatte sie vertan mit ihrem Ungestüm, das die anderen abstieß, ohne daß sie selbst es merkte. Ganz oben war sie in ihren Stimmungen gewesen und dann wieder ganz unten. Niemand verstand es. Man ging ihr aus dem Weg und redete hinter ihrem Rücken schlecht über sie. Er, ihr Gemahl Ermanno del Bene, war der einzige, auf den sie vertrauen konnte. Als seine Familie an diesem Tag so unbeschwert und fröhlich war, wollte er es selbst kaum glauben, daß er sich auf einmal nach Ghirigora sehnte: nach ihrem Schweigen, ihrer Hilfsbedürftigkeit und nach den Zeichen der Prägung durch die gemeinsamen Jahre, die sie beide verband, als wären sie Geschwister, die miteinander alt geworden waren.

Ihm fiel ein, daß er nach Florenz gekommen war, um die Geschwulst an seiner Nase untersuchen zu lassen. Er tastete in sein Gesicht. Es kam ihm vor, als wäre das leidige Ding kleiner geworden. Ein weiterer Grund, nicht länger zu bleiben. »Ich reite noch heute nach La Pineta zurück« sagte er in eine kurze Stille hinein. Und zu Marco: »Ich kann deine Mutter nicht so lange allein lassen.« Er legte die Hand auf Giulianos Arm. »Als ich gestern abend nach Hause kam, schliefst du schon, aber es wird dich interessieren, daß man Pippo Spano freigelassen hat.« Ganz beiläufig klang es, und doch wußte Ermanno, daß durch die Intervention bei Romolino die langen Jahre der Arbeit an seinem *Juwel* einen neuen Sinn bekommen hatten. Nicht nur der Kunst und der Schönheit hatten sie gedient, sondern dem, was über den beiden stand: dem Leben, dem höchsten Gut der Menschen und der ganzen Welt. Ein Werk der Schönheit, des Lebens – und auch der Liebe zu seinem Enkelsohn, der nun vielleicht gerettet war, befreit von der Qual seines Gewissens.

»Er lebt?« Giuliano war so blaß geworden, daß Ermanno meinte, er würde umsinken.

»So munter wie du und ich. Ich habe ihn selbst davonrennen sehen, nachdem man ihn mit einem Fußtritt aus dem Bargello befördert hat. Bestimmt der schönste Fußtritt seines Lebens!«

»Aber wie konnten Sie gerade dann zur Stelle sein? Hatten Sie etwas mit der Freilassung zu tun?«

Ermanno lächelte und legte die Hand an seinen Körper, dorthin, wo er den Rosenkranz für die Reise eingenäht hatte. Nie wieder würde er sich von ihm trennen, das wußte er jetzt. »Wie sollte ich etwas damit zu tun haben? Glaubst du, die mächtigen Herrschaften hören auf einen einfachen alten Mann aus dem Contado?«

Da legte Giuliano die Stirn auf den Tisch und fing an zu weinen. Die anderen trösteten ihn, auch wenn sie nicht wußten, worum es ging. Doch sie waren bei ihm, dachte Ermanno. Die Familie war wieder beisammen, und darauf kam es an. »Ein gesegneter Tag!« sagte er leise. »Dem Himmel sei Dank: Alles hat seinen Sinn!« – Mein Leben auch! fügte er bei sich selbst hinzu, und der unbescheidene Gedanke kam ihm, daß er in seinem einfachen, mittelmäßigen Dasein so manches getan hatte, was gut gewesen war.

XIX. Girolamo

1

Seine Exzellenz Francesco Romolino, Bischof von Ilerda, Päpstlicher Notar der Sacra Rota, erwies sich seines hohen Ranges und seines Rufs der Effizienz als würdig. Am zwanzigsten Mai 1498 war er in Florenz eingetroffen. Zwei Tage später schon bestätigte er zusammen mit dem Ordensgeneral der Dominikaner, Giovacchino Turriano, das Todesurteil über den »Häretiker und Schismatiker Girolamo Savonarola und seine beiden Spießgesellen Domenico da Pescia und Silvestro Maruffi«. Ganz Florenz kannte Romolinos herablassende Bemerkung beim großen Empfangsbankett der Signoria: »Ein Kuttenbruder mehr oder weniger, darauf kommt es nicht an!«

Immer wieder wurde dieser Satz kolportiert, zusammen mit einer Äußerung des Untersuchungsrichters Bernardo Rucellai, es würde die Stadt entlasten, wenn man alles Böse auf diesen verdammten Bruder häufe. Niemand könne wissen, ob nicht in nächster Zeit eine Signoria gewählt werde, die dem Mönch freundlich gesinnt sei. Dann würde alles wieder von vorne losgehen. Deshalb: »*Uomo morto non fa guerra!*« Ein toter Mann macht keinen Krieg.

Romolino war vertraut mit der Mechanik der Macht. Als erstes schloß er den Notar Ceccone von den Untersuchungen aus. Dies sei nun ein kirchlicher Prozeß. Ein weltlicher Notar sei deshalb nicht mehr vonnöten ... Ceccone, blau vor Zorn, rannte im Palazzo della Signoria von Pontius zu Pilatus und bestand aufgeregt auf seinem Recht. Was er erntete, waren Häme und Spott. Der Vorsitzende Untersuchungsrichter Manetti verweigerte ihm sogar die Auszahlung der versprochenen vierhundert Dukaten: Da Ceccone nun nicht mehr bis zum Ende am Prozeß teilnehmen werde, stünde ihm auch nicht die volle Summe zu. Über die Höhe des Honorars müsse erst beraten werden.

Ceccone, am Tag zuvor noch auf dem Höhepunkt seiner Karriere, kehrte als gebrochener Mann in seine alte Amtsstube zurück, die ihm nun doppelt finster und schäbig vorkam. »Die Drecksarbeit durfte ich leisten!« sagte er ächzend zu dem Arzt, den sein Schreiber herbeigerufen hatte, als Ceccone, nach Atem ringend, zu Boden gestürzt war, die Hände auf die Brust gedrückt. »Und jetzt werfen sie genau diesen Dreck auf mich und stoßen mich ins Elend.« Aus dem inneren Kreis der Macht stürzte er in den innersten Kreis der Hölle.

Romolino vertrat die Interessen des Papstes. Die Republik Florenz interessierte ihn nicht. Auch um die Anklagepunkte brauchte er sich nicht zu sorgen; die trug sein Sekretär längst in einer Mappe hinter ihm her. Was Romolino von Savonarola aber wissen wollte, war genau das, weswegen die Florentiner ihn nicht nach Rom ausliefern wollten: die Interna der florentinischen Politik, die Geheimnisse der Signoria, ihre verborgenen Informationskanäle und ihre Kontakte zu anderen Städten und Staaten. »Ein kirchlicher Prozeß!« Mit diesem Verdikt ließ Romolino den Untersuchungsrichtern die Tür vor der Nase zuschlagen. Nur die beiden päpstlichen Emissäre mit ihrem Gefolge und der halbirre Mosca waren bei den Verhören zugegen.

Romolinos erste Frage betraf Savonarolas Pläne für ein Konzil zur Absetzung des Papstes. Um die Zunge des Delinquenten zu lockern, durfte Mosca seines Amtes walten, obwohl nicht zu übersehen war, daß Romolino dieses Schauspiel nicht goutierte... An wen habe Savonarola geschrieben, daß Alexander der Sechste kein Christ sei und kein wahrer Papst?... Schweigen... Wieder das Seil!... Savonarola kniete nieder, als er die Vorbereitungen sah und betete so laut, daß man es bis nach draußen hörte: »Jesus, hilf mir! Diesmal hast du mich erwählt!«

»Soll ich das auch aufschreiben?« fragte der Protokollführer und wunderte sich, als Romolino bejahte: »Kein Wort, das in diesem Verhör gesprochen wird, darf ausgelassen werden.«

Nun erkundigte sich Romolino nach Savonarolas Beziehungen zu den Kardinälen, denen der Papst nicht traute: Habe Savonarola mit Kardinal della Rovere über ein Konzil korrespondiert? Wie habe sich Kardinal Gurgens über den Papst geäußert? Sei es wahr, daß Kardinal Caraffa offen zugegeben habe, den Papst zu hassen? Und der Kardinal di Napoli: treffe es zu, daß auch er den Papst stürzen wollte? ... Übrigens: Habe sich Savonarola von den Priestern die Inhalte der Beichten berichten lassen?

Savonarola weinte vor Schmerzen. Er gestand alles, doch als er sich ein wenig ausgeruht hatte, damit seine zitternde Hand zur Ruhe käme, weigerte er sich, das Protokoll zu unterzeichnen: Seine Aussage sei falsch, soweit sie den Kardinal di Napoli betreffe. Ihn habe er nur beschuldigt, um nicht noch einmal hochgezogen zu werden. »Ich muß das richtigstellen, Exzellenz, sonst könnte ich bei der Beichte keine Absolution bekommen.«

Da brach Romolino die Befragung ab. Er befahl, Savonarola in sein Gefängnis zurückzuführen. »Mit Höflichkeit!« fügte er hinzu, ohne seinen wachsamen Blick von dem Häftling zu wenden, der von zwei Wachen hinausgeschleppt werden mußte, in seinen Gliedern die gleiche Pein wie einst sein Rivale Lorenzo.

Doch plötzlich sprang Romolino auf. »Wartet!« rief er.

Die Soldaten blieben stehen und wandten sich um. Halb ohnmächtig hing Savonarola an ihren Schultern.

»Warum haben Sie so obstinat behauptet, Gott habe zu Ihnen gesprochen?« fragte Romolino in beiläufigem Ton wie in einem privaten Gespräch. Er blickte auf Savonarola hinunter, der sich nicht mehr aufrichten konnte. »Jetzt, da das Urteil so gut wie ausgesprochen ist, möchte ich wissen, ob Sie immer noch darauf bestehen, ein Prophet zu sein?«

Savonarola öffnete die Augen. »Was ist das: ein Prophet?«

fragte er heiser und so leise, daß man ihn kaum verstehen konnte.

»Doch wohl mehr als ein Wahrsager der Zukunft!«

»Vielleicht ein Verkünder des göttlichen Willens, Exzellenz.«

»Und woher glauben Sie zu wissen, was göttlich ist? Behaupten Sie wirklich immer noch, ein Prophet zu sein? Jetzt? Ohne Folter?«

Doch Savonarola hörte ihn nicht mehr. Er hatte die Besinnung verloren und wurde, mit den Knien am Boden schleifend, in seine Zelle zurückgebracht.

»Armer alter Mann!« murmelte Romolino widerwillig.

Sein Sekretär schüttelte den Kopf. »Er ist erst fünfundvierzig, Exzellenz!«

Romolino sah ihn ungläubig an, dann zuckte er die Achseln und fragte nach den nächsten Terminen.

Am folgenden Mittag verkündeten die Herolde der Kommune unter Trompetenschall an achtunddreißig Punkten der Stadt das Todesurteil über Girolamo Savonarola, Domenico da Pescia und Silvestro Maruffi. Das Protokoll mit den Unterschriften der Delinquenten sollte noch vor ihrer Hinrichtung in hundert Exemplaren gedruckt und verbreitet werden. »Damit das Volk genau weiß, wessen Tod es bejubelt!« so Bernardo Rucellai.

Die Anklagepunkte teilten sich in weltliche und kirchliche.

Die weltlichen: Aufwiegelung der Massen. Verhetzung der Frauen und Knaben. Unberechtigte Einmischung in die Staatsgeschäfte. Kriegshetzerei und Säen von Zwietracht. Unnütze Geldausgaben zum Schaden der Bürger von Florenz. Ursache für den Tod vieler Mitbürger. Hochverrat an den französischen Feind.

Und dann die geistlichen Klagen, ausgesprochen von den Bevollmächtigten Seiner Heiligkeit, des Papstes Alexanders des Sechsten: Unkirchliche Tendenzen und Ungehorsam gegen die unantastbare Persönlichkeit des Heiligen Vaters. Verdrehung der Worte der Heiligen Schrift. Mißbrauch anvertrauter

Beichtgeheimnisse, die der Angeklagte als göttliche Offenbarungen öffentlich verkündete. Gotteslästerung durch Anmaßung des Prophetentums. Bewußte Kirchenspaltung und selbstherrliche Konzilspläne ohne Zustimmung des Vatikans. Mißachtung des gegen seine Person ausgesprochenen Banns. Und siebentens: Ketzerei!

Jedes Wort ein Paukenschlag. *Ein toter Mann macht keinen Krieg mehr.*

2

Es war, als hätte sich ein Sturm gelegt. Savonarola, in das Schicksal ergeben, das er so oft vorausgesagt hatte, fand Ruhe in seiner Zelle. Man nahm ihm und seinen Mitbrüdern die Fesseln ab und störte ihren Schlaf nicht mehr. Savonarola betete und fastete, Domenico sprach heiter und wie erlöst mit seinen Wachen, und nur Silvestro verkroch sich in eine Ecke der Zelle, zusammengekrümmt wie ein ungeborenes Kind, und konnte, erschöpft und zerbrochen, nicht aufhören zu weinen.

Es war ihre letzte Nacht. Man ließ sie nicht mehr allein. Ein jeder wurde von einem Mitglied der *Compagnia de' Neri* betreut, einer frommen Bruderschaft von Bürgern, die es sich zur Aufgabe gemacht hatten, Todeskandidaten in ihren letzten Stunden beizustehen: ohne Vorbehalte und ohne Ansehen des Verbrechens, dessen man sie angeklagt hatte. Wenn sie ihr Amt ausübten, trugen sie die dunklen Gewänder der Trauer. Im Volk nannte man sie die *Schwarzen Engel.* Iacopo Niccolini kümmerte sich um Savonarola. Sein Verwandter Agnolo, ein geachteter Jurist, hatte als einziges Mitglied der Ratsversammlung gegen das Zivilurteil der Stadt gestimmt und Savonarola für unschuldig erklärt.

»Ich danke dir, Bruder!« sagte Savonarola gerührt, als ihm Iacopo Niccolini das Mahl zum Abend brachte. Dennoch lehnte er es ab zu essen. Da er am nächsten Morgen sterben werde, wolle er sich um seine Seele kümmern und nicht Speisen verdauen. Dann verlangte er einen Beichtvater – ein Wunsch, der die Signoria in Bedrängnis stürzte. Man wagte nicht, einen Mönch von San Marco vorzulassen. So wurde ein schwarzer Mönch aus der *Badia* geholt. Er zitterte, als er die Zelle betrat. Savonarola beruhigte ihn: Er habe längst seinen Frieden gefunden und immer gewußt, daß er nicht im Bett sterben werde.

Er bat darum, sich von seinen beiden Gefährten verabschieden zu dürfen. Die Signoria wollte es ihm verwehren, doch Iacopo Niccolini drohte, diese Weigerung in ganz Florenz bekanntzumachen. So führte man die drei Mönche gemeinsam in einen Saal. Es war schon Nacht geworden. Unten auf der Piazza standen wie vereinzelte Grasbüschel Gruppen von Menschen, die nach oben blickten, um vielleicht irgend etwas zu sehen, sie wußten wohl selbst nicht, was... Domenico und Silvestro knieten nieder. Savonarola segnete sie. Dann gingen die drei mit ihren Schwarzen Engeln zurück in ihre Zellen.

»Ich habe Durst!« sagte Savonarola. Ein Wächter brachte ihm Wasser in einem mit Schmutz beschmierten Krug. Savonarola weigerte sich, daraus zu trinken. Da säuberte Niccolini das Gefäß mit seinem Ärmel. Nun trank Savonarola, als wäre es schon das letzte Mal.

»Darf ich meinen Kopf auf deine Knie legen?« fragte er Niccolini, der sich auf die Pritsche gesetzt hatte. »Ich bin so müde! Wenn ich doch nur noch einmal erleben dürfte, wie es ist, nicht erschöpft zu sein!« Da nahm ihn Niccolini in die Arme wie ein verirrtes Kind. Zum ersten Mal seit langer Zeit schlief Savonarola ein. Die Hand des Schwarzen Engels lag auf seiner zerstörten Schulter und beschützte seine Ruhe.

Als Savonarola wieder erwachte, graute schon der Morgen. Savonarola umarmte Niccolini und dankte ihm für seine *Caritas*. Ein letztes Mal vor ihrem Tode, der schon die Hand nach ihnen ausstreckte, empfingen die drei Mönche die Kommunion. Savonarola wurde erlaubt, die Hostie in die Hand zu nehmen. Zum Erstaunen der weltlichen Richter hatte Romolino noch am Vorabend erklärt, die Exkommunizierten seien wieder in die Gemeinschaft der Gläubigen aufgenommen.

»Herr!« betete Savonarola. »Ich bitte dich um Vergebung für alles, was diese Stadt durch mich an geistlichen und weltlichen Kümmernissen erleiden mußte. Ich bitte auch um Vergebung für alles andere, was ich unwissentlich gefehlt habe. Ich flehe dich an, o Herr, mich stark zu machen für meine letzte Stunde, damit der böse Feind nicht Macht über mich erlange! Amen.«

Man führte die drei hinaus ins Freie. Ein heller Frühlingstag empfing sie, zehn Uhr morgens, der dreiundzwanzigste Mai des Jahres 1498, der Tag vor Christi Himmelfahrt – nicht weit, gar nicht mehr weit! entfernt vom Ende des Jahrhunderts und vielleicht, so fürchteten viele, auch nicht weit entfernt vom grausamen Ende der Menschheit und der ganzen Welt.

Als sie aus dem Tor traten, von den Schwarzen Engeln begleitet und von waffenstarrenden Wachen umringt, stellten sich ihnen zwei Dominikaner von Santa Maria Novella entgegen, gesandt vom Ordensgeneral Turriano. Ihre Aufgabe war es, den Verurteilten ihre Ordenstracht abzunehmen. Der eine, Tommaso Sardi, tat Savonarola weh, als er ihm hastig – um die lästige Pflicht schnell hinter sich zu bringen – das Gewand von den verletzten Armen riß. Savonarola stöhnte auf und mußte gestützt werden, sonst wäre er vor Schmerzen, doch auch vor Kummer, ohnmächtig geworden. Er weinte. »O heiliges Gewand!« flüsterte er und strich über das verschlissene Gewebe. »Wie habe ich dich einst ersehnt! Nicht freiwillig gebe ich dich her. Man hat dich mir entrissen.« Er zog seine Sandalen aus, und Tommaso Sardi streifte ihm eine lange, weiße Tunika aus harter Wolle über. Auch Domenico und Silvestro wurde ihr Habit abgenommen. Barfuß gingen die drei dann hinaus auf die Piazza, dem Tode entgegen.

Es war, als stürzten sie in einen Hexenkessel. Die Piazza war so voll von Menschen wie in jener Nacht von Savonarolas größtem Triumph, der glorreichen Nacht der Engel, als genau am gleichen Platz die Eitelkeiten von Florenz in Flammen aufgingen. Damals hatte die Menge gejubelt. Nun schrie sie, beschimpfte die drei Mönche und warf mit Steinen nach ihnen. »*Ecco il frate!*« erscholl es wie Donner von allen Seiten. »*Ecco il frate!*« Da ist der Bruder.

Wohl schon von ferne erblickten sie das erhöhte Gerüst. Von der linken Ecke des Palazzo della Signoria führte eine mannshohe Holztribüne hinaus zur Mitte der Piazza, genau dorthin – nun konnte es ihren Blicken nicht mehr entgehen! –, wo die Eitelkeiten in Rauch aufgegangen waren. An der gleichen Stelle, an der die Pyramide in die Nacht emporgeragt war, erhob sich nun ein hoher, starker Pfahl, mit zwei Querbalken ganz oben, fast an der Spitze.

»Das ist ja ein Kreuz!« rief plötzlich jemand aus der Menge, und die anderen wiederholten es. »Das ist ein Kreuz! Savonarola soll gekreuzigt werden!«

Unter den Mitgliedern der Signoria entstand Panik. Man befahl den Wachen, die Delinquenten aufzuhalten, und ließ den Henkersknechten Sägen bringen, damit sie die Kreuzarme kürzten, so weit es nur ging.

Der Lärm unter den Zuschauern verstärkte sich. Ein Brausen von Stimmen wie der Sturm in einem hohen Wald. »Es ist immer noch ein Kreuz!« riefen einige, doch auf den Querbalken mußte noch Platz bleiben für die drei Stricke, an denen die Verurteilten erhängt werden sollten, und für drei starke Eisenketten, die sie später festhalten würden, wenn die Flammen sie umhüllten und die todbringenden Stricke verbrannt waren.

Auf der *Ringhiera dei Signori* saßen in vollem Ornat die Apostolischen Kommissare Romolino und Turriano; rechts von ihnen das Achtertribunal der Stadt. Links dahinter, in Richtung des Palasttores: der Bischof von Vasona. Der Papst hatte ihm in einem Breve den Auftrag erteilt, die verurteilten Brüder zu degradieren. Es ließ sich nachrechnen, daß das Breve schon vor Romolinos Abreise aus Rom versandt worden war. Eingeweihte sahen in der Wahl genau dieses Mannes für genau dieses Amt eine besondere Bosheit des Borgia, war der Bischof von

Vasona doch einst selbst Mönch in San Marco gewesen: Benedetto Paganotti, ein Bewunderer Savonarolas, das wußte der Papst; deshalb beinhaltete das Breve außer dem Befehl auch die Androhung der Exkommunikation, falls der Bischof sich weigern sollte, die Degradierung vorzunehmen.

»Ich trenne dich von der kämpfenden und triumphierenden Kirche!« sagte der Bischof tonlos zu seinem ehemaligen Prior, den er noch immer liebte.

Doch Savonarola korrigierte ihn mit ruhiger Stimme: »Nur von der kämpfenden. Die andere untersteht dir nicht.«

Da lächelte der einstige Fra Benedetto und blickte trotzig hinüber zu den Vertretern Roms.

Die Brüder gingen weiter zur nächsten Station ihres letzten Weges: dem Tribunal des Papstes. Mit seinem harten, spanischen Akzent in der kühlen Stimme, viel härter noch als sonst, verlas Romolino das Urteil. Ein Raunen erhob sich, als er den Verurteilten eine volle Vergebung ihrer Sünden zusicherte und sie vom Fegefeuer befreite. Man fragte sich, ob dies eine Geste päpstlicher Milde sei oder eine Eigenmächtigkeit des Gesandten.

Noch ein paar Schritte, dann das weltliche Urteil des Magistrats: Wegen ihrer schändlichen Verfehlungen habe das Gericht die drei Mönche Girolamo Savonarola, Domenico da Pescia und Silvestro Maruffi dazu verurteilt, zuerst erhängt und dann verbrannt zu werden.

Unter den Beamten saß auch der Notar Ceccone. Man hatte ihm nun doch noch die Ehre erwiesen, wenigstens an der Abschlußveranstaltung teilzunehmen. Über sein Honorar war jedoch immer noch nicht entschieden, und seine Zukunftsaussichten waren so beklemmend wie sein Gesundheitszustand. Mehr denn je war Ceccone überzeugt, Savonarola habe ihn verhext.

Auf dem Platz war es so still geworden, als wäre er leer. Nur der Weg über die lange Tribüne bis zur Mitte der Piazza trennte die drei Verurteilten noch von ihrem Martyrium. In ihren weißen Tuniken der Todeskandidaten schritten sie darauf zu, jeder von ihnen immer noch auf der einen Seite begleitet von einem schwarzen Mönch der *Badia* und auf der anderen von einem Schwarzen Engel.

Die Zuseher lachten und klatschten: Ein paar Jugendliche, einst vielleicht sogar Mitglieder der Fanciulli, kletterten auf das Gerüst und steckten Nägel zwischen die Fugen, um die nackten Fußsohlen der Brüder zu verletzen. Doch diese gingen ruhig ihren Weg weiter, taub für Spott und Haß. Unter dem Pfahlkreuz blieben sie stehen. Sie blickten hinunter auf die Volksmenge, die so oft mit ihnen gebetet, gelacht und geweint hatte.

Der Lärm legte sich. Ein Auf und Ab der Geräusche im Spiegel der widerstreitenden Gefühle. Ganz still wurde es. Da fing plötzlich Domenico da Pescia an zu singen. »*Te deum laudamus!*« Herr, wir loben dich. Die tiefe Stimme, allen bekannt, erfüllte die Piazza und schien von den Hauswänden widerzuhallen, wie einst Savonarolas Worte, daß Italien die Propheten töte, die Gott ihm gesandt habe. Die Menge erstarrte vor Entsetzen. Viele erfaßten erst jetzt, was da geschah und wie es enden würde.

XX. Die weiße Lilie

»Weiche nicht aus, mein Bruder!« hatte Matteo zu Giuliano gesagt, als dieser sich weigerte, auf die Piazza mitzugehen. »Du hast mit ihm gelebt; du mußt wissen, wie er gestorben ist.«

Die *famiglia* der Del Bene verließ das Haus. Nur Paloma und das Kind blieben zurück. Ganz Florenz schien zur Piazza zu strömen, auf der längst kein Raum mehr war für die vielen Tausenden, die immer noch nachdrängten. Weit hinten standen Marco und Francesca mit ihren Söhnen, ihren Verwandten und Dienstboten; nah beieinander wie all die anderen Clans, die ebenfalls gemeinsam gekommen waren, als wäre dies ein Familienereignis, das man im Kreise seiner Angehörigen erleben wollte.

Über die unzähligen Köpfe hinweg hörten sie die schöne Stimme Domenicos. Sie wußten, daß sie diesen Klang niemals vergessen würden. Nach all den Formalitäten kam ihnen der Gesang des Mönchs vor wie das private Ende einer offiziellen Zeremonie. Sie konnten sich auf einmal nicht mehr vorstellen, daß der geplante Ablauf bis zum letzten eingehalten wurde. Zu sehr hatten sie sich daran gewöhnt, den Mönch als einen Teil des Lebens von Florenz zu sehen, und zu oft waren ihre Gefühle durch ihn angestachelt worden. Ein Florenz ohne Savonarola schien ihnen nicht mehr möglich, und sie konnten nicht mehr unterscheiden zwischen einer willkürlichen Inszenierung und der unwiderruflichen Realität. Noch immer, so meinten sie, konnte Romolino aufstehen und die drei Mönche begnadigen. Noch immer konnte irgend etwas geschehen, das die festgelegte Kette der Ereignisse unterbrach. Irgend etwas: vielleicht sogar ein Wunder, auch wenn es bei vielen die Nerven erregte, sich vorzustellen, daß dieses Gerüst in Flammen aufgehen würde, die drei Menschen verschlangen. Vom Leben zum Tode: so kurz war der Schritt vom einen zum anderen! *Ein toter Mann macht keinen Krieg mehr...* Sie blickten auf Romolino, der gleichmütig wartete. Nur ein einziges Mal schweiften seine Augen über die Menge, als suchte er ein bekanntes Gesicht. Er stand nicht auf, um die Verlorenen zu begnadigen. Kein Wunder geschah. Auf einen Kuttenbruder mehr oder weniger kam es nicht mehr an... Die Zeit kindlicher Umzüge und Eitelkeiten war endgültig vorbei.

Als erster stieg Silvestro die Stufen zum Galgen hinauf, zitternd und um Fassung ringend. Domenico folgte ihm. Als ihm der Henker den Strick um den Hals legte, glaubten die Zuschauer, immer noch seine Stimme zu vernehmen, die den Herrgott pries... Fürchtet euch nicht! – Das erhabenste aller Gebote und das schrecklichste.

Savonarola sah der Hinrichtung seiner Gefährten ruhig zu. Die Näherstehenden berichteten später sogar, seine Miene sei heiter gewesen. Dann zog der Henker auch ihm den Strick über den Kopf und versetzte ihm den tödlichen Stoß. Als Savonarolas Körper zuckte, ahmte der Henker die Bewegung höhnisch nach. Dabei verlor er den Eisenring, der den Leichnam an den Balken festhalten sollte. Als er ihn endlich fand, war Savonarola bereits tot.

Spöttische Rufe schallten über den Platz: »Savonarola, jetzt ist es Zeit, ein Wunder zu tun!« und »Warum steigst du nicht herab von deinem Kreuz, Kuttenbruder!«

Der Henker nahm die Fackel, die ihm ein Knecht reichte, und entzündete den Scheiterhaufen. Das Feuer loderte auf, vom Licht des Tages seiner Leuchtkraft beraubt. Es schloß sich um die drei Leichname am Galgen, daß man sie kaum noch sah. Doch plötzlich fegte ein Windstoß über den Platz und verwehte für eine kurze Zeit die Flammen. Man konnte meinen, sie wären erloschen.

»Ein Wunder!« schrie die Menge entsetzt. Die Frauen verhüllten das Gesicht, und die Männer duckten sich und legten die Arme schützend um ihre Kinder. Einige Zuschauer versuchten in Todesangst, zu fliehen.

Doch schon nach wenigen Sekunden loderten die Flammen wieder empor, umtanzten ihre Beute und zehrten sie auf. In ihrer Hitze zuckte auf einmal Savonarolas rechter Arm ruckartig in die Höhe. Seine Hand öffnete sich und vollführte mit zwei ausgestreckten Fingern die Gebärde des Segnens.

Die Menge brüllte. Wie um sich selbst zu betäuben und sich von dem Anblick zu befreien, warfen die Jugendlichen schreiend ihre Steine auf den brennenden Körper. Alles war außer sich. Francesca hatte das Gefühl, die Haare stünden ihr zu Berge. »Ich habe noch nie etwas so Entsetzliches erlebt!« flüsterte sie und barg ihr Gesicht an Marcos Schulter.

Immer noch prasselte der Steinhagel auf den Körper, der mit den Flammen eins geworden war. Der segnende Arm fiel nach unten.

Mit einem Schlag verstummten alle. Kein Laut mehr auf der Piazza. Keine Steine mehr. Es war, so dachte Francesca, wie in jener Nacht auf La Pineta, als das Lied der Zikaden mit einem Mal abbrach, weil sich irgend etwas ereignet hatte, das nicht mehr gutzumachen war.

Si sileat: Wenn es schwiege. – *Tacet:* Es schweigt.

Es war zu Ende. Der Scheiterhaufen stürzte in sich zusammen; die letzten Glutnester verglommen. Die Menge stand da wie ein Einziger, das Brausen des tödlichen Feuers noch im Ohr. Ein paar Edeldamen, als Dienerinnen verkleidet und immer noch von der Heiligkeit des Propheten von San Marco überzeugt, sammelten in kupfernen Gefäßen die Asche ihres Märtyrers. »Für die Wäsche!« versicherten sie ängstlich, als die Wachsoldaten auf sie einschlugen, um sie zu vertreiben. »Nur für die Wäsche!« Auch Teodora drängte sich ohne zu überlegen nach vorn und sammelte verkohlte Reste in ihre Schürze.

Eilig befahl die Signoria den Wachen, die heiße Asche sofort zusammenzuhäufen und in den Arno zu werfen, damit das Volk nicht in Versuchung käme, Reliquien aus ihr zu bergen.

Als die Wachen auf dem Boden knieten und mit bloßen Händen die Überreste der drei Unseligen in Säcke füllten, erinnerte sich sogar Francesca an Savonarolas Prophezeiung, die Gottlosen würden einst die Gerechten ergreifen und inmitten der Stadt verbrennen, und das, was nicht vom Feuer verzehrt und vom Wind fortgetragen würde, würden sie in den reißenden Fluß werfen.

»Das war ein Mensch, der einen Traum hatte und den Mut und die Kraft, ihn zu verwirklichen!« sagte Giuliano, ohne den Blick von der Unglücksstelle zu wenden. »Das zumindest, vielleicht war er aber auch mehr. Viel mehr.« Francesca nahm seine Hand und legte sie an ihre Wange. Giuliano sah sie an. »Das Herz tut mir weh, wenn ich daran denke, daß wir es nie mit Sicherheit wissen werden.«

Der Menschenstrom schwemmte sie von der Piazza. Als sie in der Via degli Angeli ankamen, waren sie noch immer so aufgewühlt, daß sie nichts mit sich anzufangen wußten. Sie standen vor ihrem Haus und redeten mit allen, die vorbeikamen. Ein jeder wollte sich mit anderen verständigen, austauschen, nicht allein sein mit seinen Gedanken und seiner Verwirrung.

Francesca ging als erste ins Haus. Teodora folgte ihr in die Küche und leerte den Inhalt ihrer Schürze in einen Ascheneimer. »Die Asche des Frate!« sagte sie hilflos und zuckte die Achseln. »Ich weiß auch nicht, warum ich sie mitgenommen habe.«

Francesca wich angewidert zurück. »Bring sie weg!« sagte sie. »Siehst du nicht, daß das der Platz der Hausschlange ist? Sie wird die Milch verweigern, wenn sie die Asche riecht.« Dann hörte sie sich plötzlich selbst reden und legte die Hände an die Schläfen. »Das alles ist kaum zu ertragen!« murmelte sie. »Trotzdem: Schaff es weg!«

Teodora nickte schuldbewußt und ging mit dem Eimer auf die Straße. »Die Asche des Frate!« rief sie. »Ich habe hier die Asche des Frate!«

Im gleichen Augenblick war sie von Menschen umringt. »Die Asche des Savonarola!« tönte es von allen Seiten. Unzählige Hände faßten in den Eimer, um eine Reliquie zu ergattern. »Die Asche des heiligen Girolamo!« Der Eimer kippte aus Teodoras Händen. Nur ein schwarzer Fleck auf dem Pflaster blieb übrig, und ein paar Glückliche liefen mit befleckten Fingern nach Hause, ein Stück verbrannten Knochens in der Hand und im Herzen das Gefühl, vom Schicksal bevorzugt zu sein durch den Besitz dieser Reliquie, die vor Unglück und Krankheit schützen würde.

»Geht in die Küche und richtet das Essen!« befahl Francesca den Mägden. »Das Leben muß weitergehen.« Vom Torbogen aus blickte sie hinaus auf die Straße, wo Marco mit Passanten diskutierte und Matteo sich mit ein paar Damen unterhielt.

Giuliano stand allein. Francesca ging zu ihm und umarmte ihn. Sie wußte, wie verloren er sich fühlte. Es würde noch lange dauern, bis sich die Wunden seiner Seele geschlossen hatten und er entscheiden konnte, wohin er gehörte und was er aus seinem Leben machen wollte. Er und auch sein Bruder, dem Gott so vieles geschenkt hatte, das nicht verschwendet werden durfte. Sie sah ihn vor sich unter dem Zitronenbaum im Garten, als er Lorenzos Lied sang... *Mein Vater ist ein Kaufmann, Herr. Ich aber bin ein Künstler!* ... Ja, ein Gottesgeschenk! dachte Francesca. Marco muß es verstehen. Marco del Bene, der Kaufmann, der Bürger. Einer von denen, die die Tyrannen überleben und die Weltverbesserer: Er muß verstehen, daß ein anderer – und sei es auch sein eigener Sohn! – dafür geboren ist, anders zu sein als er. Geboren zu singen und mit Worten zu spielen. Tiefer zu fühlen als andere und genauer und es auch weiterzugeben an andere, so daß ihr Herz angerührt wird und ihre Sinne und sie plötzlich mit seinen Augen sehen, mit seinen Ohren hören und mit seinem Herzen fühlen. Matteo del Bene: dafür geboren, geliebt zu werden oder gejagt wie der Dichter der Stadt; auf Sicherheit zu verzichten, aber dafür vom Lächeln Gottes gewärmt zu werden und es an andere weiterzuschenken... Ja, auch Matteo sollte dereinst mit sich im reinen sein, das wünschte sich Francesca für ihn, seine Mutter, wie es sich ihr Vater für sie gewünscht hatte!

Dankbar überließ sich Giuliano ihrer Zärtlichkeit. Wie fern er ihr in den Jahren seiner Kindheit gewesen war, ein einsamer Knabe, der nicht einmal sich selbst genügte! Er legte den Arm um ihre Schultern, Giuliano, das erste Kind, das sie geboren hatte, ihr ältester Sohn, der nun fast einen Kopf größer war als sie. Nebeneinander, wie noch nie, sahen sie dem bunten Treiben auf der Straße zu, an dem sie keinen Anteil hatten.

Francesca spürte den Siegelring des Vaters an ihrem Finger. In einem plötzlichen Impuls dachte sie daran, ihn Giuliano zu schenken. Doch dann fiel ihr Blick wieder auf Matteo, der sich lachend vor seiner Gesprächspartnerin verneigte, und sie wußte, daß sie in Zukunft keinen ihrer Söhne mehr dem anderen vorziehen wollte.

Paloma stand in der Tür und beobachtete verzweifelt Matteo. Sie trug Contessina im Arm, das kleine Mädchen, so spät geboren. – Spät wie ich selbst! dachte Francesca. Aber von Anfang an geliebt... Sie winkte Paloma herbei und ergriff die kleine Hand zwischen den kostbaren Spitzen aus Brüssel, die Marco mitgebracht hatte. Wie im Scherz steckte sie den Siegelring an den winzigen Finger.

»Das ist ein Ring für einen Mann!« sagte Paloma mürrisch, doch Francesca schüttelte den Kopf. »Nicht unbedingt!« widersprach sie leise. »Ich trage ihn doch auch.«

»Hier ist alles anders!« murmelte Paloma und starrte hinüber zu Matteo.

»Ja!« Francesca lächelte. »Alles.«

Mit einem Schlag wurde ihr bewußt, daß dies ihre Stadt war, ihre Heimat. Nach und nach war sie es geworden. Im ersten Jahr, als sich Francesca die Sprachmelodie der Toscana angeeignet hatte, hatte sie schon gemeint, sie wäre hier zu Hause. Doch es bedurfte mehr, sich eine Heimat zu schaffen... Francesca dachte an Lorenzo, ihr heimliches Entzücken und ihre heimliche Sünde; an Ghirigora, die sie von sich gestoßen hatte wie zuvor die Gemahlin des Baldassare Lanfredini. Er, ja er, hatte seine Tochter geliebt und wohl auch jene Frau, die bis zu ihrer letzten Stunde an Francesca gedacht hatte. Francesca erinnerte sich auf einmal, daß sie als Kind immer gefürchtet hatte, nicht gut genug zu sein und vergessen zu werden.

Zu fern das alles! dachte sie und lächelte, als sie Marco sah, der heftig gestikulierend mit Duccio redete. Ihr Herz klopfte bei seinem Anblick. Sie glaubte, seine Hände zu spüren, die sich um ihre Taille schlossen wie bei ihrer ersten Begegnung. Die ganze Welt hatte er ihr damals versprochen, der junge Prahler aus Florenz. Es war nicht die ganze Welt geworden, aber es war ihre Welt, und sie gefiel ihr.

Wie kam es, daß sie an diesem unseligen Tag auf einmal Bilanz zog wie Baldo am Ende eines Jahres? Drei Menschen waren eines grausamen Todes gestorben, den sie vielleicht sogar gesucht hatten. Zum Leiden bereit. Zur Liebe bereit? War ihr Leiden nicht auch eine Form von Liebe gewesen? Der Tod beendete die Ablehnung und den Haß. Er verlangte Nachsicht und Verzeihung.

Und doch: Eine ganze Stadt stand vor den Trümmern der eigenen Unachtsamkeit und mußte neu beginnen trotz der Last der Vergangenheit und ihrer Schuld. In ihren Straßen, ihren Häusern und in den Gedanken ihrer Bewohner vermischten sich Gestern, Heute und Morgen in der Gleichzeitigkeit des Ungleichzeitigen; das eine litt am andern, haßte es, liebte es, war stolz darauf und schämte sich dafür. Florentia, die Blühende, die mit jedem Frühling neu erwachte: Als Francesca nach Florenz gekommen war, war die Stadt voller Baustellen gewesen. Und nun?

Krieg, Pest, Revolution und Mord. Mord auch an der eigenen Seele. Die Reue, das ungeliebteste aller Gefühle, regte sich schon, doch die Einsicht und das Bedauern, ihre sanften, traurigen Kinder, würden ihr folgen und ihren Platz einnehmen. Der Spalt in der Zeit schloß sich wieder; der Abgrund, in dem das Paradies versunken war: die goldenen Jahre der goldenen Stadt am Arnostrand. *Di doman non c'è certezza!* Für das Morgen gibt es keine Gewißheit.

»Der Wind bläst, wann er will, und du hörst sein Sausen wohl; aber du weißt nicht, woher er kommt und wohin er fährt.« – Irgend jemand hatte es gesagt an einem goldenen Abend im goldenen Palast in der Via Larga, wo die Klugen, Reichen und Schönen das Heute priesen und seine Vergänglichkeit. Vor allem er, dessen Leben so kurz gewesen war! Alles vergänglich, alles nur ein Hauch, ein Wimpernschlag.

Und doch: hier, in dieser Straße und in all den anderen Straßen von Florenz, standen Menschen, die stark waren, die hofften und nicht nur, wie es auf der Piazza erschienen war, haßten, sondern auch lieben konnten. Sündhafte Menschen – Savonarola, Narr des Himmels und der Hölle, hatte es oft genug gesagt. Aber eben nicht nur sündhaft, sondern auch voll Sehnsucht nach etwas, das besser war, schöner und reiner. Der Mönch von San Marco hatte diese Sehnsucht erkannt, weil sie auch die seine war. Ohne diese Sehnsucht hätte er die Seelen nicht an sich ziehen können, und mit ihr konnte die gequälte Stadt vielleicht die Zukunft gewinnen. Vielleicht wurde es dann auch wieder Sommer in Florenz. Ein Sommer, so glückselig und voller Frieden wie damals, als die junge Frau aus Ferrara zum ersten Mal durch die Straßen der schönsten und anmaßendsten Stadt der Welt geritten war, die von nun an ihre Heimat sein würde. Vielleicht.

Contessina machte Anstalten, den Ring in den Mund zu stecken. Da nahm ihn Francesca wieder an sich und steckte ihn an seinen Platz an ihrem Mittelfinger. »Noch gehört er dir nicht, *bambolina!*« sagte sie sanft und küßte das Kind auf die Stirn.

Auf der Straße ging mit raschen, anmutigen Schritten ein junges Mädchen in einem Sommerkleid vorbei. Seine Lippen waren geöffnet, als ob es vor sich hin trällerte. Dicke schwarze Locken, von einer breiten roten Schleife zusammengehalten, bedeckten den ganzen Rücken und wippten bei jedem Schritt.

Matteo wurde sofort auf das Mädchen aufmerksam. »He!« rief er und winkte. »Zeig mir dein Lächeln, dann zeig ich dir die Liebe!«

Alle lachten. Das Mädchen stutzte, blickte ihn ein wenig

verlegen an und eilte dann weiter ... Francesca dachte an das Kind Matteo, ihren Sohn, der vor noch gar nicht so langer Zeit in die Ferne gezogen war, und sie sah ihn jetzt, erwachsen, mit dem gleichen unbekümmerten Lachen, mit dem Marco ihr Herz gewonnen hatte. Auf einmal war sie glücklich, so sehr, daß sie die Hand über den Mund legte, um ihre Freude nicht allzu offenkundig werden zu lassen.

Auch Marco hatte Matteos Zuruf gehört. Er ließ Duccio stehen und ging zu Francesca. Als sie zu ihm hochblickte, lachte er und blies ihr die widerspenstige Locke aus der Stirn. »Ich glaube, es wird ernst!« murmelte er.

Da hielt das Mädchen plötzlich inne und drehte sich um. Mit schwarzen, mutwilligen Augen suchte es Matteos Blick mit der kleinen Unregelmäßigkeit in der Pupille, lächelte keck und eilte dann leichtfüßig weiter. Matteo sah ihr nach, bezaubert.

Zeig mir dein Lächeln, dann zeig ich dir die Liebe!